安徽师范大学文学院Ａ类重点学科
基金资助

现代文学风景谭

XIANDAI WENXUE FENGJINGTAN

程致中◎著

安徽师范大学出版社

责任编辑：胡志恒 吴琼

责任校对：房国贵

装帧设计：丁奕奕

图书在版编目（CIP）数据

现代文学风景谭 / 程致中著. —芜湖：安徽师范大学出版社，2013.9

ISBN 978-7-5676-0840-5

Ⅰ. ①现… Ⅱ. ①程… Ⅲ. ①中国文学—现代文学—文学研究—文集 Ⅳ. ①I206.6-53

中国版本图书馆CIP数据核字(2013)第174276号

现 代 文 学 风 景 谭

程致中　著

出版发行:安徽师范大学出版社

　　　　芜湖市九华南路189号安徽师范大学花津校区　　邮政编码:241002

网　　址:http://www.ahnupress.com/

发 行 部:0553-3883578 5910327 5910310(传真)　　E-mail:asdcbsfxb@126.com

经　　销:全国新华书店

印　　刷:安徽芜湖新华印务有限责任公司

版　　次:2013年9月第1版

印　　次:2013年9月第1次印刷

规　　格:700×1000　　1/16

印　　张:17.5

字　　数:304千

书　　号:ISBN 978-7-5676-0840-5

定　　价:35.00元

现代文学作品的阅读与阐释

（代 序）

　　文学史构成的基本元素有三：一是作家作品文本，二是文学思潮、社团流派，三是文学史发展的经验和规律。其中作家作品文本的阅读和阐释应是大学专科和本科教学的主要内容。近年来，越来越多的学者指出："我们的文学史课程教学已经走到了一种极端非文学化的地步。文学运动、思潮流派在每一历史阶段演变发展线索的勾勒，每一时期创作文体的概述，或代表作家的介绍等，基本成为我们文学史教学的主要方式。"而"文学史的大量鲜活的作家作品被教科书式的教学图解为干巴巴的几部分知识点"。[1]中文系学生最感欠缺，而在今后的实际工作中最迫切需要的，其实不是抽象的文学史知识，而是切实地解读和阐释文学作品的能力。在文学史教学实践中，有学者主张将不同的教学对象划分为三个层次，面向中文大专生及非中文专业和成人教育本科生（第一层次）、中文本科生（第二层次）的教材要突出"对具体作品的把握和理解，文学史知识被压缩到最低限度，时代背景和文学背景都只有在与具体创作发生直接关系的时候才作简单介绍。"中文大专生"只需要让其多读好作品，增加其对这门学科的感性认识"，"能够如数家珍地举出上百篇现当代作家的作品，初步了解一些文学史知识"，就算达到基本要求。而中文本科生则还"需要进行文学史知识训练，从阅读作品的感性认识上升到对文学历史的理性掌握。"[2]"如果说本科阶段的文学作品的阅读还主要是现代文学的知识积累和兴趣培养，那么，研究生阶段的专业研究（是）意识指导下的现代文学更多系统的作家作品研读和文学史现象的专题研究。"[3]可见，迅速走出文学史教学抽象化、理性化的误区，将文学史教学工作的第一位落实到文学作品阅读和阐释上来，已成为有识之士的共识。

　　文学教学的另一个弊端是价值标准的混乱、崩坏。"近十多年来，人们一直追求'多元标准'，本来是一种解放，没想到是'潘多拉盒子'一打开，相对主义，虚无主义，科学主义等等便都跑出来添乱了。加上对以往'宏大叙事'和'本质主义'逐渐失去兴趣，连带着对人文关怀，精神追求，审美价值也越来越缺少关注，所谓'价值中立'的预设就往往成为研究的出发点。基本的价值标准放弃了，表面上似乎包容一切，结果呢，此——是非，彼——是非，公说公有理，婆说婆有理，连起码的学术对话也难于进行，只好自说自话。"[4] 由于失去了基本的价值评判标准，就不能正确、公允地评价作家作品的思想艺术成就及其文学史意义，还会淹没一些新颖独到的学术发现。

"一千个读者就有一千个哈姆莱特"，这是因为经典文本的阐释空间几乎是无限的，而读者衡量作家作品的眼光又各不相同。比如一部《红楼梦》，"就因读者的眼光而有种种：经学家看见《易》，道学家看见淫，才子看见缠绵，革命家看见排满，流言家看见宫闱秘事……"[5] 过去我们按照"政治标准第一，艺术标准第二"的文艺批评标准分析研究作家作品。尽管毛泽东要求"革命的政治内容和完美的艺术形式的统一"，但是在文艺政策和批评实践中，还是偏于强调政治标准第一，它对文学教育、文艺批评和创作实践的负面影响是众所周知的。1961年，美籍华裔学者夏志清出版了《中国现代小说史》，这本书对于当时的中国作家，提出了特别独到的见解，推动了国内的中国现代文学研究；但是政治偏见妨碍夏志清客观地阐释作家作品。他斥责创造社、太阳社是"可怕的牛鬼蛇神的一群"，他对20世纪30年代左翼文学评价不高，而对吴组缃、钱锺书、沈从文、张爱玲等人推崇备至。他盛赞张爱玲带有反共倾向的长篇小说《秧歌》是"不朽之作"。70年代，司马长风出版了《中国新文学史》（三卷），他反对文学成为政治的附庸，声称要"打碎一切政治枷锁，干干净净的以文学为基点"撰写文学史。他要以纯文学的标准阐释文学现象，以人性描写和表现技巧的尺度评论作家作品，例如小说方面他肯定鲁迅、郁达夫、沈从文三大家，而以沈为最佳。他对30年代以来的左、右两翼评价都不高，而对所谓"独立作家"（如冯至、丰子恺、钱锺书、萧乾等）尤为推重。他确实做到不以政治态度作为衡量作家作品的标准，试图从文学自身的特点出发研究文学现象，但一概否认具有鲜明政治倾向的作家作品在文学上的成就，岂不又是一种偏见？

以上这些批评标准在中国文坛和文学教育界曾盛极一时，再加上新时期以来各种西方理论、学说和方法像潮水般涌入国门，势必造成文学评价标准的混乱。新观念、新方法的引进，当然有助于从不同视角开发出新颖的见解，确实具有启发性意义，但是由于西方各种理论和方法都有先天缺憾，加以我们的移植和尝试还不能做到融汇贯通，以至有些阐释成果尽管写得奇诡漂亮，却搔不到痒处。

　　那么，文学作品的阅读和阐释有没有一个较为科学的评判是非得失的标准与尺度呢？在阅读和阐释活动中，我们通常采用被恩格斯称作"美学—历史"的方法，这种方法包含三项相互关联的基本观点和方法，即美学的观点和艺术分析方法，历史的观点和"知人论世"方法，具体分析的观点和"同整体的比较"方法。

一、美学的观点和艺术分析方法

　　文学作品是对社会生活的审美反映，是创作主体按照美的规律进行的审美创造，别林斯基将作品文本的这种特质称为"艺术本身的审美要求"。阐释者要用审美眼光阅读作品，以审美感受为依据，分析文学作品的诸多审美特征，最终对作品的艺术特性和美学价值作出科学判断。

　　这里首先强调的是把文学作品真正当作艺术品来进行审美分析，而不是用非审美的眼光去感受作品。近年来从文化视角研究中国现代文学方兴未艾，譬如汲取社会学、伦理学、心理学、人类学、宗教学、民族学、语言学等学科的成果阅读和阐释作家作品，确实有助于开拓新的研究领域，发现文学文本新的意义；但当我们用文化的眼光感受作品时，切莫忘记它是文学。地理学家从《诗经》发现它的天文学意义，写出《二十八宿起源之时代及地点》（竺可桢）；历史学家把《三言二拍》作为研究宋史的资源，写出《〈三言二拍〉与宋史研究》（漆侠）；政治家从《红楼梦》看到阶级斗争，从《水浒传》看出投降派在活动，等等。他们尽管也把文学作品作为阐释对象，却远离了文学阐释。

　　文学作品是有独特品格的精神产品，它不仅具有独特的思想意蕴（例如它对人性、对生命、对整个人类的关怀），而且具有独特的感动人类心灵的美学内涵。文学阐释者应具有敏锐的审美感受力和审美判断力，审美的文学阐释应高度重视阐释主体审美感受的描述和传达。我们阅读文学作品，就要以自己的审美感受为依据，将最激动人心的艺术感受描述和传达出来。文学作品的审美分析，既包括作品真、善、美的内容（即推动人类历史前进的思想和高尚的道德情操）分析，又包括作品艺术形式的艺术分析。以审美感受为基础的艺术分析，当然不应是感性的、直观的，而应提升到理性范畴，进行科学的审美判断。优秀的阐释成果必须具备这种理性品格。

　　文学作品的艺术分析至少包含了人物性格的鲜明性，典型化和个性化的程度，情感和想象的艺术表达，体裁与形式的创新，结构的新颖和巧妙性，语言及表现手法的艺术性，等等。经典作家在美学分析中往往特别重视创作方法的论析，例如恩格斯提出"我们不应该为了观念的东西而忘掉现实主义的东西，为了席勒而忘掉莎士比亚。"[6]恩格斯希望文学创作要避免席勒作品中时常出现的从抽象的观念出发，将艺术变成时代精神的传声筒的倾向，而提倡莎士比亚的现实主义精神，即真实地再现现实，揭示历史的本质规律，追求个性化的艺术表现等现实主义原则。

二、历史的观点和"知人论世"方法

从一定意义上说，现代作家作品阐释也是一种历史研究，阐释者应具有历史主义眼光，把阐释对象放到一定的历史范围内，结合特定的历史条件加以分析。列宁说："在分析任何一个社会问题时，马克思主义理论的绝对要求，就是要把问题提到一定的历史范围之内"。[7]文学作品是特定时代的社会生活的审美反映，文学阐释不能脱离作品所产生的时代和社会环境，不独现实主义作品的阐释应当如此，浪漫主义、现代主义作品的阐释也不例外。鲁迅赞赏孟子"知人论世"的治学态度和方法，他说："我总以为倘要论文，最好是顾及全篇，并且顾及作者的全人，以及他所处的社会状态，这才较为确凿。要不然，是很容易近乎说梦的。"[8]鲁迅所说的三个"顾及"，就是强调运用历史主义观点和辩证思维方法评论作家作品。

鲁迅在《狂人日记》、《灯下漫笔》里曾激烈地宣判中国文明是"吃人"的筵宴，号召中国青年"掀翻吃人的筵宴，毁坏那制造人肉筵宴的厨房"，在《青年必读书》中还说过"我以为要少或竟不看中国书，多看外国书。"于是有人据此指责鲁迅破坏传统文化。倘若我们了解更多的信息，就会发现鲁迅不只是说过这些偏激的话，他还以大量精力致力于古代文献的阅读和考证，他出版过《中国小说史略》、《汉文学史纲要》，校勘过《嵇康集》、《唐宋传奇集》，佛教经典研究同样精彩。倘若进一步了解上述文章发表的时代背景和文化背景，我们还会发现：鲁迅对"中国书"的激烈否定态度源自于他对胡适等人给青年大开"国学书目"的反感，源自他对"整理国故"的文化时尚保持高度警惕。鲁迅并非全盘否定传统文化，而是以夸张的文学语言放大了传统文化中"吃人"质素的负面影响。鲁迅从不反对传统文化之精华，而是大力抨击因袭传统、不思进取的文化保守主义。在五四思想解放运动中，鲁迅的呐喊显然具有真理性和前瞻性。

文学阐释的前提条件就是深入了解作家作品产生的特定时代的政治制度、经济关系、社会心理、文化气氛等"社会状态"，才有助于科学地揭示作品的思想意义并阐明它在当下可能产生的社会效应。文学阐释既要有历史感，揭示历史的复杂、丰富性，又要有现实关怀，与当代中国社会保持对话关系。钱理群提出一个观点："一个现代知识分子，就应该与中国的现实，中国这块土地上的人民，保持血肉般的联系。我们的学术研究要有问题意识，我们的问题只能产生于中国的现实，而对问题的思考又应该是有距离的，充分学理、更带根本性的，也就是要将现实的关怀与超越性的关怀有机结合起来，这样我们的研究就能够与当代中国社会保持对话关系，并参与当代中国的思想、文化建设，又能避免陷入实用主义。"[9] 钱先生从学术研究的特点出发，强调当代学人应具有历史使命意识和社会责任感，正确地阐明了应当如何"参与"，怎样"避免陷入实用主义"的态度和方法，对于文学作品的阅读和阐释，很有启发。

20世纪80年代以来，我们挣脱了"左"倾思潮的长期影响，对那些沉冤数十年或情况比较复杂的作家作品进行了重新评价。这项工作做得很有成绩，还有必要根据新发现的史料深入研究。可是在"重新评价"的呼声中，也出现了一些不和谐的声音。有人为了"爆冷门"，大写翻案文章，甚至掩饰周作人抗战时期投敌的事实；有人喜欢挑剔那些有社会责任感的作家（如茅盾、郭沫若、丁玲、艾青、孙犁、赵树理等）和政治色彩较浓的作品（如《子夜》、左翼文学和解放区文学等），甚至掀起一场试图颠覆鲁迅的风波。90年代以来，关于现代中国文坛重排座次的议论闹得沸沸扬扬，当时出版的《20世纪中国文学大师文库》依次选定了鲁迅、沈从文、巴金、金庸、老舍、郁达夫、王蒙、张爱玲、贾平凹等九位大师，编者声称不喜欢"政治偏见"和"学术偏见"，不喜欢"现实主义的史诗性作品"，他们以现代主义艺术标准否决了茅盾，不重视巴金的《激流三部曲》，特别看好沈从文的"现代抒情文体"，金庸的"新派武侠小说"，而郁达夫的"感伤小说"，王蒙的"意识流小说"，张爱玲开掘男女"性本能"的作品，也受到好评。在当年"排名次"的喧闹中，这套"文库"算得上是一个主观主义的典型案例。"重新评价"百年中国文学，似乎意味着可以一笔抹杀前人的研究成果，可以不顾客观事实、不顾历史语境地随意编排。批评家林焕平说得好："决定一个作家在文学史上的地位，是由他整个的文学成就和他一生在社会上的活动，对人民，对社会，对时代发展所产生的巨大影响和作用来衡量的，这是历史的评价，人民的评价，不是某一两个什么理论家或什么文学史家所决定的，这里有历史的客观性和真实性。"[10]

列宁从托尔斯泰与俄国革命的联系，看出他的作品反映了19世纪最后三十年俄国社会的矛盾，反映了俄国革命的特点、力量和弱点。尽管托尔斯泰学说中有着十分显著的矛盾，列宁还是给予他很高的评价。列宁关于"托尔斯泰是俄国革命的镜子"的著名论断，成为历史主义批评的经典，它对中国现当代文学研究（尤其是鲁迅研究）产生了深刻影响。现代中国作家许多精彩的文学评论，也给我们提供了历史主义批评的范例。鲁迅与胡适二人在思想观点上相去甚远，但他们从不否认彼此在文学史上的贡献。鲁迅逝世后，胡适批评苏雪林辱骂鲁迅的信是"恶文字的恶腔调"，认为"鲁迅自有他的长处。如他的早年的文学作品，如他的小说史研究，皆是上等工作。"[11]鲁迅1935年作《〈中国新文学大系〉小说二集序》中回顾五四文学革命运动时，也充分肯定了胡适发表《文学改良刍议》，反对文言文，提倡白话文，尝试白话诗文的历史功绩。无产阶级革命文学方兴未艾之时，鲁迅指斥徐志摩只会吟唱"死呀，爱呀"，是"令人头疼"的"音乐"，表达了他的原则立场和审美倾向，我们当然不会理解为这是对徐志摩的全面评价；沈雁冰在《徐志摩论》中将徐志摩定位为"中国布尔乔亚开山的又是末代的诗人"，不失历史的公正。田间抗战初期的短行体战斗诗篇受到闻一多先生赞赏，从此田间以"时代的鼓手"誉满文坛；胡风后来却严肃地指出田间在40年代写的"五言体"（民歌体）是诗歌的衰退："他写在僵化文字上的这一番诚意，和现实生活里面的人民的跃动的感情是并非同一性质的。……歌唱了祖国黎明的诗人田间，勇敢地打破了形式主义束缚的田间，由于不能完全由他自己负责的原因，终于被形式主义打闷了。""他无力运用（谁也无力运用）的这个五言句把他的感情束缚得失去生机了。"[12]上面这些阐释与评价已成为文学史上广为传播的佳话，你不能不惊叹它是经过批评家深思熟虑的真知灼见！经典作家尊重"历史的客观性和真实性"的态度，不以个人或小集团的利益，或某个阶段、某个政党的功利要求作为评判作家作品是非得失的尺度，而以人民大众的历史实践作为客观的评价标准，为我们提供了丰富的历史经验。

三、具体分析的观点和"同整体的比较"方法

文学阐释的最高旨趣就是求真、求实，所以必须坚持"具体地分析具体

的情况"的科学精神。在过去的长时间里，由于我们不够重视科学精神，文学阐释工作存在着夸大主观的倾向，重观点，轻史料，重见解，轻证明。"研究成果很多，但科学性强的作品不多；各种见解很活跃，论证严密的不多；研究领域有开拓，但史料准备不充分，立论根据不足。"[13] 甚至有论者以轻佻的态度，"痞气"十足的语言，危言耸听地说："在这个叫做二十世纪的时间段里，我们能找到一个无懈可击的作家吗？能找到一种伟岸的人格吗？谁能让我们从内心感到钦佩？谁能成为我们精神上的导师？……很遗憾，我找不到。"这篇题为《为二十世纪中国文学写一份悼词》的大文，横空出世，骂倒一切，立论可以不用证明，说话可以不要根据，可说是不尊重历史、不尊重科学的浮躁文风之典型。

　　文学阐释一定要面向事实本身，注重文本的细读和史料的搜集、考辨，要从事实出发引出结论。过去对《凤凰涅槃》的解读不断重复着"象征着对旧世界的彻底否定"，"象征着中国的再生"的结论，仿佛离开宏大叙事这首诗就失去了意义。如果结合诗人当时的思想裂变和创作心态细读文本，可看出这首诗主要还是写作者自己的精神炼狱过程。我们熟知夏志清和诸多名家对《围城》的奖掖和赞美，却鲜有人知陈炜谟教授署名"熊昕"的长篇论文《我看〈围城〉》[14]。陈先生认为《围城》"尽管是妙笔生花，珠光宝气，如果以全体而论，这书依旧是失败的，至于它的效果，甚至是有毒的"；他批评《围城》作者对女人"只有奚落，不然就是谩骂"的"高高乎在上"的态度，批评作者"带着欣赏的态度"，"完全置身事外，并无切肤之痛似的"描述抗日战争，等等。如果我们全面地占有了这些谴责的和赞美的史料，加以比较分析，对于客观地评价《围城》是极为有益的。作家研究尤其要全面地搜集史料，必须"顾及全人"。鲁迅在《题未定草（六至九）》中批评了文学阐释中的"摘句"倾向。他说，有人摘取陶渊明诗句"采菊东篱下，悠然见南山"，断定他是个"飘飘然"的诗人，清高的隐士，其实是"误入歧途"。陶渊明还写过"精卫衔微木，将以填沧海。刑天舞干戚，猛志固常在"这样金刚怒目的诗。这"猛志固常在"和"悠然见南山"出自一人之手，"倘有取舍，即非全人，再加抑扬，更离真实。"这种"摘句"法往往是衣服上撕下来的"一块绣花"，是"一叶障目，不见泰山"，此法用于文学阐释，贻害无穷。

　　怎样"具体地分析具体的情况"呢？恩格斯要求在"同整体的比较"中阐释作家作品在文学史上的价值。[15] 所谓"同整体的比较"，就是把作家（作品）放到一种复杂的现实关系中进行比较分析，也就是尽可能地"联系着他的整个时代，他的文学的前辈和同代人"，"从他的发展上和联系着他的社会地位"来具体地评价。一般说来，有三种情况：一是纵向比较，在同前辈作家作品的比较中阐释其意义，确定其文学史地位。任何作家的思想和作品跟他的前辈都有一定的联系，前人的影响可能是它的源头，在文学接受过程中它又会有所发展。比如研究鲁迅就应该知道严复、梁启超和魏晋文学；阐释80年代的农村题材作品，就得了解刘绍棠、李准、柳青、孙犁、赵树理等乡土作家。只有把某个作家（作品）和他的前辈作比较，看他从前人那里汲取、继承了什么，自己又新创了什么，才能正确阐明他在文学史上的地位。二是横向比较，在和同时代作家作品的比较中看出一个作家的创作个性，看出一部（篇）作品的原创性。比如郭沫若的《女神》是在和胡适、刘半农、刘大白、沈尹默等早期诗人诗作的比较中确立了它在现代诗歌史上的开创性地位；而柔石小说正是在和同时期左翼文学作品的比较中看出他的人道主义特色。三是关注创作主体在各个时期创作思想、个性与风格的变化，"从他的发展上"动态地描述演变的轨迹，阐明其发展的规律。比如郁达夫自叙传小说在抒情结构上有一个从"心理—情绪"结构向着"抒情—写实"结构的变化过程，戴望舒的后期诗歌和施蛰存的后期小说都显示着向现实主义回归的倾向。总之，"同整体的比较"的方法，是一种运用辩证思维方式，从具体文本、具体材料出发阐释作家作品的方法，是一种尊重历史、尊重事实的方法。假如我们不肯下一番文本细读和历史考辨的工夫，只是孤立静止地看待阐释对象，结论往往不大可靠。

在具体地分析作家作品时，我们应当把发现作家作品的独特性作为阐释的重点。优秀作家作品总有体现其独特面貌的特点，否则就失去了存在的意义。这种特点可以表现为独特的思想、文学观念和艺术个性，表现为形象或典型的创造，也可以表现为题材、主题的开拓或创作方法的特异性，还可以表现为文学语言、表现手法和艺术风格的新颖独创，等等。倘若能够在"同整体的比较"中抓住关节之点、独特之处，进行深入的、有所侧重的分析研究，就会有所发现。列宁在《列夫·托尔斯泰是俄国革命的镜子》这篇著名论文中，抓住托尔斯泰观点、学说的矛盾这个关节点，指出他是天才的艺术家，创造出无与伦比的俄国社会生活的图画，创作了世界文学中第一流的作品，同时又是一个笃信基督教的喋喋不休的地主；他对俄国虚伪的沙皇制度的抗议非常真诚有力，但他又狂热地鼓吹"勿以暴力抵抗邪恶"。列宁阐明了托尔斯泰思想和创作的独特之处，不愧为杰出的"托尔斯泰的批评家"。瞿秋白在《〈鲁迅杂感选集〉序言》中提出"鲁迅是谁"这个关键问题，然后依据鲁迅生平和杂感文本的细读，正确地指出：鲁迅是"从绅士阶级的逆子贰臣进到无产阶级和劳动群众的真正的友人，以至于战士。"这是自鲁迅出世以来最为趋近鲁迅本体的非常精辟的论断，就连对鲁迅曾经有过异议的太阳社的阿英（钱杏邨），也在《现代十六家小品》中表示："完全同意何凝（瞿秋白）的意见"。周作人在《晨报副刊》上发表的《〈沉沦〉》，也是具体地分析文学文本的范例。"色情"、"颓废"，是当时伪道学家和一般新人物讥评嘲骂《沉沦》的焦点，周作人指出，《沉沦》既非提倡"新道德"的文学，又非"不道德"的文学，而是"不端方"的文学。他还"郑重申明"："《沉沦》是一件艺术的作品，但它是'受戒者的文学'，而非一般人的读物。……在已经受过人生的密戒，有它的光与影的性的生活的人，自能从这些书里得到希有的力，但是对于正需要性的教育的'儿童'们却是极不适合的。还有那些不知道人生的严肃的人们也没有诵读的资格；他们会把阿片当饭吃的。于这一层区别，我愿读者特别注意。"这篇文章写得公允而有说服力，肯定了《沉沦》在思想和艺术上的独创性，于是许多辱骂郁达夫的人"稍稍收敛了他们痛骂的雄词"。[16]

　　美学的和历史的方法开创了文学阐释和文学批评的新时代，它的科学性、有效性和普遍实用性已为长期的文学研究实践所证明，迄今仍然是进行批评和阐释的最基本、最重要的方法。它所包含的三项基本原则是不可分割的统一体，不好说哪是思想标准，哪是艺术标准。美学的和历史的方法不是一个封闭、静止、僵化的体系，而是一个开放的、发展的、充满活力的体系，我们在运用一种方法阐释文学文本时，还可借鉴其他方法的优点，取长补短，相辅为用，多视角、多层次、多侧面地进行文学阐释。只要我们大力发扬科学精神，切实地扭转急功近利的浮躁学风，把主要精力投入到文学文本的阅读和阐释中去，中国现代文学教学和研究的面貌将会大为改观。

注　释

　　［1］［3］杨洪承：《阅读和阐释：现代文学课程教学理念的反省》，《海南师院学报》（社会科学版）2004年第5期。

　　［2］陈思和：《中国当代文学史教程》，复旦大学出版社1999年版，第4页。

　　［4］温儒敏：《谈谈困扰现代文学研究的几个问题》，《文学评论》2007年第2期。

　　［5］鲁迅：《〈绛洞花主〉小引》，《鲁迅全集》第8卷，人民文学出版社1981年版，第145页。

[6]［德］恩格斯：《给拉萨尔的信》，《马克思恩格斯选集》第4卷，人民出版社1972年版，第345页。

[7]［俄］列宁：《论民族自决权》，《列宁选集》第4卷，人民出版社1965年版，第440页。

[8]鲁迅：《"题未定"草（六至九）》，《鲁迅全集》第6卷，人民文学出版社1981年版，第430页。

[9]钱理群：《中国现代文学研究会第八届年会闭幕词》，《中国现代文学研究丛刊》2003年第3期。

[10]林焕平：《关于文坛重排座次的问题》，《文艺理论与批评》1995年第3期。。

[11]参看房向东：《鲁迅：最受污蔑的人》，上海书店出版社2000年版。

[12]樊骏：《取得重大突破后的思考》，《文研参考》1986年第11期。

[13]黄修己：《在现代文学研究中，提倡科学精神》，《学习与探索》2004年第1期。

[14]陈炜谟：《我看〈围城〉》，《陈炜谟文集》，成都出版社1993年版。

[15]［德］恩格斯：《评亚历山大·荣克的〈德国现代文学讲义〉》，《马克思恩格斯全集》第1卷，人民出版社1972年版，第523—524页。

[16]郁达夫：《〈鸡肋集〉题辞》，《郁达夫文集》第5卷，浙江文艺出版社1991年版，第329页。

于2012年4月改写

目　录

作家评谭

理论与方法：鲁迅小说批评的实践

在现代文艺批评史上，鲁迅的文艺批评是一道独特的风景。从最初选择文学事业那一刻起，鲁迅就无意于做一个理论批评家，但他的整个文学生命从未离开过文艺批评。他是一位创造美的作家，其小说和杂文作品都蕴藉着批评意味；他又是一位以文学参与社会变革的启蒙思想家，他的诸多文章、书信、序跋都带有文艺批评的性质，他以作家和启蒙思想家的双重身份参与文艺批评，并以作家和启蒙思想家的方式和眼光进行文艺批评活动。作为现代中国一位杰出的小说家，鲁迅无意于建构小说诗学，但他在小说理论批评实践中留下了带有鲜明个性特点的大量著述，这份遗产无疑是新文学批评传统中最为珍贵的部分，对于当下文艺批评实践和理论建设，具有方法论的启迪意义。

一、以"真实"为核心内容的批评标准

1934年，鲁迅在《批评家的批评家》一文中提出问题："我们曾经在批评史上见过没有一定圈子的批评家吗？"他自答道："都有的，或者是美的圈，或者是真实的圈，或者是前进的圈。没有一定圈子的批评家，那才是怪汉子呢。"所谓"圈子"，可以解释为思想倾向和艺术主张大体相同的批评家群体，也可理解为文艺批评的标准和尺度。鲁迅所说的"真实的圈"、"前进的圈"、"美的圈"，其实是彼此相关的三个美学评价尺度，文艺创作脱离了"真实的圈"，"前进的圈"，就不可能达到"美的圈"。在《什么是"讽刺"》中，鲁迅强调"'讽刺'的生命是真实"，"因为真实，所以才有力"，可见他特别看重文艺的真实性；在《我们要批评家》、《对于批评家的希望》等文中，他还要求批评家"真懂得社会科学及其文艺理论"，以"催促"文艺"向正确，前进的路"，希望批评家从文艺中"发掘美点"，"扇起文艺的火焰来"。鲁迅重视艺术的"真"（"真实的圈"），也不忽视艺术的"善"（"前

进的圈"）与"美"（"美的圈"），真、善、美是鲁迅全面衡量文艺作品美学价值的三把标尺，而"真实"是鲁迅视为艺术"生命"的评价标准。

鲁迅所要求的"真实"，当然不是生活原型的复制和模仿，不是"忠实于客观"的自然主义描写，因为"世间实在还有写不进小说里面去的人。倘写进去，而又逼真，这小说便被破坏。"[1]这"真实"也绝非虚伪的粉饰或矫情的作态，他严厉指斥旧文艺中公式化的"团圆主义"和《二十四孝图》中老莱子"戏彩娱亲"一类矫情的教孝故事是"瞒和骗"的文艺。鲁迅所要求的"真实"，是"可以缀合，抒写者，只要逼真，不必实有其事"[2]的艺术典型形式的真实。就像黑格尔所说的："艺术家之所以为艺术家"，全在于他"把真实放到正确的形式里，供我们观照，打动我们的情感。"[3]

20世纪20年代，新潮社作家杨振声宣称要"忠实于主观"，"要以他的理想与意志去补天然之缺陷"，要用"说假话"的方法制造理想人物。依照这法则，他在中篇小说《玉君》中塑造了时代女性玉君的形象。他不是从现实生活出发，按照生活本身的逻辑塑造人物，而是全凭"想象力"，精心编造曲折奇巧的情节，"用人工制造理想人物"。鲁迅批评玉君这样的女性形象"不过一个傀儡，她的降生也就是死亡。"[4]在"革命文学"论争中，有些革命文学论者向文艺要求"政治价值对艺术价值的统治权"，初期革命文学创作出现了相当普遍的公式化、概念化和标语口号式倾向，为了矫正这种忽视艺术创作规律的文坛弊端，鲁迅提出了"写真的活的人"的创作主张。他盛赞《红楼梦》"和从前的小说叙好人完全是好，坏人完全是坏的，大不相同，所以其中所叙的人物，都是真的人物。"[5]肯定法捷耶夫的《毁灭》是一部"和现在世间通行的主角无不超绝，事业无不圆满的小说"完全不同的书，因为它写了"真的活的人"。红军游击队长莱奋生是大众的"先驱"，"铁的人物"，但他"有时动摇，有时失措"，并非是完美无缺的英雄，他的部队也终于受到日本军和白匪军的围歼而全部毁灭。在《〈毁灭〉第二部一至三章译后记》中，鲁迅针对当时中国文坛的"造神"风气提出尖锐批评："中国的革命文学家和批评家常在要求描写美满的革命，完全的革命人，意见固然是高超完善之极了，但他们也因此终于是乌托邦主义者。"鲁迅如此严厉地谴责"造神"论者，因为他们完全无视革命事业的艰难，现实生活的多变，人物性格的复杂性；艺术上的"造神"论调既违背了生活逻辑，也不合艺术规律，它对文艺创作的危害早已被历史所证明。

二、社会学批评与美学批评的有机结合

　　20世纪初，鲁迅为提倡文艺运动而发表的《文化偏至论》、《摩罗诗力说》等文，并非纯粹的文学评论，而是带有社会文化批评的性质；后来他从事小说创作，也没有将小说抬进文苑的意思，不过是想借它的力量对社会群众实行思想启蒙。作为小说家，鲁迅从事小说理论批评的目的、视角和方法，和同时代的许多职业批评家不同。他没有接受过严格的专业化文艺理论与批评训练，他的批评视野也不限于文学艺术，而是广泛地涉及社会、人生、历史、文化领域。他的小说理论批评密切关注作家作品与社会人生的联系，关注作品所传达的时代精神和社会心理，着重阐发作品的社会意义和道德价值，因此鲁迅的小说理论批评本质上是一种社会学的文艺批评。

　　作为现实主义作家，鲁迅在批评活动中特别关注作品的题材选择和主题倾向。他指出，《八月的乡村》是一部"说述关于东三省被占的事情的小说"，因为它写出东三省被日军侵占后民众的觉醒和义军的抗战，"显示着中国的一份和全部，现在和未来，死路和活路。"[6] 他着重评述了小说的思想价值和社会反省意义。叶永蓁的自传体长篇小说《小小十年》写一个从旧家庭走向革命的青年十年间的思想和生活，鲁迅说它的艺术生命正在于"描出了背着传统，又为世界思潮所激荡的一部分的青年的心"，"至少，将为现在作一面明镜，为将来留一种记录"。[7] 冯沅君的《旅行》也是五四以后"毅然和传统战斗，而又怕敢和传统战斗，遂不得不复活其'缠绵悱恻之情'的青年们的真实的写照"[8]。后两篇（部）小说因真实地写出一部分青年的时代情绪和社会心理，得到鲁迅肯定性的评价。

　　运用社会学的批评方法评述小说文本时，鲁迅并不忽视艺术的审美特性。《对于批评家的希望》中，他对混淆文学和非文学的区别，"到文坛上来践踏"的批评家提出异议："愿其有一点常识，例如知道裸体画和春画的区别"；他还以厨子和食客的关系比喻作家和批评家的关系，希望吃菜的没有"嗜痂之癖"，没有喝醉了酒责怪厨子"何以不去做裁缝或去造房子"。

　　艺术典型形式的真实性，是鲁迅艺术批评的一个聚焦点。鲁迅认为"在小说里可以发见社会，也可以发见我们自己"，[9] 因而作家必须"参加到社会里去"，依据现实生活提供的材料进行艺术加工、艺术概括，创造出社会上"已有之典型"，而不是"可有的典型"[10]。他欣赏《小小十年》写出一个

"现代的活的青年"，"旧的传统和新的思潮，纷纭于他的一身，爱和憎的纠缠，感情和理智的冲突，缠绵和决撒的迭代，欢欣和绝望的起伏，都逐着这'小小十年'而开展"[11]；而葛琴的短篇小说集《总退却》描写的"人物并非英雄，风光也不旖旎，然而将中国的眼睛点出来了"[12]；他还向中国读者推荐果戈理的《死魂灵》，高度评价作者把"五个地主的典型"写得"真是生动极了"，"直到现在，纵使时代不同，国度不同，也还使我们像是遇见了有些熟识的人物"。[13]鲁迅首肯两位中国作家人物描写和环境描写的典型性，而果戈理则技高一筹，他用"平常事，平常话"深刻地写出了俄国社会生活中"几乎无事的悲剧"。鲁迅自己的小说创作，则运用"杂取种种人，合成一个"的典型化方法，创造出阿Q、祥林嫂、孔乙己、吕纬甫、魏连殳这样一些"老中国的儿女"经久不衰的艺术典型。

鲁迅熟谙艺术的审美规律，他能够十分精细地品味、分析各种小说文本艺术上的独创性。《中国小说史略》评述《儒林外史》的独特风格是"戚而能谐，婉而多讽"，作者所描写"多据自所闻见，而笔又足以达之，故能烛幽索隐，物无遁形"，特别是人物描写，"声态并作，使彼世相，如在目前"；全书"虽非巨幅，而时见珍异，因亦娱心，使人刮目矣。"他还指出《金瓶梅》的"作者之于世情，盖诚极通达"，小说艺术表现上的特点是"凡所形容，或条畅，或曲折，或刻露而尽相，或幽伏而含讥，或一时并写两面，使之相形，变幻之情，随在显见"。这类确切而中肯的艺术分析，可见出鲁迅很强的审美感受力和审美判断力。后来为柔石的《二月》和萧红的《生死场》所作的两篇序文，也能看出他的审美批评特色。《柔石作〈二月〉小引》深入剖析了主人公萧涧秋性格的复杂性及其生存境遇，"他极想有为，怀着热爱，而有所顾惜，过于矜持"，他终于决心遁走，"恐怕是胃弱而禁食的了"。鲁迅认为萧涧秋是近代青年的"一种典型"，"周遭的人物，也都生动"，小说的技术是"工妙"的。《萧红作〈生死场〉序》则以精美的文字评论了《生死场》艺术和精神的特点："这自然不过是略图，叙事和写景，胜于人物的描写，然而北方人民的对于生的坚强，对于死的挣扎，却往往已经力透纸背；女性作者的细致的观察和越轨的笔致，又增加了不少明丽和新鲜。"两篇序文不仅充分肯定了二位左翼作家长篇新作的艺术成就，而且透辟地阐明了作品的思想价值和时代意义，真正做到了社会学批评和美学批评的完美统一。

三、历史的观点和辩证思维方法

在早期论文《文化偏至论》中鲁迅就提出，研究和批评特定时代的文化思想或文学现象，必须做到"稽求既往，相度方来"，探究"其原安在，其实若何，其力之及于将来也又奚若"。后来在《上海文艺之一瞥》中又重申上述观点："惟有明白旧的，看到新的，了解过去，推断将来，我们的文学的发展才有希望。"在鲁迅看来，文艺批评家应有自觉的历史意识，考察错杂纷纭的文学现象，不能割断历史。

他的开山大著《中国小说史略》提供了运用历史的、发展的观点探索文学发展规律的范本。该著对中国小说的历史发展有一宏观描述，认为汉以前的小说多用以"喻道"、"论政"，魏晋志怪以"幻设为文"，"为赏心而作"，"远实用而近娱乐"，鲁迅对魏晋小说的艺术进步是重视的。唐之传奇源出于志怪，但风气大变，"虽尚不离于搜奇记逸，然叙述婉转，文辞华艳"；演进到宋代，"文人之为志怪，既平实而乏文采，其传奇又多托往事而避近闻，拟古且远不逮，更无独创之可言矣"。宋传奇的成就和影响远不如唐传奇，唐传奇对元、明的影响只及于戏曲，清代犹存"拟晋唐小说及其支流"。鲁迅对历代小说审美特征和来龙去脉的描述，可谓透辟之至。该书每章的首段都有关于社会风尚或文化气氛的介绍，寥寥数百字，为小说的文体变迁提供了背景，交代了根由。例如，为什么南朝（宋）会出现《世说新语》，而六朝志怪会转变为清谈小说呢？鲁迅认为，其一是魏晋以来，文人以清谈为高尚，凭名士风度即可进身，于是记录名士言行的《世说新语》应运而生；其二是那时释教、老庄大盛，佛老面目为二，本质则一，"相拒而实相扇，终乃汗漫而为清谈"，是为清谈小说之所以产生的文化哲学基础。这就深刻地揭示出《世说新语》产生的社会历史原因。《〈中国新文学大系〉小说二集序》是鲁迅评论文学研究会和创造社、太阳社之外的20年代小说创作的长篇导论，该文以历史顺序梳理近十年的小说创作，从流派视角评论了思想倾向和艺术风格相近或相异的作家作品。作者尤为关注文学与社会思潮的联系，并从社团、流派的起伏消长，展现第一个十年小说发展的大体轮廓。作家作品评论既顾及流派特征，又不忽视个人风格，既突出重点，又不废全面，真正做到了全面与重点相结合。该文"史"的梳理有条不紊，流派兴衰演变和作家作品评论也极精到而恰当，堪称运用历史观点和辩证思维方法进行小说理论批评的经典大文。

　　具体到作家作品评论，鲁迅认为"至少要知道作者的环境、经历和著作"[14]；"倘要论文，最好是顾及全篇，并且顾及作者全人，以及他所处的社会状态，这才较为确凿。"[15]"三顾及"就是运用历史观点和辩证思维方法评论作家作品的方法。《金瓶梅》被世人视为"淫书"，鲁迅联系明代"万事不纲"的社会背景和"不以纵谈闺帏方药为耻"的世俗颓风，脱去表象，析其真谛，做出客观公允的评价："作者之于世情，盖诚极洞达"，"至谓此书之作，专以写市井间淫夫荡妇，则与本文殊不符，缘西门庆故称世家，为缙绅，不惟交通权贵，即士类亦与周旋，著此一家，即骂尽诸色"。[16] 30年代，叶紫《丰收》中的六个短篇写出了"太平世界的奇闻"，为什么叶紫不写静穆幽远之作，而要写"战斗"的作品呢？鲁迅指出："他的经历，却抵得太平天下的顺民的一世纪的经历，在转辗的生活中，要他'为艺术而艺术'，是办不到的。"[17]从社会状态和作者个人经历两个层面探究原因，就较为确凿有力。即使是标榜"为艺术而艺术"的作家作品，鲁迅也不一概排斥。他说弥洒社的作品"大抵很致力于优美"，但赵景云的《阿美》"好像不能'无所为'，却强有力的写出了连敏感的作者们也忘却的'丫头'的悲惨短促的一世。"浅草—沉钟社发表过《沉自己的船》那样"绝处求生"的好作品，此外的许多作品则低唱"春非我春，秋非我秋"的断肠之曲，这是"那时觉醒起来的知识青年的心情"的真实反映；加以他们从域外摄取来的营养又是"'世纪末'的果汁"，是只好悲哀孤寂地放下了他们的签篌。[18]鲁迅早年特别欣赏勃兰兑斯对西欧、波兰和俄国的文学批评，而勃兰兑斯文学思想的一个来源便是丹纳的种族、环境、时代三元素说，这种特别关注地域环境、文化气氛、种族色彩和作家心态的批评方法，显然得到鲁迅的重视并运用于批评实践。他不赞成"就事论事"的论文，而提倡"知人论世"，这既是中国古代批评方法的传承，也和西方批评理念一脉相承，他在中西方批评理论之间找到了一个很好的契合点。

　　在文艺批评活动中，鲁迅倡导开放的眼光和比较研究方法。他认为批评家应有广博的世界识见和开阔的理论视野，"批评以英美老先生学说为主，自然是悉听尊便的，但尤希望知道世界上不止英美两国"[19]，他主张多看社会科学及其文艺理论的书。早在《科学史教篇》里他就提出了比较分析的批评方法："盖凡论往古人之文，加之轩轾，必取他种人与是相当之时劫，相度其所能至而较量之，决论之出，斯近正矣。"《摩罗诗力说》最早地显露出鲁迅的比较文学才能，他以西方摩罗诗人作参照，表达了对于中国出现"精神界之战士"的渴望；运用比较文学方法进行小说理论批评，多有创造性的发现和精彩的评论。《〈中国新文学大系〉小说二集序》以勃兰兑斯所说的"侨民文学"作参照，评述蹇先艾、许钦文、王鲁彦等人的小说，不是照搬外来的概念，而是重新命名为"乡土文学"。他说这些人的作品无论主观或客观，从北京方面说只是"侨寓文学"，因为"侨寓的只是作者自己，却不是这作者所写的文章，因此也只见隐现着乡愁，很难有异域情调来开拓读者的心胸，或者炫耀他的眼界。"他从地域特点、思想情绪和艺术风格等方面界定了"乡土文学"的流派特征，在研究史上颇具开创性的意义。评论向培良的作品，也注意到西方思潮的影响。向培良的小说《我离开十字街头》发出"虚无的反抗者"响亮的战叫，"在强有力的憎恶后面，发现更强有力的爱"。人们在这里"听到了尼采声"，而这正是狂飚社进军的鼓角，这战叫也"说明着半绥惠略夫（Sheveriov）式的'憎恶'的前途。"这里联系到尼采虚无哲学对狂飚社作家产生的消极影响，剖析了向培良小说的复杂倾向，一针见血地指出作者由当初"很革命"终至走向没落颓唐的思想根源。他在为柔石、叶紫、萧军等人的小说作序时，也常以外国作家做比照，突现出左翼青年作家的文学贡献。比如说《八月的乡村》在主旨和构图上受到《毁灭》的影响，但其"结构和描写人物的手段，也不能比法捷耶夫的《毁灭》"，在比较中阐明了小说的文学史价值和对于"现在的中国"的意义。

鲁迅在《作文秘诀》一文中指出，传统白描技法的特点是"有真意，去粉饰，少做作，勿卖弄"，与骗人的障眼法反一调。"白描"式的求真、求实是作文的法则，也是文艺批评家应具备的基本品质。批评家要尽到剪除恶草，灌溉佳花的社会责任，就必须坚持"好处说好，坏处说坏"的辩证法，不为尊者贤者讳，只为实事求是言。《三国演义》是一部有"相当价值"的文学经典，鲁迅却指出它的三个缺点，其中之一就是"写好的人，简直一点坏处都没有；而写不好的人，又是一点好处也没有。……只是任主观方面写去，往往成为出乎情理之外的人。"[20] 被世人诟骂的《金瓶梅》，鲁迅则为之辩诬，认为"同时说部，无以上之"，充分肯定了它在小说史上的地位。[21] 鲁迅不赞成"用一个一定的圈子向作品上面套，合就好，不合就坏"的批评态度，尤其反对那种合于私意的就"捧着它上天"，不合私意的就"捺它到地里去"的粗暴作风。[22] 1929年《小小十年》出版后，《申报》上有人发表文章说，书中主角从军的"目的不是求民族复兴而是在个人求得出路而已"。鲁迅对这种吹毛求疵的求全责备论极其反感，随即发表反驳文章《非革命的急进革命论者》，指出《小小十年》虽有"说理之处过于多"的缺点，却是一部有生命力的书，而那些

"貌似彻底的革命论者，其实是极不革命或有害革命的个人主义的论客"。

鲁迅一生为培养文学新人倾注了大量心血，他对新人新作的批评，既热情呵护，又严格要求，一向坚持"好处说好，坏处说坏"的原则。例如，看完《八月的乡村》初稿，他觉得"有些地方写得太露骨，头绪也太纷繁"，希望作者删去"说明而非描写的地方"。[23]《萧红作〈生死场〉序》中有"叙事写景，胜于描写人物"一句，鲁迅后来说这句话"也可解作描写人物并不怎么好"；为什么在序文中不明说呢，"因为做序文，也要顾及销路，所以只得说的弯曲一点。"[24] 他还指出张天翼早年的小说"有时失之油滑"，现在"切实起来了"，但有时"伤之冗长"，建议作者删去一些无损于全局的文字，让作品"更有精彩"。[25] 这些披肝沥胆、语重心长的批评和建议，让我们触摸到鲁迅强烈的社会责任感和一颗温暖的艺术良心。

四、"评点"式文体和"主客融合"的境界

从文体来看，鲁迅的小说理论批评和明清之际的古代小说评点有着一脉相承的联系。古代评点派一般不追求近代专题论著那样的独立性、系统性和严格的科学性，通常是以零散的、感性的、具体的点评附于原作之中，在具体的品评中表达评点者对作品、作家、时代和文学本体的鉴赏评议。鲁迅的批评文本，形式多样，精彩纷呈。除了《中国小说史略》和《中国小说的历史变迁》等专题论著之外，常见于他的许多序跋、杂感和书信。他并不着意于构筑小说诗学的理论大厦，而致力于实际的批评活动，以解决关系到文学事业发展的现实问题，他往往在中外作家作品的切实介绍和品评中，随感式地发表对于文学创作和社会人生的意见。这些批评文字既发扬了古代小说评点的优良传统，又汲取了西方现实主义、浪漫主义和现代主义文学批评的丰富营养。鲁迅"评点"式的批评文体，概括起来有如下几个特点。

一是从事实出发探究作品的动机和意义。

传统的小说评点要求一切评论都要从原著出发，为原著服务，而不是从主观意旨或臆想出发。评点的目的是探究作者的创作动机和作品本身的意义与价值，只有从事实出发的批评才能于读者有益，单凭主观想象评论作品的是非曲直，往往将读者引入迷途。在《红楼梦》批评史上，就出现过不少"经学家看见《易》，道学家看见淫"的主观主义批评家，闹出许多笑话。脂砚斋主人点明作者的动机"是欲天下人共来哭此'情'字"，而世人"常把淫

字当作情字，殊不知淫里无情，情里无淫"；[26]鲁迅则联系世态人情和作者经历，点明被许多读者忽略了的地方："盖叙述皆存本真，闻见悉所经历，正因写实，转成新鲜。"[27]俄国作家阿尔志跋绥夫的长篇小说《赛宁》因为描写性欲而遭到许多批评家攻击，鲁迅则依据原著所描写的主人公的言行，结合1905年革命前出现的"性欲运动"思潮，指出敏锐的作者"早在社会里觉到这一种倾向"，便写出"以性欲为第一义的典型人物来"，批评家谴责作者"教俄国青年向堕落里走"，其实是"武断"的；这种性欲描写倾向虽说是"人性的趋势，但总不免是颓唐。"[28]这篇译后记实事求是地评述了《赛宁》思想倾向的复杂性及其在俄国文学史上的价值。

　　二是多样、自由的形式和精粹、优美的语言。

　　在文体样式上，古代小说评点通常是三言两语，"一语点破"，自然也有长达十、百、千言的，往往以眉评、行间评或双行夹评的方式附于作品之中，显得活泼而自由。古代小说评点的理论观点往往是经验性、具体化的，而评论文字则要求文学的精炼性。鲁迅小说理论批评汲取传统评点文体的优长，形式多样，长短不拘，不去追求专题论文那样缜密的逻辑性和严格的科学性，既有鸟瞰某个时段小说创作面貌的长篇导言，也有评介一两部（篇）作品的序跋或杂感，还有与友人讨论文学问题或作家作品的书信，等等。他总是看准批评对象的某些关节点，以精粹、优美的文字进行多层次、多角度的品评。

　　我们先来欣赏《柔石作〈二月〉小引》开头的一段文字："冲锋的战士，天真的孤儿，年青的寡妇，热情的女人，各有主义的新式公子们，死气沉沉而交头接耳的旧社会……"鲁迅依据自己的阅读感受，运用诗意的语言评述了《二月》所描绘的如蜘蛛网似的"无聊的社会"，然后评述了小说主人公萧涧秋这个典型："浊浪在拍岸，站在山冈上者和飞沫不相干，弄潮儿则于涛头且不在意，惟有衣履尚整，徘徊海边的人，一溅水花，便觉得有所沾湿，狼狈起来。"鲁迅说萧涧秋正落在这境遇里，"他其实并不能成为一小齿轮，跟着大齿轮转动，他仅是外来的一粒石子，所以轧了几下，发几声响，便被挤到女佛山——上海去了。他幸而还坚硬，没有变成润泽齿轮的油。"这里，鲁迅运用丰富的比喻，鲜活的形象，传达出批评主旨，可谓"思理入妙，要言不烦"，真正做到了哲理思辨和诗性语言的完美统一。《田军作〈八月的乡村〉序》则是另一类批评文体。鲁迅先以多半篇文字叙述中国的历史和现状，借以印证爱伦堡批评法国上流社会的名言："一方面是庄严的工作，一方面却是荒淫与无耻！"然后仅以一小段文字点评田军小说的主题和意义，最后再以它"当然不容于中华民国"来反证"这是一部好书"。爱伦堡的名言在序文中反复出现了三次，可见这部抗日小说不同凡响的时代意义。这篇鲁迅自称为"不像序"的序文显然不具备一般批评文章的质素，而批判性的命意，随想性的结构，讽刺性的语言，则分明呈现出杂文的文体特征。

三是"主客融合"的艺术批评境界。

文艺批评必须坚持从客观事实出发的认知逻辑，反对凭空臆造的主观主义，但并不意味着主体和客体可以完全分开。按照现代哲学观点，"人不仅仅是认识的主体，而且是知、情、意等的统一体，人不应当仅仅把事物当作自己的外部形象加以认识，而且原始地是和万物一体相通的；人在有了主客二分的自我意识之后，还能进而超越主客二分，在更高的水平上回复和进入主客融合、物我两忘的高远境界。"[29]就是说，批评家和批评对象的关系，不应是主客二分的关系，而是主客融为一体的关系。

就批评旨趣而言，古代小说评点者常常将自己的评点视为一种再创造活动，他们往往把个人的审美趣味和思想感情融入批评对象之中，体现出很强的主观性。张竹坡甚至说："我自做我之《金瓶梅》，我何暇与人批《金瓶梅》也哉。"[30]金圣叹腰斩、改编《水浒》，也强烈地表现出这种主观的批评精神。

鲁迅的小说批评文本主体性也强，但他不赞成全凭主观改制作品，而主张批评家"于解剖裁判别人的作品之前，先将自己的精神解剖裁判一回"。[31]在与批评对象的心灵交流或文化对话中，他总是把自己的生命体验融入批评对象之中，真正进入了"主客融合"的高远境界。例如，《萧红作〈生死场〉序》指明萧红作品的"精神是健全的"，它给人民以"坚强和挣扎的力气"，文末突然笔锋陡转，袒露自己的心情："然而我的心现在好像古井中的水，不生微波，麻木地写了以上那些字。这正是奴隶的心！"但这作品终究还是"搅乱了读者的心"，证明了"我们还决不是奴才"。鲁迅把自己的生命体验忠实地传达给读者，以真诚的精神自剖，给读者以巨大的激励和鼓舞，这类文字显然达到了知、情、意相统一的境界。

在文学翻译活动中，鲁迅写过许多序跋，其中也不乏臻于"主客融合"境界的精粹之作。阿尔志跋绥夫的短篇《幸福》，写雪地上沦落的妓女和色情狂的仆人，揭露俄国社会黑暗和群众愚昧落后，鲁迅在《〈幸福〉译后记》里点评阿氏"如实描出"，"美丑泯绝"的写实本领；然后联系中国国情和文事，感慨系之曰："人们偶然见'夜茶馆的明灯在面前辉煌'便忘记了雪地上的毒打，这也正是使有血的文人趋向厌世的主我的一种原因。"鲁迅由小说主人公的麻木健忘而鞭挞中国人相似的精神弱点并且透视出国内文艺思潮嬗变的社会思想根源。《〈爱罗先珂童话集〉序》和《〈狭的笼〉译后记》也是一流的序、跋，二文指出俄国盲诗人爱罗先珂的童话的中心思想是"无所不爱，然而不得所爱的悲哀"，其中一些作品展现出作者纯洁美好的理想。鲁迅的序跋赞美了爱罗先珂为自由而斗争的"俄国式的大旷野的精神"，"深感谢"作者的"赤子之心"，热情希望"作者不要出离了这童心的美的梦，而且还要招呼人们进向这梦中，看定了真实的虹，我们不至于是梦游者（Somnammbulist）"。在跨文化对话中，鲁迅以诗意的语言抒写出和爱罗先珂一样的爱恨情愁，表达了执著于现实斗争的意志和对作者的亲切关怀，创造出批评主体和客体"一体相通"的艺术境界。

当代一位批评家论及鲁迅文艺批评的文体说："他的方式应该说是传统的，而却到处闪烁着现代的光芒，因而多少像点评的行装，借着他一针见血的功力，洗尽了酸腐儒士的尘埃，晶莹剔透得叫人瞠目。"[32] 这是很中肯的意见。诚然，鲁迅个性化的小说理论批评在"传统"与"现代"之间架设了一座桥梁；它以深沉的历史感和洞若观火、追魂摄魄的艺术力量，为后世批评家提供了经典文本，它无疑也会成为"现在"通向"将来"的伟大桥梁。

注　释

[1] 鲁迅：《且介亭杂文末编·半夏小集》，《鲁迅全集》第6卷，人民文学出版社1981年版，第598页。

[2] [10] 鲁迅：《书信·331220致徐懋庸》，《鲁迅全集》第12卷，人民文学出版社1981年版，第302页。

[3] [德] 黑格尔：《美学》第1卷，商务印书馆1979年版，第352页。

[4] [8] [18] 鲁迅：《且介亭杂文二集·〈中国新文学大系〉小说二集序》，《鲁迅全集》第6卷，人民文学出版社1981年版，第240—241页，第245页，第242—244页。

[5] [20] 鲁迅：《中国小说的历史变迁》，《鲁迅全集》第9卷，人民文学出版社1981年版，第338页，第323页。

[6] 鲁迅：《田军作〈八月的乡村〉序》，《鲁迅全集》第6卷，人民文学出版社1981年版，第287页。

[7] [11] 鲁迅：《三闲集·叶永蓁作〈小小十年〉小引》，《鲁迅全集》第4卷，人民文学出版社1981年版，第147页，第164页。

[9] 鲁迅：《集外集·文艺与政治的歧途》，《鲁迅全集》第7卷，人民文学出版社1981

年版，第118页。

[12] 鲁迅：《南腔北调集·〈总退却〉序》，《鲁迅全集》第4卷，人民文学出版社1981年版，第622页。

[13] 鲁迅：《且介亭杂文二集·几乎无事的悲剧》，《鲁迅全集》第6卷，人民文学出版社1981年版，第370页。

[14] 鲁迅：《而已集·魏晋风度及文章与药及酒之关系》，《鲁迅全集》第3卷，人民文学出版社1981年版，第501页。

[15] 鲁迅：《且介亭杂文二集·"题末定"草（六至九）》，《鲁迅全集》第6卷，人民文学出版社1981年版，第430页。

[16] [21] [27] 鲁迅：《中国小说史略》，《鲁迅全集》第9卷，人民文学出版社1981年版，第180页，第234页。

[17] 鲁迅：《且介亭杂文二集·叶紫作〈丰收〉序》，《鲁迅全集》第6卷，人民文学出版社1981年版，第220页。

[19] [31] 鲁迅：《热风·对于批评家的希望》，《鲁迅全集》第1卷，人民文学出版社1981年版，第401页，第402页。

[22] 鲁迅：《花边文学·批评家的批评家》，《鲁迅全集》第5卷，人民文学出版社1981年版，第428页。

[23] 鲁迅：《书信·350412致萧军》，《鲁迅全集》第13卷，人民文学出版社1981年版，第110页。

[24] 鲁迅：《书信·351116致萧军、萧红》，《鲁迅全集》第3卷，人民文学出版社1981年版，第251页。

[25] 鲁迅：《书信·330201致张天翼》，《鲁迅全集》第12卷，人民文学出版社1981年版，第144页。

[26] 脂砚斋评：甲戌本《石头记》第八回。

[28] 鲁迅：《译文序跋集·译了〈工人绥惠略夫〉之后》，《鲁迅全集》第10卷，人民文学出版社1981年版，第167页。

[29] 张世英：《序》，见严平：《走向解释学的真理——伽达默尔哲学述评》，东方出版社1998年版。

[30] 张竹坡：《第一奇书〈金瓶梅〉·竹坡闲话》。

[32] 许道明：《中国现代文学批评史》，江苏文艺出版社1995年版，第219页。

于2005年4月

鲁迅与沈从文：文学思想和
审美取向比较论

20世纪30年代群星璀璨的文艺家中，鲁迅和沈从文分别是"为人生"派和"为艺术"派的杰出代表。他们差不多在同一时段居住在北京和上海，可彼此从未谋面，从未交往，且多次发生争论；他们之间有过误会，但是在30年代波谲云诡的文坛斗争中，也有过默契，有过声援，还以非常确定的语言互相肯定彼此的文学成就。这种时有论辩而又彼此认同的微妙关系，跟他们的个人经历、文化背景、政治态度和文学思想有着密不可分的关系。本文着重就两位大师的文学思想和审美取向做些比较。

一、"启蒙主义"和"美与爱"的文学观

鲁迅当初是带着毁坏"铁屋子"的要求开始文学创作的。1933年，当普罗文学家标举"阶级斗争"旗帜时，他在《我怎么做起小说来》中，依然重申"十多年前的启蒙主义，以为必须是'为人生'，而且要改良这人生。"鲁迅的小说观念是对儒家为代表的"文以载道"的文学传统的现代传承，它公开承认文学的社会功利性和以深刻的理性精神参与社会改革历史进程的作用。当然它不是为圣人"立言"，而是向"病态社会的不幸的人们"启蒙，也不是天道不变、停滞僵化的观念，而是要求改良和创新，表现出一种昂扬的反传统姿态。鲁迅小说创作的"第一关怀"是国民精神的改造，他的《呐喊》、《彷徨》突显出"改革国民性"的文学主题。"启蒙主义"文学思路的形成跟鲁迅少年时代"家道中落"的人生体验密切相关。"从小康坠入困顿"的经验使他较早地感受到世态炎凉，深刻地悟彻"人性恶"的一面，从此他从"逆子贰臣"的角度看取人生，批判现实，就像瞿秋白所形容的那样："他是野兽的奶汁所喂养大的"，"他从他自己的道路回到了狼的怀抱"。[1]

沈从文在山高林密、蛮野荒僻的湘西边城度过了人生的金色岁月，血管里流淌着汉、苗、土家族的血液，苗族好侠尚义、勇武强悍的民风让他心

仪。他从小最爱习读凤凰城内外"由自然和人事写成的那本大书",倾心于自然与现世微妙的光,稀奇的色,并且以独特的思索和想象去穷究万汇百物的动静。十五岁进入湘西土著部队,在湘西、川东一带服役五年,经年见到的都是流血漂杵的场面,仅一次怀化清乡,就亲见700人被杀,这份经验使他萌生了"乡下人"的强烈主体意识。他感悟到:"自然既极博大,也极残忍,战胜一切,孕育万生,蝼蚁蚍蜉,伟人巨匠,一样在他怀抱中,和光同尘。"山水自然的风华将沈从文塑成只为生命沉迷与痴狂的歌者,他希望释放所有的生命热情和创造力,为"神性"的生命著书立传,像伟大诗人但丁和曹雪芹那样,"能用文字,在一切有生陆续失去意义,本身亦因死亡毫无意义时,使生命之光,煜煜照人,如烛如金。"[2]沈从文以"乡下人"的眼光看世界,一再声称他"对政治无知识,对生命极关心",一个作者"不懂商业或政治,且极可能把作品也写得像样些"。[3]探究生命的意义和人性的光辉,是沈从文艺术创作的终极关怀。

倘说鲁迅是启蒙主义者或许并不全面,事实上鲁迅和沈从文一样,同是生命意志和悲剧生命的探究者。鲁迅早年接受过尼采、叔本华"生命意志"学说,极为重视个体生命的价值和尊严,特别强调人对于自然和社会的能动性、创造力。他考察历史和中国人的现实生存状况,在《我们现在怎样做父亲》中提出了"生命第一义"的观点:"依据生物界的现象,一要保存生命;二要延续这生命;三要发展这生命(就是进化)。"这种建立在生物学基础上的"生命哲学",成为五四时期鲁迅否定封建主义和资本主义文明的思想武器。后来在《两地书·二十四》中,他用"人道主义和个人主义相消长"来描述自己在五四退潮期的思想矛盾。所谓"个人主义",绝非狂飙时代要求人性解放、个性自由的昂扬意识,而是充满了黑暗与虚无的生命体验和"梦醒了无路可以走"的悲怆情怀。鲁迅的文学创作既是直面人生的启蒙文学,也是直面自我的心灵自传,他的创作并没有停留在启蒙理性的认知层面,而是向生命美学层面突进了。

沈从文通常被视为表现人性、倾心艺术的作家,其实他对文学与人生的关系还是有所肯定的。他认为作家对人生要有深厚的同情和悲悯,要有"特殊敏感",才能"从一般平凡哀乐得失景象上,触着所谓'人生'"[4]。他并不认为文学可以脱离人生,只是不肯苟同"为人生"派强调文学对人生的绝对制约作用,不能赞同作家要抱着为人生的目的去创作,也不同意作品内容要以是否符合人生来衡量。和鲁迅、茅盾等"为人生"派作家偏重于表现人的社会生活状态不同，沈从文着意于表现人的自然生命状态："我只想造希腊小庙。选山地作基础，用坚硬石头堆砌它。精致，结实，匀称，形体虽小而不纤巧，是我理想的建筑。这种庙供奉的是'人性'。"[5] 沈从文的艺术观是超功利的，却不是超现实的；他要求文学挣脱"政治"、"宗教"和"商业"束缚，追求人性的美好和人类生存价值的明悟。他所憧憬的艺术，是高于人生、超脱人生的生命艺术；是一种把实用人生转化为审美人生，和人生接触又从人生中升华起来的人类精神想象的艺术。

　　沈从文视文学为人生的感悟和解脱，反对将文学作为实用工具，却不否认文学具有美善人的情操，提升人类道德的社会作用。他梦想以文学进行"经典的重造"，"相信一切由庸俗腐败小气自私市侩人生观建筑的有形社会和无形观念，都可以用文字作为工具，去摧毁重建"。[6] 他明确提出用小说进行"民族品德的重造"，还希望自己的工作"在历史上能负一点儿责任"。苏雪林从他的作品看出了拳拳爱国之心和挥之不去的社会责任，肯定他"想借文学的力量，把野蛮人的血液注射到老态龙钟，颓废腐败的中华民族身体里去，使他们兴奋起来，年轻起来，好在20世纪舞台上与别个民族争生存的权利"。[7]

　　诚然，沈从文给出的通常是"生命"、"人性"、"爱"和"美"这样一些抽象原则，他渴望兴起一场"美与爱"的新宗教以激发青年人对于生命"神性"的搜寻，他对于人类美好未来的种种设计，带有人道主义的空想色彩，在那个风沙扑面、狼虎成群的时代，他的文学梦想是根本无法实现的。沈从文自己也看出这剂药方不过是一个过于认真的"傻头傻脑的乡下人的打算"，他时常嘲弄自己好像"发了疯"，"简直是在同人类本来惰性争斗，同上帝争斗"。[8]

二、"拷问灵魂"和"美在生命"的审美取向

　　情志各异的文学观，使得鲁迅与沈从文的创作在审美取向、悲剧艺术等方面呈现出截然不同的特点。

　　鲁迅是带着对于"人性恶"的灰色记忆离开故乡，去寻找"别样的人们"的。在长期精神漂泊中，他对"家族制度和礼教的弊害"以及人性异化的苦痛感同身受，他的肩上承载着中国知识分子过于沉重的忧患意识和社会责任。创作目的既然是"揭出病苦，引起疗救的注意"，作品便带有极其浓厚的社会批评和文明批评色彩。揭露社会黑暗，拷问人的灵魂，惊醒和召唤人

们去创造没有人吃人的新的时代，成为《呐喊》、《彷徨》的启蒙主题。在浙东"鲁镇"和"未庄"的社会背景上，鲁迅着力描写农民和知识分子的弱点和不幸，其本意并非蓄意展览污秽与丑陋，而是无情面地揭发国民性的自私、巧滑、卑劣，进而追问这些人性弱点产生的思想文化根源。《故乡》中的"我"痛心地发现人与人之间有一道"厚障壁"，阿Q欺侮小尼姑后"飘飘然的似乎要飞去了"，作者苦涩地指出："这或者是中国精神文明冠于全球的一个证据了"，他用反讽的笔调揭出古传的思想、等级制遗风正是人人之间有一道"高墙"的根源，也是闰土、阿Q们奴隶根性的由来。《狂人日记》、《伤逝》、《在酒楼上》、《孤独者》等描写知识分子的小说，与其说是彰显先觉者的启蒙功业，毋宁说是对于启蒙主义本身的拷问和质疑。在《头发的故事》中，鲁迅借N先生之口质问"理想家"："你们将黄金时代的出现预约给这些人们的子孙了，但有什么给这些人们自己呢？"透露出鲁迅对启蒙主体精神弱点的历史沉思。

有论者正确指出鲁迅作品"没有具体现实的美的坐标"，但是否可以由此断定鲁迅生活里"没有爱，也没有诗"，"心几近于死"呢？[9] 鲁迅写过散文诗《好的故事》，他说这故事"美丽，幽雅，有趣，而且分明。青天上面，有无数美的人和美的事，我一一看见，我一一知道。"这故事"在昏沉的夜"里瞬间撕成碎片，不过眼前还留有"几点霓虹色的碎影"。这一篇象征地写出鲁迅对于美好人事、美好社会的诗意向往，事实上他也从不放弃对理想人性的探寻。他笔下的小人物无论怎样落后庸愚，也总是透出蓬勃的生命力和灵魂里的洁白与光辉。鲁迅怀着憎与爱相交织的"大爱"感情，将丑恶指点给人看，是要召唤人们在"审丑"的艺术感悟中，更清醒地看到社会黑暗，从而"化丑为美"，达到净化人的灵魂，提升国民精神境界的目的。

沈从文则不同，他说："我过于爱有生的一切……在有生中我发现了美"[10]；"不管是故事还是人生，一切都应当美一些！丑的东西虽不全是罪恶，总不能使人愉快，也无从令人由痛苦见出生命的庄严，产生那个高尚情操。"[11] 他提出了"美在生命"的美学命题，他所憧憬的文学建筑是供奉"人性"的希腊小庙。古希腊人在城邦民主制下形成了相对独立的人格和人类童年期所独具的对于"美的宗教"的单纯信仰，人们像天真的孩童那样以天国之美为最高境界，甚至像宗教徒那样顶礼膜拜。沈从文与古希腊人显然发生了共鸣，他不去写大丑大恶，而倾心于美的创造，他要用美妙的理想去"占有这一世纪所有青年的心"。《边城》里的翠翠，《三三》里的三三，《长河》

里的天天，都是作者"美"的理想的化身，她们美丽，纯洁，智慧，从外表
到内心都姣好无比。沈从文认为："好的文学作品除了使人获得'真美'感觉
外，还有一种引人'向善'的力量。"[12] 在他看来，"美就是善的一种形式"，
美的极致就是善的极致，而"爱"则是美、善在审美形式上的集中呈现。围
绕翠翠和傩送、天保的爱情故事，《边城》展开了湘西边地祖孙父子兄弟相
亲，人人真诚友爱向善的世风民情。不仅老船夫勤劳本分，慈爱善良，边城
居民重感情，轻钱物，是非分明，任侠仗义，也蔚然成风。翠翠的爱超越了
任何世俗功利，这个情窦初开的少女的爱意，像山间溪水那样清澈透明，它
是人类向善、爱美天性的自然流露，是人性美和人情美的极致。《边城》向世
人展现了一种"优美，健康，自然，而又不悖乎人性的人生形式"，生命价值
的美和善在这里得到最充分的肯定。京派批评家李健吾极为赞赏沈从文对生
命美的追求："他热情地崇拜美。在他艺术的制作里，他表现一段具体的生命
……大多数人可以欣赏他的作品，因为它所涵有的理想，是人人可以接受，
融化在各自的生命里的。"[13]

　　沈从文崇拜朝气，关心自由，赞美胆气大而强有力的人，鄙弃拘谨、小
气、生殖力不足的萎靡生命；他带着新鲜热烈的山野气息登上文坛，热情讴
歌健康、强悍、自然之美，尤其热衷于描写深山大泽中充满世俗欲望、放浪
无忌的原始情爱行为。《雨后》把一对情侣"醉到不知人事"的快乐置放在云
雨掩映、草木葱茏的野山之中，优美的自然环境和人物的浪漫行为配置得极
为优美和谐。《旅店》表现女主人公黑猫"一种突起的不端方的愿望"，运用
心理分析法细腻地书写了生命本能的情欲涌动过程。《柏子》叙述泊船上的水
手与吊脚楼妓女的畸形恋，照样倾注出一腔热情，柏子白天爬桅子夜晚睡女
人，他心甘情愿地把铜钱和精力倾倒在一个妇人身上。在湘西人眼里，性爱
是一种天赋的不可予夺的权利，是一尊和大自然一样庄严无比的神；沈从文
看重的是性爱最为本质的层面：明朗自由，强悍有力，即使是畸形恋也自有
一股刚健清新、生猛活泼的生命气息。

　　鲁迅和沈从文的审美理想颇有相通之处。在《摩罗诗力说》里，他希望
借诗歌的力量"移人性情，使即于诚善美伟强力敢为之域"，他由衷赞美古代
先民勇武战斗、前仆后继的原始生命力，高度评价拜伦、雪莱为代表的摩罗
诗派"刚健抗拒破坏挑战之声"。可见二位作家都极力张扬生命的强力意志，
鄙弃衰弱、疲惫的生命；所不同的是，鲁迅心仪反抗破坏的强力意志，沈从
文神往优美和谐的生命形式。鲁迅也首肯性欲在人类生活中的合理性，认为

"性欲是保存后裔，保存永久生命的事"，"饮食并非罪恶，并非不净；性欲也就并非罪恶，并非不净"。[14]不过，鲁迅从来不写男女交欢，即使涉笔性欲和情爱，也与沈从文大相径庭。《肥皂》、《高老夫子》从伦理道德层面揭露新、老国粹派潜意识里的邪恶欲望，精选的细节，深入的心理剖析，达到"无一字褒贬而情伪毕露"的艺术佳境。鲁迅仅有的一篇爱情题材小说《伤逝》，除了一句"我也渐渐清醒地读遍了她的身体，她的灵魂"有"性"的暗示意味，通篇不见性行为描写；作者却以浓浓的抒情笔调，叙述了一个撼动人心的爱情悲剧，对五四一代启蒙知识分子的精神弱点作了深刻反思。历史小说《补天》含蓄地表现女娲"性的发动"，运用弗洛伊德学说解释人类始祖女娲创造力的源泉，这里既有对性欲的肯定，又注入了歌颂劳动、创造的时代生活内容。由此可见，鲁迅涉笔情爱的作品和沈从文大异其趣，他不屑于呈现形而下的性爱内容，而只是透过性欲或情爱描写，艺术地表达启蒙主义的时代要求；沈从文则采取一种浪漫的广场化的方式，让天地万物、晨昏雨露、流水青山来见证湘西情侣生猛活脱、率性而为的性爱狂欢，他倾心于生命的美丽、自由与雄强。

三、"几乎无事的悲剧"和"心灵冲突的悲剧"

鲁迅和沈从文都是杰出的悲剧作家，他们都从普通人的日常生活取材，用悲剧性的人物和事件表现下层社会的苦难与不幸，他们的悲剧观和悲剧创作却呈现出不同的风貌。鲁迅晚年译介俄国"为人生"派作品《死魂灵》时发现："人们灭亡于英雄的特别的悲剧者少，消磨于极平常的或者简直近乎没有事情的悲剧者却多。"[15]所谓"几乎无事的悲剧"，既具有一般悲剧"将人生有价值的东西毁灭给人看"的审美特征，又触及悲剧的深层结构，即在一种冷静客观的平常人事的叙述中，抒写作者内心深处对于历史和人生的感悟与哀痛。《风波》叙述张勋复辟在偏僻乡村激起的一场"风波"："皇帝坐龙庭"的谣传引起被剪了辫子的农民七斤全家的恐慌，地主赵七爷喜形于色，村民们幸灾乐祸，可是复辟"风波"一过，乡村又恢复了往日的贫穷与静寂。作者从普通人的灵魂深处构设悲剧，绘出一幅沉滞悲凉的乡村社会风俗画。此外，像《故乡》、《阿Q正传》、《孔乙己》、《示众》、《伤逝》等也都是典型的"几乎无事的悲剧"。这些作品有别于古典"英雄悲剧"和"命运悲剧"，它不是描写英雄人物的悲壮抗争，也不是展开两种力量剧烈的矛盾冲突，而是表现普通人在社会生活中发生的意识和观念的对抗；它不像古典悲剧那样能够唤起人们"悲壮"、"崇高"的情感，而是像果戈理小说那样，"以不可见之泪痕悲色，振其邦人"[16]，或者像鲁迅所爱重的凯绥·珂勒惠支的版画那样，"以无声的描线，侵入心髓，如一种惨苦的呼声"，使人们"严肃地考虑问题而坐卧不安"。[17]

　　和鲁迅强调悲剧的社会性不同，沈从文更为关注心灵的冲突。他认为悲剧"不是死亡，不是流血，有时并且流泪也不是悲剧。悲剧应当微笑，处处皆是无可奈何的微笑。"悲剧的构成在于个体有一颗"顽固的心"，当事业或欲望受挫时，虽"能在新的道德观念内做一个新人，然而自己又处处看出勉强"，这种"心"的冲突就是悲剧。[18]在他看来，主体性意志受挫或毁灭就会酿成悲剧。《边城》集中体现了沈从文对于生命和人生的悲剧思考。天保自沉水底，傩送不知所终，老渔夫风雨之夜溘然长逝，翠翠在渡口茫然期待，还有清溪的白塔突然坍塌……这一切无疑演绎了一出心灵悲剧，透露出作者内心"隐伏的悲痛"，也是作者面对理想与现实难解的矛盾而创设的一个遥远的梦境。沈从文说，这里的"一切充满了善，然而到处是不凑巧。既然是不凑巧，因之素朴的善终难免产生悲剧。"[19]鲁迅意在揭示悲剧的历史必然性，而沈从文关于悲剧缘于素朴的善"不凑巧"而受挫的说法，提示了悲剧的偶然性。

　　两位作家的悲剧创作，也因悲剧观的异趣而有所不同。就审美内容而言，鲁迅要求从"现在生活的感受"出发，写出人生的"血和肉"来；沈从文却说："神圣伟大的悲哀不一定有一滩血一把眼泪，一个聪明作家写人类痛苦或许是用微笑表现的。"[20]如果说鲁迅的悲剧作品是"严峻"人生，"苦难"审美，沈从文的作品则是"微笑"人生，"距离"审美，他既然信仰"一切有生皆美"，就能以哀而不伤、悲而不绝的态度，诗化社会给人造成的痛苦而发出"微笑"。

　　从"揭出病苦，引起疗救"的启蒙视角出发，鲁迅小说着意于人物性格塑造，质疑社会，追问根源，悲剧的指向性和批判的逻辑性很强，悲剧发生既有社会原因，又有性格原因。《祝福》中祥林嫂死了丈夫和阿毛，没有压垮她，"好女不嫁二夫"的妇教礼法和阴间对不贞妇女的酷刑，让她失去了活下去的勇气；祥林嫂的"逃"、"撞"、"捐"、"问"，固然有抗争意义，但她以旧的道德规范反抗命运，则显出愚昧、保守，她最终的忍耐和忍从，是悲剧的主观原因。《孤独者》以魏连殳"救众"—"憎人"—"复仇"的人生三部曲，写出旧时代知识者的生存困境和"梦醒了之后无路可以走"的悲剧。社会的黑暗，群众的守旧和启蒙者的精神弱点，都有深刻的揭示。鲁迅的悲剧作品以沉郁顿挫的风格，独具个性的人物形象，力透纸背的描写，产生巨大的社会效应和经久不衰的艺术魅力。

沈从文的名言是"美丽总令人忧愁，然而还受用"[21]，其悲剧性作品《边城》、《萧萧》、《月下小景》、《媚金·豹子与那羊》等，无不回荡着"美丽"而"忧愁"的基调。他的小说不注重人物个性和内心世界刻画，情节安排也不以人物为中心，人物性格大抵恒定不变。通常他从两个方向探索悲剧根源：一是近代文明异化了人性；二是民俗禁忌和乡风陋习酿成悲剧，这两类作品也都具有文化批判的意义。

深深体味到城市文明对于人性的戕害，是沈从文小说创作的逻辑起点。他认为"人固然产生了近代文明，然而近代文明也就大规模毁灭人的生命（战胜者同样毁灭）。"[22]近代文明的最大流弊是"人对于自然之违反"，他的一些以城市为背景的小说，如《绅士的太太》、《八骏图》、《大小阮》、《某夫妇》等，便不遗余力地鞭挞近代文明的堕落和荒诞性。当他回过头来反观湘西社会时，惊讶地发现："'现代'二字已到了湘西"！[23]记忆中淳朴、静美的湘西蜕变了，连仅有的煤油灯和抒情气氛也消失了，代之而起的是"实际社会培养成功的一种唯实唯利庸俗人生观"。《丈夫》讲述湘西一种类似"典妻"的奇异习俗，两性关系的商品化，典型地揭出近代文明怎样扭曲了边地淳朴的乡风和自然人性。"丈夫"无法忍受水保、醉兵和巡官对妻子的非人践踏，终于把钞票撒了一地，带妻子回乡下去了。小说诚然赞美了生命在痛苦中的醒悟，但是湘西历史变迁中无法阻挡的堕落趋势，还是令人"忧愁"的悲剧。我们从《夫妇》、《七个野人与最后一个迎春节》等篇，也能听到作者"进步了，沦落了"的无可奈何的叹息。

在沈从文的悲剧作品里，习焉不察的民俗禁忌和乡风陋习也会成为悲剧的制造者。《媚金·豹子与那羊》将一个古代青年殉情的故事重新演绎一回：豹子为了送给心爱的姑娘媚金一只小白羊，第一次约会就意外地迟到了，媚金以为受骗而自杀，豹子在说明真相后也拔刀殉情。按照少数民族习俗，恋人间失约是要受到惩罚的，一场误会让这对少男少女丢了性命，作者为人间"诚"与"爱"谱写了一曲悲歌，悲剧起因于民俗禁忌和误会，纯属偶然。《萧萧》则以一个平常女人的一生，写出乡土社会习以为常的道德习俗对人性的戕害。偷食禁果的童养媳萧萧侥幸没被沉潭或被发卖，但她的理性世界混沌一片，她早已丧失了追求自由幸福的意志，灵魂永安于这种静如死水的道德和生活。萧萧悲剧的独特性不仅在于揭出保守的乡土社会的荒谬与悲哀，而且从乡土生活的"常"与"变"中洞察出人性被压抑被扭曲的可悲现实。

就创作方法和审美形式而言，两位作家的悲剧创作也有明显差异。鲁迅通常以严格的现实主义态度，直面人生，构设悲剧。他通常是在特定的历史、文化背景上展开悲剧人物的命运，如《阿Q正传》、《药》、《风波》、《头发的故事》在辛亥革命背景上表现群众的愚昧和革命者的悲哀；《在酒楼上》、《孤独者》、《伤逝》、《幸福的家庭》则是对五四思想革命运动的历史沉思。这些作品抓住时代脉搏，揭示出社会改革历史进程中悲剧冲突的必然性，把艺术真实和历史真实紧密地结合起来。鲁迅尤其擅长于从人与社会、人与人、人与自身的精神冲突，创造出具有很高美学价值的现代悲剧。物质上一贫如洗，社会地位卑贱如尘芥，固然是阿Q的不幸；而不敢正视现实，用"瞒"和"骗"麻醉自己，灵魂永远迷失在精神胜利的幻影里，则是阿Q更为深重的悲剧。《阿Q正传》采用悲喜剧相交融的笔法，表现一个精神奴隶的辛酸和挣扎，阿Q悲剧具有震慑人心的审美功效。

鲁迅视"真实"为创作的生命，沈从文的审美追求与其说是"真"，毋宁说是"美"，他认为"一切艺术都容许作者注入一种诗的抒情，短篇小说也不例外。"[24] 他的绝大多数作品并不注重真实地描绘现实，有时甚至为了"美"而淡化"真"。他并不完全赞同唯美派大师王尔德关于"叙述美而不真之事物，乃艺术之正务"的观点，但是承认自己的文字中有它的"回音与反光"。[25]从创作方法看，沈从文与鲁迅最明显的差异在于：其一，他的小说创作"充满了传奇性而又富于现实性"[26]，他希望通过"现实和梦境两种成分的混合"来抒写自己的情绪和理想，"现实"即"社会现象"，指人与人的种种关系，"梦境"系指"人的心或意识"的种种活动。因此即使是悲剧作品，也洋溢着一种讴歌爱与美的浪漫主义精神和田园诗情调。其二，他倾心于"感觉与事象"的捕捉与描写："我除了用文字捕捉感觉与事象以外，俨然与外界绝缘，不相粘附"；[27] "我就是个不想明白道理却永远为现象所倾心的人"。[28] 由此可以看出沈从文追求客观化、场景化的自觉性，他善于调动各种感官去捕捉感觉印象，重感性而淡化理性的创作个性使他的作品更加贴近自然真实。

沈从文的悲剧创作通常从现实人生和民间故事传说中汲取题材，即便是现实题材的作品，如《边城》，也与现实生活保持距离，醉心于"创造一点纯粹的诗，与生活不相粘附的诗"。[29] 而取材自民间故事和传说的作品，如《媚金·豹子与那羊》、《七个野人与最后一个迎春节》、《月光小景》等，更具浪漫传奇色彩。《月光小景》讲述生命受到压抑进行拼死突围和反抗的故事，是少数民族民间故事的现代演绎。为了抗议女子不准和初恋情人永结同心，而只能和第二个恋人结婚的"魔鬼习俗"，一对情人在月光下野合后双双服毒自尽了。这是一支歌唱生命与自由的恋歌，然而战胜命运却只有死亡这条路，生存的意义结束在死亡里！悲剧的字里行间充满了对"魔鬼习俗"的抗争情绪，它显然不同于鲁迅争天拒俗、反抗挑战的呐喊，而满蕴着"美丽"和"忧愁"的浪漫情愫。沈从文说："我不大能领会伦理的美。接近人生时，我永远是个艺术家的感情，却绝不是所谓道德君子的感情。"[30]他的悲剧作品不是启示我们去分清美恶，奋起反抗，而是给我们一些色彩，一些音乐，一些传奇，引领我们脱离苦难，向爱与美的佳境驰骋。

作为艺术家，沈从文对大自然情有独钟，当他单独"默会"自然景物时，无不"感觉到生命的智慧和力量"。[31]在他看来，自然是一个有生命有思想的"神性"存在，从那里面可以感悟到生命的丰富、伟大，可以找到爱与美相交融的情感，这种以泛神论为核心的泛自然审美观，在其创作中突出表现为人与自然的相互映衬、相互融合，体现出人与自然、人与社会环境的高度和谐统一。在他笔下，山川田畴，草木灵兽，日月星辰，四时八节，与小说主人公任侠仗义的自由意志和醉酒狂欢的生命精神总是共存共生，辉映成趣。他的小说不以人物性格成长作为情节发展轴心，而采用诗化、散文化的叙事结构，追求自然流畅、整体和谐的节奏，他说自己的创作是"情绪的体操"，"抽象的抒情"。在《边城》、《萧萧》、《月下小景》等悲剧作品里，他用平和的笔调抒写内心隐痛，此类作品便获得一种痛定思痛的艺术魅力。

沈从文酣畅淋漓地描写大自然，和鲁迅有意规避大自然描写的艺术方法判然有别。据王士菁《鲁迅传》记载，鲁迅曾对李霁野说过："我的文章里找不出两样东西，一是恋爱，一是自然。要在用一点自然的时候，我不喜欢大段的描写，总是拖出月亮来一用罢了。"事实正是这样，鲁迅从不大段描写自然环境，即使不可免地偶尔用到，也只是"今天晚上，很好的月光"（《狂人日记》），或是"我的心地就轻松起来，坦然地在潮湿的石路上走，月光底下"罢了（《孤独者》），意在透出一种社会氛围，或是衬出主人公的某种心境。

四、"异途同归"的文学寻梦者

　　文学观点和审美取向不同，并不妨碍鲁迅与沈从文在各自的文学道路上创造出精美辉煌的艺术品，鲁迅现实批判的力度和沈从文艺术表现的纯美，都达到很高的境界。可是，当他们在20世纪30年代风云际会的文坛相遇时，就难免会发生擦枪走火的事。论争原因当然不止于文学观点的分歧，跟他们的政治态度也不无关系。事实上他们不仅辩论文学问题，还涉及"禁书问题"、文坛"争斗"、作家的"商业"化和"政治"化等敏感问题，这些问题跟他们对"无产阶级革命文学运动"和"社会革命"的看法密不可分。30年代的鲁迅从绅士阶级的"逆子贰臣"进向无产阶级的诤友和战士，倡导无产阶级革命文学运动并成为左翼文坛盟主，对国民党文化专制进行了不屈的斗争；沈从文不赞成"共产革命"和"无产文学"，他坚守反战、和平的立场，反对左、右两翼作家把文学政治化，而醉心于美善、博爱、道德、自由与和平。二人立足点如此不同，相互指摘和论辩势不可免。明乎此，二人关系研究中有些纠缠不清的疑问也就迎刃而解了。在鲁迅与其他作家的比较研究中，回避政治，淡化是非，把社会历史运动降解为私人事件，把"公怨"转化为"私仇"，把公共政治改换为个人品德，都是不足取的。

　　比较阅读两位作家在30年代的著作我们会发现，即使在争论中他们也有彼此声援和互相肯定。例如1930年，鲁迅在《硬译与文学的阶级性》中批评沈从文的作品同徐志摩的诗、凌淑华的小说一样，是"读了会'落个爽快'的东西"；同年，沈从文在《论中国创作小说》中赞赏鲁迅《呐喊》、《彷徨》的"超越"和"完美"，给了读者"一种精神的食粮"。1933年，在关于"京派"与"海派"的论争中，二人互有指摘，但是在抨击上海商业文化的种种丑怪现象（如"'名士才情'与'商业竞卖'相结合"的"白相"文学，颓废的才子和低级趣味的新礼拜六派，"幽默"风气和剽窃作风等）上，二人的观点非常接近。同一年，沈从文又在《鲁迅的战斗》中肯定鲁迅是"勇敢的战士"，并批评鲁迅的"天真"和"带有某种颓废、病态的任性"。1934年，沈从文发表《禁书问题》，批评政府当局查禁书刊、"压迫和摧残"作家是"野蛮人的行为"，官方报纸《社会新闻》攻击他"站在反革命的立场"上说话，鲁迅对沈从文在文章中表白"我是个欢喜秩序的乡下人，我同意一切真正对于这个民族健康关心的处置"有所不满，便在《隔膜》一文中揶揄沈从文"忠而获咎";同年,鲁迅却在给友人的书信中,对当局删节沈从文《记丁玲》一文打抱不平。[32] 1935年,沈从文在《读〈中国新文学大系〉》中批评鲁迅的小说选本有"抑彼扬此"的缺点,在《谈谈上海的刊物》中把鲁迅和林语堂关于小品文的论争说成是"私骂"性的"争斗";鲁迅作《七论"文人相轻"——两伤》》,批评沈从文"无是非曲直之分"的错误态度,同年又赞扬文化生活出版社编辑出版沈从文、巴金等12位作家创作集的主意"并不坏"。[33]在文艺论争中,年轻的沈从文始终表现出对鲁迅的尊重,保持着独立的见解和节制、平和的风度,而鲁迅对持有不同意见的青年作家,也坚持"好处说好,坏处说坏"的求实态度。

1936年,鲁迅在和埃德加·斯诺的一次谈话中说:"自从新文学运动以来,茅盾、丁玲女士、郭沫若、张天翼、郁达夫、沈从文和田军(萧军)大概是所出现的最好的作家。这里包括了最好的短篇和长篇小说家。沈从文、郁达夫、老舍等人的'小说'实际上只是中篇小说或长的短篇小说,他们是以短篇而闻名的,不是由于他们对长篇小说的尝试。"[34]鲁迅把沈从文誉为中国新文学界"最好的作家",对沈从文的文学才华和文学史上的地位评价很高。鲁迅逝世后,沈从文在为纪念鲁迅逝世11周年而作的《学鲁迅》中,从鲁迅对古文学研究和整理的功绩,鲁迅杂文对现实社会和民族精神弱点的深刻批判,以及鲁迅是乡土文学发轫的功臣和"领路者"等三方面,全面客观地评价了鲁迅"奠基性"的文学成就;还认为"先驱者"鲁迅"天真诚恳"、"素朴无华"的人品"尤足为后来者示范取法"。

鲁迅和沈从文从误解、争论到彼此有保留的肯定、认同,成为中国新文学史上的一段佳话。他们二位都是有"梦"的作家,鲁迅"国民性改造"的"梦"和沈从文"民族品德重造"的"梦"相互辉映;鲁迅经历过"梦醒了无路可以走"的痛苦,从没有路的地方走出一条路来,沈从文通过"现实和梦境两种成分的混合",书写自己爱与美的理想。不管他们在文学思想和政治态度上有多大距离,无论他们有过多少误会、分歧和相互批评,都没有妨碍他们对彼此艺术造诣的欣赏和客观公正的评价。他们共同的对于"生命意志"的张扬和对于生命价值的关怀,他们共同的对于"人性解放"的向往和对法西斯文化专制主义的揭露,他们对于30年代海上文坛"商业化"弊端和浮靡、虚伪风气的抨击,还有他们一脉相承的对于乡土文学的开拓、探索与创新,表明他们在文学寻"梦"的道路上总是大方向一致,文心相通。沈从文说得好:"每个文学者不一定是社会改革者,不一定是思想家,但他的理想,却常常与他们异途同归。他必具有宗教的热情，勇于进取，超乎习惯与俗见而向前。一个伟大作品，总是表现人性最真切的愿望！——对于当前黑暗社会的否认，对于未来光明的向往。"[35]鲁迅和沈从文的"异途同归"，不仅给我们留下了宝贵的历史记忆，也给新世纪中国文学和文化建设的健康发展提供了极为有益的思考。

注　释

[1] 瞿秋白：《〈鲁迅杂感选集〉序言》，《鲁迅杂感选集》，上海出版公司1953年版，第3页。

[2] [8] [10] [21] [22] 沈从文：《烛虚》，《沈从文文集》第11卷，花城出版社1984年版，第265—277页。

[3] [4] [12] [24] 沈从文：《短篇小说》，《沈从文文集》第12卷，花城出版社1984年版，第114—126页。

[5] [27] 沈从文：《〈从文小说习作选〉代序》，《沈从文文集》第11卷，花城出版社1984年版，第49页，第42页。

[6] 沈从文：《长庚》，《沈从文文集》第11卷，花城出版社1984年版，第291页。

[7] 苏雪林：《苏雪林选集》，安徽文艺出版社1989年版，第456页。

[9] 裴毅然：《鲁迅与沈从文美学风格比较》，《杭州大学学报》（社会科学版）1994年第1期。

[11] [25] 沈从文：《看虹摘星录·后记》，《沈从文文集》第11卷，花城出版社1984年版，第48—53页。

[13] 李健吾：《边城》，《李健吾文学评论选》，宁夏人民出版社1983年版，第52页。

[14] 鲁迅：《坟·我们现在怎样做父亲》，《鲁迅全集》第1卷，人民文学出版社1981年版，第131页。

[15] 鲁迅：《几乎无事的悲剧》，《鲁迅全集》第6卷，人民文学出版社1981年版，第371页。

[16] 鲁迅：《摩罗诗力说》，《鲁迅全集》第1卷，人民文学出版社1981年版，第64页。

[17] [法] 狄德罗：《论戏剧艺术》，《古典文艺理论译丛》第1辑。

[18] 转引自谢昉：《沈从文悲剧观的现代性体认》，《辽宁师范大学学报》（社会科学版）2008年第1期，第90页。

[19] [29] [31] 沈从文：《水云》，《沈从文文集》第10卷，花城出版社1984年版，第265—280页。

〔20〕沈从文:《废邮存底·给一个写诗的》,《沈从文文集》第11卷,花城出版社1984年版,第303页。

〔23〕沈从文:《〈长河〉题记》,《沈从文文集》第7卷,花城出版社1984年版,第2页。

〔26〕沈从文:《新废邮存底·二十五》,《沈从文文集》第12卷,花城出版社1984年版,第74页。

〔28〕〔30〕沈从文:《从文自传·女难》,《沈从文文集》第7卷,花城出版社1984年版,第179页。

〔32〕见鲁迅:《340901·致赵家璧》,《鲁迅全集》第12卷,人民文学出版社1981年版,第513页。

〔33〕见鲁迅:《340910·致肖军》,《鲁迅全集》第13卷,人民文学出版社1981年版,第208页。

〔34〕〔美〕妮姆·威尔斯:《现代中国文学运动》。见〔美〕埃德加·斯诺编《活的中国》(附录一),湖南人民出版社1983年版,第355页。

〔35〕沈从文:《给志在写作者》,《沈从文文集》第12卷,花城出版社1984年版,第110页。

于2009年5月

鲁迅与沈从文的论辩及其他

  在中国现代文学史上，鲁迅和沈从文都是蜚声中外的文学大师，美国汉学家金介甫在《沈从文论》中赞同司马长风等评论家的意见，说"沈从文作为第一流的现代作家，仅次于鲁迅"[1]。在上世纪二三十年代，他们之间有过误会和不满，但是在30年代的文学论争中，也有过默契和声援，还以非常明确的态度相互肯定。回眸这段文坛往事，对于当代中国文学建设和文学的健康发展不无启示。

  1922年，沈从文结束了五年的军旅生涯离开湘西，可迎接他的不是如花似锦的前程，而是大都市的黑暗与不公。在北平，考大学落了榜，找工作又无着落，一边在北大听课，一边躲在冰冷的小屋里练习写作。物质生活的极度贫困让他饱尝人生苦味，由于贫穷而倍受歧视的境遇给他留下痛苦的记忆。1924年冬，沈从文曾致信郁达夫求助。郁达夫在沙滩学生公寓见到逆境中的沈从文，稿纸、桌上沾满了鼻血，郁达夫于心不忍，请他吃饭，送他围巾，还发表著名文章《给一个文学青年的公开状》，把失意潦倒的文学青年的艰窘处境公诸于世，对黑暗不公的社会环境大加抨击。1924—1925年，沈从文以休芸芸的笔名在《京报》副刊和《晨报》副刊发表文章，受到郁达夫、徐志摩的赞赏，此后沈从文和"新月派"成员过从甚密。"新月派"代表人物大多是欧美留学归来的绅士文人和知名作家，而只读过几年私塾的"乡下人"沈从文，凭借着坚执的文学理想和对人事自然的锐敏感悟，也迅速地跻身于文坛新秀之列。

  1925年7月，沈从文在《国语周刊》撰文，鲁迅时在北京，他在给钱玄同的信中提到："这一期《国语周刊》上的沈从文，就是休芸芸，他现在用了各种名字，玩各种玩意儿。"[2]鲁迅显然对沈有误会，无好感。原来，此前鲁迅收到一封署名"丁玲"的求助信，当时鲁迅不知丁玲是谁，恰巧那天荆有麟来访，"荆见到信上细小的钢笔字迹，便武断地说'丁玲'是'休芸芸'（即沈从文）的化名。"[3]鲁迅未加核实，便相信了荆有麟的话。当然，误会的生成有多重原因：其一，丁玲、胡也频、沈从文的字迹都"细小如蚊虫"，靳的判断并非全无根据；其二，鲁迅一向乐于帮助逆境中的文学青年，尤其是谋生无门、走投无路的女青年。此前北大学生欧阳兰曾以女人名字请鲁迅推荐发表过文章，鲁迅上了一回当，便认定沈从文现在又用"女人之名"来忽悠他；其三，当时沈从文在《现代评论》杂志社做录事，而鲁迅与现代评论派（后演变为"新月派"）论战正酣，对沈从文当然没有好感。丁玲见不到鲁迅回信，让胡也频面见鲁迅，胡自称是"丁玲女士的弟弟"，鲁迅更其恼火："说我不在家！"胡也频吃了闭门羹，鲁迅和沈从文失掉一次消除误会的机会。鲁迅后来在给钱玄同的信中提到这件事："且夫'孥孥阿文'，确尚无偷文如欧阳公之恶德，而文章亦较能做做者也。然而敝座之所以恶之者，因其用一女人之名，以细如蚊虫之字，写信给我，被我察出为阿文手笔，则又有一人扮作该女人之弟来访，以证明实有其人。"[4] 所谓"孥孥阿文"、"阿文"即指沈从文，当时《国语周刊》曾发表过一首沈从文记录的湘西民谣："六月不吃观音斋，/打个火把就可以跑到河边去照螃蟹。/'耶乐耶乐——孥孥哎！'/今天螃蟹真叫多，/怎么忘了拿箩箩。"即使误会多多，鲁迅对沈从文的文德和"能做"文章还是肯定的。后来鲁迅从朋友那里知道确有丁玲其人，负疚地说："那么，我又失败了。既然不是休芸芸捣的鬼，她（丁玲）又赶着回湖南老家去，那一定是在北京生活不下去了。""她那封信，我没有回她，倒觉得不舒服。"[5] 明白了事情真相，鲁迅对沈从文的误会自然也随之释然。

1928年，随着新文化运动中心南移，沈从文从北京南迁上海，他以几乎每月一本书的速度为一些小书店写稿，成为当时颇有名气的"多产作家"。经胡适等人引荐，他先后在中国公学、武汉大学和青岛大学执教。鲁迅那时也在上海定居，在《290721致章廷谦》信中，曾提及青岛大学聘任陈源、沈从文执教一事。其后几年间，鲁、沈二人在文章、书信中互有批评。例如1930年，鲁迅在《硬译与文学的阶级性》中强调文学的阶级性，批评沈从文的小说和徐志摩的诗、凌淑华的小说一样，都是"读了会'落个爽快的东西'。"1931年，沈从文在《祭胡也频》一文中埋怨那个"自以为聪明的人（鲁迅）"误解了他，等等。

1930年代的文学论争中，鲁迅和沈从文有过几次交锋，既有相互批评，也有大方向一致的默契和声援。

——关于"京派"与"海派"的论辩。

1933年10月，沈从文发表《文学者的态度》，批评上海一些作家"在上海赋闲"，"在玩票白相精神下打发日子"，希望文学家改变态度，以"厚重，诚实"的态度从事文学创作，由此引发了"京派"与"海派"的论争。其后又作《论"海派"》、《关于"海派"》等文，谴责海派文人"'名士才情'与'商业竞卖'相结合"的坏风气。在沈从文那里，"海派"是一特指概念，"茅盾、叶圣陶、鲁迅"这些"可尊敬的作家"不在其列。鲁迅作《"京派"与"海派"》、《北人与南人》等文，回应沈从文"扬'京派'而抑'海派'之言"，指出"'京派'是官的帮闲，'海派'则是商的帮忙而已"，劝勉南、北作家"缺点可以改正，优点可以相师"，希望北方文人利用研究或创作上的优越条件，"能够看见学术上，或文艺上的大著作"。其实这场论争中，二人虽互有指摘，但是在抨击上海商业文化的种种丑怪现象上，观点非常接近。沈从文在1980年和金介甫的谈话中曾提到这场论争："鲁迅批判的人正是我指摘的那些人，但鲁迅批评他们，那完全合理，我指摘他们那便完全不合理。"[6]

——关于"禁书问题"的批评和声援。

1934年，国民党中央党部查禁文艺作品149种，沈从文发表《禁书问题》，批评政府当局查禁书刊、"压迫和摧残"作家是"野蛮人的行为"，官方报纸《社会新闻》攻击他"站在反革命的立场"上说话；鲁迅对沈从文在文章中表白"我是个欢喜秩序的乡下人，我同意一切真正对于这个民族健康关心的处置"有所不满，便在《隔膜》一文中揶揄沈从文"忠而获咎"；同年，鲁迅在给友人的书信中，对沈从文的《记丁玲》被当局删节鸣不平："《记丁玲》中，中间既有删节，后面又被截去这许多，原作简直是遭毁了。以后的新书，有几部恐怕也不免如此罢。"[7]可见，在反对国民党文化专制的大方向上，鲁、沈二人还是同声相应，同气相求的。

——关于"文坛斗争"的态度。

1935年8月，沈从文在《谈谈上海的刊物》中把《太白》、《文学》与《论语》、《人间世》关于小品文的论争说成是"私骂"性的"争斗"，还说："凡骂人的与被骂的一股脑儿变成丑角，等于木偶戏的互相揪打或以头互碰，除了读者养成一种'看热闹'的情趣以外，别无所有。"[8]鲁迅在《七论"文人相轻"——两伤》中对沈从文这种"没有是非曲直之分"的无原则态度提出批评，他严肃地指出："纵使名之曰'私骂'……在'私'之中，有的较近于'公'，在'骂'之中，有的较合于'理'的"，评论者应"加以分析，明白的说出你究以为那一面较'是'，那一面较'非'来。"

——关于《中国新文学大系》的编选。

1935年，赵家璧约请"五四"一代著名作家就"第一个十年"的思潮和创作编选一套《中国新文学大系》（共10集），鲁迅应邀编选其中的"小说二集"。"大系"由上海良友图书公司出版后，沈从文很快就在天津《大公报》撰文推荐，并且发表书评《读中国新文学大系》，肯定这套选集对于中国读者作出了"很大的贡献"。同时，也指出"美中不足"之处，其中特别提到鲁迅选本"有抑彼扬此处"，"取舍之间不尽合理"，"把沉钟社、莽原社实在成绩估价极高"等。沈从文以认真严肃、披肝沥胆的态度向负有盛名的编选者提出批评建议，实为现代文学批评史上可圈可点的范例。

今有论者指出鲁迅选本不选沈从文小说是个"缺憾"，因为据说1935年的沈从文不仅有《边城》在国文周报连载，还有《从文自传》、《乡情散记》这样影响巨大的作品问世；鲁迅在《中国新文学大系小说二集·序言》里面既然看好乡土文学，却不选乡土文学代表作家沈从文的作品，是不是对沈抱有成见？是不是编选原则和标准出了问题？讨论这个问题，有必要澄清两点：其一，"新文学大系"的选录范围仅限于1917—1926年的作品，鲁迅在"序言"中特别声明："一九二六年后之作即不录"；其二，沈从文1926年前初涉文坛，尽管写过一些抒写自我的小说和印象写实的回忆性作品，但是特色鲜明的、具有广泛影响的乡土小说尚未面世。原来，《中国新文学大系小说二集》不选沈从文小说事出有因，并非鲁迅"对沈抱有成见"。至于鲁迅选本的取舍、抑扬是否得当，编选标准是否合理，见仁见智，原是可以讨论可以批评的。

可是，不管他们在文艺思想和政治态度上有多远的距离，无论他们有过多少误会、分歧和相互批评，也不妨碍他们对彼此的文学造诣进行客观公正的评价。1936年，鲁迅在和埃德加·斯诺的一次谈话中说："自从新文学运动以来，茅盾、丁玲女士、郭沫若、张天翼、郁达夫、沈从文和田军（萧军）大概是所出现的最好的作家。这里包括了最好的短篇和长篇小说家。沈从文、郁达夫、老舍等人的'小说'实际上只是中篇或长篇的短篇小说，他们是以短篇而闻名的，不是由于他们对长篇小说的尝试。"[9]鲁迅把沈从文列入中国新文学界"最好的作家"之列，对沈从文的文学才华和文学史上的地位给出客观、公允的评价。经由鲁迅推荐，沈从文的短篇《柏子》编入埃德加·斯诺辑录的现代中国小说集《活的中国》，赢得了海外的读者。

沈从文对鲁迅的认识也有一个发展过程。1930年，他在《论中国创作小说》中肯定鲁迅《呐喊》、《彷徨》的"超越"和"完美"，给了读者"一种精神的食粮"，尤为欣赏《故乡》、《示众》一类作品艺术上的"纯粹"，"用作风景画那种态度"，"以准确鲜明的色，画出都市与乡村的动静"，但又说鲁迅作品"混和的有一点颓废，一点冷嘲，一点幻想的美"，"《阿Q正传》在艺术上是一个坏作品"。1933年，在《鲁迅的战斗》中肯定鲁迅是"勇敢的战士"，又批评鲁迅的"天真"和"带有某种颓废、病态的任性"。上述评价尽管并不完全准确，但是如此积极、热情地肯定鲁迅，在30年代初期还是难能可贵的。1947年，在纪念鲁迅逝世11周年的《学鲁迅》一文中，沈从文对鲁迅的文学成就和高尚品德做出全面评价，他指出鲁迅的贡献在三个方面：一是对古文学研究和整理的功绩；二是鲁迅杂文对现实社会和民族精神弱点的深刻批判，"强烈憎恶中复有一贯深刻悲悯浸润流注"；三是"乡土文学的发轫"的功臣和"领路者"。他不仅高度评价鲁迅"奠基性"的文学成就，还指出"先驱者"鲁迅"对工作的勤恳，对人民的诚恳，一切素朴无华性格，尤足为后来者示范取法"。1957年，谈到中外文学对他的影响时，他在《〈沈从文小说选集〉题记》中说："由《楚辞》、《史记》、曹植诗到桂枝儿小曲，什么我都喜欢看看。从小又读过《聊斋志异》和《今古奇观》，新作家中契诃夫和莫泊桑短篇正介绍进来，加之由鲁迅先生起始以乡村回忆做题材的小说正受广大读者的欢迎，我的学习用笔，因之获得不少勇气和信心。"他把鲁迅看成乡土文学的开创者和领路人，并且公开承认自己的文学创作受到鲁迅"以乡村回忆做题材的小说"的积极影响。

二位作家这种多有论辩而又彼此认同的微妙关系，在新文学史上留下一点遗憾，也留下一份遗产。在文学论争中，年轻的沈从文始终保持独立的见解和节制、平和的风度，表现出对老一辈作家鲁迅的爱戴和尊重；而鲁迅对持有不同意见的文学新人，则坚持"好处说好，坏处说坏"的实事求是态度。这正是鲁迅和沈从文在他们辉煌如日月的文学创作之外，给我们留下的又一份精神遗产。这样一种不惟尊长、不惟权势、不顾利害、客观公正的品格，和披沙拣金、去伪存真、独具我见、实事求是的气度，不正是当下中国文坛所缺失的吗？

注　释

[1]［美］金介甫：《我所认识的沈从文》，岳麓书社1986年版，第104页。

[2]鲁迅：《250712致钱玄同》，《鲁迅全集》第11卷，人民文学出版社1981年版，第446页。

[3]陈漱渝：《鲁迅与丁玲》，《湖南日报》1981年2月8日。

[4]鲁迅：《250720致钱玄同》，《鲁迅全集》第11卷，人民文学出版社1981年版，

第451页。

　　［5］艾云：《鲁迅所关怀的丁玲》，《新华日报》1942年7月22日。

　　［6］［美］金介甫：《凤凰之子：沈从文传》，中国友谊出版公司2000年版，第337—341页。

　　［7］鲁迅：《340901·致赵家璧》，《鲁迅全集》第12卷，人民文学出版社1981年版，第513页。

　　［8］转引自鲁迅：《七论"文人相轻"——两伤》，《鲁迅全集》第6卷，人民文学出版社1981年版，第403页。《沈从文文集》第12卷（花城出版社1984年版）中，《谈谈上海的刊物》一文刊落了这段文字。

　　［9］［美］妮姆·威尔斯：《现代中国文学运动》，见［美］埃德加·斯诺编《活的中国》（附录一），湖南人民出版社1983年版，第355页。

于2010年2月

论鲁迅人道主义的独特品格

在高校社会科学的教学和科研中，人道主义问题是一个非常敏感的理论课题，它和社会生活中一系列重大问题有着紧密的联系。以西方人道主义作参照系，深入研究鲁迅人道主义思想的特点，对于我们科学地认识人道主义的历史作用及其历史观、世界观的实质，或许可资参考吧。

鲁迅早年留学日本时接受了西欧革命和人道主义思潮的影响，人道主义成为他放弃医学而改学文学的重要契机。在《文化偏至论》、《摩罗诗力说》等早期论著中，鲁迅抨击了欧洲中世纪基督教对于学术思想、科学事业的压制，热情称颂提倡人道、反对神道的文艺复兴运动是人类历史的"曙光"，高度评价法国大革命"扫荡门第，平抑尊卑"，使"自由平等之念，社会民主之思，弥漫于人心"的历史功绩。他蔑视基督教禁欲主义，赞扬引诱亚当夏娃偷食禁果的魔鬼是真理的传布者，而对拜伦、雪莱等人的诗中所宣扬的反抗精神的鼓吹，也分明地包含着对反抗封建专制、争取自由解放的人道主义精神的赞美。

鲁迅接受西欧人道主义思潮的影响，突出地表现在继承人道主义反封建的进步传统，严厉鞭挞非人道的专制暴政和一切社会罪恶。鲁迅是一位善于对历史和现实进行双向审视的思想家，他对旧社会不讲人道，"极人间之奇观，达兽道之极致"的社会痼疾有深刻的洞察。他直截了当地谴责中国封建社会的历史是"吃人，被吃"的历史，在"一治一乱"的循环更替中，中国人"向来就没有争到过'人'的价格，至多不过是奴隶，到现在还如此"[1]。"三一八"惨案和"四一二"政变后，鲁迅曾运用人道主义的思想武器，怒斥段祺瑞执政府屠杀爱国青年的"残虐险狠"行为，指斥国民党右派将青年志士投入陷阱，用电刑拷问革命者的法西斯暴行。鲁迅认为："人道主义，在中国是因为白色恐怖而产生的，所以当它助善而抗恶的时候，它是有益无害的。"鲁迅对20年代后期某些"革命文学家"完全否认人道主义在现实斗争中的历史作用的论调不以为然，他慨叹道：人道主义"只可惜在中国是打死的过早了一些。"[2]

向西方寻求真理的鲁迅，对外来文化一向采取"去其偏颇，得其神明"的创造性的选择态度，他坚决反对把陈旧的东西"举而纳之中国"。因此，鲁迅人道主义思想尽管在欧洲人道主义思潮影响下发生，却有自己独特的品格。

（一）鲁迅人道主义以解放人性、解放民众为目标，排斥资产阶级利己主义。

鲁迅特别重视法国大革命以来尊崇个性解放的人道主义传统，他在《文化偏至论》中指出："盖自法朗西大革命以来，平等自由，为凡事首，……久浴文化，则渐悟人类之尊严，既知自我，则顿识个性之价值。"作为启蒙主义者，鲁迅提倡人道主义的终极目标也是解放个性（人性），即所谓"致人性于全"，一要保存生命，二要延续这生命，三要发展这生命。在"人性"问题上，鲁迅不仅重视人的自然属性（食欲、性欲等等），更为重视人有别于动物的社会属性。

不过，鲁迅人道主义虽从西方"拿来"，却不具有西方人道主义所固有的利己主义倾向。即使在文艺复兴和法国大革命时期，启蒙思想家讲的个性解放，也都带有浓厚的利己主义质素。等到资产阶级取得统治地位后，过细的资本主义分工将个人束缚在专门的生产岗位上，残酷的自由竞争造成人与人之间尔虞我诈，排挤倾轧，这就使得个人与社会日渐分离。到19世纪后期，以个性（人性）解放为目标的人道主义逐渐褪去它那温情脉脉的面纱，越来越变成资产阶级利己主义的同义语。利己主义本来就是资产者的本质属性，却被打扮成全人类普遍的人性。资产阶级响亮地提出个性解放的口号，实在只是假借全人类的名义，谋求本阶级的私利，其终极目的是要以新的剥削制度来代替封建剥削制度。

鲁迅青年时代就立下"我以我血荐轩辕"的志向，当初弃医从文传播人道主义，也是替"大多数"人着想的。他那"人各有己，而群之大觉近矣"的名言，既强调了个人意识的觉醒，又期待着社会群体的觉醒。他非常精辟地宣告了个性解放孕育着社会群体觉醒的可能性，而整个社会群体的素质提高了，"沙聚之邦，由是转为人国，人国既建，乃始雄厉无前，屹然独见于天下。"可见，支撑鲁迅早年人道主义思想的主要杠杆不是脱离一切社会关系的抽象人性，而是"立人"—"立国"的社会理想，其间确有主观浪漫成分，却分明地显现出解放民众的社会责任感和一腔爱国激情。

（二）鲁迅人道主义具有明确的原则性，即反对博爱主义，倡导"以幼者弱者为本位"的伦理原则。

自法国大革命开始，西方人道主义者往往从他的敌人基督教文化武库中捡取"博爱"的武器来捍卫自己，在19世纪人道主义作家笔下，人道主义完全变成了"慈善的博爱主义"。他们否定社会生活中对抗的必然性，要求人人彼此相爱，一团和气。鲁迅也向往人类"彼此不隔膜，相关心"的美好境界，但不相信人人相爱的幻想会成为现实，他提倡"相爱相助"是有原则性和倾向性的。

依据生物进化和人类社会发展的历史，鲁迅肯定了欧美家庭"以幼者弱者为本位"的道德。在长幼关系上，提倡"用无我的爱，自己牺牲于后起新人"，以为"这离绝了交换关系利害关系的爱，便是人伦的索子，便是所谓的'纲'"[3]。在夫妇关系上，猛烈地抨击"一味收拾"幼者弱者的"节"、"烈"的畸型道德，肯定一夫一妻制，呼吁"男女一律平等"，认为只有男女地位同等之后，才会有真的女人和男人，叹息和苦痛才会消失。以"幼者弱者为本位"作为新道德的"纲"，完全打破了"父为子纲"、"夫为妻纲"的儒家正统道德一统天下的局面，在五四反封建斗争中具有毋庸置疑的革命性。

在更广大的社会关系中，鲁迅表明了站在被压迫者（农民为主体）一边的正义立场。他从小呼吸着小百姓的空气，同情下层社会的不幸，后来又从俄国文学里明白了世界上有压迫者和被压迫者两种人，从此立下为被压迫者而呼号而战斗的志向。他后来的作品不仅广泛地描绘出被压迫农民在"兵、匪、官、绅"压迫下物质生活的极端匮乏，而且非常深刻地揭示出传统道德观念对"老中国的儿女们"严重的精神戕害。他并没有板起面孔教训那些呻吟在生活最底层的不幸的人们，而是在《一件小事》等作品中正面讴歌了被压迫者的伟大人格，即使是阿Q这样灵魂被扭曲的落后人物，也热情地表现出他"农民式的质朴"的一面。鲁迅特别推崇拜伦的人道主义精神："重独立而爱自由，苟奴隶立于前，必衷悲而疾视。衷悲所以哀其不幸，疾视所以怒其不争。"[4] 可以说，鲁迅对拜伦思想特点的描述，也是他自己对被压迫者人道主义关怀的真实写照。

在国家民族关系中，鲁迅提出助弱抗强的卓越见解。他痛斥那些"孤尊自国，蔑视异方，执进化留良之言，攻小弱以逞欲"的"兽性之爱国者"，而对拜伦援助希腊独立运动的人道主义，则给予高度评价。他主张"凡有危邦，咸与扶掖，先起友国，次及其他，令人间世，自由具足。"[5] 鲁迅早年按照生物学的分类将爱国者分为"兽爱"、"人爱"当然是不科学的，但他在字里行间涌动着一股反侵略、反霸权和弱小民族国家同仇敌忾、生死与共的"兄弟眷属之情"，却令人怦然心动。

（三）鲁迅倡导为人道主义理想的实现而抗争，反对以"宽恕"、"仁爱"为主要特征的基督教人道主义。

人道主义者大抵有一个美妙的社会理想，但是如何实现其理想，鲁迅和西方人道主义者提出的实施方案完全不同。法国启蒙思想家将理想的实现诉诸改良人性或人的理性，以为通过立法和教育改变人性才能变革非人道的社会制度。19世纪人道主义作家则以人类之爱和人的善良天性作为社会变革的巨大动力，他们相信，凭借爱的威力，阶级就会消灭，世界就会大同，托尔斯泰及其追随者甚至鼓吹爱一切人，宽恕一切人，"勿以暴力抵抗邪恶"。"博爱"型人道主义成为西方人道主义者医治社会弊病，缓和社会矛盾的万灵丹。

"爱的福音"直接源自基督教文化，按照"原罪"和"救赎"的教义，每个人在上帝面前都有罪孽，但谁也无权惩恶，唯有上帝有这个权力。耶稣说："咒诅你们的要为他祝福，羞辱你们的要为他祷告。有人打你这边的脸，连那边的脸也由他打。有人夺你的外衣，连里衣也由他拿去。"（《路加福音》第六章）这股宽恕仇敌、以德报怨的人类爱思潮在五四后的中国文坛影响很大。鲁迅对此种婆婆妈妈的人道主义不以为然，他主张热烈的爱，也主张热烈的憎，热爱民众，憎恶敌人。他说："俄皇的皮鞭和绞架，拷问和西伯利亚，是不能造出对于怨敌也极仁爱的人民的。"[6] 宽恕、仁慈，不能到达人道主义的理想境界，只有实行人道主义的抗争，才能"向人道前进"。

在一篇讨论人道主义怎样才能实现的《随感录》里，鲁迅明白指出：天上"不会掉下人道来。因为人道是要各人竭力挣来，培植，保养的，不是别人布施，捐助的。"反对跪着乞求的人道主义而力倡革命的战斗的人道主义，是鲁迅人道主义和西方人道主义（尤其是"博爱"型人道主义）的原则分界。

1925年，鲁迅在《春末闲谈》、《论"费厄泼赖"应该缓行》等文中，反复阐述了改革者不能对反改革者抱有幻想，不能对敌人讲仁慈的主张，并提出"痛打落水狗"的著名口号。他告诫忠厚善良的人们：所谓"仁恕"、"勿报复"、"勿以恶抗恶"，其实是老实人对于鬼蜮的慈悲，是纵恶，不但不能帮助好人，反而保护坏人。接着，又在历史小说《铸剑》中，借黑色人帮助眉间尺向专制暴君复仇的古代传说，表达了被压迫者百折不挠、虽死犹战的英雄气概。上述作品标志着鲁迅向历史唯物主义大步迈进，他的革命人道主义思想这时发挥到了昂扬的顶点。

（四）鲁迅后期思想有很大发展，他转向历史唯物主义，运用马克思主义的阶级哲学批判资产阶级人道主义。

和创造社、太阳社的"革命文学"论争"挤"着鲁迅学习"真正的社会科学"，此后他一边学习，一边运用马克思主义的"枪法"，批判形形色色的人性论和人道主义。

对梁实秋"普遍人性"、"永久不变的人性"论的批判，是现代思想史上一场有声有色的反对资产阶级人性论和人道主义的战斗。鲁迅强调人的阶级性："若据性格、感情等，都'受支配于经济'（也可以说根据于经济组织或依存于经济组织）之说，则这些就一定都带着阶级性，但是'都带'，而非'只有'。"[7]他还认为，社会地位不同的人所"带着"的人性是有明显差别的，以人人都会出汗这一现象加以分析，好像"可以算得较为'永久不变的人性'了，然而'弱不禁风'的小姐出的是'香汗'，'蠢笨如牛'的工人出的是'臭汗'。"足见人的阶级地位不同，出汗也会有"香"、"臭"之别，其他方面就更不用说了。[8]鲁迅这些看法，充满了辩证法。

在阶级社会里，人既不能免掉所属的阶级性，所谓"人类之爱"，也是不可能存在的。鲁迅说："自然，'喜怒哀乐，人之情也'，然而穷人决无开交易所折本的懊恼，煤油大王那会知道北京捡煤渣老婆子身受的酸辛，饥区的灾民，大约总不去种兰花，像阔人的老太爷一样，贾府上的焦大，也不爱林妹妹的。"[9]从人世间贫富对立的事实出发，鲁迅揭示出人类各种感情的阶级实质，具有充分的说服力。

鲁迅后期接受了马克思主义的社会革命学说，站在新的高度，对托尔斯泰人道主义的本质及其危害性作了深入的剖析。鲁迅对托尔斯泰反对沙皇、同情人民的人道主义立场一向很赞赏，称他是"十九世纪的巨人"、"偶像破坏的大人物"。可是作为道德哲学家，托尔斯泰学说的基础是基督教人道主义。他认为暴力本身就是邪恶，暴力抗恶就是以恶制恶，因此他号召人民以忍耐、博爱的精神去抵抗以暴力为后援的反动统治者。鲁迅心仪托尔斯泰为人道主义而抗争，肯定其"剥去政府的暴力，裁判行政的喜剧的假面"的勇气，对某些"革命文学"家讥评托尔斯泰是"卑污的说教人"提出过尖锐的批评[10]，但是对他不以暴力抗恶的说教很是反感。1928年译介苏联"同路人"作家雅各武莱夫的小说《农夫》、《穷苦的人们》时，严厉谴责了这类小说的人类爱说教。《农夫》描写第一次世界大战中一个俄国士兵到敌营侦察，却不忍杀死熟睡的哨兵，只卸了他的枪的故事。鲁迅说这小说的基调是"博爱和良心"，"不但没有革命气，而且还带着十足的宗教气，托尔斯泰气。"[11] 对敌人一味"大度"、"宽容"，只能助长敌人的气焰，消解被压迫者的斗志。鲁迅后来对卢那卡尔斯基的剧本《解放了的堂·吉诃德》所宣扬的"吉诃德主义"也提出了批评。吉诃德用谋略挽救了革命者，革命起来后，专制者入了牢狱，"可是这位人道主义者，这时忽又认国公们为被压迫者了，放蛇归壑，使他又能流毒，焚杀淫掠，远过于革命的牺牲。""博爱"的人道主义者无异于"放蛇归壑"，结果只能是"被奸人所利用，帮着使世界留在黑暗中。"[12]

　　1929年，鲁迅与冯雪峰的一次谈话值得重视。他说："我想，当反革命者大屠杀革命者，倘有真的人道主义出而抗议，这对于革命为什么会有损呢?"他还强调指出："人道主义也的确是无用的，要实行人道主义就不是人道主义者所主张的方法所能达到。除非也有刀在手里，但那样，岂不是大悖于他们主义，倒在实行阶级斗争了么?"谈话中，他把托尔斯泰和"托尔斯泰样"人道主义作了比较，称赞托尔斯泰"敢于向有势力的反动统治阶级抗争"，批评一些人学"托尔斯泰样"，在阶级斗争愈加锋利的时代，做"博爱"和"人权"的应声虫，只向革命者要求人道主义，很不高明，"一代不如一代"[13]。这次谈话之所以值得重视，是因为鲁迅不只是肯定了"真的人道主义"在革命中的进步作用；更为可贵的是，他娴熟地运用马克思主义的历史唯物论和辩证法，阐明了实行人道主义的正确途径。主张"实行阶级斗争"，反对"人道主义者所主张的方法"，表明鲁迅已走上无产阶级社会革命的道路，否定了作为世界观和历史观的资产阶级人道主义。在同年所作的《非革命的急进革命论者》中，他还尖锐地指出："在帝国主义的主宰下"，人道主义者企图用"人类之爱"这个法宝"笑嘻嘻地拱手变为'世界大同'"，不过是一厢情愿的梦呓和不切实际的幻想。稍后，在《"硬译"和"文学的阶级性"》中，进一步剖析了"博爱"型人道主义的阶级实质："托尔斯泰正因为出身贵族，所以只同情贫民而不主张阶级斗争。"很明显，鲁迅后期运用马克思主义的阶级哲学，对资产阶级人道主义进行了清算。

　　鲁迅是一位"为着现代中国人的生存而努力奋斗"的实践型思想家，他不是为了建构自己的学说体系，而是适应着社会变革的要求，去接受包括人道主义在内的西方文化思潮的。鲁迅对人道主义世界观、历史观的扬弃，以及他在伦理思想上独特的人道主义品格，是留给后世子孙极其宝贵的精神遗产。它对于我们揭露帝国主义者关于"人权"的欺骗宣传，对于惩治各种危害人民的社会罪恶，建设社会主义精神文明，具有深远的意义。

注 释

[1] 鲁迅：《坟·灯下漫笔》，《鲁迅全集》第1卷，人民文学出版社1981年版，第212页。

[2] 转引自柳静文：《关于鲁迅先生》，《北新》第4卷第16期。

[3] 鲁迅：《坟·我们现在怎样做父亲》，《鲁迅全集》第1卷，人民文学出版社1981年版，第133页。

[4] 鲁迅：《坟·摩罗诗力说》，《鲁迅全集》第1卷，人民文学出版社1981年版，第80页。

[5] 鲁迅：《集外集拾遗补编·破恶声论》，《鲁迅全集》第8卷，人民文学出版社1981年版，第34页。

[6] 鲁迅：《集外集拾遗·〈争自由的波浪〉小引》，《鲁迅全集》第1卷，人民文学出版社1981年版，第212页。

[7] 鲁迅：《三闲集·文学的阶级性》，《鲁迅全集》第4卷，人民文学出版社1981年版，第127页。

[8] 鲁迅：《而已集·文学和出汗》，《鲁迅全集》第3卷，人民文学出版社1981年版，第557—558页。

[9] 鲁迅：《二心集·"硬译"与"文学的阶级性"》，《鲁迅全集》第4卷，人民文学出版社1981年版，第204页。

[10] 参看鲁迅：《三闲集·"醉眼"中的朦胧》，《鲁迅全集》第4卷，人民文学出版社1981年版，第62页。

[11] 鲁迅：《译文序跋集·〈农夫〉译者附记》，《鲁迅全集》第10卷，人民文学出版社1981年版，第465页。

[12] 鲁迅：《集外集拾遗·〈解放了的堂·吉诃德〉后记》，《鲁迅全集》第7卷，人民文学出版社1981年版，第398页。

[13] 冯雪峰：《回忆鲁迅》，人民文学出版社1953年版，第31页。

于1997年2月

鲁迅：关于国民公德建设的思考

上世纪二三十年代，鲁迅运用社会批评和文明批评方法，考察国民性问题，他对中国人的社会心理、道德风貌也进行了深入的剖析。其着眼点不在个人道德完善，也不止于家庭伦理重建，他特别重视国民公德的批判与建设。这不仅反映了传统儒家"修身治国平天下"的思想影响，且与前辈思想家梁启超的"新民"道德观一脉相承，反映出救亡图存时代中国资产阶级"国家至上"的思想特色。

梁启超在《新民说》中提出"私德"和"公德"两个概念："道德之本体一而已，但其发表于外，则公私之名立焉，人人独善其身谓之私德，人人相善其群者谓之公德，二者皆人生所不可缺之具也。"道德就其本质而言，是提高国民的自觉意识，加强社会群体的凝聚力，而最能加强凝聚力的道德就是国民公德。研究中国传统道德，梁氏提出一个观点："吾中国道德之发达，不可谓不早，虽然，偏于私德，而公德殆阙如。""若中国之五伦，则惟于家族伦理稍为完整，社会、国家伦理，不备滋多。此缺憾之必当补者也，皆由重私德轻公德所生之结果也。"他尖锐地指出，正因为社会上"束身寡过之善士太多""享权利而不尽义务"者太多，所以中国"日即衰落"，他呼吁"有血气"的国民，不要放弃"报群报国之义务"，"苟放弃此责任者，无论其道德上为善人，为恶人，而皆为群与国之蟊贼"。[1]

辛亥革命的领导者孙中山先生说到国家自由和个人自由的关系时，提出一个著名论断："在今天，自由这个名词究竟要怎样应用呢？如果用到个人，就成一片散沙。万不可再用到个人上去，要用到国家上去。个人不可太自由，国家要得完全自由。到了国家能够行动自由，中国便成强盛的国家。要这样做去，便要大家牺牲自由"。[2]就是说，在群体与个体，国权与民权的关系上，正在从事反清反帝革命的中国资产阶级更重视群体的、国家的利益。在中山先生看来，只有国家摆脱列强侵略，国家获得自由，才能有个人的自由。这种"国家至上"的思想在清末民初的知识界曾风行一时。

　　前辈思想家重建国民公德的观点和辛亥革命党人的国家思想对鲁迅的影响是很深刻的。鲁迅重视国民公德建设，是对梁启超"新民"道德观的承传和发扬，也表达了先进中国人要求复兴中华民族，弘扬民族精神的时代呼声。

　　如何重建国民公德呢？

　　早在一个世纪前，鲁迅就在《摩罗诗力说》中告诫国人："欲扬宗邦之真大，首在审己。"发扬民族精神的第一步工作在于认识自己，勇于实行自我批判的民族才能走向复兴之路。鲁迅考察国民公德问题，不赞成一味颂扬中国人的优点，而主张无情面地揭发批判国民公德的缺失，反映了鲁迅重建国民道德的独特思路。

　　揭发批判中国人的劣根性就是"说坏话"，"说坏话"是鲁迅的一个传统。鲁迅对于一味颂扬、一味赏鉴中国事物的别有用心的外国人非常反感，而对那些"说坏话"，憎恶、批判中国的外国人却表示真诚的敬意和感谢。他说："我常常想，凡有来到中国的，倘能疾首蹙额而憎恶中国的，我敢诚意地奉献我的感谢，因为他一定是不愿意吃中国人的肉的。"[3] 1919年，杭州英国教会的一个医生在书中称中国人为"土人"，中国人感到受了侮辱，鲁迅却说："他们以此称中国人，原不免有侮辱的意思；但我们现在，却除承受这个名号以外，实是别无方法。因为这类是非，都凭事实，并非单用口舌可以争得的。试看中国的社会里，吃人，劫掠，残杀，人身买卖，生殖器崇拜，灵学，一夫多妻，凡有所谓国粹，没一件不与蛮人的文化(？)恰合。拖大辫，吸鸦片，也正与土人的奇形怪状的编发及吃印度麻一样。"[4] 甚至日本友人内山完造在《活中国的姿态》一书中说了中国人许多好话，鲁迅也不赞成，他说："多说中国的优点的倾向，这正和我的意思相反的。"[5] 憎恶洋人"说好话"而感谢他们"说坏话"的观点，折射出一部令人伤心的中国近代史："我记得拳乱时候的外人，多说中国坏，现在却常听他们赞赏中国的古文明。中国成为他们恣意享乐的乐土的时候，似乎快要临头了；我憎恶那些'赞赏'。"[6] 这个奇警而独特的观点，透露出鲁迅实行民族自我批判的决心和坚强的民族自信力。

　　鲁迅终其一生，不遗余力地批判国民劣根性，可谓"鞠躬尽瘁，死而后已"。鲁迅所抨击的面子文化、奴隶性格、中庸保守、自欺欺人、冷漠旁观、卑怯贪婪、安于命运、毫无特操、马马虎虎等等国民性弱点，大抵都是联系着近代中国社会改革的成败得失，对国民公德缺失进行的反省剖析。例如《再论雷峰塔的倒掉》一文，揭发中国人患有一种十景病："点心有十样锦，菜有十碗，音乐有十番，阎罗有十殿，药有十全大补，连人的劣迹或罪状，宣布起来也大抵是十条，仿佛犯了九条的时候总不肯歇手"。"凡事追求十全十美"，陶醉于虚假的圆满，不肯正视现实，无缺陷，无矛盾，陷于"瞒和骗"的沼泽中无以自拔，此种症候的危害是"不但卢梭他们似的疯子决不产生，并且也决不产生一个悲剧作家或讽刺诗人"，它使中国人沉沦于"十全停滞的生活"。在《无声的中国》一文中，他以生动的譬喻剖析中庸保守，调和折中的社会心理："譬如你说，这屋子太暗，须在这里开一个窗，大家一定不允许的。但如果你主张拆掉屋顶，他们就会来调和，愿意开窗了。没有更激烈的主张，他们连平和的改革也不肯行。"鲁迅鄙视知识界那些只要享用权利，不肯尽义务的利己主义者，给这类人物画了一幅肖像："我看中国有许多智识分子，嘴里用各种学说和道理，来掩饰自己的行为，其实却只顾自己一个的便利和舒服，凡有被他遇见的，都用作生活的材料，一路吃过去，像白蚁一样，而遗留下来的，却只是一条排泄的粪。社会上这样的东西一多，社会是要糟的。"[7] 从以上数例可见，鲁迅揭发国民劣根性，根本上还是要提高社会群体的公德水准，促进国民的精神自觉，以加快社会改革的历史进程。

鲁迅无情面地揭发批判国民公德的缺失，根本上还是"希望他们改善，并非要捺这一群到水底下。"[8] 重建国民公德，仅止于揭发批判还不够，必须进一步摸清病症，探明病根，才有疗救的希望。要改善国民的道德面貌，必须下大力气扫荡两种伪文明，即鲁迅所指斥的"中国固有的精神文明"和西方传来的资本主义文明。

梁启超在《新民说》里谈到奴隶道德产生的社会历史根源时指出："故中国群治不进，由人民不顾公益使然也；人民不顾公益，由自甘于奴隶盗贼使然也；其自居于奴隶盗贼，由霸者私天下为一姓之产而奴隶盗贼吾民使然也。"他正确地指出专制政体是奴隶道德产生的根源，不过他主张通过"君主立宪"的途径而不是用革命的办法解决问题。

鲁迅明确指出，封建主义的制度文化和精神文化是国民公德缺失的社会历史根源。在历朝统治者的残暴统治下，"中国人向来就没有争到'人'的价格，至多不过是奴隶，到现在还如此，然而下于奴隶的时候，却是屡见不鲜。"[9] 做奴隶的人，没有力量，哑了声音，永远被奴役被杀戮，有谁跟他说"诚与爱"，讲人的精神自觉和个人尊严呢？30年代初，有人把卖淫的罪过完全归咎于妇女的奢侈和淫荡。鲁迅透过现象看本质，敏锐地指出："问题还在买淫的社会根源，这根源存在一天，也就是主动的买者存在一天，那所谓女人的淫糜和奢侈就一天不会消灭。男人是私有主的时候，女人自身也不过是男人的私有品。"[10] 鲁迅正确指出，私有制度不消灭，各式各样的卖淫就不会绝迹，只有进行社会革命，从根本上改造社会制度，"才会有真的男人和女人，才会消失了叹息和苦痛"。

封建社会处理人与人关系的最高准则和道德规范是君臣父子，长幼有序。这种以封建等级制度为轴心的文化形态，除了起到延续封建王朝统治的作用，更有麻痹人的灵魂，使其丧失个性意识和创造精神的职能。鲁迅称它是"侍奉主子的文化，是用很多人的痛苦换来的。"[11] 等级制为中心的文化形态正是奴隶道德滋生的温床，例如中国特有的面子文化，就是在这种文化土壤中发芽滋长的。

"面子"是中国人心理上最微妙最奇异的面孔，是中国人调节社会交际的最特别最细腻的标准。一位在20世纪20年代就"面子"问题专访过周氏兄弟的日本记者写道："假如说，中国人以生命维护面子，未免有些夸张，但其重视的程度，可以说仅次于生命。"[12] 从社会心理学角度说，人人都看重"社群中的自我"，面子就是中国人在社会交往中自我评价的定位，谁都希望在别人心目中占有一定的心理地位。鲁迅说，"中国人要'面子'，是好的"，它使人重气节，讲尊严，忍辱负重，顾全大局，讲面子利于发扬正气，促进人际关系的和谐。鲁迅对面子文化的负面效应也进行了有力的鞭挞。他赞同《支那人气质》的作者斯密斯氏批评中国人"颇有点做戏味道"，重"形式"而轻"事实"的观点。过去戏台上有一副对联，是"戏场小天地，天地大戏场"，既然时间一切不过一场戏，中国人做事就不认真了，于是撑场面，摆花架子，弄虚作假，甚至为了保全面子而牺牲国家民族利益。"相传前清时候，洋人到总理衙门去要求利益，一通威吓，吓得大官们满口答应，但临走时，却被从边门送出去。不给走正门，就是他没有面子；他既然没有了面子，自然就是中国有了面子，也就是占了上风了。"讲面子的人，大抵讲身份，"每一种身份，就有一种面子，也就是所谓'脸'"。这"脸"有一条界线，线上就是"有面子"，线下就是丢面子，丢"脸"。丢脸不丢脸，跟这人的身份、地位关系极大。富家女婿在路边赤膊捉虱子，是"丢脸"的事；而车夫坐在路边赤膊捉虱子，不算什么；如果这位车夫给老婆踹一脚，躺倒大哭起来，才是最为"丢脸"的事。可见，面子文化和自古以来的等级遗风血肉相连，所以鲁迅说"面子"问题是"中国精神的纲领"[13]。

鲁迅对西方文明的流弊及其对现代中国人的精神腐蚀进行了持久、深入的剖析。早在《文化偏至论》里他就谈到西方19世纪末叶文明的式微和偏至。他说法国大革命以来的民主政治在反对封建君主专制的斗争中发挥了巨大作用，但它发展为对于"众数"的崇拜，就必然隐伏着"托言众治"、"借众以凌寡"的危险。物质文明的进步改变了世界的面貌，给全人类带来恩惠；但是发展到"诸凡事物，无不质化"的地步，人人都"惟物是趋"，成为商品和金钱的奴隶，势必导致"个人特殊之性"的丧失。到了1930年代，生活在上海的鲁迅，对现代都市文明如何束缚人的精神自由有了更深的体验。他指出："美国已成了产业主义社会，个性都铸在一个模子里，不能再主张自我了。如果主张，就要受到迫害。"[14]在现代文明之风熏染下，许多优秀人才受到压制和迫害，无权无势的当红影星阮玲玉难以忍受新闻传媒的无故伤害而自杀，短跑明星孙桂云和绰号"美人鱼"的泳坛女将杨秀琼，则被"捧起来"，"摔得粉碎"。在现代商业文明侵蚀下，旧上海滋生了一批"商定"文豪。此类作者"前周作稿，次周登报，上月剪贴，下月出书"，文豪与出版商共谋，不讲社会公德，只要赚取金钱，产品不可谓不丰，却毫无社会价值可言。"商定"文豪是现代商业文化的产物，作者的头衔任由商家封定。稿子印好后，倘封建得势，商家广告就封定作者是封建文豪，革命行时便是革命文豪。此类文豪以无信仰无特操为其特色，由于"根子在卖钱"，其"价值"一跌再跌，"后来的书价，就不免指出文豪们的真价值，照价二折，五角一堆，也说不定的。"[15]

近代以来，旨在征服中国人心的文化殖民主义，给中国人的精神造成严重戕害。殖民主义者在其文化渗透活动中，大力推销浮靡颓废的生活方式，制造西方种族天下第一的神话，肆意践踏中国人的民族自尊心。30年代，美国好莱坞电影成为西方殖民主义者推行殖民文化的有力工具，鲁迅曾揭露蜂拥而至的"野兽"、"野蛮"和"性"电影如何毒化社会空气："侦探片子演厌了，爱情片子烂熟了，战争片子看腻了，滑稽片子无聊了，于是乎有《人猿泰山》，有《兽林怪人》，有《非洲探险》等等，要野兽和野蛮登场。然而在蛮地中，也还一定要穿插蛮婆子的蛮曲线。……'性'之于市侩是很要紧的。"[16]在《〈现代电影与有产阶级〉译者附记》一文中，鲁迅估定了这类西方风情浪漫巨片的"功效"："好些影片，本非以中国人为对象而作……然而冥冥中也还有功效在，看见他们'勇壮武侠'的战事巨片，不意中也会觉得主人如此英武，自己只好做奴才；看见他们'非常风情浪漫'的爱情片，便觉得太太如此'肉感'，真没有法子办——自惭形秽，虽然嫖白俄妓女以自慰，现在还是可以做到的。"以西方电影为中心的殖民文化，是毒害中国人的精神鸦片，也是帝国主义对中国进行文化侵略的罪恶工具。

半殖民地半封建制度下的中国文化还有一个突出特点，是封建主义文化和西方资本主义文化结成同盟，西方殖民主义者利用中国旧文化对中国人施行奴化教育。在《老调子已经唱完》中，鲁迅指出："现在听说又很有别国人在尊重中国的旧文化了，那里是真在尊重呢，不过是利！"在旧中国，尊孔、崇洋两台戏总是轮番上演。一面是外国人"奖励你多读中国书，孔子也还是要更加崇奉，像元朝和清朝一样"[17]，一面是"拼命尊孔的政府和官僚"，"用官帑大翻起洋鬼子的书籍来了"[18]。尊孔与崇洋相结合，是西方资本主义文明和中国固有精神文明的恶性嫁接，其终极目的是让中国人永远做"侍奉主子的材料"。

批判本民族国民公德的缺失并揭发其病根，是国民公德建设的重要步骤。到哪里去掘发道德重建的精神资源呢？鲁迅晚年在一封比较中日两国国民性的书信中指出："我们生于大陆，早营农业，遂历受游牧民族之害，历史上满是血痕，却竟支持以至今日，其实是伟大的。"[19] 从"历史"传统和"今日"现实中探寻"理想的人性"，发扬我们民族的伟大精神，鲁迅以他毕生的思考和探索，给我们留下宝贵的启示。

早年他主要还是从古今中外哲人的著作中去发现理想人性。譬如他歌唱"立意在反抗，指归在动作"的摩罗诗人拜伦、雪莱，赞美斯多克芒（易卜生《国民公敌》）、康拉德（拜伦《海盗》）这样一些勇猛无畏，特立独行的个人英雄，他所歌唱的美德显得浪漫、高蹈，带有青春期的峻急和热情。五四新文化运动以后，则多了几分冷静和坚实，注意从普通人身上发现传统美德。在许多以知识分子和农民为主人公的作品中，他肯定了狂人、夏瑜的勇猛坚毅，闰土、双喜和阿发的淳朴善良，人力车夫的正直无私和负责精神，即使是愚蠢的阿Q，也有"农民的质朴"和革命的要求。散文诗《自言自语》里，他赞美那位舍己救人，放孩子从黄沙掩埋下的古城中逃逸的英雄少年。《野草》里，他称颂"这样的战士"一次次地向敌人举起投枪的韧性战斗情怀。在现实生活中，鲁迅越来越清醒地看到民众的力量。《未有天才之前》一文中，他对"天才"与"民众"的关系发表了非常高明的见解："在要求天才的产生之前，应该先要求可以使天才生长的民众。"所以他讽刺自称"我比ALPS山还要高"的狂妄的拿破仑，提醒拿破仑"不要忘记他后面跟着许多兵；倘没有兵，那只有被山那面的敌人捉住或者赶回"。后来他在《学界的三魂》中，比较分析了中国的三种"国魂"，即官魂、匪魂和民魂，认为三者之中"惟有民魂是值得宝贵的，惟有它发扬起来，中国才真有进步。"鲁迅明确提出发扬民魂的主张，实际上就是希望民众克服自身的弱点，向中华民族精神的制高点攀登。

后期鲁迅学会了历史唯物主义和辩证法，他对民众在抗日救亡运动中表现出的爱国热情和优秀品德给予高度评价。30年代初，有些知识精英慨叹中国人好像一盘散沙。鲁迅说"这是冤枉了大部分中国人的，小民虽然不学，见事也许不明，但知道关于本身利害时，何尝不会团结。先前有跪香，民变，造反；现在也还有请愿之类。"他认为中国人之所以像沙，"是被统治者'治'成功的"，真正的"沙""并非小民，而是大小统治者。"[20]鲁迅后来谈到"一·二九"运动中北京市民组织慰劳队声援爱国学生的义举，动情地说："谁说中国的老百姓是庸愚的呢，被愚弄诓骗压迫到现在，还明白如此。"他对民族危难之际人民群众的"团结"，觉醒，"明黑白，辨是非"，欣喜非常。

在著名的《中国人失掉自信力了吗》一文中，他反驳了缺乏民族自信心的论调："说中国人失掉了自信力，用以指一部分人则可，倘若加于全体，那简直是诬蔑。"他满腔热情地赞颂了我们民族历史上的优秀人物和伟大的民族精神，他说我们自古以来就有埋头苦干，拼命硬干，为民请命，舍身求法的人，他们是"中国的脊梁"，便是现在，这样的人也不少，"他们有确信，不自欺；他们在前赴后继的战斗。"新编历史小说《理水》、《非攻》就塑造了艰苦奋斗、为民造福的大禹形象和反对不义战争的墨子形象。在现实生活中，他称赞未名社同人的"坚忍"，"认真"，"切切实实，点点滴滴做下去的意志"；[21]他欣赏柔石那样的青年战士："无论从旧道德，从新道德，只要是损己利人的，他就挑选上，自己背起来。"[22]他敬仰那些"为着现代中国人的生存而流血奋斗者"，[23]从人民群众和中国进步政党的青年战士身上看到中华民族优秀道德传统的继承和升华。

把揭发批判国民公德的缺失和大力发扬中华民族优良道德传统结合起来，构建国民公德新谱系，这是鲁迅关于国民公德建设的独特思路。在建设中国特色社会主义的伟大进军中，我们欣慰地看到，全民族的道德水准和精神风貌有了很大的改观，各行各业涌现出许多可歌可泣的时代英雄和道德模范，但是毋庸讳言，由于市场经济的负面影响，旧社会沉滓泛起，社会上出现了种种道德滑坡的丑恶现象。今天，当我们呼唤道德重建以促进民族复兴伟大事业时，鲁迅关于国民公德建设的思考和实践，应是我们进行社会主义道德文化建设的取之不尽、用之不竭的精神资源。

注　释

[1] 梁启超:《梁启超选集》,上海人民出版社1984年版,第213—217页。

[2] 孙中山:《孙中山全集》第9卷,中华书局1986年版,第282页。

[3] [9] 鲁迅:《坟·灯下漫笔》,《鲁迅全集》第1卷,人民文学出版社1981年版,第214页,第212页。

[4] 鲁迅:《热风·四十二》,《鲁迅全集》第1卷,人民文学出版社1981年版,第327页。

[5] 鲁迅:《且介亭杂文二集·内山完造作〈活的中国的姿态〉序》,《鲁迅全集》第6卷,人民文学出版社1981年版,第267页。

[6] 鲁迅:《译文序跋集·〈出了象牙之塔〉后记》,《鲁迅全集》第10卷,人民文学出版社1981年版,第245页。

[7] 鲁迅:《书信·350423致肖军肖红》,《鲁迅全集》第13卷,人民文学出版社1981年版,第116页。

[8] 鲁迅:《且介亭杂文二集·什么是讽刺?》,《鲁迅全集》第6卷,人民文学出版社1981年版,第329页。

[10] 鲁迅:《南腔北调集·关于女人》,《鲁迅全集》第4卷,人民文学出版社1981年版,第517页。

[11] 鲁迅:《集外集拾遗·老调子已经唱完》,《鲁迅全集》第7卷,人民文学出版社1981年版,第312页。

[12]《"面子"与"门钱"》,《鲁迅研究资料》第3辑,文物出版社1979年版。

[13] 鲁迅:《且介亭杂文·说"面子"》,《鲁迅全集》第6卷,人民文学出版社1981年版,第126页。

[14] 鲁迅:《二心集·〈夏娃日记〉小引》,《鲁迅全集》第4卷,人民文学出版社1981年版,第332页。

[15] 鲁迅:《准风月谈·"商定"文豪》,《鲁迅全集》第5卷,人民文学出版社1981年版,第377页。

[16] 鲁迅:《花边文学·未来的光荣》,《鲁迅全集》第5卷,人民文学出版社1981年版,第423页。

[17] 鲁迅:《集外集拾遗·报〈奇哉所谓……〉》,《鲁迅全集》第7卷,人民文学出版社1981年版,第255页。

[18] 鲁迅:《且介亭杂文二集·在现代中国的孔夫子》,《鲁迅全集》第6卷,人民文

学出版社1981年版，第314页。

　　[19]鲁迅：《书信·致尤炳圻》，《鲁迅全集》第13卷，人民文学出版社1981年版，第683页。

　　[20]鲁迅：《南腔北调集·沙》，《鲁迅全集》第4卷，人民文学出版社1981年版，第549页。

　　[21]鲁迅：《且介亭杂文·忆韦素园君》，《鲁迅全集》第6卷，人民文学出版社1981年版，第64页。

　　[22]鲁迅：《南腔北调集·为了忘却的记念》，《鲁迅全集》第4卷，人民文学出版社1981年版，第483页。

　　[23]鲁迅：《且介亭杂文末编·答托洛斯基派的信》，《鲁迅全集》第6卷，人民文学出版社1981年版，第589页。

于2008年2月

从 "鲁迅大撤退" 说开去

据传媒报道，鲁迅的《药》、《阿Q正传》、《记念刘和珍君》等脍炙人口的经典作品被中学语文课本删除，网络上爆发了所谓"鲁迅大撤退"的讨论。有人试图证明部分鲁迅篇目的删除只是基于教学目标和教学实际的"微调"，有人坚决"捍卫"鲁迅，认为鲁迅经典"一个不能少"。凤凰网组织专题调查："你同意中学语文课本删除鲁迅文章吗？"几天内就有1.2万多名网友投票，70.5%的网友投了反对票，同意删除的占29.5%。这场有关"鲁迅大撤退"的讨论，引发了我的一些感想和思考。

鲁迅作品是20世纪中国文化精神的杰出经典，任何时候编选中学语文课本都绕不开鲁迅，至于选择哪些鲁迅作品，原是可以商榷的。不过，当下这场讨论似乎不好拘泥于具体篇目的遴选，而应着眼于普及鲁迅，切实地引导青少年阅读鲁迅，走近鲁迅。对于读过中学的绝大多数中国人来说，鲁迅是一个"熟悉的陌生人"。其实，我们不仅要知道闰土、祥林嫂、阿Q，要知道鲁迅是革命文学家和思想家，还有必要进一步追问："鲁迅是谁？""鲁迅的文学贡献和文学精神是什么？""当代中国为什么需要鲁迅？"本文拟就上述问题做些思考和分析。

一、最有活力的作家总是活在褒贬之间

早在1933年，瞿秋白在《〈鲁迅杂感选集〉序言》中指出：鲁迅是"绅士阶级的逆子贰臣"，是"无产阶级的诤友"；1940年，毛泽东在《新民主主义论》里说，鲁迅不但是伟大的文学家，而且是伟大的思想家和伟大的革命家；这是中国革命政党和领袖对鲁迅的认知和评价。1936年10月22日，鲁迅在万国公墓下葬时，宋庆龄、沈钧儒等人将一面"民族魂"大旗覆盖在鲁迅灵柩上，这是广大人民群众和进步知识分子对鲁迅的理解和评价。读鲁迅杂文《答托洛斯基派的信》时，我们会注意到鲁迅的一句话："那足踏在地上，

为着现在中国人的生存而流血奋斗者我得引为同志，是自以为光荣的。"这是鲁迅对自己的志向、信仰和人生观的郑重声明，当然可视为鲁迅的自我描述。

就是这样一位万众景仰的"民族魂"，从他跻身文坛那一刻起，却受到连篇累牍的无休止的攻击和谩骂。20世纪20年代，就有创造社、太阳社的"革命文学家"骂他"封建余孽"、"二重反革命"、"不得志的法西斯蒂"，他们中间有些人后来明白骂鲁迅骂错了。鲁迅逝世后最起劲的"反鲁"先锋是苏雪林，苏女士在鲁迅生前对鲁迅是恭谨而敬重的，自称是鲁迅的"学生"，并将记录个人婚后生活的散文集《绿天》送请"鲁迅先生教正"，还盛赞《阿Q正传》等小说堪"与世界名著分庭抗礼，博得不少国际的光荣"。[1] 而在鲁迅一瞑之后，即一反常态，以破口大骂的文字诋毁鲁迅人格，污蔑鲁迅是"玷辱士林之衣冠败类，二十四史儒林传所无之奸恶小人"，后来在台湾出版《我论鲁迅》，还在《自序》里说"鲁迅的人格是渺小，渺小，第三个渺小；鲁迅的性情是凶恶，凶恶，第三个凶恶；鲁迅的行为是卑劣，卑劣，第三个卑劣。"这种泼妇骂街式的言辞引起胡适不满，批评她是"恶文字的恶腔调"，后来还说过："凡论一人，总须持平。爱而知其恶，恶而知其美，方是持平。鲁迅自有他的长处。如他的早年的文学作品，如他的小说史研究，皆是上等工作。"[2] 可是苏女士根本听不进规劝，反而变本加厉地攻击鲁迅。

50年代，"新儒学"代表人物徐复观批判五四先驱者"浅薄无根"，"数典忘祖"，说鲁迅没有长篇小说，在世界文坛只能算"三流作家"。60年代，夏志清在《中国现代小说史》中说，鲁迅一生的最后几年"创作力已枯竭"，是中国共产党"把他推为英雄"，"神话化"，但又称鲁迅1929年"转向"以前是中国"西式新体"小说的奠基人，是"公认"的"最伟大的现代中国作家"。[3] "文革"期间"四人帮""神话"鲁迅，借鲁迅打倒一大片，实际上歪曲、丑化鲁迅。80年代出现了一股贬损、攻击鲁迅的社会思潮，有人诋毁鲁迅作品是"清一色的鲁货"；有人说鲁迅写杂文"首先是为了吃饭"，全盘否定鲁迅杂文的"文学价值"，还说鲁迅只有"短暂的创造时期"，到1925年后就进入了漫长的创作"衰退期"。[4]

如果说80年代贬损鲁迅的社会思潮，是一般对鲁迅知之不多的青年社会逆反心理的宣泄，他们对"文革"期间"神话"鲁迅的做法表现出不满和叛逆情绪；那么，90年代及世纪之交掀起的批判鲁迅的"风波"则不同，它是一股颠覆传统、解构鲁迅的社会思潮。新生代作家韩东等人声称鲁迅是"一块反动的老石头"，"应该到一边歇一歇"，文学博士葛红兵抛出两篇为20世纪中国文学和文学批评而作的"悼词",对鲁迅思想和人格全盘否定。新生代自由作家要跟传统的文学观念"断裂",要跟我们长期信仰的价值观、道德观"断裂",于是不顾事实和学理地贬损鲁迅,以达到告别革命、价值重估的目的。王朔则在《我看鲁迅》中以一种严重变形的后现代眼光开涮鲁迅,对鲁迅是否够得上"文学大师"、"思想家"大表怀疑。韩东、王朔等人举起"反叛"旗帜,挑起一场关于鲁迅的论争。这是一场关系到今日中国要不要继承鲁迅传统,如何评估鲁迅当代价值的原则之争。跨进21世纪后,鲁迅依然是一个众说纷纭的话题,当下这场有关"鲁迅大撤退"的讨论,正是世纪之交鲁迅论争的延续。

恩格斯谈到马克思生前处境时说过:"凡是为某种事业进行斗争的人,都不能不树立自己的敌人,因此他也有许多敌人。在他的大部分政治生涯中,他在欧洲是一个最遭嫉恨和最受污蔑的人。"[5] 在20世纪中国,鲁迅"为着现在中国人的生存"而斗争,就不可免地成为"最遭嫉恨和最受污蔑的人"。鲁迅在现代史上各个时期所遭遇的嫉恨与污蔑,从根本上说是20世纪中国两种文化精神的碰撞;而世纪之交的鲁迅论争以及当前关于"鲁迅大撤退"现象的讨论,则是鲁迅与中国当代生活的对话。斯人尽管早已远去,在他身后大半个世纪,竟有那么多人热烈地争论他的著作、思想和业绩,这个事实本身就表明:鲁迅是一个永远的话题,他活在当代中国人的生活和记忆里。冯骥才说得好,"最有活力的作家总是活在褒贬之间",在将近百年的大PK中,鲁迅对于当代中国的意义和价值已越来越清晰地凸现出来。

二、他给中国文坛留下"为人生"的文学传统和文学经典

作为文学巨匠,鲁迅给中国文坛留下了"为人生"的伟大文学传统和光辉的文学经典。五四启蒙时代,鲁迅向中国文坛大声疾呼:"世界日日改变,我们的作家取下假面,真诚地,深入地,大胆地看取人生并且写出他的血和肉的时候早到了;早就应该有一片崭新的文场,早就应该有几个凶猛的闯将!"(《坟·论睁了眼看》)鲁迅反对一切粉饰太平、迎合大众的"瞒和骗"文艺,要求作家直面人生,正视现实,参加到社会里面去,自觉地承担"改良社会"、"改良人生"的历史使命,为现代中国人的生存和发展而呼号,而奋斗不息。当中国文坛在20世纪初气息奄奄找不到出路时,鲁迅不仅指出了"为人生"的文艺方向,而且奉献出最富于创造性的天才作品。无论现代白话

小说，现代散文诗，现代回忆性散文，还是新型杂文，都给萧疏寂寞的中国文苑吹来一股起死回生的清新的风，中国文学从此开创了一个新时代。这些天才作品以其真善美的内容，巨大的思想力和新颖独创的艺术形式，成为20世纪最具有经典意义的文学遗产。

　　鲁迅的文学遗产最强烈地体现了20世纪中国文学的现实主义精神和现代性特征，它对于疗治当下中国文坛各种时髦病症和建设社会主义新文学，有宝贵的借鉴意义。新时期三十年文学确实取得一些轰动效应，也的确涌现出一批受到读者大众欢迎的优秀作品；但是一个不争的事实是：文坛群星闪烁，却无有巨星，通常是星光一闪，很快消逝。有些顶着作家头衔的人，故意淡化文学的社会功能，不屑于观察世态人情，不去关心底层社会疾苦，甚至飘飘然提出"游戏人生"、"玩文学"、"侃文学"的口号，狂热地制作媚俗化、贵族化、脂粉化的文艺作品。有的新生代作家标榜"个性化"、"私语化"写作，对大众的苦难和社会上正义与邪恶的斗争不屑一顾，醉心于炮制专写下半身的肉欲、色情文艺。他们把人性异化为生物性，把人的个体生命体验等同于性体验，"灵"和"肉"都成了可以拍卖的商品。在疯狂的物质欲望驱动下，一些作家醉生梦死，拜"钱"玩"性"，把鲁迅开创的20世纪中国文学直面人生、贴近现实的优良传统抛到九霄云外去了。

　　真正的艺术家总是和时代共同着脉搏，始终不渝地坚守先进文化的方向，善恶分明地用生活中的美和属于未来的东西启迪人心。新世纪的中国文坛呼唤鲁迅传统回归，借鉴鲁迅，超越鲁迅，应是当代中国作家责无旁贷的历史使命。

三、他为当代中国人提供了丰富的精神资源

　　鲁迅的意义远不止于他在文学上的卓越贡献。作为思想家，他为当代中国人提供了丰富的精神资源。我们读其他一些优秀作家的作品或许也能获得惊心动魄的艺术享受，而读鲁迅作品，则不仅领略到艺术之美，还能得到深刻的人生启示和生命感悟，获得一种激动人心的鼓舞力量。为什么会有不同的阅读感受呢？美国记者史沫特莱在《论鲁迅》中指出："在所有中国的作家中，他恐怕是最和中国历史、文学和文化错综复杂地联络在一起的人了。"鲁迅从事文学活动带有明确的启蒙目的，他的思想触角几乎遍及社会生活各个方面，渗透到一切精神文化领域。他用自己所掌握的渊博知识，深入思考关

于社会、历史、人性和人生等重大问题，提出许多带有真理性的理论主张和思想见解，这些独特主张和见解都是留给当代中国人非常宝贵的精神资源。

在《狂人日记》、《灯下漫笔》等文中，鲁迅运用文学语言、文学形象揭出封建宗法思想和制度的"吃人"本质，他特别猛烈地抨击"天有十日，人有十等"的封建等级制度。他认为这种以等级特权为基础的专制主义，麻醉和虐杀中国人的精神，使得处于社会最底层的广大民众，身受"非人类所能忍受的楚毒"，"真教人觉得不像活在人间"（《且介亭杂文·病后杂谈之余》）。马克思也曾严厉谴责专制主义："君主政体的原则总的说来就是轻视人，蔑视人，使人不成其为人"，"专制制度必然具有兽性，并且和人性是不兼容的。"[6]鲁迅和马克思对专制主义的批判非常一致。彻底批判以等级特权为基础的封建专制主义，是鲁迅的伟大历史功绩，只要社会上还有兽道横行，还有封建主义的沉滓泛起，鲁迅的反封建思想就永远不会过时。

在对中国历史和现实的考察中，鲁迅敏锐地发现了人与社会的对立，为了将民众从封建奴役下拯救出来，他以毕生精力为人性解放而斗争。他提出"立人"主张，认为"欧美之强，根柢在人"，"人立而后凡事举"，而"立人"的关键，就是"尊个性而张精神"。其所谓"人各有己，而群之大觉近矣"（《集外集拾遗·破恶声论》），就是瞩望每个社会成员充分实现个体生命价值，以促进社会群体的普遍觉醒。所以他猛烈抨击虚假的多数，反对"借众以凌寡"，谴责少数人盗用多数的名义压制杰出个人。"人各有己"的深刻命题，无疑是对欧洲文艺复兴以来人类最重要的思想成果的继承和总结。鲁迅抓住了实现人的解放这个核心问题，跟马克思、恩格斯所说的"人们的社会历史始终只是他们的个体发展的历史"[7]，"每个人的自由发展是一切人的自由发展的条件"[8]非常契合。今天，当我们整个民族向现代化进军时，个性自觉和人性的进一步解放，仍然是一项十分重要的精神文明建设课题。

鲁迅还在《拿来主义》中形象地阐述了继承古代和外国文化遗产的基本原则，非常精当地阐述了现代中国人面对中西方文化交汇应当坚守怎样一种明智的立场和态度。其实他早在《文化偏至论》中就主张以历史的、世界的眼光看待中国古代文化和西方汹涌而来的异质文化，他认为无论传统文化还是西方文化，都是有"偏至"的文化，都为建构20世纪中华民族新文化提供了有益的质素。在中与外的关系上，他主张"外之既不后于世界之思潮，内之仍弗失固有之血脉"；在古与今的关系上，他要求"取今复古，别立新宗"，"明哲之士"应以全方位开放的态度吸纳东西方文化，但这种继承和接受，既不是"耳新声而疾走"的盲从西学，全盘西化，也不是"心神所注，辽远在于唐虞"的复古主义或国粹主义，根本上还是要创新，目的是"立人"、"立国"。在这里，鲁迅鲜明地倡导了一种独立进取的文化身份和开放、创造的文化精神。跨进21世纪的中国人，正处在一个东西方文化大交汇、大碰撞的文化转型期，在全球化语境下，如何坚守自己的文化立场？采取怎样的文化策略？如何建设有中国特色的社会主义新文化？鲁迅不仅奉献出科学的文化发展原则，而且以身作则，成功地提供了建构先进文化的榜样。

此外，作为精神资源主体，鲁迅"改革国民性"的启蒙主张，"弱者本位"的伦理原则，"反抗绝望"的生命哲学，等等，对于今日中国的社会改革和精神文明建设，也都有重大的现实意义。

四、他的光辉人格精神对民族后续历史产生深远影响

在中华民族史册上，鲁迅是被民众誉为"民族魂"的第一位中国作家，他那光辉的人格精神也必将对当代知识分子的人格重塑，对中华民族的后续历史产生深远影响。作为一位平民思想家，他总是站在弱势群体一边，唾弃并揭露上层社会的奢侈堕落，为拯救灾难深重的劳苦大众奔走呼号。他以"哀悲所以哀其不幸，疾视所以怒其不争"的态度，揭发群众精神上的愚昧麻木。鲁迅对民众的觉悟有过悲观的估计，可他从实际生活中越来越清醒地看到民众的力量。在《未有天才之前》中，他对"天才"和"民众"的关系发表了著名的见解："在要求天才的产生之前，应该先要求可以使天才生长的民众"，其后在《学界的三魂》中还明确提出发扬"民魂"的主张，表明他始终一贯的民众立场。他总是舌蔽唇焦地期待群众克服自身弱点，向着民族精神制高点奋力攀登。

在20世纪30年代剧烈的社会冲突和民族斗争中，鲁迅更加鲜明地表达了民族的大众的立场。他敬仰那些正在"为现代中国人的生存而流血奋斗者"，他说："凡是为中国大众工作的，倘我力所及，我总希望（并非为了个人）能够略有帮助。"（《书信360802致曹白》）他为中华民族解放事业呕心沥血，贡献出毕生精力。在他逝世后，并非共产主义者的宋庆龄将"民族魂"大旗覆盖在他灵柩上，抗日战争中张学良将军也说："鲁迅是每一个不愿意作奴隶的中国人的鲁迅"。

鲁迅的心念瞩望着中华民族的将来。他勉励中国青年摆脱冷气，只是向

上走，"乐则大笑，悲则大叫"，叫出中国人真的声音。他希望青年人在公与私、个人与大众的关系上找到一个正确位置，既尊重自己，也尊重大众，既不自甘为奴，也不以主子自居，真正的个性觉醒者应是"大众中的一个人"（《且介亭杂文·门外文谈》）。自从步入文坛，他就把培养和造就新人作为自己的社会责任，曾经得到鲁迅帮助和教益的作家不仅有许钦文、鲁彦、丁玲、沙汀、艾芜、柔石、叶紫、肖红、肖军等青年作家，茅盾、郁达夫、巴金这样誉满中外的大师级作家也承认受到过鲁迅文学传统和人格精神的滋养。

五、他是中华民族从"传统"走向"现代"的伟大桥梁

我们今天处在一个大时代。改革开放使我们这片土地发生了天翻地覆的变化，我们尽情享用着改革开放的幸福花果，我们也承担着经济文化转型所带来的失落和迷惘。思想多元化给我们带来文化选择的艰难，对传统价值的怀疑更加深了我们无所适从的痛苦。在这样一个物欲横流、道德滑坡、信仰多元的年代，到哪里去寻找我们的灵魂归宿和精神家园呢？我想，无论语文课本的编者怎样别出心裁地砍伐经典，无论聪明人怎样贬损、污蔑鲁迅，请相信这句话："最是鲁迅应该读"（王富仁语）。没有谁比鲁迅对我们民族的历史和中国国情有更透彻的分析，没有谁比鲁迅对中国人的精神气质和国民劣根性有更深入的把握，鲁迅对中国社会改革和社会发展前景的预见，好像是一盏明灯。

在鲁迅逝世一周年的时候，郁达夫在《怀鲁迅》中写道："没有伟大的人物出现的民族，是世界上最可怜的生物之群；有了伟大的人物，而不知拥护、爱戴、崇仰的国家，是没有希望的奴隶之邦。"郁达夫敬重鲁迅的道德文章，他把是否拥戴、崇仰本民族的伟大人物，提升到中华民族兴衰存亡的高度。也是1937年，美国记者埃德加·斯诺在一家英文刊物上发表《向鲁迅致敬》，他以世界的眼光评价鲁迅，他说鲁迅之死是"醒悟者之死"。他还说："在一个民族的历史发展长河中，偶尔会出现这样一类人，他是他所处时代的代表。他的一生如同一座大桥，跨越了两个世界，鲁迅是这样的人，伏尔泰也是如此。我认为雪莱、托尔斯泰、沃特·惠特曼、马克·吐温和马克西姆·高尔基在他所处时代都是这样一些代表人物。只是因为时代接近的关系，人们才随口把鲁迅称为'中国的高尔基'，不过，鲁迅远远超出了这个称号。也许，更确切地说，应称他为'中国的伏尔泰'。但事实清楚地表明，最恰如其

分的称呼应是中国的鲁迅，因为鲁迅这个名字本身在史册上就占有着光辉的一页。"斯诺是最早认识鲁迅价值的欧美人士之一，他精辟地把握住鲁迅精神的价值，确切地指明了鲁迅在中国乃至世界文化史上不可取代的地位。

是的，鲁迅是一座大桥，他属于今天，也属于将来，无论中国和人类在未来世纪发生怎样的沧桑巨变，鲁迅都是中华民族从"传统"走向"现代"的历史进程中一座伟大的桥梁。当代批评家何满子预言："不论当代人对鲁迅作了多么高的评价，未来的历史家对鲁迅的评价将比今人高得多。"[9] 让历史来检验这位批评家的预言罢！

注　释

[1] 苏雪林：《〈阿Q正传〉及鲁迅创作的艺术》，《国闻周报》第11卷44期，1934年11月5日。

[2] 胡适：《胡适来往书信选》，转引自房向东：《鲁迅：最受诬蔑的人》，上海书店出版社2000年版，第49页。

[3] 夏志清：《中国现代小说史》，复旦大学出版社2005年版，第23页。

[4] 邢孔荣：《鲁迅的创作生涯》，《青海湖》1985年8月号。

[5] 《马克思恩格斯全集》第19卷，人民出版社1972年版，第373页。

[6] 《马克思恩格斯全集》第1卷，人民出版社1972年版，第411—414页。

[7] 《马克思恩格斯全集》第4卷，人民出版社1972年版，第321页。

[8] 《马克思恩格斯选集》第1卷，人民出版社1972年版，第273页。

[9] 何满子：《未来的历史家对鲁迅的评价将比今人高得多——房向东〈鲁迅：最受诬蔑的人〉序》，《鲁迅研究月刊》1999年第12期。

于2011年3月

《围城》主题新论

　　"被围困的城堡"也罢，"金漆的鸟笼"也罢，小说的中心意象"围城"是一个比喻或象征。它是某一类人恋爱婚姻的明喻，也是一种文化精神和旧中国社会人生的象征。"围城"意象的丰富内涵，增加了我们探索小说主题的困惑。全面而非单一地理解"围城"意象的涵义，完整而非割裂地把握作品所提供的形象画面，深入而非肤浅地掘发作者的创作意图，我们就会发现，《围城》的主题是多层面的。

　　作者采用西方"流浪汉"小说那样的叙事模式，叙述主人公方鸿渐的恋爱悲喜剧，爱情描写成为《围城》的一条重要情节线。方鸿渐在归国邮轮上抵抗不住混血女人鲍小姐的诱惑，堕入"肉的相爱"，此举没有给他带来快意和安慰，结果反倒是"失望，遭欺骗的情欲，被损伤的骄傲，都不肯平伏"。回到上海后，于"无聊"中"图眼前的舒服"，去拜访他并不喜欢的苏文纨，不过是逢场作戏罢了，他真正情有独钟的还是"兼有女人的诱惑力和孩子的淳朴"的唐晓芙。苏小姐明白底细后又羞又妒，由热烈的爱化为极端的恨，孤注一掷地破坏了方、唐的好事。方鸿渐情场失意败走湖南，在三闾大学又身不由己地掉进"无所谓爱或不爱"的孙柔嘉布下的情网里，婚后尽管双方都想维持现状，但人海里职业难寻，和两个守旧家庭又格格不入，夫妻吵架不断升级，最终导致"不离而散"的结果。

　　方鸿渐的全部恋爱经历表明，他没有永远的爱情理想，"结婚无需太伟大的爱情，彼此不讨厌已经够结婚资本了"，"好好拣个女人"就是他的明日希望。他在恋爱"围城"中冲进冲出，无非是寻找精神寄托，排遣寂寞无聊。从头考察起来，他那恋爱观也是荒唐矛盾得可笑。早先在北平上大学羡慕过同学一对对的自由恋爱，曾写信要求父亲解除周家小姐的婚约，可见个性解放、恋爱自由的进步思潮对他有过吸引力，后来对唐小姐的一往情深，失败后伤得那样惨重，多少可看出自由恋爱观念的一点闪光。自从方老先生扑灭了他"解约"的幻想，留学以后便以叔本华的动物本能说自欺自慰："世间哪有恋爱？压根儿是生殖冲动。"与鲍、苏二小姐厮混，显然贯穿着叔本华精神。后来去张家相亲，介绍人周太太那么热心，张太太那么认真，他却随随便便，记起《三国演义》里刘玄德的"妻子如衣服"的名言，对"损失个把老婆"毫不放在心上。跟孙小姐结婚后琴瑟不调，甚至发生了对现代性爱价值的怀疑，唱起旧式婚姻的赞歌："早知道这样，结婚以前那种追求、恋爱等等，全可以省掉。谈恋爱的时候，双方本相全收敛起来，到结婚还没有彼此认清，倒是老式婚姻干脆，索性结婚以前，谁也不认得谁。"方鸿渐忽儿东风忽儿西风的恋爱观，透视出他那游戏人生的态度和无理想、无特操，懦弱无能的性格弱点。

有的研究者指责《围城》"从头到尾，离不开女人"，"实在与鸳蝶一墙之隔"[1]，这是一种浮浅之见。作者无意于因袭"才子及第，奉旨完婚"的才子佳人题材，在婚姻与职业追求中一无所成的方鸿渐既非理想的"才子"，其他女主人公也不是完美无缺的"佳人"。鲍小姐是个卖弄风情、放荡不羁的女人，唐小姐虽是"真正的女孩子"，但她在书中很快悄然隐去，看来她们都不是着力刻画的佳人。孙小姐相貌平常，加以"千方百计，足智多谋，层出不穷"的人品，也不能算作善解人意的佳人。那位留法女博士苏小姐出身名门，聪明能干，她的内心世界却是一片荒凉黑暗。她孤芳自赏，落落寡合，希望方鸿渐对她"卑逊地仰慕而后屈伏地求爱"，"喜欢赵方二人比武抢自己，但她又担心交战得太猛烈，顷刻间就分胜负，只剩一人，身边就不热闹了"。她破坏了方、唐的恋爱，一年后在香港还以军需官太太的高贵身份奚落方鸿渐的新夫人。作者描写方鸿渐先后和四个女性的爱情纠葛，根本上摈弃了鸳蝶派言情小说的旧套子，他以严肃的现实主义态度嘲讽了灰色知识者在爱情婚姻上表现出来的性格缺陷，抨击了盲动、轻浮、矫情的恋爱观。这种爱情婚姻就像被围困的城堡，"城外的人想冲进去，城里的人想逃出来"，进进出出，当然无幸福可言。

从作品所提供的全部生活场景和形象画面来看，把《围城》说成"地地道道是一部爱情小说"，[2]也是不恰当的。事实上，它以方鸿渐对"结婚和做事"的双重追求为轴心，广泛地描写了旧中国的"人生万事"。作者的兴趣不在叙述"一生数旦"的恋爱故事，而是从独特的文化视角，深入地剖析旧社会的文化精神，揭出那些辗转于中西方两种文化氛围中的现代知识者的精神危机。

他特别辛辣地嘲讽了崇洋媚外的文化心理。留学生中一部分人出洋是为了"光宗耀祖"，挂一个金字招牌。方鸿渐坦率地承认："现在的留学跟前清的科举功名一样，从前人不中进士，随你官做得多大，总抱着终身遗憾。留了学可以解脱一种自卑心理，并非为高深学问。"不仅学自然科学的要留学，就连学中国文学的也非到外国镀金不可。"学国文的人出洋'深造'听来有些滑稽"，事实上一切其他科目早已"洋气可掬"，"国文是国货土产，还需要外国招牌，方可维持地位。"方鸿渐正是在父亲和干丈人两面夹攻下，从纽约爱尔兰人手里买了一张伪造的博士文凭。还有一部分人念念不忘自己是留学生，回国后在同胞中间撒谎骗人，招摇充大。到处挂着牛津、剑桥的幌子，标榜"新古典主义"诗人的曹元朗，偷取德国十五六世纪的民歌，改头换面，据为己有的苏文纨，买了博士假文凭且能坚持撒谎到底，娶了白俄女人假冒美国妻子的历史教授韩学愈，以及专靠写信吹捧西洋大哲学家而得到三四十封回信，俨然以"中国新哲学创始人"自诩的褚慎明，就是一群寡廉鲜耻的洋奴文人。这股崇洋之风不仅吹刮在中上层知识界，而且像毒菌一样扩散到摩登文明社会的每个角落。苏小姐客厅里那个受过法国教育、身上有一股恤粓味和脂粉香、花香的沈太太，鸿渐揶揄她"把巴黎大菜场的'臭味交响曲'都带到中国来了"。上海电车上一个十六七岁的女孩子，"脸化妆得就像搓油滴粉调胭脂捏出来的假面具"，鸿渐感慨系之："中学女孩子已经把门面油漆粉刷，招徕男人了，这是外国也少有的。"洋行买办张吉民爱说几句浅薄的英语，爱打几圈麻将，他那宝贝女儿"我你他"小姐从教会学校和美容院理发铺学来了一整套洋本领、洋习气、洋时髦、洋姿态。作者不惜运用喜剧性的夸张笔调，尽情地嘲弄那些西崽文人、洋奴买办，出尽了他们的"洋相"，把崇洋媚外之风在知识界和青少年中造成的恶劣影响，力透纸背地描绘出来。

　　《围城》着力表现的旧中国文化精神是一个复杂的混合体，既有西方资本主义奴化思想的侵染，又有封建主义传统文化思想的历史遗存。方鸿渐万里回乡的第一印象便是："所碰见的还是四年前那些人，那些人还是做四年前所做的事，说四年前所说的话。"旧中国好像一潭死水，无论加进什么去，也激不起半点涟漪。上海那样的地方，照例还要请算命先生来支配儿女婚姻，方老先生还是以"重名教"作为教子义方，给新添的孙儿起名字，也"把举人书袋底的积年陈货全掏出来"。方鸿渐在一次讲演中信口开河，说西洋文明有两样东西在中国社会长存不灭，一是鸦片，一是梅毒；讲演后人们说方家儿子"公开提倡抽大烟，嫖妓女"，那些想把女儿嫁给方博士的人断定"斯人也有斯疾矣"，硬是把女儿的照相庚帖要了回去。就连在捷克公使馆当过参赞的董斜川，回国后也发出封建遗少那样的慨叹："不须上溯乾嘉世，回首同光已惘然！"旧思想旧道德是一种历史的堕性力，不仅造成社会封闭守旧，进步以停，而且造就了一批自私卑劣、廉耻丧尽的士林败类。口口声声"严于男女之大防"的李梅亭，赴湖南途中向妓女调情，吊苏州寡妇的膀子，不折不扣是个满腹男盗女娼的假道学。那只随身携带的大铁箱和箱子里的卡片、药品，活脱脱现出他那不学无术、利欲熏心的嘴脸。难怪赵辛楣讥讽他："有了上半箱的卡片，中国书烧完了，李先生一个人可教中国文学；有了下半箱的药，中国人全死了，李先生还活着。"那个"老派名士"汪处厚，原是下野军官，一向保留着"前清习气"，像"一切官僚、强盗、赌棍、投机商人一样"相信命运，惯于拉帮结派，钻营升迁。倘若把根深蒂固的旧文明比做一棵不活不死的病树，那么李梅亭、汪处厚之流就是这病树上结出的罪恶之果。钱锺书和五四以来许多杰出作家一样，把封建主义文化思想对知识者的精神腐蚀表现得淋漓尽致。

和士林中那些崇洋媚外或带有遗老气味的"无毛两足动物"相比较，方鸿渐尚未丧尽人间正气，他性格的最大优点是坦率而有自知之明。不过这个封建世家出身又留洋四年的大公子，也不能逃脱中西方两种文化中消极成分的濡染。方鸿渐突出的性格弱点是懦弱无能，他自己也不否认他是"道义上的懦夫"。作者将此种弱质分解为两种性格要素，即所谓"玩世不恭"与"和同随俗"。"买假文凭是他的滑稽玩世，认干亲戚是他的和同随俗"；与鲍、苏二小姐鬼混是滑稽玩世，于失掉自主的情况下和孙小姐结婚是和同随俗。方鸿渐上大学时并不滑稽玩世，那时见了女生就脸红，外号"寒暑表"，他是在饱尝包办婚姻的苦味后，从西欧留学回来才变得厚皮老脸，油嘴滑舌。鲁迅分析滑稽玩世产生的社会心理原因时指出：人在"醒的时候要免去若干苦痛，中国的老法子是'骄傲'和'玩世不恭'"（《两地书·二》）。鲁迅把玩世不恭视为传统文化的嫡出自有道理，但从文化精神细察，"中国贵一道而同风，而西人喜党居而州处"，"中国多忌讳，而西人重讥评"，"中国追淳朴，而西人求欢虞"（《论世变之亟》）。依严复的观点推论，玩世不恭又是西方文化的变种。"和同随俗"则是一种唯上是从、唯俗是从的文化心态。孔子讲"和"，承认事物的多样性，提倡个人绝对服从家族和国家，强调对立中的统一；墨子尚"同"，要求不同的人不同的家庭都以天子的意志为意志，"天下之百姓，皆上同于天子"，强调简单同一，依靠圣君明主引导百姓奔向理想境界。"和"、"同"两种文化观念小异而大同，都要维护封建专制主义的和谐与大一统。作者甚至认为，《围城》中所有人物都未能逃脱滑稽玩世与和同随俗两种文化因素的影响，这些远离战争硝烟的人们，或者是"假抗战牌头的滑稽玩世，或者是认民贼作父的和同随俗"。方鸿渐和士林中的其他人物永远徘徊于中国封建主义文化和西方资本主义文化相互撞击的空间里，他们面前只能有两条路：或者像一只关在黑屋里的野兽那样狠命地"撞，抓，打"，或者向上攀附，喘息于政客官僚和资本家之间，此外别无选择。

　　钱锺书笔下的文化精神"围城"及知识者的精神悲剧形象地昭示出：五四以后在中国虽然诞生了新民主主义文化，但是资本主义奴化思想和封建主义复古思想结成的反动同盟还是异常强大的。不仅如此，作者还把讽刺矛头直接指向半封建半殖民地文化的理论纲领"中学为体，西学为用"论。小说第二章写到张太太信佛念经的一个细节，方鸿渐对此大不以为然："享受了最新的西洋科学设备而抱这种信仰，坐在热水管烘暖的客堂里念佛，可见'西学为用，中学为体'并非难事。"这个容易被忽略的艺术细节，对我们探寻作者的写作本意，剖析作品主题具有启示性。按照清末洋务派的主张，"中学"，即封建主义文化思想是文化之根，这个"体"不可改变；而"西学"，即西方自然科学和资产阶级上升时期的社会政治学说，它的"体"不可用，只能用其"技艺"。自19世纪后半期以来，"中体西用"论已成为强化帝国主义、封建主义在中国的统治，阻碍中国社会进步的反动思想武器。《围城》不仅形象地再现了"中体西用"的社会文化氛围，还对这一旨在保古复古的文化纲领进行了坚决、明确的否定，跟无产阶级领导的打倒帝国主义和封建主义反动文化同盟的斗争，应该说是采取了同一步调。

　　不少研究者认为《围城》的主题是"探讨人的孤独和彼此间的无法沟通"[3]，还有人把"在外边的想进去，进去了想出来"描绘为"人类心理的普遍现象"，"好奇心与不满足的欲望，使得人们奋斗不懈。"[4]此种结论也不免偏颇。无可否认，《围城》确有表现人的孤独和隔膜的内容，方鸿渐在恋爱和求职失败后常有天地惨淡，人如孤鬼，"心灵也仿佛一个无凑畔的孤岛"等悲叹，作者也有人人好像一只只刺猬，在狭小的空间"不是你刺痛我的肉，就是我擦破你的皮"的感慨。但我认为，《围城》并非写人类对于某种抽象命运的反抗，也不是表现一个纯粹人性的或观念性的主题，它所表现的人与人的关系，归根到底还是和政治压迫、经济苦闷相联系的社会关系。完全抛开作者所处的时代社会，单纯从文本出发研究问题，其结论往往是不大可靠的。

钱锺书在《〈围城〉序》中明明说过，他是抱着"忧世伤生"的悲悯之情，"想写现代中国的某一部分社会，某一类人物"，他不仅剖析了旧社会的文化精神，还要把旧中国的千疮百孔指摘给我们看。

方鸿渐一行从上海到湖南的旅途困顿，我们看到了旧中国的社会动荡、经济萧条。崎岖不平的公路，久历风尘、古稀破旧的汽车，一再光顾的日本飞机空袭，蚤虱云集的"欧亚大旅社"和时有妓女大兵出没的鹰潭小店，构成大后方社会一幅斑驳陆离的图画。在三闾大学，我们还看到了抗战初期国统区高等教育的黑暗腐败。校长高松年用小政客手段办教育，把办大学作为个人进身的阶梯。系主任、教授们大都是不学无术、荒淫无耻之辈，或用假文凭行骗，或钻营职位升迁，或制造传播流言。作者特别尖锐地讽刺了国民政府教育部颁布的导师制"规程"，这项制度要求导师随时调查、矫正，并向当局汇报学生思想，学生毕业后在社会上如有犯罪行为，也要导师负责。对此，方鸿渐惊骇地说："好家伙，我在德国所见的纳粹党的教育制度也没有这样厉害！"1980年，台北一位《围城》研究者还吹嘘国民政府战时大学教育"有过很多建树"，指责钱锺书对三闾大学的描写，"最不老实"，是"耸人听闻和迎合读者"[5]。这反倒让我们确信：《围城》对国统区高等教育的揭露是多么真实具体，犀利有力。

从《围城》我们还可以看到半殖民地半封建大都市的种种社会弊端："物价像吹断了线的风筝，又像得道成仙，平地飞升。公用事业的工人一再罢工，电车和汽车只恨不能像戏院子和旅馆挂牌客满。铜元镍币全搜刮完了，邮票有了新用处，暂作辅币，可惜人不能当信寄，否则挤车的困难可以避免。生存竞争渐渐脱去文饰和面具，露出原始的狠毒。廉耻并不廉，许多人维持它不起。发国难财和破国难产的人同时增加，名不相犯……贫民区逐渐蔓延，像市容上生的一块癣。"作者把上海"孤岛"时期通货膨胀的严重经济后果，发国难财的"英雄们"的不知廉耻，社会斗争的空前激化，分明地呈现在我们眼前。即便在表现"春光尽情发泄"的写景文字中，作者也注视着各种社会陋习："春来了只向人的身心里寄寓，添了疾病和传染，添了奸情和酗酒打架的案件，添了孕妇。"有时作者还出人意料地用憎爱分明的语言纵论国内外政治大势，他谴责"约翰牛"与"山姆大叔"以"中立"为名，"只求在中国有个立足之地，此外全让给日本人"；而在上海租界，"政治性的恐怖事件，几乎天天发生，有志之士被压迫得慢慢像西洋大都市的交通路线，向地下发展……鼓吹'中日和平'的报纸每天发表新参加的同志名单，而这些

'和奸'往往同时在另外的报纸上声明'不问政治'。"

有些研究者喜欢把钱锺书描绘成一位宁静的学者，飘飘然的艺术家，竭力要"消除掉"《围城》"反映了'抗战'或'时代'"的论断，其主要根据是："作为学者，钱锺书历来反对文学的'历史反映论'。"[6] 此论未免武断。从上文所述，我们看到《围城》并非作者用语言幻成的空花泡影，它植根于抗战初期的现实生活，反映出中国"一部分社会"的某些本质方面。作者不留情面地揭发国统区和沦陷区的社会痼疾，有时简直是毫不倦怠地注视着时局变化。钱锺书从艺术创作本身的规律出发，反对论诗者"端仗史势，附合时局，牵合朝政"[7]，不赞成用"信而有征"的历史考据法来判断作品的价值，无疑是真知灼见；但他并不认为文学可以远离历史时代和现实生活。他曾在《〈宋诗选注〉序》中正确指出："作品在作者所处的历史环境里产生，在他生活的现实里生根立脚，但是它反映这些情况和表示这个背景的方式可以有各色各样。"不论采用何种反映方式，只要"深挖事物的隐藏的本质，曲传人物的未吐露的心理"，作品就算是尽了它的"艺术的责任"。可见，作为学者的钱锺书，并不一概抹杀文学的历史反映论，他坚持反对的只是"机械地把考据来测验文学作品的真实"[8]。

《围城》对现实的反映方式是独特的。和五四以来带有强烈政治色彩和深邃历史眼光的作家不同，他不注重整体上反映时代生活，只在主人公人生旅行的叙述中间或透露出社会生活的鳞鳞爪爪，深挖出社会生活的某些本质。他有时故意要和政治斗争保持距离，显得那样冷静超脱，从容自若，他总是把主观情感潜藏在理智的分析评判之中。他还在情节场面的娓娓叙述中，大量运用比喻、象征等意象描写方法，从而极大地丰富并扩大了作品的思想容量。例如方鸿渐去三闾大学前走过的那个火铺屋后的破门框，其实是主人公灵魂里希望的诱惑和失望的隐忧之象征；小说结尾部分敲响了方遯翁送给儿子的那只时间落伍的计时机，则包涵着对人生的讽刺和感伤；中心意象"围城"更具有丰富复杂的哲理内涵和象征意蕴。作者采用独具一格的反映方式，使得《围城》的主题意蕴极为深邃，带有多层面的特点。

我们说《围城》既写了爱情婚姻，又写了文化精神和人生社会，并不认为这几个层面无主次轻重之分。一位细心的美国读者曾指出：《围城》的"重大主题却是通过一个小得多的主题表现出来的"[9]。这是很精辟的见解。《围城》的中心主题不是爱情婚姻，而是穿着恋爱衣装，进行广泛的社会批评和文明批评。钱锺书说过："理想不仅是个引诱，而且是个讽刺。"《围城》形象地描绘出主人公理想中的婚姻，"不过尔尔"；"理想中的回国"，也终成泡影。从这个意义上也可以说，《围城》表现的是现实对于理想的讽刺。

《围城》1946年在《文艺复兴》连载后，曾有评论家对作者提出责难，批评他以"上帝"自居，"否定一切"[10]，这里实际上涉及讽刺的态度与方法问题。《围城》讽刺锋芒所向是旧中国大大小小的殖民主义者，形形色色灵魂堕落的中上层知识者，以及旧社会种种黑暗丑恶现象，它的讽刺符合国统区进步文艺工作大方向，也是现实主义文学精神的彰显和发扬。作者对大后方社会生活中某些落后现象的批评极其严厉，不过他没有采取"恶意的西方人士式"的冷嘲热讽态度。在内忧外患十分严峻的历史环境里，作者难以挣脱"忧世伤生"情绪，而以"热到发冷的热情"（鲁迅语）揭发群众的愚昧麻木，曲传出他藏在情感和灵魂深处的一片爱国心。诚然，《围城》是有缺点的。全书染有一种沉闷抑郁的气氛和灰黑色调子，看不出对不幸者和下层社会应有的同情和悲悯。在讽刺对象和语言运用上也确有明显的失当之处。作者善用比喻，妙语如珠，但过于追求奇警巧妙，有时不免失之繁复；作者好用典故，洋洋洒洒，蔚为大观，却有逞才使气、堆砌造作之嫌。由于作者当时尚未确立历史唯物主义观点，对"朝政国事"、"治乱兴衰"持超然态度，看不到"围城"外边还有一个劳苦大众为民族解放而斗争的广阔天空，在一定程度上也削弱了作品的艺术力量。

我们当然不能因此而抹煞作者的全部努力。当《围城》作者受到误解和非难时，批评家林海指出："其实钱氏的野心是决不止于做'上帝之梦'的，他还想更上一层楼地去做上帝的改革者。李长吉诗云：'笔补造化天无功。'钱锺书的真正野心是想拿艺术去对抗自然，把上帝创造天地时的疏忽给弥补起来。"[11]我以为，这是对作者创作意图最体贴、最中肯的分析。钱锺书说过，"笔补造化天无功"一语道著"艺术之大原，艺事之极本"，"天工"造化不可能全善全美，文学创作既法乎自然，又功夺造化，可"补"造化之缺陷[12]，《围城》正是钱氏唯物主义美学思想的集中体现。在光明与黑暗大决战的时刻，作者未能抬头赞美喷薄欲出的新中国的太阳，但他"暴露种种的黑暗面的事实，为民主的中国，斩荆除草的开辟着一条大道"[13]，也算尽了艺术家的责任。

注　释

[1]［4］［5］周锦：《〈围城〉研究》，台北成文出版社1980年版，第29页，第7

页，第19页。

[2] 司马长风：《中国新文学史》（下卷），香港昭明出版社1978年版，第98页。

[3] ［美］夏志清：《中国现代小说史》（中译本），香港友联出版社1979年版，第385页。

[6] 张明亮：《〈围城〉主题：单相思（上）》，《名作欣赏》1990年第1期。

[7] 钱锺书：《管锥编》，中华书局1979年版，第1390页。

[8] 钱锺书：《宋诗选注》，人民文学出版社1958年版，第3—4页。

[9] 施咸荣：《介绍国外对〈围城〉的评价》，《新文学论丛》1982年第1期。

[10] 无咎（巴人）：《读〈围城〉》，《小说月刊》创刊号（1946年）。

[11] 《观察》周刊第5卷第14期。

[12] 钱锺书：《谈艺录》，中华书局1984年版，第60页。

[13] 郑振铎：《文艺复兴》创刊号（1946年）。

于1991年6月

《色·戒》: 从小说到电影

2007年，李安根据张爱玲小说《色·戒》改编、拍摄的影片《色|戒》在威尼斯电影节获金狮奖，后在台湾又获金马奖，一时出现了一场罕见的流行文化狂欢。在这场文化狂欢中我们也听到一种强有力的讨伐之声："《色|戒》撕裂了我们的历史记忆"，"《色|戒》给汉奸整容"（刘建平），"中国已然站着，李安他们依然跪着"（黄纪苏），追捧者誉为"华人之光"，声讨者斥为"华人之耻"。有电视台还专门组织一台节目，辩论"《色|戒》是否美化汉奸"，众说纷纭，莫衷一是。

影片《色|戒》上映后，张爱玲后期那部不起眼的短篇小说《色·戒》重新进入我们的阅读视野。小说成篇于1950年，初刊于1978年台湾《皇冠》杂志第12卷第2期，次年张爱玲将它和《相见欢》、《浮花浪蕊》两个短篇结集成《惘然记》出版。张爱玲在《惘然记》"序"中说："这三个小故事都曾经使我震动，因而甘心一遍遍改写这么些年，甚至于想起来只想到最初获得材料的惊喜，与改写的历程，一点都不觉得这其间三十年的时间过去了。爱就是不问值不值得。这也就是'此情可待成追忆，只是当时已惘然'了。"[1]这部非常个人化的小说传达出张爱玲的情感记忆，鉴于其背景非常复杂，自然会引起热议。从小说到电影，我们关注的焦点是：李安作了那些改编？怎样评估两部作品的思想、艺术倾向？

一、把乱世的布景推向前台

小说《色·戒》以抗战时期沪港两地的动乱时世作背景，讲述一个有爱国心的女学生如何设下美人计惩办汉奸，后来在关键时刻"美人临时变计"放跑了敌人，最后被汉奸杀害的故事。情节并不复杂，主要人物只有男女二人，细腻地刻画了王佳芝诱杀汉奸这一天的心里流变，而这次暗杀行动的前史事件，则以闪回的方式错错落落地在她的意识中浮现出来。这篇蒙太奇式的心理分析小说，既无革命+恋爱式小说曲折动人，也没有鸳鸯蝴蝶派作品那样缠绵悱恻，恰如张爱玲所言，是一篇"不好看"的小说。

张爱玲的写作题材是她所处时代生活的记忆，她说过："我甚至只是写些男女间的小事情，我的作品里没有战争，也没有革命。我以为人在恋爱的时候更素朴，也更放恣的。"[2] 对张爱玲而言，那个动乱时代的战争和革命只是《色·戒》的布景，前景中的事件是女人和男人的一段乱世情缘，小说叙事的重点是一个因为爱的幻觉而毁灭在乱世车轮下的少女的悲剧，所以说到底《色·戒》还是写"男女间的小事情"，文中或隐或显地映现出作者30年前情爱生活的光和影。

要把万余字的一篇心理分析小说搬上银幕，当然困难重重。李安依据戏剧叙事规律做了三方面的努力：

一是设法还原历史。电影版《色|戒》在渲染时代气氛，还原旧上海的环境，还原小说所描绘的场景和人物方面下足了功夫。沦陷区上海物资短缺，便是外国人也只能每天领几块钱"只吃硬面包"，所以王佳芝能以香港进出口商人之妻麦太太的身份到上海来跑单帮，带些手表香水西药丝袜来卖。男女主人公活动的两个重要场所凯司令咖啡馆和印度人的珠宝店的布景非常别致，汪伪特务机关鬼影幢幢，杀气腾腾，就连王、易二人做爱时候，窗外也有军警和狼犬在巡逻。士兵和学生齐唱《大刀进行曲》，王佳芝在日本妓馆献唱《四季歌》，也让我们倾听到那个风云变幻的大时代的足音。

二是补全了前史事件。张爱玲用意识流的技法回忆前史事件，时空交错，腾挪跳跃，难免扑朔迷离，捉襟见肘。电影则通过王佳芝在咖啡馆的回忆，原原本本地讲述了从前的故事。原来，王佳芝是岭南大学一年级新生，抗战爆发后随岭大迁到香港就读。大学生不满港人"优悠过活"，不关心国事，便组织学生剧团演出爱国剧，"把他们叫醒"。王佳芝爱看电影爱演戏，成为学生剧团的"当家花旦"，他们演的抗日新剧激起观众"中国不能亡"的强烈回应。这些热血青年演戏募捐犹不过瘾，又定下美人计准备杀一个货真价实的汉奸，他们锁定的对象是大汉奸易默成，王佳芝便从一个会演戏的小女生变成了业余特工。据说，李安将他少年时代演话剧的经历融入其中，所以前史事件也能演绎得有声有色。

三是考虑到戏剧叙事的特点和观众的可接受性，理顺了故事的时空。电影改变了小说时空交错的特殊表达方式，平铺直叙地讲述乱世男女的一段孽缘。应该说，编导对原著的理解还是深入的，也尊重小说的构思，"美人设

计—临时变计"这根情节主线非常突出鲜明，电影开头结尾甚至保留了原著中太太们打牌聊天的场景，气氛上达到刀光谍影和软玉温香的调和，结构上实现了圆融统一。李安依据因果律的戏剧叙事模式有头有尾地说故事，消解了原著极其浓重的主观氛围，这种客观化的叙事显得从容、平易，加强了戏剧的可视性，提高了上座率。电影版《色|戒》的叙事艺术赢得广泛的赞誉，台北有学者说李安"打开了张爱玲文字的皱褶"[3]，颇有见地。

二、性别视角的转换

张爱玲声称《色·戒》写了30年，好像有一条蛇啃噬她的心，好像她有什么放不下、拾起又心痛的事，如骨鲠在喉，欲说还休。《惘然记》"序"文说得明白："爱就是不问值不值得。这也就是'此情可待成追忆，只是当时已惘然'。"因此可以认为，《色·戒》讲述的是一个女人郁结了几十年的心事。李安没看错："张爱玲的所有小说都在写其他人的事，只有这一篇在写自己。"[4]张爱玲是借了王佳芝的故事剖析女性的情爱心理，意在诉说究竟是什么断送了她的爱。

和胡兰成的婚恋是张爱玲一生中最浪漫的一次"大撒手"。她曾沐浴在男欢女爱、"欲仙欲死"的欢悦里，这场很快夭折的婚姻也给她带来终身的痛苦。胡兰成是汪精卫政府的高官，出身贫寒，已结过两次婚，他倾慕张爱玲的才华，惊羡她显赫的家世；张爱玲则仰慕胡兰成阅历丰富，倜傥风流。初恋不久，张爱玲就在送给胡兰成的相片背面题辞："见了他，她变得很低很低，低到尘埃里，但她心里是欢喜的，从尘埃里开出花来。"[5]一向矜持骄傲的张爱玲在她的偶像面前竟然变得如此谦卑！因为爱，此后几年她可以把时局、政治当作耳旁风身外事，甚至可以容忍胡兰成狎妓；但她究竟不能容忍胡兰成一次次的背叛和伤害，为了起码的自尊，她终于斩断情缘，结束了这段浪漫颠倒的乱世情缘。

从爱情传奇的角度看，张、胡二人的婚姻可说是天上人间的一段奇缘，而从政治立场评判，早就有人说她与汉奸有染。夭折的恋爱酿成终身的痛，沸沸扬扬的舆论又不能假装看不见，于是小说集《传奇》重印时，她在一篇题为《有几句话同读者说》的短文中写道："我自己从来没想到需要辩白，但最近一年来常常被人议论到，似乎被列为文化汉奸之一，自己也弄得莫名其妙。我所写的文章从来没有涉及政治，也没有拿过任何津贴。""至于还有许多无稽的谩骂，甚而涉及我的私生活，可以辩驳之点本来非常多。而且即使有这种事实，也还牵涉不到我是否有汉奸嫌疑的问题；何况私人的事本来用不着向大众剖白，除了对自己的家长之外仿佛我没有解释的义务。"[6] 谁也不愿顶个文化汉奸的罪名，张爱玲难免不在这里以及其后的作品中，就她与胡兰成的关系向世人有所"解释"。我想，这也正是王佳芝的故事让她拿不起，放不下，前后改写30年的根本原因所在。

除了作者自己，王佳芝的原型还有抗日英烈郑苹如。郑苹如是国民党元老郑英伯之女，上海沦陷后加入中统，受命刺杀大汉奸丁默邨（此人追随汪精卫大杀共产党人和爱国者，国人斥为"丁屠夫"，日本记者也称之为"婴儿见了都不敢出声的恐怖主义者"）。郑苹如刺丁事泄被捕后壮烈牺牲，其父不愿以出任伪职的条件保释女儿，抱病而终，其兄也在一次对日空战中英勇献身，可谓满门忠烈。张爱玲标榜自己不问政治，不写"时代纪念碑"式的作品，她的小说只是借取郑苹如刺杀汉奸这一历史事件的外壳，婉转曲折地诉说自己的心语。王佳芝当然不是郑苹如那样的女英雄，而是涉世不深，不懂爱情也不懂男人的小女生，是没有接受过正规训练的业余特工。仅凭着一股冲动的爱国热情去演爱国戏，纯属偶然地被推上用美人计诱杀汉奸的舞台。"张爱玲是不屑说谎的，的确可抛开那个历史事件来看这篇小说，张爱玲做了细致铺垫，把王佳芝（这是个懵懂上道的女孩）与郑苹如（那是个主动请缨的战士）剥离了，而且不惜淡化甚至完全牺牲那么精彩的天然的传奇故事情节，而把笔墨倾泻在细致入微的心理描写上，反复对照男女主角的心理，目的在书写自己的人生感悟。"[7]

王佳芝本来是带着使命来诱杀汉奸的，可是在珠宝店里她"临时变计"放走了老易。张爱玲对"一刹那间"王佳芝心理欲望的剧变作了深入细致的剖析。她先是记起英文里"权势是一种春药"这句话，老易为她买下豌豆大的粉红钻戒，让她真切体会到现代社会人与权势密不可分，钻戒成交后她感到一阵"轻松"，"一刹那间仿佛只有他们俩在一起"，可见她此刻已陶醉在虚无缥缈的权势的光环里。接下去她想起什么名学者说的"到女人心里去的路通过阴道"那句话，她"不相信"那样下作的话，她可不是那种一味贪图性享受的风尘女子，而更看重情感的归宿。是不是有点爱上老易了呢？因为没恋爱过，所以不能确定。现在他俩在珠宝店单独相对，"他不在看她，脸上的微笑显得有点悲哀"，"他的侧影迎着灯台，目光下视，睫毛像米色的蛾翅，歇落在瘦瘦的面颊上，在她看来是一种温柔怜惜的神气。"她并不真的在乎老易送她钻戒，而是在一种恍惚、紧张、拘谨的气氛中，把十一根金条的钻戒和老易对她的情分等量齐观了；顷刻间她突然觉得"这个人是爱我的"，于是先前爱国、杀汉奸的信念彻底垮塌，她沉迷在"真爱"的幻觉里，放走了敌人。张爱玲笔下的王佳芝根本上只是一个虚荣、自私的爱情至上主义者，她把所谓"真爱"置于国家民族大义之上。张爱玲或许不会欣赏王佳芝这种害人又不利己的背叛行为，但她显然偏爱这类女性对情感孤注一掷的追求，她用王佳芝的故事告白天下："真爱"是无法抗拒的，"爱就是不问值不值得"，从而为她与胡兰成那段旧情，给出一个不圆满的"辩白"。

小说《色·戒》里的易先生是一个四五十岁的矮男人，苍白清秀，头发微秃，鼻子长长的，有点"鼠相"，从一般女性的眼光看，绝不是性感、可爱的男人。此人老奸巨猾，疑心极重，狡兔三窟，难以上钩。王佳芝说他"诱惑太多，顾不过来"，要他上钩还非得盯牢他，"简直需要提溜着两只乳房在他眼前晃"。对付重庆特工和行刺失败的学生他绝不手软，一个电话打过去，将他们统统枪毙。小说结尾部分，易先生那段灵魂独白值得注意。当他想到王佳芝临终会恨他，竟自欺自慰：不是这样"无毒不丈夫"的男子汉，她也不会爱他；如果说是杀人灭口，他也会理直气壮，因为外间讲起来爱国大学生暗杀汉奸影响也不好；他对战局并不乐观，聊以自慰的是她对他还是"有感情"的，人生"得一知己，死而无憾"；可是易先生并不爱她，"他们是原始的猎人与猎物的关系，虎与伥的关系，最终极的占有。"易先生对王佳芝哪里有什么真感情？说到底不过是"原始"的"最终极的占有"。在这里，张爱玲无情地剥露了易先生自私卑怯、患得患失的丑陋灵魂，我们从这段自白，也能读出张爱玲对过去那份旧情的牵念和对那个阴险狠毒的旧情人的哀怨。

张爱玲小说用女性视角叙事，王佳芝的心理欲望挖掘很深，而易先生的举止心态则闪烁其辞，捉摸不定，难免有概念化的缺憾。李安电影转换为男性视角叙事，并改写了两个主人公。他以张爱玲的个人经历补充王佳芝，增加了许多细节说明王佳芝临时变计放走汉奸的合理性。电影里的王佳芝死了母亲，父亲在国外再婚，父爱的缺失使她在感情上容易接受老男人；漂泊无依、寄人篱下的生存状态，也使她容易被易先生某些貌似体贴的举动所感染。小说里易先生身材矮小，一付鼠相，李安挑选有点鼠相的英俊小生梁朝伟出演易默成，其人风流倜傥，儒雅大方，形貌气质都不会让女人讨厌。张爱玲对王佳芝的身份有过一句提示："她倒是演过戏，现在也还是在台上卖命"，这句点睛之语被李安敏锐地捕捉到；王佳芝究竟是有些"舞台经验"的演员，她不仅在学校演爱国戏，现在色诱汉奸又何尝不是在演戏？演戏是她生命的一部分，演戏生涯让这个孤苦无依的小女生的生命绽放出一种苍凉、凄厉、怪异的美来。

王佳芝和专业特工老吴关于"忠诚"的那段对话吐露了她的心声。老吴要她"记着"："情报工作人员心里只能有一个信念，那就是忠诚"；王佳芝打断他的话激动地说："他比你们还懂得戏假情真这一套。他不单要往我身体里钻，还要像条蛇一样的，往我心里面越钻越深。我得像奴隶一样地让他进来，只有'忠诚'地呆在这个角色里面，我才能钻到他的心里。"这场火花四溅的冲突，让我们看到王佳芝的身份认同和自我角色定位。王佳芝并不理会老吴说的对党国、对领袖的"忠诚"，她只想"忠诚"地演戏，"忠诚"地呆在角色里面，她希望"快一点"结束这种"让我痛苦流血"的生活。因为太过"忠诚"的入戏，王佳芝最终让老易像蛇一样钻进她的心里不能自拔。李安调动电影的诸多艺术手段，试图让我们相信：王佳芝临时变卦的总根子是她对男人的性依赖，是她由性欲而生感情，而误国事，他是以男人的逻辑诠释王佳芝。

电影里的易默成形象也有两个原型，即大汉奸丁默邨和胡兰成（"默成"这个名字就是两个汉奸原型的合成），李安几乎重塑了易默成的形象。这是一个"不喜欢黑的地方"的男人，从不看电影，寂寞，多疑，眼里只有恐惧。他身居高位，掌控汪伪特务机关，他的工作就是帮汪精卫搞"和平运动"，刑讯爱国志士，屠杀抗日特工、教授、记者和进步学生。这是一个内心荒凉、灵魂扭曲的绝望男人，"他对战局并不乐观，知道他将来怎样"，他清楚地知道自己不过是政治"娼妓"。他还是一个风流儒雅、潇洒阔绰的风月老手，为了证明自己"还活着"，他追逐香车美女，沉迷肉体享乐，他嗔怪王佳芝的美色使他"不能专心"工作，二人交往中他深沉圆滑，大方而有风度。

电影大结局是易默成的重头戏。签署死刑令后，六名行刺的大学生在郊区石矿场统统毙命。当阴险而诡秘的秘书呈上那枚钻戒，易默成谎称"不是我的"，他急于洗刷和钻戒主人这份危险关系；为保全自己，他必须杀人灭口处死王佳芝。当他游魂似地回到王佳芝卧室，又变了一副面孔，他失神地抚摸着惨白的床单，眼里闪烁着泪光。最后这场戏把这个冷酷的政治动物的内心"情意"表现得惟妙惟肖。有人赞曰："至此，李安将张爱玲的故事托举到人性抚慰的'高度'"，他是"审判历史，赦免个人"。[8] 对照张爱玲小说的结尾，却只有一句话："喧嚣声中，他悄然走了出去。"这个结尾传达出一种哀矜、悲悼和怨忿情绪。李安完全消解了原著的哀怨气氛，他用丁、胡二人补充易先生形象，加强了性格的深度。电影在艺术上自有它成功的地方，但是为了某种商业利益和电影策略而故意误读原著，甚至让大汉奸戴上温情脉脉的面具，为了达到所谓的"人性高度"而不惜戕害大众的民族感情，实在是李安创作路线上的迷失！有人形容《色·戒》"是那个年轻时代就擅作悲凉之声的老女人的思考，而李安把它演绎成了热情洋溢的小男人的喟叹。张爱玲的意境是剩下一片白茫茫大地真干净，而李安在废墟上树起几块涂饰了污红浊绿的残垣断壁。"[9] 此论虽不无调侃之意，却生动警辟，击中要害。

三、"情"的演绎还是"性"的狂欢

张爱玲小说把王佳芝的临时变卦归结为"真情"乍现，小说通篇以女性逻辑演绎一个"情"字。李安也看出这一点，他说《色·戒》是张爱玲的"忏悔之作"，"明写易先生，暗写胡兰成，倾注了自己的全部感情。"[10] 小说中"色"的描写偏重情感演绎，而非色相展示，她要着重表现的是"色"中之"戒"，"戒"的是女人对男人的依赖性，"戒"的是男人对女人的占有欲和控制欲。

小说涉及性欲的文字仅两处："也不止这一夜"地与讨厌的梁润生做爱，为的是获得性经验；"跟老易在一起那两次总是那么提心吊胆，要处处留神，哪还问自己觉得怎样。回到他家里，又是风声鹤唳，一夕数惊。"一个暗藏杀机的少女跟一个疲惫阴郁的老男人苟合，哪有什么性感兴趣？还有一句独白容易引起误解："事实是，每次跟老易在一起都像洗了个热水澡，把积郁都冲掉了，因为一切都有了个目的。"有人说这是写性的快感，据此认定王佳芝是"因为性的享受，而产生情，而背叛大义"。[11] 其实这句话的重点不在"洗了个热水澡"，而在"有了个目的"。王佳芝转学到上海后，和重庆特工老吴接上头，"义不容辞"地担负起三年前在香港未能完成的刺杀汉奸的任务，她"冲掉"的是"积郁"，她庆幸自己的贞操没有白白付出，庆幸重新获得了献身的意义。如果把王佳芝的这句独白误读成"性的享受"，则大有悖于作者的本意。

至于"到女人心里的路通过阴道"这句名言，不独王佳芝"不相信"，张爱玲也持反感和否定态度；而在李安那里，这句话却成了"写在剧本旁边的导演指示"。鼓吹者说："导演完全看见了性爱在这出戏里关键的地位，所有

的戏剧矛盾和紧张，其实都源自这里。"[12] 李安故意和张爱玲反一调，电影版《色|戒》淋漓尽致地渲染了男人在私有制社会里的占有欲和控制欲，它甚至可以形而下地被诠释为一个男人如何以权势和性功能去征服女人的故事，影片中三场激情戏把性欲和色情张扬到极点。第一场是性虐待，撕扯、捆绑、鞭打，老易追求的是驯服和快感，表情冷漠，王佳芝嘴角露出一丝笑意；第二场老易一次次注视王的眼睛，他要辨明真假，王说"给我一间公寓"，易的表情才放松，从来不相信别人的易对王说"我愿意相信你"；第三场，王哭着用枕头压住易的双眼，易无力反抗也不思反抗，王佳芝从受虐者变为施虐者，易解除了警戒的武装。诚然，三场激情戏对人物塑造并非全无意义，也为王佳芝后来放走汉奸做了一些铺垫；但它表现的重点不是"情"的积聚，而是通过激情、裸露、出位的"性"表演，展示错综交合的体位，纠结缠绕的肢体，它强调的是王佳芝在身体和精神上对男性的依赖性，是易默成对女性的彻底征服。这种赤裸裸的性狂欢，强暴了广大观众善与美的情感，替一部分社会成员邪恶的色欲加权力愿望推波助澜，对于那些没有受过人生密戒，亟需正当的性教育的天真少年，无异于一剂精神鸦片。电影《色|戒》以激情戏作为最大卖点，尽管受到某些媒体和观众的追捧，但是无论东西方文明，都拒绝这种赤裸裸的性表演，它被"美国定为 NC–17 级；德国认为'已到了色情片的边缘'；香港定为三级片；韩国定为18岁以下不得观看"。[13]

四、结语

张爱玲曾在散文《有女同车》里感叹："女人……女人一辈子讲的是男人，念的是男人，怨的是男人，永远永远。"[14] 这是她的心灵呼声，小说《色·戒》讲的就是历史风云中她和初恋男人那段挥之不去的情缘，倾诉出她永远的"念"和"怨"。张爱玲声称她的作品"不涉及政治"，也不屑于考订历史，可她无法斩断她与汉奸话题的千丝万缕的联系，于是她别出心裁地采用小说的形式"辩白"她和胡兰成的关系。由于小说文本事实上纠缠着各种政治元素和作者非政治、非革命的创作理念，这就不可避免地会给作品带来扑朔迷离、忠奸难辩的先天缺陷。

李安的历史意识却异常清晰。电影版《色|戒》写在纪念抗日战争胜利60周年的历史时刻，他声称拍此片是"抢救历史"，要让现在的年轻人了解那个遥远的时代。影片中"大刀进行曲"的合唱和"中国不能亡"的呼声，传达

出抗日的时代气氛，王佳芝困苦拮据的生活折射出沦陷区上海民不聊生的社会境况，频频出镜的军警和狼犬既渲染了白色恐怖气氛，也是日伪汉奸罪恶的象征。李安也许并非故意美化汉奸、颠覆历史，但他对中国的那段历史相当隔膜，他不去表现爱国志士的慷慨悲歌，却要暴露抗日团体的黑暗丑陋，他不去痛斥汉奸卖国求荣、凶残无耻，而是表现汉奸的儒雅风流、温情脉脉。在江山与美人、爱情与色欲、政治与人性之间，他进退失踞，出现了价值迷失。他的本意也许是想演绎一出乱世背景下风光旖旎、诡谲奇异的爱情传奇，结果导演出一场拙劣的三级片式的情色戏。更具讽刺意味的是，他还要"谨以此片献给那些抗战中舍身除奸救国的先烈们！"我想，如果先烈们地下有知，一定不能容忍影片如此张狂的价值"出位"；如果张爱玲还活着，也一定会摇头："我的《色·戒》不是这样的！"

注　释

[1] [2] [6] [14]《张爱玲文集》第4卷，安徽文艺出版社1992年7月版，第79页，第349页，第178页，第265页。

[3] [8] 戴锦华：《时尚·焦点·身份——〈色|戒〉文本内外》，《影视艺术》2008年第2期。

[4] 贾冬婷、魏一平：《上海，张爱玲与郑苹如的命运交叉》，《三联生活周刊》2007年9月18日。

[5] 余斌：《张爱玲传》，海南出版社1995年修订版，第191页。

[7] [9] 杨岚：《男人的色戒与女人的情戒》，《文学自由谈》2008年第2期。

[10] [11] [12]《〈色·戒〉评论资料摘录》，《电影艺术》2008年第1期。

于2008年8月

张爱玲小说的通俗品位和现代色彩

　　说张爱玲是通俗作家如同说她是言情作家一样容易引起误解，而且会抹杀它的独特性。但张爱玲小说无疑是通俗的，它在40年代一问世便赢得了众多读者就是一个证明。她在《多少恨》前言里写道："我对于通俗小说一直有一种难言的爱好；那些不用多加解释的人物，他们的悲欢离合。如果说是太浅薄，不够深入，那么，浮雕也一样是艺术呀。……"张爱玲小说没有她所谓的"新文艺的滥调"，她所喜欢的是"温婉，感伤，小市民道德的爱情故事"。[1] 这种软性的充满悲欢离合的故事，使她的小说贴近了读者大众的欣赏心理。张爱玲小说的通俗可读，以及对寻常人生的切近感，相当程度上得益于她独特的文学眼光。

　　张爱玲在散文《洋人看京戏及其他》中说道："用洋人看京戏的眼光来看看中国的一切，也不失为一桩有意味的事"。接下来，她又写道："我们不幸生活于中国人之间，比不得华侨，可以一辈子安全地隔着适当的距离崇拜着神圣的祖国，那么索性看个仔细罢！用洋人看京戏的眼光来观光一番罢。有了惊讶与眩异，才有明瞭，才有靠得住的爱。"张爱玲最初登上文坛，就是以这种眼光来张看中国人的。在德国人克劳斯·梅奈特（Klaus Mehnert）主编的英文月刊"二十世纪"（The Xxth Century）上，张爱玲卖起了洋文。这些小品文字可以看出她出手不凡，她对中国人生活的洞见令人啧啧称奇。她的过人之处在于，以早慧的心智和犀利的感觉从日常生活的细微处发现了中国人身上代代相传的文化烙印，她是从平民化的角度来把握中国人的日常心态及行为方式的。这种"洋人看京戏的眼光"，实质上是一种陌生化的眼光，这使张爱玲十分注重对细微的生活环境和曲折幽深的生活感受、生活气氛进行摹写。她仿佛戴着放大镜，观察那些为一般中国人所忽略的细节，而这些细节又恰恰有着地道的中国人的印痕，例如她写道："头上搭了竹竿，晾着小孩的开裆裤；柜台上的玻璃缸中盛着'参须露酒'；这一家的扩音机里唱着梅兰芳，那一家的无线电里卖着癞疥疮药；走到'太白遗风'的招牌下打点料酒——这都是中国，纷纭，刺眼，神秘，滑稽"。[2]

这种"洋人看京戏的眼光"，使张爱玲对现实的把握异常细致贴切。在细节描写的真实和感官印象的捕捉上，她的写实能力是独到的。从严格意义上看，与其说张爱玲小说属于现代派艺术范畴，倒不如说是对传统小说现实主义的拓展。倘若将它与1930年代的上海现代派（新感觉派）小说进行一番比较，或许更能看出张爱玲小说所具有的传统小说的通俗品位。

新感觉派是接受日本新感觉派文学影响的现代派中国小说，它是在现代主义艺术道路上自觉前进的，而张爱玲小说就其文学渊源而言，首先是来自传统的。张爱玲在40年代上海《中国报社》主办的女作家聚谈会上回答记者问题时说："不错，我是熟读《红楼梦》，但是我同时也曾熟读《老残游记》、《醒世姻缘》、《金瓶梅》、《海上花列传》、《歇浦潮）……"[3]可见传统通俗小说对她的巨大影响。当初周瘦鹃读到《沉香屑》时，也从中看出了一些《红楼梦》的影子，[4]至于《金锁记》与《红楼梦》的比较研究已有学者关注到了。夏志清在肯定张爱玲受西洋小说影响的同时，也指出："……给她影响最大的，还是中国旧小说。她对于中国的人情风俗，观察如此深刻，若不熟读中国旧小说，绝对办不到。"[5]综观张爱玲的小说（特别是前期之作），总是极力渲染一种具有浓重旧中国文化意蕴的环境气氛，如《金锁记》中的姜公馆，《倾城之恋》中的白公馆，《茉莉香片》中的传庆家，《留情》中的杨太太家，《小艾》中的席家等，这些作品总的文化背景通常笼罩着旧小说所具有的时代气氛，所不同的是，旧的贵族文化在她笔下已走向衰微。

这种文学渊源上的差异，使得张爱玲小说与新感觉派在艺术表现上有着迥异的特征。

首先就叙述形态而言，张爱玲小说趋近于"再现"，新感觉派执着于"表现"。新感觉派笔下的现实是一种"由智力构成的新现实"，已经是完全情绪化、主观化了的东西。它所要表现的不是现实生活给予作家的感受和体验，而是完全游离于客观现实的作家内心活动和变幻跳跃着的主体情绪，是各种怪异感觉的串连。如穆时英的代表作《上海的狐步舞》里的一段描写："上了白漆的街树，电杆木的腿，一切静物的腿，……revue似地，把擦满了粉的大腿交叉地伸出来的姑娘们……白漆的腿的行列，沿着那静悄悄的大路，从住宅的窗里，都会的眼珠似地，透过窗纱，偷溜了出来的红的、紫的、绿的、处处的灯光。"张爱玲小说诚然是充满了作家丰富感性的世界，但她着意表达的还是日常生活对普通人的感官印象，她敏感于生活所给予的各种屑小的感觉和情绪，始终是从生活到感觉，既保持了生活的真实，又着上了鲜活的主体情绪，她的感觉始终是以素朴人生作底子的。她说："我也并不赞成唯美派。但我以为唯美派的缺点不在于它的美，而在于它的美没有底子。"[6]在张爱玲看来，新感觉派的美是没有底子的。

文学是人学，人是文学表现的中心，但由于作家对生活的把握方式不一样，不同作家笔下人物形象与生活的关系会有显著不同。张爱玲与新感觉派作家在艺术地对待生活上存在着巨大差异，这就决定了二者在人物形象塑造上也有较大的差异。穆时英笔下的人物大都是"被生活压扁了的人"，如同《黑牡丹》中的"我"和"她"，"卷到生活的激流里……已经沉到水底，再也浮不起来了"。新感觉派作家醉心于描写这些生活重压下人物性格的分裂，表现出浓厚的现代主义旨趣。二重性格是一种"现代人"性格，是现代工业文明畸型发展的产物，新感觉派正是以此作为文学表现的原料。施蛰存小说《将军底头》中的唐代名将花惊定，就是一个典型的人格分裂的形象，施蛰存运用弗洛伊德精神分析学揭示出人物内心世界信义与情欲的激烈冲突，这种冲突是难以调和的。

张爱玲同样揭示人物的内心曲折和矛盾冲突，但她不是着意于展现人物性格矛盾的不可调和。她不是从观念出发而是从生活出发，在展示人物性格各个侧面的同时，又能抓住人物性格中恒定的一面（即主导性格）。以性格近于变态的曹七巧为例，这是一个被情欲和金钱困扰了一生的女人，她性格中两重质素的冲突使她变得乖戾、古怪。但她不是一个人格分裂的形象，在情欲与金钱的冲撞中处于支配地位的还是她对金钱的强烈占有欲，为此她割断了对于季泽的情欲，她最终戴上的是黄金的枷锁（《金锁记》）。

如果说"革命文学"家热衷于表现"极端觉悟的人"，新感觉派则醉心于表现人物的"极端病态"。而在张爱玲看来，"极端病态与极端觉悟的人究竟不多。时代是这么沉重，不那么容易就大彻大悟。"[7]张爱玲所迷恋的是那些作为"这时代的广大的负荷者"的"不彻底的人物"，因此她笔下的人物不是绝望、疯狂或者崇高、毁灭，而是充满着小市民道德色彩，有着诗意的情调，体现了生活中永恒原色的人物。

张爱玲对传统小说艺术的认同至少还表现在对小说情节的重视上，而现代主义与现实主义在小说艺术观念上一个重大分野就是对情节的忽视，消融情节成为现代主义的口号。情绪化的快速扫描，场景的不断变换，色彩、光亮、感觉的光怪陆离，使得新感觉派小说情节支离破碎，情节被主观化为各种心理感觉零散地存在着。如施蛰存的小说《魔道》,既没有作为人物性格历史的情节,也没有一般叙事作品情节的发展过程,它是一种纯然的象征小说。小说中的"我"始终摆脱不了那神秘的"黑妇人"的压迫,"黑妇人"成为人类心灵梦魇的象征。这篇小说对现代人心灵图像的揭示,以及艺术上神秘的象征色彩,使它成为典型的现代主义小说。

张爱玲感兴趣的是"温婉,感伤,小市民道德的爱情故事",她总是迷恋于事实的人生味,即所谓"事实的金石声"。她注重生活空气的浸润感染,要求在作品中原汁原味地复活人生,因而张爱玲的大多数小说都有着较为清晰的叙事线索,特别注重把人物放在平凡的人生遭际中去刻画。抛开《十八春》这类显然情节化的小说不论,即使是《留情》、《沉香屑·第二炉香》这类叙事时间较短的小说,叙事线索也是很清楚的。《沉香屑·第二炉香》叙述罗杰的婚变经过,由婚前的喜庆到最后的自杀,明显地存在一个故事的发展过程。

与其说张爱玲是40年代上海洋场的现代派作家,毋宁说她是一个更加得力于旧小说现实主义传统而又不雷同于一般"新文艺腔"的作家。只不过她在接受传统现实主义的同时是以现代派作为参照系的,这使她对传统有了超越。主要表现在她不只是停留于对客观世界的纯粹写实和简单再现上,而是充分调动自己的感受力,注重生活给予的直觉体验。因此,她的小说在保持细节真实的同时,又充满了感性的魅力,用她自己的话说有些"华靡"。

张爱玲小说现实主义的通俗品位与她独特的眼光互为因果。当她这种新奇的眼光与她的旧小说艺术根柢相遇合时,便形成了独特的文学景观。实际上早在1940年代就有人看出张爱玲小说的这种独特性:"张女士真正是用一个西洋旅客的眼光观赏着这个古旧的中国的。"[8] 眼光尽管是西洋的,她观察的对象到底还是中国的。唯其眼光陌生,才能仔细观察中国社会万花镜似的种种细节,她的作品也才更具有原汁原味的生活底蕴。当然,这种"洋人看京戏的眼光"如同隔岸观火,很大程度上妨碍张爱玲对现实人生更深入地看取和体验。由于远离时代生活的主流,对人民大众的生活和情感非常隔膜,张爱玲小说在获得现实主义通俗品位的同时,还缺少鲁迅式的洞察力和厚重的历史感,这是我们阅读张爱玲小说深以为憾的。

我们说张爱玲区别于现代派的重要特征是小说的平民化表现,并具有传统小说的通俗品性,但仅以"通俗"来界定张爱玲小说,是容易抹杀其独特性的。实际上,她入于传统,又能出乎其中,在契合中国人传统文化心理和日常行为方式的同时，又能保持适度的距离感。可以说，张爱玲小说通俗而不落俗套，在获得传统小说通俗品性的同时又染有浓厚的现代派艺术色彩。正如严家炎先生指出的："从张爱玲小说表现的生活内容与思想基础来说，它们确实和刘呐鸥、穆时英、施蛰存的作品有着一脉相承之处。"[9]

就表现的生活内容而言，二者都以大都市的男男女女为主要表现对象。它们都不是纯粹客观地摹写现实，而注重以感官情绪去把握现实，从而使笔下的现实感性化，在感觉能力的敏锐上，二者有很大的相似性。

就思想基础而言，中国新感觉派的诞生一方面是对日本新感觉派的横向移植，另一方面，30年代上海的畸型繁荣为这一妖艳的艺术之花提供了现实的温床。新感觉派与西方一战后涌现的，诸如立体派、未来派、表现主义、达达主义等现代派艺术有着显在的承传关系。这些流派的兴起是以战后西方精神危机为共同背景的，其哲学社会学的基础是非理性思潮的涌动，着重表现人性恶的方面：盲目、偏执及本能力量的不可抗拒。这一切，同样成为中国新感觉派的表现重心。

张爱玲接受过一战后西方文学精神的影响，她说读过 S.Maugham 和 A.Huxley 的小说和近代的西洋戏剧[10]，周瘦鹃从《沉香屑》也看到了毛姆的影响。[11]有研究者指出，张爱玲小说同西方现代主义文学思潮接近的一方面即"以抽象的哲学意味表现了对普遍的永恒的人性的探索"，[12]正是对人的现代意识的认同，使她的小说接近了现代派，摆脱了对传统小说观念亦步亦趋的追随。

张爱玲曾以《金瓶梅》与《红楼梦》为例谈论过中国文学的艺术特质："只有在物质的细节上，它得到欢悦……仔仔细细开出整桌的菜单，毫无倦意，不为什么，就因为喜欢……细节往往是和美畅快，引人入胜的，而主题永远悲观。一切对于人生的笼统观察都向虚无"。[13]我们也可以用这段话来诠释张爱玲的小说。在"物质的细节上"，她的小说是真实而且通俗的，有着传统小说的艺术质素；她对人生的观察虽不一定是虚无，但肯定是不乐观，张爱玲特别关注人性的变异。她在《自己的文章》中说："我不喜欢壮烈。我是喜欢悲壮，更喜欢苍凉。壮烈只有力，没有美，似乎缺少人性。"张爱玲正是把人性放在时代沉落的背景上进行了并非乐观的反复表现。

人不能摆脱自己的宿命，情欲的力量是不可理喻的，这是张爱玲对人性的独特发现。在她笔下，主人公的一切努力往往是徒劳的，现实的嘲弄尖刻无情。佟振保一心想要创造一个"对"的世界，做自己的世界的主人，但他失败得很惨，他不能娶王娇蕊而与无爱的孟烟鹂匆匆结合（《红玫瑰与白玫瑰》）；喜欢在书上画像的潘汝良，爱情成为幻影，从此他的书上异常干净（《年青的时候》）；即使最具英雄色彩的曹七巧，当她躺在烟铺上回想自己一生时，也不由得掉下串串泪珠："在这不可理喻的世界里，什么是因，什么是果，谁知道呢?"（《金锁记》）什么是因什么是果，什么是真什么是假，张爱玲和她小说的主人公一起反复追问，却始终不能找到正确的答案。

在人生千疮百孔的情感中，张爱玲揭出人性弱点和人性遭到摧残的悲剧，这就使她的小说与同样言情的鸳鸯蝴蝶派小说有了明显区别。张爱玲早年试作过类似鸳蝶派的小说《摩登红楼梦》，后来仍然多少受到这派小说的影响。鸳蝶派小说尽管在40年代已是强弩之末，但由于特殊的时代环境，它还是找到了残存的土壤。当时上海有鸳蝶派气息的杂志很有几家，如周瘦鹃主编的《紫罗兰》，顾冷观主编的《小说月报》，陈蝶衣主编的《春秋》，钱公侠主编的《大众》等等。[14] 颇有意味的是，张爱玲小说处女作《沉香屑·第一炉香》和《沉香屑·第二炉香》便是受到鸳蝶派老作家周瘦鹃的赞赏，在《紫罗兰》上发表的。不仅如此，张爱玲小说与鸳蝶派小说在艺术上还有某种同源性。鸳蝶派是清末民初在上海等大都会兴起的一个通俗小说流派，在艺术形式上承袭古代白话小说的传统，以长篇章回体小说为其特长，而短篇较好的作品首推传奇故事。张爱玲小说在题材选择之"奇"，情节设计之"巧"等等方面，也与传统的通俗小说有承传关系。张爱玲在《传奇》扉页上就写道："书名叫传奇，目的是在传奇里面寻找普通人，在普通人里寻找传奇"。注意选取新奇曲折的题材、情节作为描写对象，就与唐人传奇，尤其是明清以来大量出现的从"平常"人事中发现"新奇"的世情小说有一脉相承的关系。不过，凡此种种影响和联系，均不能抹杀张爱玲小说与鸳蝶派小说在艺术质地上有严格的高下之分。

鸳蝶派奉行游戏、消遣的文学观，平时做小说大半是向壁虚构，凭空构筑起空中楼阁来。他们不厌其烦地编制"卅六鸳鸯同命鸟，一双蝴蝶可怜虫"的言情故事。这派小说往往将男女之情从社会人生中剥离出来，为言情而言情，把情爱看作人生的全部内容。"言情鼻祖"徐枕亚说他写有情人未成眷属的"终天之恨"，只是为了博多愁善感的读者"同声一哭"，他那长篇言情小说《玉梨魂》，"以一哭开局，又以一哭收场"，虽在客观上展示了封建礼教对男女青年的毒害，但充塞全书的无病呻吟，大大削弱了作品的社会意义。号称"言情巨子"的周瘦鹃在《爱之花》"弁言"里说："大千世界一情窟也，芸芸众生皆情人也，吾人生斯世熙熙攘攘，营营扰扰，不过一个情罗网之一缕"[15]。鸳蝶派小说专注于"情"而忽视了"人"，以痴男怨女的悲欢离合掩盖了人性的真面目，它们仅止于故事的传奇、夸张、诱惑性而忘却了人性内容的开掘。

张爱玲小说则不然。男女之情同样动人情怀，但她能从中发掘出超乎其外的内容，即对人生、人性的洞察。佟振保与王娇蕊之间不能说没有真情，而且以悲剧告终，但张爱玲不只是描写这种情感的热烈、悲凉本身，而是从悲剧中寻求人性的解释。佟振保这个人物发人深思，人性的软弱，人生的无奈在他身上暴露无遗。尽管悲剧的根源没有归结为社会制度的毒害，仍然内蕴着深厚的人性内容（《红玫瑰与白玫瑰》）。

程式化的叙事法则是旧派通俗小说艺术上的又一缺陷，它注重故事模式的铸造而非从生活本身的丰富多样出发；情节逻辑的自足性取代了对现实生活的真切再现。鸳蝶派小说从游戏、消遣的目的出发，特别重视对情感模式的探索，以满足读者的求奇求异心理，考其大端，已有学者归纳为三种：（一）少年男子遇上美丽少女，一见钟情，相思成疾；（二）一方迫于父母之命或因偶然变故（常见的是生病或举家迁移），致使婚姻受阻，造成终生遗憾；（三）男的在精神上始终把对方当成腻友，以此来证明爱的纯洁；伊人死后，他（她）也殉情，以此来证明爱的深沉。[16]

由于张爱玲小说情感内容来自生活，来自不同的人生形式，所以显得丰富多样，而且它的深层命意不在情感本身，因而不像鸳蝶派那样执意追求情节发展的模式和逻辑进程。殷宝滟的爱不同于潘汝良；淳于敦凤不同于吴翠远；白流苏不同于王娇蕊，等等，尽管她们的遭遇或许最终相似，但她们有着各自独特的人生体验。

对心理描写技巧的不断刷新是现代小说艺术革命的标志和成果之一。张爱玲小说心理传达的艺术使它大异于传统小说，与鸳蝶派小说相比更是别有天地。传统小说也有心理描写，但大都从人物外部的动作、言行、神态等方面入手，或者只求助于作者对人物心理的分析性叙述。到鸳蝶派作家笔下，由于情节本身成为兴趣中心，只注重故事的叙述，忽视了对人物内心的透视。平面的叙事方法导致人物形象的扁平化，这是鸳蝶派在传统艺术道路上倒退的表现之一。张爱玲小说则在发扬传统心理描写技巧的同时，又借鉴了西方现代小说心理表现的技巧，她的小说因而获得了表现形式上的现代特征。

张爱玲小说心理传达的特异处在于：人物刹那间的心理状态被她奇异的

感觉捕捉住并外化为各种意象固定下来，感觉的敏锐使她善于发现人物的内心曲折；意象的组合运用使其心理传达充满隐喻、象征色彩。理查兹认为，"使意象具有功用的，不是它作为一个意象的生动性，而是它作为一个心理事件与感觉奇特结合的特征"。[17] 实际上，张爱玲小说中新颖别致的意象已成为人物心理活动的译码。《金锁记》中，当曹七巧识破姜季泽骗钱的诡计后，迅即撕破脸皮，七巧盛怒后霎那间的心理状态通过被打翻在桌上的酸梅汤的描写传达出来："酸梅汤沿着桌子一滴一滴朝下滴着，像迟迟的夜漏———一滴，两滴……一更，二更……一年，一百年。"这一滴一滴的酸梅汤无限地延长了七巧此刻心中"寂寂的一刹那"。她仿佛麻木了，又有些恍恍惚惚，绝望和空虚中对季泽又有一丝莫名的依恋。《沉香屑·第二炉香》中对突然遭遇婚姻变故的罗杰茫然空洞的心理传达也是一个成功例子："整个的世界象一个蛀空了的牙齿，麻木木的，倒也不觉得痛，只是风来的时候，隐隐的有一些酸痛"。类似这种隐喻性的心理描写，张爱玲小说中比比皆是。

应该注意的是，张爱玲在心理传达技巧上向现代派的借鉴是有保留的，她始终顾及传统的接受心理。而相较之下，新感觉派则明显地失之节制。在新感觉派作家笔下，各种感觉浮光掠影，稍纵即逝，缺乏整体感；意象的排列组合千奇百怪，喧嚣错杂，这不能不影响到心理描写的有效性。张爱玲同样深入人物的内心，但她同时注意到外部情境的制约，讲求外部情境与人物内心世界之间的象征、隐喻、暗示关系。

从以上比较分析不难发现，张爱玲是一个跨越传统与现代两个艺术领域的独特作家，她的小说既具有传统小说的通俗品位，又烙上了鲜明的现代色彩。应该说，张爱玲小说艺术之根深植于本土文学之中，但她同时又把表现的触角伸向了现代艺术方向。张爱玲以自己独特的小说参与了中国文学的现代化进程，她的创作成为中国现代文学不可忽视的组成部分，她为中国现代文学增添了属于自己的文学景观——不同于"旧派"，也迥异于"新派"。

注 释

［1］［2］［13］金宏达、于青：《张爱玲文集》第4卷，安徽文艺出版社1992年版，第84页，第21页，第111页。

［3］［4］［5］［8］［10］［11］静思：《张爱玲与苏青》，安徽文艺出版社1994年版，第12页，第186页，第111页，第24页，第14页，第186页。

［6］［7］张爱玲：《自己的文章》，《张爱玲文集》第4卷，第176—181页。

［9］严家炎：《张爱玲与新感觉派》，《中国现代文学研究丛刊》1989年第3期。

［12］王嘉良：《张爱玲小说：贵族艺术的平民表现》，《天津社会科学》1990年第1期。

［14］刘心皇：《抗战时期沦陷区文学史》，台北成文出版社有限公司1980年版，第33—34页。

［15］［16］转引自刘扬体：《鸳鸯蝴蝶派作品选评》，四川文艺出版社1987年版，第61页，第63页。

［17］转引自余彬：《张爱玲传》，海南出版社1993年版，第121页。

于1996年3月

沈从文湘西题材小说的生命景观

　　沈从文是中国现代文学史上有过较大争议的作家，过去有人说他总是在时代生活的边缘作"无病呻吟"，"流露着消极没落的悲观情调"；还有人说他专爱写"性"，写男女情事，是"桃红色作家"；有的文学史批评他"总是有意无意地回避尖锐的社会矛盾，即或接触到了，也加以冲淡调和。作家对于生活和笔下的人物采取旁观的、猎奇的态度；对于黑暗腐朽的社会，缺少愤怒，从而影响了作品的思想艺术力量。"[1] 在相当一个时期，此类误读、误导充斥文坛，随着历史变迁和研究工作深入，这位一度沉寂的作家和他独具魅力的湘西小说，在中国文坛重放光辉。

　　沈从文整个童年时代是在故乡凤凰县度过的，此地山高林密，汉、苗、土家族杂居为邻。从小他不爱读文字写成的书，却爱"习读凤凰城内外由自然和人事写成的那本大书"。他不仅自幼倾心于自然与现世的光和色，而且以自己独特的思索和想象去穷究自然与人事的奥秘。他结识了停泊在河街码头的各种船只，熟悉各种不同禀性的水上人以及士兵、妓女、商人、政客、学生、客栈老板等的生命形态和情感方式，为他日后的小说创作做了充分准备。

　　沈从文十五岁进入湘西土著部队，开始了历时五年，足迹遍及湘、川、黔三省边地和千里沅水流域的军旅生涯。他在旧军队里看到抓人、杀人、烧房子等悲惨人生景象，听到各种骇人的传闻和美丽动人的故事，也领略了赛船、禳神之类湘西社会所独有的民风民俗。旧军队中的所见所闻不仅积累了十分丰富的人生经验，还初步形成了他那截然不同于城里人的世界观。他记叙随军驻扎怀化镇的经历时这样写道："我在那地方约一年零四个月，大致眼看杀过七百人……这一份经验在我心上有了一个分量，使我活下来永远不能同城市中人爱憎感觉一致了。"[2] 可见，行伍时期他就萌生了淳朴自然、珍爱生命的"乡下人"主体意识。

　　1922年，沈从文怀着寻求知识、重造社会的理想离开乡村走向都市，迎接他的却是大都市的黑暗和堕落。在北京，他考大学落了榜，找工作又无着落，一边去北大旁听，一边躲在零下十二度的小屋里学习写作。物质生活的极度窘困让他饱尝人生况味，因为贫穷而受歧视的种种遭遇给他留下痛苦的记忆，终于形成了自觉完整的"乡下人"意识。后来他在《〈从文小说习作选〉代序》中说："我实在是个乡下人，说乡下人我毫无骄傲，也不在自贬，乡下人照例有根深蒂固永远是乡巴佬的性情，爱憎和哀乐自有它独特的式样，与城市中人截然不同！"这种"乡下人"意识其实就是沈从文关于自身精神传统、文化血脉的一种指认，是他对于个体生命的一种历史定位，这种特异的心理素质使他和城市文明尖锐对立，而与故乡湘西的自然、人事发生水乳交融的精神契合。

在《烛虚》和《〈看虹摘星录〉后记》等文中，沈从文热情赞誉生命之美，并提出"美在生命"的美学命题。他说："我过于爱有生的一切"，"在有生中我发现了'美'"；"我是个对一切无信仰的人，却只信仰生命。"他心仪中外优秀作家"能用文字，在一切有生陆续失去意义，本身亦因死亡毫无意义时，使生命之光，煜煜照人，如烛如金。"[3]他特别推崇但丁、曹雪芹等用创造性的劳动延续生命，用文字形式焕发了永生不灭的生命光辉。"美在生命"的文学理想一根红线似地贯穿于沈从文的湘西题材小说创作中，这些礼赞生命的作品成为中国现代文学史上一道缤纷璀璨的文学风景。

一、礼赞生命的健康与雄强

沈从文热爱他的家乡凤凰小城，在他眼里"城乡全不缺少勇敢忠诚适于理想的士兵，与温柔耐劳适于家庭的妇人"，故乡人是美的，故乡山水也是美的。他的小说一再写到依山凭水的边地小城，停泊在辰州河岸的小船，临河的街道、码头、吊脚楼，幽深交错的小巷，光滑平整的石板，古朴稠密的青瓦木屋，还有溪边的白塔、青崖、翠竹、黄狗……一幅幅优美自然的湘西风景画，让你怦然心动，流连忘返，感受到一种田园牧歌情调。

中篇小说《边城》讲述一个哀婉动人的爱情故事：茶峒船总（水上执事）的两个儿子天保和傩送同时看上了老船夫的孙女翠翠。按照当地习俗，两兄弟会不会为了翠翠动刀子呢？结果是二人相约到溪边赛歌。天保自知赛歌不是对手，又明白翠翠心中只有傩送，于是自动退让，驾船远行，不幸葬身激流。傩送深爱翠翠，兄长罹难也无心痴恋，又对老船夫有所误会，便在痛苦中远行桃源。老船夫为孙女的婚事郁郁而逝，翠翠带着悲伤和期待，冬去春来，依然在小溪口摆渡。《边城》所要表现的是"一种优美，健康，自然，而又不悖乎人性的人生形式"[4]，它是一支爱与美的颂歌，一出美丽而忧伤的悲剧。天保自沉水底，傩送不知所终，老船夫风雨之夜阖然长逝，翠翠在渡口茫然期待，还有清溪白塔的突然坍塌，无疑演绎了一出悲剧。可以说，《边城》是沈从文为解决理想与现实的矛盾而创设的一个遥远的梦境，他不愿粉饰太平，也不甘袖手旁观，于是"用一种温柔的笔调来写爱情，写那种和我目前生活完全相反，然而与我过去情感又十分相近的牧歌"。[5]

承受着雨露阳光的翠翠，是自然美的化身。这位边城少女"在风日里长养着，把皮肤变得黑黑的，触目如青山绿水，一对眸子清明如水晶。自然既长养她又教育她，为人天真活泼，处处俨然如一只小兽物。人又那么乖，如山头黄麂一样，从不想到残忍事情，从不发愁，从不动气。平时在渡船上遇陌生人，作成随时皆可举步逃入深山的神气，但明白了人无机心后，就又从从容容地在水边玩耍了。"这段文字寄托了作者太多的梦想和情感，从翠翠的音容笑貌，你可以触摸到沈从文的脉搏和心跳。如果说《边城》是一首生命美的颂诗，翠翠就是这首诗的"诗魂"。

沈从文的祖母是苗族人，他以自己有苗族血统而自豪，苗族民风强悍勇武，他认为现代人可从苗民学到雄强有力的精神气质。带着山野气息登上文坛的沈从文，"崇拜朝气，关心自由，赞美胆气大的强有力的人。"他的小说津津乐道于湘西边民强悍勇武、任侠仗义的乡野本色，尤其热衷于描摹深山密泽中充满世俗欲望、放浪无忌的原始情爱行为。《雨后》虽说只写四狗和阿姐几个野合镜头，却把这对情侣"醉到不知人事"的快乐置放在云雨掩映，草木茂盛，空气怡人的野山之中，优美的自然环境和人物行为配置得极为和谐优美。《旅店》中，27岁的女老板黑猫三年前死了丈夫，一向安分守寡，可她在一个"非常美丽的早晨"，性情"无端"的变了，"一种突起的不端方的欲望，在心上张大"，她爱的是一种力，"一种蠢的变动，一种暴风暴雨后的休息"，于是她和住店的大鼻子纸商到山里野合一回。作者运用心理分析法，剖析出女主人公生命本能的激情涌动过程。中篇小说《阿黑小史》中，五明爱阿黑就像爱观音菩萨，她"那么慈悲，那么清雅，那么温柔，想象观音为人决不会比这个人更高尚又更近人情"，不知苦辣的五明在驱鬼请神给阿黑治病时，也要和阿黑缠绵交欢，撒野纠缠，"幸福得像做皇帝"。阿黑病逝后，失去恋人的五明成了"颠子"。小说中多有醋畅淋漓的情欲表达，野性美的张扬到了极致。《柏子》讲述泊船上水手与吊脚楼妓女的畸型恋，作者也照样倾注出满腔热情。白天爬桅子、夜晚睡女人的柏子，心甘情愿地把一个月储蓄的铜钱和精力，倾倒在一个妇人身上，"喝一口茶，吸一泡烟，像是作皇帝"。在湘西人眼里，情爱是一种天赋的不可剥夺的权利，是一尊和大自然一样尊贵无比的神，如同沈从文在《神巫之爱》中宣布的："像是天许可的事，不去做也有罪。"性爱的内容并不重要，沈从文看重的是它最为本质的层面，它的明朗与自由的精神，即使是柏子和妓女的畸形恋，也因其痛快淋漓、不假修饰而自有一股刚健明丽、活泼清新的生命气息。在这个意义上，沈从文鄙弃那些"拘谨、小气，营养不足，睡眠不足，生殖力不足"的萎靡生命。

《月下小景》是一篇取材于佛经故事、动人心弦的作品。寨主独生子傩佑和美丽的姑娘热烈相爱了，那女孩的身体"仿佛是用白玉、奶酥、果子同香花调和削筑成就的东西"，而这位美女也被男子"温柔缠绵的歌声与超人壮美的四肢所征服"。可是按照当地的"魔鬼习俗"，女人只许同第二个恋人结婚，第一个恋人可得到她的贞操（初夜权），却不能拥有她永远的爱情。违反了这规矩的女子，就要被沉潭或抛到地窟窿里去。小说中的女子却心甘情愿地把自己整个地交给倾心的男子，男子也愿把整个的自己换回整个的女子。月光下处女献出了贞操，他们最终反抗"魔鬼习俗"，双双服毒自尽。这是一支张扬野性与自由的恋歌，生命在这里受到压抑进行了拼死突围和反抗，然而要战胜命运只有选择死亡，生存的意义结束在死亡里，这是一支蕴藉着感伤和忧愁的美丽的恋歌。

沈从文小说还融入了大量"荆蛮陋俗"的山野民歌，"词既鄙俚，其辞亵漫荒淫"。例如："娇家门前一重坡，别人走少郎走多；铁打草鞋穿烂了，不是为你为哪个？""天上起云云起花，包谷林里种豆荚；豆荚缠坏包谷树，娇妹缠坏后生家。"（见《阿黑小史》）"大姐走路笑笑底，一对奶子翘翘底。心想用手摩一摩，心子只是跳跳底。"（见《雨后》）"高山有好水，平地有好花。人家有好女，无钱莫想她。"（《〈断虹〉引言》）这些俚俗歌谣，同样流淌着鲜活饱满的自由气息与生命激情。如沈从文所说："倘若一切出自生命本来的呼声，都有其庄严的意义。"[6]

现代文学史上，郁达夫也是擅长于性爱描写的大家，同样是描写性爱，二人却有着迥然不同的美学理想和生命情怀。郁达夫笔下的零余者放浪形骸，羸弱沉沦，发出悲悲切切的个性解放呼声，传达出五四时代小资产阶级知识者无力改变社会和个人命运的精神状态和情感诉求。郁达夫的性爱描写因其对封建道德的反叛和弱国子民的喟叹而提升了它的文学价值，但他展现

的性爱畸形而且变态，主人公的精神世界疲惫而空虚；沈从文的性爱描写与
人生苦闷穷愁、弱国子民的家国情怀全不粘连，它真切纯粹地呈现出形而下
的性爱内容，而采取一种广场化的存在方式，让天地万物，流水青山来见证
湘西边民率性而为、生猛活脱的性爱狂欢。沈从文小说的人物个性和面容并
不清晰，四狗、五明、黑猫、豹子、阿黑，都是浮雕式的人物，它的意义不
在于给文坛留下多少个性鲜明的人物形象，而在于凸显一种真实自然、健康
雄强的精神气质，表征一种淳朴率真的文化形态和生命力量。

二、憧憬生命的淳朴、优美与向善

沈从文认为，小说作者要有一个"单纯信仰"，小说创作应体现真、善、
美的统一。"美就是善的一种形式，文化的向上也就是追求善或美一种象
征。"[7] 在他看来，只要是真实、善良的，就是人性的，美的。好的文学作品
除了使人获得"真美感觉以外，还有一种引人'向善'的力量。"[8] 沈从文强
调文学的目的是引人"向善"，把"美"更明确地导向"表现人性最真切的欲
望"，从而为小说创作立下了"高尚的标准"。在《边城》和《长河》中，他
集中描写人性中淳朴、优美、向善的天性，用"现实和'梦'两种成分混
合"创造出一种理想的生命形态。

翠翠与傩送、天保弟兄的爱情纠葛是《边城》的情节核心，在爱情萌
生、成长和不幸夭折的过程中，表现出年轻人善良正直、热烈忠贞的优秀品
质。"翠翠的爱是一串梦"（汪曾祺语），它超越了任何世俗功利。自从两年前
认识了二佬，就被一件事情困扰着，从此爱看迎婚送亲的花轿，爱听别人唱
缠绵的歌，喜欢把野花插到头上；有时她仿佛孤独了一点，爱坐在岩石上向
天空一片云一颗星发呆；她本来天真好动，现在变得羞涩文静了。这个情窦
初开的少女内心涌动着爱意，就像山间溪水那样清澈透明。后来二佬夜里为
翠翠唱歌，"翠翠梦中灵魂为一种美妙的歌声浮起来，仿佛轻轻的各处飘着；
上了白塔，下了菜园，到了船上，又复飞窜过悬崖半腰，——去作什么呢？
摘虎耳草。"老船夫过世后，翠翠年复一年地在渡口痴痴守望那个月下唱歌、
驾船远行的人。在作者看来，翠翠的爱是人类向善天性的自然流露，是人性
美和生命美的极致。围绕这个缠绵悱恻的爱情故事，作者还为我们描绘了边
城地区祖孙父子相亲、人人真诚向善的民风世情。老船夫摆渡50年了，从没
误工，从不收取别人赏钱。女儿和屯防军人相爱怀孕，也不加指责，依然把

日子平静地过下去。女儿殉情后默默承担起养育孙女的责任，为翠翠婚事操碎了心。不仅老船夫勤劳本分，慈爱善良，边城居民重感情，轻钱物，任侠仗义，是非分明，也蔚然成风。你看茶峒渡口：过渡人抓一把钱掷到船板上时，管渡船的一定会拾起来塞到那人手心里去；如果还是有人给钱，管船人便把这钱买了茶叶和烟草，烟草奉赠给过渡客人，茶叶用开水泡好给客人解渴，茶峒渡头的风气就是湘西民风的一个缩影。边城社会每位成员都严格遵守祖辈流传下来的社会公德，人与人之间用"爱"字架设起彩虹般美妙的桥梁，在这个相对稳定的社会群落里，人人正直、热情，处处充满友爱和善意。《边城》所描写的当然不是现实，而是作者对"民族品德重造"的一个憧憬，一个梦境。沈从文确信："《边城》中人物的正直和热情，虽然已经成为过去了，应当还保留些本质在年青人的血里或梦里，相宜环境中，即可重新燃起年青人的自尊心和自信心。"[9]

　　长篇小说《长河》是一部"分析现实"的作品，它以30年代中期沅水流域一个水码头（吕家坪）为背景，叙述人们生活上的"常"与"变"，以及他们所有的"悲哀"。面对国民党调兵遣将和外寇入侵，苗家人有了在变乱中把握和主宰自身命运的信心和勇气。一扫《边城》式的忧郁，《长河》写出老少两代人精神风貌的改变。老水手满满饱尝人生苦难而洞悉世情，无论现实怎样残酷也不逃避，比起《边城》中的老船夫，他更加爽朗坚定。年轻一代三黑子、夭夭们，也在世事变动中长了见识，长了胆气。就在"新生活"运动扰乱了乡村平静时，夭夭依然"自在从容之至"，敢于抗议保安队长的压迫；"老百姓不犯王法，管不着，没理由惧怕。"三黑子也发誓："我当了主席，一定要枪毙好多好多人，做官的不好，也要枪毙！""我明天当兵去打仗，一定抬机关枪，对准鬼子光头，打个落花流水！"《长河》写在抗日战争时期，民族革命战争发展了沈从文对理想人生形式的思考，尽管这个长篇仍然浸透着"乡土抒情诗"气氛，小说中的人物却跃动着生命的神性光彩，湘西民族自主自为的生命形式在他们身上有了新的诠释，作者对湘西社会动乱的社会根源和抗日战争的前途也作了现实主义的分析。

　　在《龙朱》、《媚金·豹子·与那羊》中，沈从文运用浪漫夸张笔法塑造了龙朱、媚金、豹子这样一些集美与善于一身的传奇人物形象。族长儿子龙朱"美丽强壮像狮子，温和谦逊像小羊。是人中模型，是权威，是力，是光"，他的德行品性和外貌一样完美，从不虐待人畜，也从不对年长老辈妇人女子失敬。所有未出嫁的女人，都想自己将来有个丈夫像龙朱一样。品貌双全的龙朱在恋爱中是那么热情、勇敢、诚实，他最终赢得黄牛寨寨主女儿的爱情。《媚金·豹子·与那羊》讲述一个凄美悲壮的殉情故事。豹子和媚金相约今夜第一次幽会，豹子答应寻一只小白羊"献给那给我血的女神"。可是走遍全村却找不到一只中意的羊，不是太大就是毛色不纯，为了践约他再去邻村找羊，借着星光，他在路边土坑中救起一只受伤的纯白小羊，等到他折回村庄给小羊包扎好伤口，再翻过无数山崖来到宝石洞，天色将明了。媚金在洞中空守一夜，失望中把刀子插入胸膛。豹子向恋人解释了迟到的因由，也拔出带血的刀，扎进自己胸膛……沈从文笔下这些品貌双全的传奇人物，已成为苗家爱美、向善、讲诚信的楷模，它是作者用优美的文字铸造的生命美的雕像，热情地再现了生命对于爱与美的追求与幻想。批评家李健吾说得好："他（沈从文）热情崇拜美。在他的艺术制作里，他表现一般具体的生命，而这生命是美化了的，经过他的热情再现的。"[10]

　　描绘湘西人淳朴向善品格的作品还可举出一些。《会明》和《灯》中的老兵都是出生入死，参加过许多战事的老湘西，伙夫会明在战争间隙喂养一只母鸡和一窝小鸡，这位慈善的老人对小动物也流露出母爱的温情；《灯》中的老兵是"我"的厨子和老管家，在战乱频仍、尔虞我诈的社会环境里，他"最无私最诚恳"地为"我"谋划幸福。纯厚正直的老兵是老湘西的精魂，老兵的人格精神像老湘西的煤油灯那样在黑暗中绽放出一线光明，"他们是那么纯厚，同时又是那么正直。好像是把那最东方的古民族和平灵魂……安置到这毫不相称的战乱世界里来。"这些作品显然带有明显的道德化倾向，作者希望从传统文化里面寻找治世良方，以"仁者爱人"的道德精神救治乱世中不安定的灵魂。《在别一国度里》则采用书信体的形式，讲述被迫为寇的山大王讨娶商人之女做压寨夫人的故事。外间传闻山大王是青面獠牙、无恶不作的杀人魔王；做了压寨夫人的女学生却写信给亲人说：他年青、彪壮、聪明而有学识，对妻子体贴温存得像一匹羊，他的忠实超越了理想情人的忠实；他还要杀贪官污吏，赶走洋鬼子，是个有抱负、有血性的爱国青年。沈从文乐于为水手、船工、妓女、山大王立传，他们尽管思想粗糙，手脚粗糙，从这些粗糙的灵魂雕像，我们却能够倾听到湘西山野之民淳朴善良、自由雄强的生命回响。

三、表现生命的沉迷和人性苏醒

在长期漂泊中，沈从文觉察到湘西社会历史变迁中，乡村文化精神正在发生蜕变。1934年和1937年冬，两次故乡之行，他亲见乡村社会所保有的那点素朴正直的人情美几乎丧失殆尽，代之而起的是"实际社会培养成功的一种唯实唯利庸俗人生观"，他悲哀地发现："'现代'二字已到了湘西"！[11] 过去他在回忆中写到湘西，总是魂牵梦萦，诗意盎然；现在他从湘西社会的变化看出人性堕落的趋势，创作中便多了几重难以抹平的隐痛和悲哀。诚如他给家人的信中所说："我的月亮就只在回忆里光明全圆"。[12] 他对读者坦言："你们能欣赏我故事的清新，照例那背后蕴藏的热情却忽略了；你们能欣赏我文字的朴实，照例那作品背后隐伏的悲痛也忽略了。"[13]

生于湘西边地，长于巫鬼之乡的沈从文以其独特的"乡下人"眼光看取人生、观照世界，他认为城市文明的最大流弊就是"对于'自然'之违反"，人与自然失去了和谐。城市人"俨然事事神经异常尖锐敏感，其实除了色欲意识和个人得失以外，别的感觉官能都有点麻木不仁。"[14] 由于失去了人类文明童年期的天真拙朴之气，城市文明制造出许多"思想矜持，情感琐碎，规矩忌讳，多而又多"的假时髦和假绅士。沈从文小说创作的逻辑起点正在于深切体味到城市文明对人性的危害，《八骏图》、《绅士的太太》、《大小阮》、《某夫妇》等都市题材作品，便生动地描写了虚伪庸俗的生命形态，呈现出都市人性沦落的众生相。《八骏图》中八名教授，有的奉行独身主义，有的标榜清心寡欲，有的开口闭口社会道德……下意识里个个都有性欲冲动和非分之想。他们被身份、名位、知识、道德等"文明"伪装冷却了血性，阉割了精神，表面上"为人显得很庄严，很老实"，实际上非常虚伪，"同人情有点冲突，不大自然"。《绅士的太太》中那一群绅士、绅士太太、少爷、姨太太，纯然是"欲望动物"，整天无所事事，追求蝇头小利和肉欲本能，甚至连动物生育后代、繁衍种群的那点秉性也丧失殆尽。

这些作品不遗余力地鞭挞城市文明的堕落和都市人生的荒诞性，可是当他回过头来反观湘西现实，记忆中纯朴、静美的湘西，早已在封建宗法观念和"现代"文明夹击中蜕变了，他陷入深深的痛苦。表现这种忧虑和痛苦的代表作有《夫妇》和《七个野人与最后一个迎春节》。《夫妇》讲述一个乡村"示众"故事，乡下人从南山坳捉了一对青天白日下野合的青年男女，禾场上围了一群看热闹的人。酒糟鼻汉子提议剥去这对男女的衣服用荆条打；看客中有喊"沉潭"的，有主张喝马尿塞牛粪的，爱热闹的小孩到处找打人的荆条，民团的一个长官想敲诈一些钱财……后来才闹明白这对男女原来是回娘家的新婚夫妇，终于还是听从璜的建议把人放了。小说如同绝妙的寓言，三组人物各有不同的象征意蕴：青年夫妇代表具有自然、健全生命力的乡下人，酒糟鼻子、练长和看客代表被城市文明污染了的沦落的乡下人，而想在乡下治好神经衰弱症的璜，则是爱美向上的"知识者"代表。经历了"示众"事件后，璜觉得"世界真窄"，这里"地方风景虽美，乡下人与城市人一样无味"。城市文明破坏了乡村的自然和谐，《夫妇》抒发了沈从文的隐痛和悲哀。《七个野人与最后一个迎春节》采用故事和传说的形式表现苗文化与城市文明相对立。七个男人在"最后一个狂欢节"饮酒狂欢后逃进深山，他们追求"平等自由"，反抗官府和外来势力。他们在山野里做工吃饭，不分尊卑，各尽其力；他们勇敢坦诚，无忧无愁，"用枪弹把鸟兽引来，复用歌声把女人引到山中"；那里没有债务，没有欺骗，一切平均，一切公道，他们在山里创建了"理想国"。北溪村改设"司"的建制，很快有了大绅士和鸦片烟馆，迎春节纵酒狂欢的习俗被官府禁止；到第二年迎春节，七个野人的头颅被持枪带刀的军人带回北溪村，罪名是"图谋颠覆政府"。"进步了，沦落了"，作者面对湘西历史变迁发出一声长叹！湘西的演变是社会进化的必然趋势，即使"勇敢如狮的人"也无法制止，堕落与进化相伴相随，"乡下人"沈从文无法抑止他那道德上的同情和忧愤。

倘说上述两篇是用寓言形式揭出湘西社会人性异化的必然趋势，那么，《萧萧》和《丈夫》则是作者冷静地谛视湘西人生，深刻表现生命沉睡和人性苏醒的作品，两篇作品都具有现实主义悲剧意味。萧萧是童养媳，12岁嫁给三岁的小丈夫，15岁身高如成人，可还是一颗"糊糊涂涂的心"。过路女学生让萧萧有了一种朦胧的对于"自由"的向往，受到花狗粗壮胳膊和好听山歌的诱惑，萧萧有了身孕。事情败露后花狗逃之夭夭，萧萧侥幸没被"沉潭"或"发卖"，平安地生儿，娶媳，很快又添了孙子。萧萧的悲剧和我们通常所见旧社会不贞妇女的悲剧不同，她没被"沉潭""发卖"，而且多年的媳妇熬成婆；然而萧萧的命运还是悲剧性的。萧萧淳朴、善良、健康，可她的理性世界糊涂一片，生命处于自在、休眠状态，她对自己的不幸始终没有真正反抗过，她的"幸运"与相对封闭的社会风气，偶然巧合的重男轻女生育观念不无关系。在萧萧身上，人性之美和灵魂扭曲，生命的顽强和生命的沉迷总是难解地纠结一起。萧萧的悲剧是人的主观内面精神永远处于混沌、休眠状态的悲剧，它与呼唤社会变革，争取生命自由的历史要求不相适应。《丈夫》描写30年代初一种类似"典妻"的奇异风俗，妻子离乡卖身，丈夫名分不失，还有利可图，这种"典妻"式的卖淫制度成为旧中国湘西社会一道病态风景。两性关系商品化，最为典型地揭出现代文明怎样扭曲老湘西的淳朴乡风和自然人性。这位照"规矩"上船探望妻子的丈夫，一次次地承受着水保、醉兵占有妻子的羞辱，下半夜又有巡官对妻子"过细考察"，彻底蹂躏了男子的自尊心，他再也无法忍受这种非人践踏，把不干净的钞票撒了满地，带妻子老七回乡下去了。在湘西特定的人文环境里，纲常礼教的道德禁律本不严厉，丈夫可以容忍妻子上妓船做生意；小说结尾却出人意料地让丈夫带妻子回乡，看来作者的本意不只是揭示湘西社会的人性异化，他还让我们相信生命的庄严和美丽，向我们证明乡下人的灵魂终竟会在痛苦中苏醒。

在沈从文看来，人生由"生活"和"生命"两部分构成。人需要"生活"，吃喝，繁殖，生老病死，这是人的生物性；但人不同于动物，人还要追求高尚的理想和优美的情操，人不能没有"生命"神性。"生命的最高意义，即此种'神在生命中'的认识。"[15]沈从文从一切有生中发现了"美"，但他认为美不在生活而在生命，只有那独具神性的生命才值得爱。生命的本质首先表现为摆脱金钱、权势束缚，还原人的自然本性。沈从文歌唱生命的庄严和美，说到底还是为了"燃起这个民族被权势萎缩了的情感，和财富压瘪扭曲了的理性"。[16]沈从文要求新文学担当起解放人类"情感"和"理性"的责任，探究生命的真谛和民族精神改造的道路，可见他的思路和"经世致用"、"文以载道"的儒家文化传统及"淳朴尚义"的湘楚文化精神是一脉相承的，和五四以来高张启蒙主义大旗的鲁迅、茅盾等"为人生"派作家的文学主张不期而遇，殊途同归。

注　释

［1］唐弢主编：《中国现代文学史》第2册，人民文学出版社1979年版，第280页。

［2］沈从文：《从文自传》，《沈从文文集》第9卷，花城出版社1984年版，第162页。

［3］沈从文：《烛虚》，《沈从文文集》第11卷，花城出版社1984年版，第265页。

［4］［13］［14］沈从文：《〈从文小说习作选〉代序》，《沈从文文集》第11卷，花城出版社1984年版，第45页，第44页，第44页。

［5］沈从文：《水云》，《沈从文文集》第10卷，花城出版社1984年版，第279页。

［6］沈从文：《〈断虹〉引言》，《沈从文文集》第11卷，花城出版社1984年版，第58页。

［7］沈从文：《〈看虹摘星录〉后记》，《沈从文文集》第11卷，花城出版社1984年版，第49页。

［8］沈从文：《短篇小说》，《沈从文文集》第12卷，花城出版社1984年版，第114页。

［9］［11］沈从文：《长河·题记》，《沈从文文集》第7卷，花城出版社1984年版，第4页，第2页。

［10］李健吾：《李健吾文学评论选》，宁夏人民出版社1983年版，第52页。

［12］沈从文：《从文家书——从文兆和书信选》，上海远东出版社1996年版，第40页。

［15］沈从文：《美与爱》，《沈从文文集》第11卷，花城出版社1984年版，第377页。

［16］沈从文：《从现实学习》，《沈从文文集》第10卷，花城出版社1984年版，第301页。

于2010年6月

艾青"诗美学"的理论与实践

在现代文学史上，艾青是一位独具个性的大诗人，发表在20世纪30年代《大堰河》时期的诗篇，就以其深沉而激越的感情，感人肺腑的艺术力量和特殊独创而优美的风格告诉读者，中国出现了一位真正属于人民的诗人。经过几十年的磨砺，特别是读到他复出后的许多诗篇，我们会惊喜地发现，诗人独特的创作个性并未被灾难和不幸扭曲、变形，反而更加突出、鲜明了。

艾青不仅写诗，还写了《诗论》等重要理论著作，毕其一生探索诗的美学。他说过："一首诗的胜利，不仅是那诗所表现的思想的胜利，同时也是那诗的美学的胜利，——而后者，竟常被理论家们所忽略。"[1] 所谓"诗的美学"，自然不是专指诗的技巧和语言形态，还应当包括诗的思想质素，它是思想与艺术、内容与形式的和谐统一，是这个统一体所展示出来的艺术美。50多年来，艾青寻觅光明，追求真理，也探寻"诗美"，他在诗歌理论和创作实践方面取得了令人瞩目的成绩。考察艾青关于"诗的美学"的理论与实践，对于弘扬新诗的现实主义传统，繁荣新诗创作，有积极意义。

一、诗的生命在真实性

立意求真，是艾青美学思想的最高原则。这一主张贯彻于诗人半个世纪的创作实践中。"大堰河"时代，他的诗作已突出地显示出真诚与真实的美学特征。诗人早年经历过流浪与监禁，他对祖国贫弱、人民苦难感同身受，所以他的诗总是表现出和脚下这片土地血肉相连的感情："为什么我的眼里常含泪水？因为我对这土地爱得深沉。"（《我爱这土地》）诗人是吃大堰河的奶汁长大的，他怀着对土地和人民的热烈感情，在黑暗与寒冷中坚韧跋涉，追求光明。诗人早年还不知道光明之路在哪里，所以早期作品总是回荡着忧郁的调子。忧郁，是一种农民式的忠实于生活的现实主义态度，并不意味着诗人对生活失去了信心，相反地，诗人对于历史发展的艰难曲折有着深切体验，对中华民族的解放和复兴抱有热烈的希望。这种忧郁（或曰感伤）的调子，抒发出诗人忧国忧民的真情实感。

抗战爆发后，热情激烈的诗人们"突入现实的密林"，高歌抗战、杀贼、"自我牺牲"，艾青却一度陷入"创作上的沉思"。他不满足于空乏的叫喊，无力的文字，苦苦思索"如何才能把我们的呼声，成为真的代表中国人民的呼声？"他努力探索诗歌通向民族心灵深处的道路，沉默三四个月后才唱出"我们要战争啊——直到我们自由了。"[2] 艾青在抗战时期的第一声呐喊，就真实地表达了中国人民不怕战争，迎接战争，战斗到底的气概和决心，比起同时期一些诗人"纯感情的稚气"的作品，艾青诗作显出巨大的思想力。

从1942年所作《献给乡村的诗》，可以看出诗人独特的时代感受：这幅中国乡村的图画里，有澄清的池沼，幽静的果园，小溪和木桥，路边的石井，平坦的广场；但是也有简陋的房舍，贫苦的农夫和牧童……他以抒情的彩笔赞美乡村大自然美妙无比，又以粗犷的语言诅咒社会生活的黑暗污秽，在强烈的美丑对照中，控诉了旧社会的不平和不公。诗的结尾写道：

> 纵然明丽的风光和污秽的生活形成了对照，
> 而自然的恩惠也不曾弥补了居民的贫穷，
> 这是不合理的：它应该有它和自然一致的和谐，
> 为了反抗欺骗与压榨，它将从沉睡中起来。

诗人深情地凝视故乡的土地和人民，以现实生活的不合理唤醒人民，从而传达出诗人变革现实的真诚愿望和对于美好未来的热烈憧憬，唱出"真的代表中国人民的呼声"。

真实的诗是美的，伪善的诗是"美的渣滓"。在半个世纪的创作中，艾青始终坚持这一美学原则。漫漫长夜里，他高唱《向太阳》、《火把》，把光明与温暖带给人民。抗战胜利的曙光升起时，他把胜利消息热情地"通知"给一切劳动者、不幸者和热爱生活的人们，鼓舞他们去迎接白昼的光明（《黎明的通知》）。当国内外敌人用恶毒的语言咒骂新生苏维埃政权时，他向全世界宣布延安的"秘密"，介绍政府的廉洁，社会的安定，新型的人与人关系，各行各业、男女老幼的生活和憧憬。诗的字里行间，流动着自豪与确信，没有任何夸大和讳饰，真诚地袒露了对新生活对人民政权的热爱之情：

我们曾经受过多少痛苦、屈辱、压迫，

我们也曾经流过无数的血，

一年又一年地过去了，

殉难者临死时把希望交给我们，

直到今天，灿烂的日子终于出现；

多么真实而明朗，强烈而美丽，

就像初升的太阳滚动在澄碧的空中……

——《向世界宣布吧》

　　诗人以激越的情感歌唱光明美好的事物，并且代表人民意愿，抨击黑暗与丑恶。当某些知识青年沉醉于卿卿我我的恋爱而迷失前进方向时，长诗《火把》以女青年唐尼的"忏悔"，痛快淋漓地鞭挞了堕落的恋爱观："现代的恋爱／女子把男子当做肉体的顾客／男子把女子当做欢乐的商品／现代的恋爱／是一个异性占有的遁词／是一个'色情'的同义语。"如此入木三分的揭露，也出现在长诗《在浪尖上》："理性被本能扼杀，／用武断蛊惑人心；／奸诈的耀武扬威，／忠诚的受到诬陷；／野心在黑夜发酵，／情欲随权利增长；／自私与狂妄赛跑，／良心走进拍卖行"；"正义被绑着示众，／真理被蒙上眼睛，／连元帅也被陷害，／总理也死而含冤。""四人帮"专制时期的政治黑暗，我们记忆犹新。"文革"后不久，诗人就用莎士比亚式的饱含哲理和诗情的短句，真率而贴切地绘出那个"史无前例"的岁月。这是怎样一种触目惊心的真实！诗人和人民一起清算了那个一切都被颠倒了的时代。

　　1978年，艾青重返诗坛后重申："诗人必须说真话。""诗人只能以他的由衷之言去摇撼人们的心，诗人也只有和人民一起，喜怒哀乐都和人民相一致，智慧和勇气都来自人民，才能取得人民的信任。"[3]艾青就像传说中的巨人安泰，一刻也不离开大地母亲，他历尽沧桑，从不脱离人民。有人说他是"悲观主义的代表"，他回答说："悲观？我从不悲观。我写了许多诗，歌颂太阳，春天。……甚至在我最艰苦岁月里，我都反复吟诵白居易的诗句，意思是说，即使我的一生再怎么艰苦，我也是这里的一个人。"[4]诗人胸中有一盏不灭的明灯，所以他在重返诗坛后，能以更大的热忱献身于新时代，以百倍的勇气传播真实与真理。

二、和一切最难于处理的题材搏斗

作为人民诗人，艾青总是把自己的痛苦与欢乐植根在时代和人民生活的土壤里。同那些回避现实，沉醉"自我"，咏叹个人小悲欢的诗人相反，艾青是"社会的斗士"，"艺术的斗士"。他一刻也不丧失审视生活的勇气。他信任"一切不幸者"，从饱经忧患的人民身上看到辉煌的未来。

艾青前期作品特别注重描写农村劳动者和农民出身的士兵。诗人从小吮吸农民的乳汁长大，对农民有着特别亲切的感情。早期的诗带着忧伤的调子，画出古老中国农村的苦难；抗战以来的诗作，如《他起来了》、《吹号者》，长诗《他死在第二次》，组诗《布谷鸟》等，则反映了农民的抗争和翻身。

艾青瞩目于乡村的苦难，表现出一种独特的审美趣味。他说过："在未经解放的年代里，苦难比幸福更美。苦难的美是由于在这阶级的社会里，一般的幸福者是贪婪的和一般的受难者是善良的这观念所产生的。"艾青从旧社会现实的阶级关系中发现了一条重要的审美规律："苦难比幸福更美"。他向人们倾诉农民的不幸，形象地描绘生活中的矛盾和斗争，历史发展的艰难与曲折。"苦难的美"是一种悲剧美，具有深刻的审美教育意义。它能够在读者中间"唤起悲悯和畏惧之情"（亚里士多德语），它使人生充满了严肃，使人的情感圣洁化，从而提醒人们正视现实，对旧社会的传统势力保持足够的警惕性。它虽不能立刻导致变革现实的行动，但它震撼人心，发人深省，鼓舞人们"从沉睡中醒来"，"反抗欺骗与压榨"。

艾青是一位思路开阔、勇气百倍的诗人，他熟悉农村，但不拘泥于描写农村。他主张"扩大艺术世界的统治"，从生活的一切领域发现诗。"海阔凭鱼跃，天高任鸟飞"，大至太阳宇宙，小至花木虫鱼，凡是"眼睛所见的，耳朵所听的"，都组织在他的思想体系里面，听从他的调遣。诗人满怀信心地"征服"题材，敢于"和一切最难于处理的题材搏斗"，他甚至能把一些无形之物、抽象意念写得诗意盎然。他从"时间"这个无情物悟出"活着就要和时间赛跑"的真理（《时间》）；他把无影无踪的"电"写得比想象的更美，而且把对"电"的歌颂和对时代、对人民的歌颂融合起来，赞美了为人民利益埋头苦干的精神（《电》）。长诗《光的赞歌》把那看不见、摸不着的"光"，写得性格鲜明，不仅赞美光的品格和功能，更展示了人类为追求光明而奋斗的壮丽画卷。1941年他写过一首《时代》，这个用论文也难说得清楚的抽象意念被写活了：

> 我看见一个闪光的东西，
> 它像太阳一样鼓舞我们的心，
> 在天边带着沉重的轰响，
> 带着暴风雨似的狂啸，
> 隆隆滚碾而来……

面对这个带着暴风雨，血与火，光和热，隆隆而来的闪光的大时代，抒情主人公"我"的心"激烈地跳动着"，"像那些奔赴婚礼的新郎'，不管是"赞扬"、"毁谤"、"怨仇"还是"致命的打击"，依然要热爱它、奔向它、忠实于它，"甚至想仰卧在地面上，让他的脚像马蹄一样踩过我的胸膛。"诗人以生花妙笔极为准确地描绘出那个民族革命战争最艰苦年代的时代特征，极为真切地抒写了自己献身时代的思想和情感。

高尔基有一句名言："不要把自己集中在自己身上，而要把全世界集中在自己身上，诗人是世界的回声，而不仅仅是自己灵魂的保姆。"[5] 艾青也说："你看着世界，必须把世界映进你深不可测的瞳人之底。"有的人瞳人里只有"自我"，艾青"把全世界集中在自己身上"。思想贫血的作者，只能浮光掠影地描摹生活的皮面，善于思考的诗人从生活中获取灵感，又把生活的真谛交还给人们。即便是很小的咏物、感兴诗，艾青也能写得意境高远，诗味无穷。我们读《捉蛙者》前20行，会以为诗人在欣赏春夜捉蛙之美："已经是春天了/夜也不再寒冷了/虽然天上看不见星月/但这样的夜是美的"。结尾四句却奇峰突起：

> 像在举行什么赛会
> 捉蛙者在杀害善良的生物
> 火不安地晃动着
> 庄严而又恐怖

夜的美和捉蛙者的丑形成强烈对比，联系到1940年的战争形势，掩卷而思，余味无穷。艾青特别重视诗的结尾，好像什么也没说，却告诉我们许多许多。诗人在重庆还写过一首《树》：

> 一棵树，一棵树
> 彼此孤离地兀立着
> 风与空气
> 告诉着它们的距离
> 但是在泥土的覆盖下
> 它们的根生长着
> 在看不见的深处
> 它们把根须纠缠在一起

这首小诗仅只八句，题材也平常，纯客观地描写树与树在地面上的距离，很平淡地叙述泥土下根须之间的纠缠，诗人未被表面的生活现象所迷惑，而是透视到地层深处，看到人与人之间的命运相牵。诗人以树喻人，揭示出生活的底蕴，热情歌颂了人民的团结抗战。这样的诗含蓄隽永，意蕴丰厚，读后有咫尺千里之感，你不能不赞叹诗人开掘题材的深厚功力。

三、无论是梦是幻想，必须是固体

抗战初期，当诗坛上充满着"空虚的梦呓，不经济的语言，可厌的干咳声，粗俗的概念的排列"的时候，艾青却表明了"最大的创作雄心"。他反对空泛无力的叫喊，主张诗应有"重量与硬度的体质"，"无论是梦是幻想，必须是固体"，诗中应有"明确"而"丰富"的"固体"形象。他从形象塑造与生活经验的关系上，揭示创造固体形象的正确途径：只有"经验了丰富的生活"和深刻地"理解世界"，才能产生丰富、明确的形象。他善于调动一切艺术手段，想象、联想、意象、象征等，来创造形象。

诗人张开想象和联想的翅膀，在广大的时空中飞翔。长诗《向太阳》从"我"起来看见真实的黎明写到昨天的阴暗和凄惨，从歌唱太阳的美丽到歌唱全国军民团结抗战的新形势，最后写到"我"在太阳下的内心感受。太阳象征民主和光明，在诗人眼里，它"红得像血"，"比一切都美丽/比处女/比含露的花朵/比白雪/比蓝的海水"。诗人用世间最美好的事物来譬喻太阳的美丽。诗中还出现了为抗战而募捐而流汗而操练的少女、工人、士兵和其他劳动者真实而具体的形象。众多形象交织一起，展现出全国军民热烈紧张、团结抗战的时代风貌。抒情主人公"我"贯串全篇，从"我"的情绪发展和升华，我们看到了追求真理、向往光明的诗人形象。读这样的诗，我们不会感到空间的狭窄和时间的局促，我们眼前展开了一个无限延伸的、立体的世界，我们会产生一种"心游万仞，神鹜八极"的愉悦之感。

诗人特别擅长于运用新鲜的比喻，把"真实的形体和璀璨的颜色，伏贴在雪白的纸上"。在诗人笔下，无论怎样难于捕捉的形象和飘忽不定的意念，都有了一定的重量和硬度。艾青多次歌唱黎明，不同时期的黎明形象各不相同，承载着诗人不同时期的时代感受。抗战爆发前夕，诗人说黎明好像"从田野那边疾奔而来的少女"，因为她有少女那样"纯真的微笑，和那使我迷恋的草野的清芬"（《黎明》），这个拟人化的譬喻形象地传达出诗人对全面抗战的热切期待。抗战就要胜利了，诗人说黎明是"白日的先驱，光明的使者"，它将"带光明给世界"，"带温暖给人类"，诗人赶在黎明到来之前给全体劳动者发出了"黎明的通知"。最壮丽的黎明，出现在"最先醒来"的"吹号者"眼前：

> 黑夜收敛起她那神秘的帷幔，
> 群星倦了，一颗颗地散去……
> 黎明——这时间的新嫁娘啊
> 乘上有金色轮子的车辆
> 从天的那边到来……
> 我们的世界为了迎接她，
> 已在东方张挂了万丈的曙光……
> 看，
> 天地间在举行着最隆重的典礼……
>
> ——《吹号者》

吹号者眼前的黎明多么庄严，多么圣洁，多么壮美！他经历了"惨酷的战斗"，他深深懂得，战士们怎样用热血和生命赢得了灿烂的黎明。艾青的《诗论》是一部以诗论诗的力作，其中有许多章节蕴含着诗的意趣，诗的形象，诗的美。例如《意象》：

在泥沙的浅黄的路上，
在寂静而炎热的阳光中……
她是蝴蝶——
当她终于被捉住，
而拍动翅膀之后，
真实的形体与璀璨的颜色，
伏贴在雪白的纸上。

　　诗人用蝴蝶作为比喻意象，以采集蝴蝶标本来形容捕捉意象，非常精辟地阐明了意象源于生活的道理。这是一首美丽的诗，一个极难表述清楚的抽象概念，有了色彩，有了光泽，有了重量和硬度，呈现出非常鲜明生动的固体形象，令人叹为观止。

　　诗人早年受到法国象征诗派的影响，他在艺术实践中很快摈弃了象征主义的神秘和朦胧。在他看来，"象征是事物的影射，是事物互相的借喻，是真理的暗示和譬比。"但他在创作中充分吸取象征主义手法的优长，扩大了诗的内涵，丰富了诗的形象，增强了诗的感染力。延安时期所作《风的歌》，极富于象征意味。风是"季候的忠实使者"，一年四季从南到北又从北到南地"奔忙在世界上"，它催促农人翻耕、播种、收获、飏场，亲眼见到农人"为不曾交纳租税而愁苦"。"风"，是我国劳动人民在自己土地上耕耘劳作、创造文明而不得温饱的见证。诗中出现了一个"盲眼的老人"，他是严冬的具象，他"以嫉妒为食粮，以仇恨为饮料"，"用一层厚厚的白雪，裹住大地的尸身'。全诗的基调忧伤、沉郁，"尾声"却是欢快、明朗的：

等一切生物经过长期的坚忍
经过悠久的黑暗与寒冷的统治
我又从南方海上的一个小岛起程
站在那第一只北航的布帆后面
带着温暖和燕子，欢快和花朵
唱着白云的柔美的歌
为金色的阳光所护送
向初醒的大地飞奔……

"风"是诗人的化身,"盲眼的老人"则是撒播仇恨、摧毁文明的反动派的象征。诗人在解放区"金色的阳光"下回顾我们民族的历史文明,诅咒敌人的倒行逆施,以极其振奋愉悦的心情向新时代飞奔。诗人运用影射、借喻、暗示、譬比等象征手法,创造丰富的形象,传布光明必将战胜黑暗的真理。诗人近期作品,也多有运用象征手法创造形象的。如《冰雹》,看似写自然界的冰雹之灾,实际上象征一切反动邪恶的社会势力;《仙人掌》则象征百折不挠的斗争意志,它"挺立在风沙里/出奇的顽强/哪怕再干旱/花照样开放/养在窗台上/梦想着海洋"。这,不正是坚韧顽强的诗人性格的具象吗?

艾青早先是学美术的,敌人的监狱迫使他放下画笔,吹响"芦笛",诗人自嘲说,这是"母鸡下了鸭蛋"。诗人"爱看"绘画,"爱听"音乐,多方面的艺术素养帮助他写诗。他用画家的眼睛观察、描绘五彩缤纷的生活,用音乐家的耳朵聆听生活的交响乐,他用生活提示的形象和画面融合自己的情感来写诗。他说"很多作品是有显然的颜色的,同时也是有可以听见的声音的",他努力追求声色俱佳的艺术境界。我们读《巴黎》、《马赛》和《北方》、《旷野》,宛如欣赏各种不同色调的绘画。灰黄和金红是诗人常用的两种色调,通常用灰黄、暗赭渲染凝重的苦难,用金红(或金黄)、翠绿描绘生命的春天;没有声音的静寂,表明大地死了,鸟鸣雀噪和群众歌声,则预告生命苏醒。《车过武胜关》就是一篇声色俱佳的典范之作。这首诗准确地摄下暴风雨到来之前大自然的瞬间变动:乌云、闪电、沉雷破坏了田野的宁静,农夫、牡牛"在地平线上隐没了";"那眩目的电光/从乌云的最密处闪出/照彻幽暗的山谷/与呜咽的溪涧/于是/突击的雷声/从天顶坠下/震撼着大地/恐怖的寂静主宰了一切"。在这里,明与暗、动与静、高与低的对比是那样强烈,溪涧的呜咽、突击的响雷、恐怖的寂静汇合在一起,是那样动人心魄。在幽暗、静寂的背景上,出人意料的,一匹呼啸的白马闯入画面中心:

这时候
只有一匹白马
站在中原的高岗上
呼啸暴风雨的到来……

真是神来之笔!诗人用细腻的笔触、浑厚的感情描摹大自然的奇景,集中展示抗战初期光明与黑暗的交战。从这首诗,我们确能感受到"文字的颜色和声音"，诗人以明确而丰富的固体形象，激发我们的遐想，如同看一部有声有色的电影短片，我们的心灵震撼了，我们得到很多启示和巨大的鼓舞。

四、寻求一种独立而又完整的形态

艾青要求诗具有丰富的"思想力"，"没有思想内容的诗，是纸扎的人或马。"他的诗建立在坚如磐石的思想基础之上。他同时要求内容与形式的统一，寻求一种"自己独立的而又完整的形态"，在诗的语言和形式诸方面，他进行了不倦的探索。他的作品脱胎于中国古典诗歌和外国诗歌，迅速地摆脱了欧化、僵死的语言和形式，朝着民族化大众化的方向迈进。

诗人对语言的基本要求是朴素，简约，明朗。"朴素是对于词藻的奢侈的摈弃，是脱去了华服的健康的袒露。"他主张诗的语言应有最平凡的外衣，尽可能地采用口语。《向太阳》、《火把》及其后的诗篇在语言大众化方面做了许多努力，有时全用"大白话"。例如《抬》。1940年，重庆一个伤兵医院给敌人炸了，伤兵和老百姓伤亡惨重。诗人满含悲愤，记录一个担架队员的话："请大家让开／让我们抬起他们来／请大家站在旁边／让我们抬着异床的走来／请大家记住／这些都是血债……"担架队员一边抬走死者，一边向围观群众说明死者身份和死因，这里没有华丽辞藻，没有故弄玄虚，全是大众口语，沉重的气氛，愤怒的情绪，复仇的决心都有了。诗人不屑于给生活涂脂抹粉，而是按照生活的本来面貌反映生活，从而把生活本身素朴的美揭示出来。艾青近作在口语化方面又前进了一步，例如《听，有一个声音》。这首诗写到张志新被割断喉管："你们割得很熟练／我是第四十六名／你们还要割下去／让人间没有声音"朴朴实实，无一字褒贬，却浸透了血与泪，爱和恨，这是令人震颤的金石般的语言。

艾青博采自然性的口语，不铺张，不堆砌，力求简约。他认为"简约的语言，以最省略的文字而能唤起一个具体的事象，或是丰富的感情与思想的，是诗的语言。"诗人的语言含蓄蕴藉，极富于暗示性和启示性。1937年，诗人由春天的自然信息"龙华的桃花开了"得到启示，结合抗战前夕白色恐怖的严峻形势，联想到桃花"经过了悠长的冬日"，在"血斑点点的夜间"绽开了蓓蕾，"点缀得江南处处是春了"。诗的结句非常奇峭：

人问：春从何处来？

我说：来自郊外的墓窟。

——《春》

诗人本意并非赞赏桃花和春天，而是不著一字地纪念被杀害于龙华的烈士，诗中既有对"顽强的人之子"的讴歌，又有对"深黑的夜"之诅咒，根本上是要提醒人们用前赴后继的战斗去迎接春天。近作《盼望》只有八句，却给我们传递了极富于哲理的信息：

一个海员说

他最喜欢的是起锚所激起的

那一片洁白的浪花……

一个海员说，

最使他高兴的是抛锚所发生的

那一阵铁链的喧哗……

一个盼望出发

一个盼望到达

这首诗描述海员的两种情感：起锚的喜悦和抛锚的欢乐。"盼望出发"，是对生活的热爱和战斗的渴望，"盼望到达"，是对未来的向往和胜利的期待。诗人用简约的语言启示我们，要有海员那样的胸襟和豪情，做生活的强者。

诗贵含蓄，但"不能把混沌与朦胧指为含蓄"，诗的语言还要求清新、明朗。艾青早年曾写过几首朦胧诗，他很快看出这种诗的弊端，揭出它的病根："晦涩常常因为对事物的观察的忸怩与退缩的缘故而产生。"他认为诗人感觉不清醒或缺乏审视生活的勇气，才会写出朦胧诗。他断然摈弃了这种诗风，走上健康明朗的道路。从成名作《大堰河——我的保姆》开始，他力求每首诗都以清新的笔调描绘明确的形象，以明朗的语言表达真挚的感情。艾青把诗的每一个字看成自己脉搏的一次跳动，不逃避现实，不玩弄技巧，他不愿人们读他的诗如坠入云里雾中。美国学者罗伯特·C·费兰德盛赞艾青是"语言的画师"，"诗中的形象，用墨不多，却栩栩如生，好像富有生命，呼之欲出"。他把艾青和希克梅特、聂鲁达并称为现代世界最伟大的人民诗人。[6]

在诗的形式上，艾青倡导朴素自然。他说朴素"是挣脱了形式束缚的无稽的步伐；是掷给空虚的技巧的宽阔的笑"。在创作中，他不要朽腐的格调，不要空虚的技巧，不要魔术的外衣，"宁愿裸体"，也决不让"不合身材的衣服"来窒息自己的呼吸。艾青尝试过用各种体裁写诗，他写过十四行诗、现代诗，后来还写过民歌体；他写过每节两行或四行的形式上较为整齐的诗，但写得最多的还是"挣脱了形式的束缚的"自由体。他提倡诗的散文美，善于用散文式的构思、散文式的长短句自由抒写，他深信"真正的诗就是混在散文里也会被发现"。他的诗不讲音尺、顿数，可以不押韵，而特别注重诗的内在旋律和节奏。艾青的无韵自由诗体以其独创的风格，突出的成就，在现代诗歌史上熠熠生辉。

艾青近作中有一首诗是献给他所喜爱的歌唱家的，他赞美那歌声："好像蜂蜜一样甜／好像美酒一样醉人／好像土地一样纯朴／好像麦苗一样清新／这歌声来自民间／有刚犁开的泥土的气息／好像烈火一样炽热／唱出了苦难和抗争"与其说诗人在赞叹歌唱家的歌声之美，不如说是艾青的"夫子自道"，这些诗句分明表达了诗人的美学追求。今天，艾青被誉为我们时代最富有魅力、最为杰出的人民诗人，他的诗是生活的牧歌，纯朴、清新，令人微醺；他的诗是绿色的火焰，鲜活、热烈，唱出了人民的苦难与抗争；他的诗真诚、深厚而广阔，诗中有光，有火，有内在的热力；他吹奏芦笛，高唱牧歌，举起火把与红旗，鼓舞我们去迎接迷人的春天。

注　释

[1] 艾青：《诗论》，人民文学出版社1957年版。本文未注明出处的引语，均见《诗论》。

[2] 艾青：《为了胜利》，《抗战文艺》第7卷第1期。

[3] 艾青：《诗人必须说真话》，见《艾青》（中国现代作家选集），人民文学出版社1983年版，第186页。

[4] 转引自杨匡满、杨匡汉：《艾青创作五十年纪历》，《新文学史料》1982年第3期。

[5] 《高尔基文学书简》（上卷），人民文学出版社1962年版，第497—498页。

[6] 转引自周红兴：《论艾青狱中诗》，《新文学论丛》1982年第2期。

于1984年6月

细读《子夜》开头三章

　　茅盾1930年从日本回国后，参加了国内思想界关于中国社会性质的大论战。他以冷静、客观的态度，深入上海社会各阶层，联系蒋、冯、阎中原大战和资本主义世界经济危机波及上海的国际背景，确认"中国并没有走向资本主义的发展道路，中国在帝国主义的压迫下，是更加殖民地化了"。他打算以小说形式"大规模地描写中国社会"，表现一个宏观度很高的主题。可见作者在总体构思中，已孕育着一种史诗意识。

　　《子夜》开头三章所述事件是吴老太爷的死和吴府的丧仪；事件发生的时间是1930年5月16日傍晚至次日下午，不到24小时；空间主要在上海长街和吴公馆；出场人物30多个，以"吴荪甫为主要人物之工业资本家集团"和以"赵伯韬为主要人物之银行资本家集团"已初步形成，两大集团的冲突初见端倪。由于这三章具有明显的时间延续和场面的完整性，我们把它作为一个相对独立的整体，作为《子夜》的基础工程来考察。"史诗中的个别部分比抒情诗和戏剧作品中的个别部分要独立得多"[1]，细读开头三章，对于我们从整体上把握《子夜》全景式的史诗性质，有特殊意义。

一、叙述角度和方法

　　为了充分地表现宏观主题，《子夜》选取了全知全能的叙述角度。小说开篇即俯视了1930年5月傍晚的大上海，苏州河的浊水，外滩公园的铜鼓音乐，外白渡桥高耸的钢架，电车线爆出的火花，怪兽似的浦东洋栈的灯火，以及那异常庞大的英文字的霓虹电管广告（Light，Meat，Power），呈现在我们眼前。这帧色彩斑斓的风景画，报道了近代中国都市半殖民地化的消息。接着，叙述人又以无所不知、无所不在的气势，叙述了吴荪甫威风凛凛、颐指气使的野心和魄力，展示了吴老太爷从农村初到上海时的内心冲突，讲述了吴公馆热闹非凡的丧仪，雷鸣和吴少奶奶在小客厅的幽会，以及各种人物的对话、心思和身世……无论都市农村、吴府内外，尽在叙述人鸟瞰之中。采用这种全知的观察方式和感受方式，正是作者谱写"都市—农村交响曲"的艺术需要。

如果一直采用全知视点，作品就会呆板而无生气。开头三章常常在不知不觉中转换视点，让书中人物直接担任叙述者。例如吴老太爷和"子夜"社会的冲突，总体上是叙述人进行整体全能叙述，可是说着说着，吴老太爷就成了视点人物。以这位信仰《太上感应篇》的乡村老太爷的眼光看上海，"机械的骚音，汽车的臭屁，和女人身上的香气，霓虹电管的赤光"，还有种种"梦魇似的都市的精怪"，自然使他血压升高手冰凉。当老太爷走进灯火辉煌的吴府大厅，他所看到的景象就更加怪诞可怖了："一切红的绿的电灯，一切长方形，椭圆形，多角形的家具，一切男的女的人们，都在这金光中跳着转着。粉红色的吴少奶奶，苹果绿色的一位女郎，淡黄色的又一女郎，都在那里疯狂地跳，跳！她们身上的轻绡掩不住全身肌肉的轮廓，高耸的乳峰，嫩红的乳头，腋下的细毛！无数的高耸的乳峰，颤动着，颤动着的乳峰，在满屋子里飞舞了！而夹在这乳峰的舞阵中间的，是苏甫的多疙瘩的方脸，以及满是邪魔的阿萱的眼光。"让视点人物用自己的感觉和意识去看、去听、去想，赋予叙述话语鲜明的个性特征和主观色彩，从而揭示出人物心灵深处的曲折和隐微，既避免了四平八稳的铺叙，又充分调动了作为审美主体的读者的积极性和创造性。

《子夜》开头基本上按照时间顺序叙述事件，但叙述人的视点常穿梭跳跃于不同的年代。在现实的"子夜"社会中，吴老太爷是个守旧而僵化的人物，可他在30年前，却是顶呱呱的"维新党"。吴老太爷"祖若父两代侍郎"，可他年轻时候"满腔子的'革命'思想"。30年前吴府就爆发过"父与子的冲突"，现在第二代的父子冲突又在吴老太爷和吴苏甫中间发生了。在这里，叙述人的视点突破了时间限制，把吴老太爷的现实行为和历史形迹巧妙地缝合起来，从而拓宽了视野，丰富了人物性格的历史内容，扩大了读者审美感知的信息量。对吴少奶奶的描写，也采取了时间对位的叙述方法。当军装少年雷鸣带着一本破旧的《少年维特之烦恼》和一朵枯萎的白玫瑰站在吴少奶奶面前时，叙述人追述了暴风雨的五卅时代"密司林佩瑶"的"仲夏夜之梦"。梦境中的少女满脑子的"诗意"，架设过多少空中楼阁；而现实中的少奶奶虽形同中世纪的美姬，总觉得"缺少了什么似的"。以林佩瑶的现实处境和她少女时代的梦境作对比，造成巨大的艺术反差，从而真实有力地刻画出吴少奶奶的多重性格，加强了作品的艺术力量。

瑞士评论家沃尔夫冈·凯塞尔说："史诗本身——依照通行的语言习惯——一般地似乎是指关于全面世界的叙述。"[2]《子夜》开头三章选取全知的叙述角度和时空交错的叙述方法，在我们面前初步展开了一个全面的"子夜"社会。尽管这社会里面的人物和事件刚刚露头，我们已经看到了一部规模宏大的全景式史诗的雏型。

二、叙事起点与构图

结构长篇小说首先碰到的问题是，故事从什么地方写起？茅盾说："中国旧小说是从头写到尾的，写一个人物总是从他小时到中年到老年，一直按着他的时间顺序写下去。这是平铺直叙的写法……从技巧上来说，这是很原始的。"[3]《子夜》开头突破了原始的结构方式，叙事起点和构图令人耳目一新。

《子夜》序幕拉开，并非生活的最初起点。事实上开幕前很久，各种人物和事件已在生活长河中发生过种种联系，并且相互渗透地变化发展着。第一章写吴老太爷被上海气死，故事在一个非常广阔的平面上展开。它是引出小说基本冲突的一个契机，还不能算作情节的真正起点。第二、三章借吴府丧仪，"《子夜》里面的主要人物都露了面"，"把好几个线索的头，同时提出然后来交错地发展下去。"[4]公债魔王赵伯韬利用吴府吊丧之机，采取"引蛇出洞"的策略，引诱吴荪甫合伙做"多头"，从而把工业资本吸引到投机市场上来，这是买办资本吞并民族工业资本的第一步。在吴、赵表面联合中，我们嗅到双方暗中斗法的火药味，这才是小说的真正起点。由此入手，一步紧扣一步地展开故事，迅速导向冲突的最高潮。黑格尔谈到情节起点问题时说过："艺术的旨趣并不在于把某一动作的最初的起点作为起点"，"它应该只了解为被当事人的心情及其需要所抓住的、直接产生有定性的冲突的那种情况，所表现的特殊动作就是这种冲突的斗争和解决。"[5]《子夜》的情节（动作）起点，没有从吴荪甫出生写起，也未从他游学欧美或创办裕华丝厂下笔，而是从主人公在资本主义道路上与赵伯韬狭路相逢开始，一下子把吴荪甫推向各种矛盾的中心。从艺术效应来说，作者选择了情节开始的最佳时机。

第二章在开头部分是重场戏，人物多，线索多，场面大。这章的构图采用了类似中国画布局上的"散点透视"法。叙述人的视点不是停留在一个人物或一个动作上，而是居高临下，流顾四方，多层次地展现出一个困难重重的民族资本家世界。这一章包含四组镜头：我们首先看到的是吴府大办丧事的排场和嘈杂的情景，那此起彼伏的"标金"、"大条银"、"花纱"、"几两几钱"的声浪，营构出资本家聚会的特定情境；当雷参谋在人群中出现时，军政界人士和企业家们对京汉全线的军事讨论就更加热烈了，这就自然地联系到和前方军事息息相关的公债行情涨落；接下去是几个企业家"诉苦"的镜头，民族工业在帝国主义经济侵略和金融买办资本压迫下，陷于四面楚歌之中；特别引人注目的是金融界三巨头在花园一隅的密谈，他们要拉吴荪甫合伙做"多头"，贿赂西北军后退30里，造成中央军打胜仗的假象，趁机牟取公债暴利。最后一组镜头聚焦在吴荪甫身上，从他那里牵出三条主线的线头：双桥镇费小胡子电告"四乡农民不稳"，丝厂账房莫干臣报告工人怠工要米贴，杜竹斋代老赵牵线引诱吴荪甫钻进多头公司等。至此，吴荪甫完全陷入金融买办势力、工人运动和农民暴动这三条火线的包围之中，落在"子夜"社会各种矛盾冲突的交叉点上。第二章摄下的一组组镜头，犹如电影中的蒙太奇，流动观照的镜头和全整的社会生活在这里达到了和谐统一。

第二章介绍人物时，运用了对比映衬法。让吴、赵、杜三个大亨同时亮相，在对比中拉开了人物的心理距离。赵伯韬"神通广大，最会放空气"，"扒进各项公债，也扒进各式各样的女人"，突出其人的蛮横与荒淫。杜竹斋"好利"而又"异常多疑"，远不及吴荪甫那样"敢作敢为，富于魄力"。从最初的联合中，初步勾勒出他们各自的性格特征。至于周仲伟、朱吟秋、孙吉人、王和甫等人，虽和吴荪甫有着相似的处境和命运，个性却迥然不同。这些人是作为吴荪甫的陪衬和补充出现的。为了最大限度地利用空间，在吴府大办丧事中，还穿插了"灰色的"经济学教授李玉亭、颓废诗人范博文、国家主义者杜学诗、资本家的法律顾问秋隼等"新儒林外史"人物对劳资关系和时局的议论，穿插了企业家和政治人物"赤裸裸的肉感的纵谈"和几对青年男女空虚无聊的幽会、戏谑与调笑。运用穿插组织、对比映衬，画面的空间感明确了，深度与密度大大加强了。

从结构上说，第三章是第二章的延续和补充。第二章结尾点明"一个久在吴荪甫构思中的'大计划'，此时就更加明晰地兜住了吴荪甫的全意识"；第三章便以朱吟秋埋怨金融界不肯放款，着力强调民族资本家和金融买办资本家不可调和的矛盾。在这样的背景下，吴荪甫为摆脱金融资本家集团的控制，才相约他的同志孙吉人、王和甫组织实业界联合银行，这正是吴荪甫实施他那构想中的"大计划"的第一步。吴、赵角逐之势在第三章形成，从而奠定了《子夜》主要冲突发展的基础。

　　总起来看，吴府丧仪是全书几条叙述线索的交汇点，它像一个辐射源，把光束投向社会生活的各个方面。第四章以下各章的情节，大抵由此演绎、发展下去。例如第四章专写双桥镇农民暴动，十三至十六章大规模地描写工人运动，其余各章主要写吴、赵两大集团在公债市场和企业活动中的争夺战，而"新儒林外史"人物的活动，则穿插于各章之中。从总体结构来考察，《子夜》诚然是网状发散型结构，而它的开头三章，则是非常优秀圆满的基础构架，在相当程度上显示出这部史诗性作品的立体性和多层次性。

三、哲理思索若干特点

　　茅盾是一位自觉地肩负时代使命的作家，他一贯注重"文学的社会意义"[6]，这种态度反映了他独特的艺术追求。在《子夜》中，他努力运用真正的社会科学，表现30年代初期中国的社会关系和阶级关系，向人们展示"转变中的社会"的变革方向。从开头三章我们可以发现，作者对社会生活具有多么敏锐的洞察力！他善于提出时代生活中的重大问题，进行深入的哲理思索，并试图运用艺术形式作出科学的回答。

　　我们从"吴老太爷的死"谈起。关于这个情节的意蕴，过去有过争议。朱自清先生就曾迷惑不解地说："作者将吴荪甫的老太爷，写得那么不经事，一到上海，便让上海给气死了，未免干脆得不近情理。再则这一章的主旨所谓'父与子'的冲突与全书也无甚关涉。揣想作者所以如此开端，大约只是为了结构的方便，接着便可以借着吴老太爷的大殓好同时介绍全书各方面的人物，这未免太取巧了些。"[7]朱自清先生的批评拘泥于细节真实性，忽略了吴老太爷形象所蕴涵的象征意义；他注意到吴老太爷的死在全书整体结构中的作用，却未能看到这个事件包含着作者对于中国社会和中国历史深邃的理性思索。

　　笃信《太上感应篇》的吴老太爷，被欧风美雨浸淫的大上海活活气死，象征一个时代的终结，作者借颓废诗人范博文之口，阐明了这个形象的隐喻意义："老太爷在乡下已经是'古老的僵尸'……现在既到了现代大都市的上海，自然立刻就要'风化'。……我已经看见五千年老僵尸的旧中国也已经在新时代的暴风雨中很快的在那里风化了！"吴老太爷之死，表明"父与子的冲突"有了结论，并尖锐地提出新时代变革方向的问题，即吴荪甫这个20世纪机械工业的英雄骑士和王子发展资本主义的"大计划"能否实现的问题。长篇小说必须"对世界是什么样的这个问题做出回答"[8]，《子夜》对吴荪甫命运的描写，有力地回答了上述关系到民族存亡的重大时代问题。

《子夜》最初的提纲中写过一个诵读《太上感应篇》的古先生，现在作者让这位老先生做了吴荪甫的父亲。这层家族关系，给吴荪甫性格增添了丰富的历史内容。吴老太爷从清末的"维新党"蜕变成为一具封建僵尸，表明中国封建传统势力的吞噬之力多么巨大！中国民族资产阶级由于它的先天不足，要在中国发展资本主义又是多么艰难！吴老太爷本来是高卧家园，固守书斋，此番不得已从双桥镇来到上海，实在是因为"土匪嚣张"，而且"邻省的共产党红军也有燎原之势"。作者借助吴老太爷形象，展现出光明与黑暗剧烈交战的时代背景，加强了都市与农村的横向联系，为吴荪甫的悲剧布置下一个宏大的舞台。

这样看来，第一章写吴老太爷的死，不光是为了"结构的方便"，而且具有牵动全局的意义。借助这个"前景中的事件"，作者对历史和人生进行了冷静、科学的思索，从纵、横两个方向对中国民族资产阶级的特殊性格作了深层开掘。这个事件为主人公的命运安排下一个广阔空间，吴荪甫此后必须把这个空间作为他的命运空间无可奈何地走下去。

不仅如此。吴老太爷的死，还为资本家在吴公馆的大聚会，造成一种特定的情境和诗意的氛围。在吴府的丧事进行中，我们看到：一边是鼓乐手悲凉的唢呐和笛子的声音，一边是几个民族资本家叫苦不迭；当万国殡仪馆送来棺材的时候，吴荪甫发展实业的"大计划"正在胸中形成；当花园弹子房里"荒乐的一群"正在寻找"新奇的刺激"，举行"死的跳舞"时，哀乐声"像春雷突发似的从外面飞进来了"……作者从一个偶然的生活事件中，捕捉到了诗情和哲理；在人物与环境的交互感应描写中，包含着对民族资本家必然的悲剧命运的深刻评价。黑格尔说过："在史诗里人物是按照他的事业而受到审判的。悲剧性的报应正在于这种事业太大，不是个别人物所能胜任的。因此，史诗在整体上总不免荡漾着一种悲哀的音调。"[9]《子夜》开头三章写吴老太爷的丧事，巧妙而自然地为吴荪甫振兴民族工业的事业，定下一个悲哀的基调。

细心的读者还会注意到，作者在叙事写人过程中，常常情不自禁地插入一些争论性的对话。从芙芳、蕙芳姐妹的谈话，我们看到上海也如双桥镇一样"不太平"，共产党活动频繁，各厂工人"随时可以闹事，时时想暴动"；

蒋、汪两派军官（雷鸣与黄奋）关于京汉全线军事的剧烈争论，从一个侧面透露出民族资本家实业活动的黯淡前景；几个民族资本家的对话，特别是朱吟秋的牢骚，清楚而明确地指出民族工业发展遭遇到"四大敌人"。我们如果把上述人物的对话联系起来，就能发现作者对1930年初国内政治、经济、军事形势的剖析是多么深细、周密。吴老太爷行将就木之时，作者意味深长地穿插了李玉亭与张素素的一场争论，张素素问："玉亭，你看我们这社会到底是怎样的社会？"李玉亭答："这倒难以说定。可是你只要看看这儿的小客厅，就得了解答。这里面有一位金融界的大亨，又有一位工业界的巨头；这小客厅就是中国社会的缩影。"在资本家豢养的经济学教授看来，当时的中国已经走上了资本主义轨道，作者偏让浪漫的女"革命家"张素素指出一个事实："内地还有无数的吴老太爷"！从而提出质疑，启示人们和作者一起探讨"中国社会到底是怎样的社会"。

茅盾的作品常常插入对社会问题的分析，因而受到一些批评家的指谪。其实，长篇小说作者借助于象征事件、氛围描写和人物对话，对自己选择的问题进行理性思考，是无可厚非的。别林斯基说："长篇和中篇小说是最广泛、包罗万象的一类诗；才能在这里感到无限自由。……其它类的诗所不能容忍的旁白、议论和教训，在长篇和中篇小说里都有其合法的地位。长篇和中篇小说给作家才能、性格、趣味、倾向等主导性能以充分发挥的余地。"[10]茅盾尽管喜欢在作品中发点议论，甚至急于要阐明一个社会科学的观点，但他始终和小说中的人物保持相当的距离。用瞿秋白的话说，茅盾发表意见不像美国作家辛克莱"用排山倒海的宣传家的方法"，而是"用娓娓动人叙述者的态度。"[11]在《子夜》中，作者特别注意到哲理与诗情的融合，既避免了太浓重的教训色彩，又获得了史诗性作品那样突出的时代性和历史感。

四、一个比较

茅盾说《子夜》的创作"尤其得益于托尔斯泰"的"《战争与和平》"[12]。比较两部作品的开头部分，我们会饶有兴味地看到后者对前者的影响。

《战争与和平》开头四章叙述俄国皇后的亲信女官安娜·巴芙诺芙娜·涉来尔于1905年7月某夜举行的一个茶会，彼得堡上流社交界的知名人士差不多全都到会。借这个茶会，作者"把书中几个主要人物一一引上了场，把当时很紧张的欧洲政治关系从那'茶会'的谈笑声中逗出来，并且把各人对于当时俄罗斯民族利害关系极大的'战争呢，还是和平？'——这一问题的态度和见解，也在那'茶话会'的谈笑声中透露出来了。"[13]

在涉来尔的沙龙里，我们看到了贪婪无耻的华西那·库拉根公爵和他那骄淫美貌的女儿爱伦、无恶不作的儿子阿纳托尔。茶会令人注目的两位青年客人是包尔康斯基公爵之子安德烈和别素霍夫伯爵的私生子彼埃尔。安德烈这位军人气概的少年，干练而凝重，受命为库图佐夫将军的副官，即将到对法作战的前线去；彼埃尔此番是第一次从国外回到俄国，他虽然有希望继承伯爵的遗产成为全俄第一富人，但他最关心的问题还是"人为何而生存？"作者借这个茶会初步介绍了主要人物的身份地位和性格特点，在对比中透露出安德烈与彼埃尔的性格差异。

这个茶会的中心议题是拿破仑弑君，政变，推行新政，上层社会的达官贵媛大都支持俄奥联合对拿破仑战争。从茶会上争论性的对话可以看出1905年欧洲政局的紧张和俄国朝野惴惴不安的情绪。

和《战争与和平》的开头一样，《子夜》开头也借助一个热闹场面（吴府丧仪）"把书中几个主要人物一一引上了场"，并提出关系到整个民族命运的重大问题。《子夜》虽不像《战争与和平》那样开卷就提出"战争呢，还是和平？"的问题，但从军政、实业界人士关于时局的议论，从吴荪甫处在三条火线的包围中发出"简直是打仗的生活！脚底下全是地雷，随时都会爆发起来，把你炸得粉碎！"那样的感叹，同样会感受到一种紧张的战争气氛。过去有人指出："恰似托氏的杰作，《子夜》也有'战争面'与'和平面'，所不同的，前者的战争是在沙场上进行，而后者的'战争'则在工厂或公债市场里进行罢了。"[14]两部作品开头都布置下一个战争氛围，反映出茅盾和托尔斯泰对于"史诗性"共同的美学追求。黑格尔谈到古代史诗时说过："战争情况中的冲突提供最适宜的史诗情境，因为在战争中整个民族都被动员起来，在集体情况中经历着一种新鲜的激情和活动，因为在这里的动因是全民族作为整体去保卫自己。"[15]中国民族资产阶级被共同的利益动员起来，带着"新鲜的激情"从事振兴民族工业的活动，何尝不是一场"保卫自己"的紧张的战争？所不同的是，俄国人民和俄国贵族的优秀知识分子在1812年神圣的民族自卫战争中赢得了辉煌的历史性胜利，而中国民族资本家集团振兴实业的"战争"，则在帝国主义和金融买办势力的沉重压迫下悲惨地失败了。《战争与和平》被誉为"我们时代最浩瀚的史诗"[16]，而《子夜》大规模地描绘30年代初期的中国社会生活，也已经在一定程度上成为一部史诗性作品。

鉴于两部史诗性作品产生于不同文化背景之下，出自不同民族的作家之手，因此在结构形态上，表现出明显的差异。《战争与和平》没有一般意义上的情节起点。在宫廷女官举行的茶会的谈笑声中，我们无法确定小说的主角或主要冲突线索，接下去是分头叙述库拉根、包尔康斯基、别索霍夫、罗斯托夫四大豪族各种男女角色的生活与爱情，在战争与和平的交替描写中表现俄罗斯民族的命运。小说没有出现一般情节发展的高潮，也没有通常见到的大团圆或不幸的结局。托尔斯泰打破了"一人一事，一线到底"的封闭式结构模式，按照生活本身的无限丰富性创造了开放性的结构。有人指出这是一种"生活流"式的结构，"正如我们观察一条河从一处流到另一处时，我们会感到这条河并没有从哪点上发源，也没有在另一点上终止。"[17]《子夜》既非"生活流"结构，也不是"一人一事，一线到底"的结构。开头三章提出主要冲突的线索，牵出三条主线和若干副线，接下去以吴、赵斗法为主干，交叉叙述吴荪甫在三条火线上的狼奔豕突。这种"一树多枝"式的结构形态，是我国古代长篇小说（如《三国演义》）结构的合乎逻辑的发展。

卢卡契在谈到托尔斯泰史诗创作时指出：史诗应表现"事物的整体性"，即反映"属于主题的每个重要的事物、事件和生活领域"，从而使作品成为完整性的。同时，史诗作者所表现的事物不应是单纯的布景和画面，而是"用直接的、自然的和明显的方式表现个人命运和周围世界的密切联系。"[18]从这个角度评论《子夜》，它有一个高瞻远瞩、气势恢宏的开头，以吴、赵为代表的两个资本家集团的冲突也写得相当充分。它不是孤立地、单纯地表现个人命运，而是表现个人命运和整个民族命运的密切联系；不是零星地片面地表现社会生活，而是全面地反映和主题相关的各个生活领域；因而我们肯定它是一部成功的史诗性作品。可是，由于作者"在生活经验方面的缺陷"，尽管他在作品开头牵引出农民革命和工人运动的线索，却"无法更为广阔地表现农民革命"，也没能写好革命者和工人群众。换句话说，作者还未能完美地表现"事物的整体性"，与《战争与和平》相比，《子夜》还不是辉煌的巨大史诗。

注　释

[1]［2]［瑞士］沃尔夫冈·凯塞尔：《语言的艺术作品》，上海译文出版社1984年版，第462页，第471页。

　　[3] 茅盾：《关于创作的几个具体问题》，《茅盾文艺杂论集》（下集），上海文艺出版社1981年版，第1129—1130页。

　　[4] 茅盾：《子夜是怎样写成的》，《茅盾论创作》，上海文艺出版社1980年版，第61页。

　　[5] ［德］黑格尔：《美学》第1卷，商务印书馆1982年版，第277—278页。

　　[6] 茅盾：《我的回顾》，《茅盾论创作》，上海文艺出版社1980年版，第7页。

　　[7] 朱自清：《〈子夜〉》，《文学季刊》第1卷第2期。

　　[8] ［法］彼埃尔，加斯卡：《论长篇小说》，见王忠祺等译《法国作家论文学》，生活·读书·新知三联书店1984年版，第636页。

　　[9] [15] ［德］黑格尔：《美学》第3卷（下），商务印书馆1982年版，第141页，第126页。

　　[10] ［俄］别林斯基：《别林斯基论文学》，新文艺出版社1958年版，第201页。

　　[11] 瞿秋白：《谈〈子夜〉》，《中华日报·小贡献》栏（1933年8月13—14日）。

　　[12] [19] ［法］苏珊娜·贝尔纳：《走访茅盾》，《新文学史料》1979年第3辑。

　　[13] 茅盾：《世界文学名著杂谈》，百花文艺出版社1980年版，第207页。

　　[14] 林海：《〈子夜〉与〈战争与和平〉》，见庄钟庆编《茅盾研究论集》，天津人民出版社1984年版，第236页。

　　[16] ［法］罗曼·罗兰：《托尔斯泰传》，《欧美作家论列夫·托尔斯泰》，中国社会科学出版社1983年版，第48页。

　　[17] ［英］莫德：《托尔斯泰传》，《欧美作家论列夫·托尔斯泰》，中国社会科学出版社1983年版，第195页。

　　[18] 《托尔斯泰研究论文集》，上海译文出版社1983年版，第100页。

於1997年5月

20世纪30年代左翼文学的资源性意义

以鲁迅为旗手的中国左翼作家联盟，不仅在反击国民党文化专制主义和无产阶级革命文艺理论译介方面取得了巨大成就，而且培育了一大批左翼作家，收获了一批洋溢着青春气息的红色文学经典，对后世中国文学产生了不可低估的影响。20世纪30年代的左翼文学是有着将近百年历史的中国左翼文学的源头。延安时期和"文革"前17年，左翼文学由于它鲜明的阶级属性和强烈的功利诉求，曾经上升为文学正宗地位；可自从80年代以来，由于世界范围内社会主义退潮对国内思想文化界产生的复杂影响，加以左翼文学自身存在着诸多缺失和偏差，它不可免地受到冷遇，被挤向文学的边缘地位。

今天我们解读左翼文学，不应忘记它是特定时代的产物。1927年第一次大革命的失败，迫使全民族在悲愤中进行历史性反思，于是政治军事上有中国共产党领导的农村革命战略转移和反"围剿"斗争，而在思想文化方面则有无产阶级革命文学运动的兴起。由于受到国际上普罗文学思潮的影响，左翼作家往往机械地搬用革命理论，产生了排斥"同路人"的宗派情绪，盛行着"唯物辩证法的创作方法"，他们的作品往往带有"简单化"、"概念化"和"标语口号式"的倾向，表现出严重的"左派幼稚病"。左翼文学诞生初期暴露出来的种种幼稚病，是我们今天建设社会主义文学的历史借鉴；左翼作家自觉参与社会改革历史进程的昂扬姿态，左翼文学强劲的社会批判精神和思想启蒙热情，以及它对底层社会血浓于水的深情关注，也是我们发展和繁荣文学事业的思想文化资源。30年代左翼文学创作以小说的收获最为丰富，本文试以左翼小说为例，阐释其对于当代文学建设的资源性意义。

一、以昂扬的姿态，参与社会改革的历史进程

左翼文学是一种具有鲜明阶级属性和强烈功利诉求的革命文学，没有哪位左翼作家会以为文学与社会生活"无关"，文学是"脱俗"的文学。在新与

旧、光明与黑暗剧烈交战的历史转折关头，左翼作家不是"逍遥复逍遥"的闲人和冷眼旁观的看客，他们真率地宣言革命文学要为"无产阶级的历史使命"而斗争，文学要成为激发民众革命情感和革命意志的"最有效的宣传工具"，在革命处于低潮时期，他们密切关注时代生活中的重大事件，大规模地、非常及时地描写工人农民的反抗和斗争，以昂扬的姿态积极参与社会改革的历史进程。

在上海工人第三次武装起义胜利后半个月，无产阶级革命文学运动的倡导者蒋光慈就以高昂的热情写出中篇小说《短裤党》。小说非常及时地表现了上海工人武装起义从受挫到走向胜利的战斗历程，最早地塑造了工人运动中的共产党人和先进工人形象。小说在艺术结构和人物描写上略显粗糙，却并不缺少雄强悲壮的力之美，特别是武装起义场景的叙述，如火如荼，悲壮热烈，充满了浓厚的感情色彩，诚然是一首粗糙而响亮的"暴动者之歌"。蒋光慈被一股燃烧的激情鼓舞着，他要以自己的文学创作投身于社会革命壮潮，他坦言："本书是中国革命史上的一个证据"，是"时代的记录"，"我现在努力完成我的时代所给予我的任务……我且把我的一支秃笔当作我的武器，在后面跟着短裤党一道前进。"[1]在大规模地描绘农民革命斗争的长篇小说《咆哮了的土地》（即《田野的风》）中，蒋光慈放弃了群像描写方法，也不去铺张地叙述疾风暴雨的群众斗争场面，而着力于表现革命者在烈火烽烟中的成长。在个人成长道路上，知识分子出身的革命者李杰经历了三次选择：起初他和佃户女儿兰姑恋爱遭到地主父亲反对，兰姑自杀后他投奔了革命军；后来看出"革命军未必真革命"，又毅然返回家乡发动农民革命；这是一个艰难的历程，不仅要吃糙米饭，穿粗布衣，过生活关，还要闯过家庭伦理感情关。他拒绝父亲的诱降，赢得农民的信任。上级决定火烧李家楼，触动他心灵最深处的情感，他可以背叛父亲抛弃家产，却丢不下重病的母亲和不懂事的幼妹。在"情"和"义"的两难抉择中他终于下令火烧地主庄园，悲壮地率领农民军攻打三仙山，最后以自己的热血和生命献给了革命。蒋光慈的小说创作中，《咆哮了的土地》是一个突破。小说不仅成功地塑造了知识分子出身的革命者形象，而且敏锐地看到中国革命从城市向农村的方向性转变，肯定了"井冈山道路"；尽管在矿工出身的革命者张进德形象塑造和小说结构安排上还有缺憾，并不妨碍它成为左翼文学叙述农民革命的一部优秀长卷。

蒋光慈描写工农革命的小说有忽视形象塑造、流于概念化的艺术缺憾，但他的作品洋溢着坚定乐观、积极向上的理想和激情，这种幼稚粗暴却雄强有力的声音，冲破了大革命失败后苦闷、沉寂的时代氛围，起到"为光明而奋斗的鼓号"的作用。他的作品在新文学史上最早地留下红色革命的光影，"光赤式"的革命激情和叙述模式影响了诸多左翼作家，稍后出现的阳瀚笙的《地泉》三部曲（《深入》、《复兴》、《转换》）也是大规模地描写农民斗争的作品，只是作者将农民革命写得太过理想化，甚至演绎出"革命已经日益迫近高潮，革命已经复兴"这样不合实际的空幻理念。

左翼作家还以启蒙的热忱召唤人们投身于革命洪流。这是一种全新的启蒙，它既不是批判封建主义旨在建立共和的资产阶级启蒙，也不是鲁迅、胡适倡导"民主"与"科学"的"五四"式启蒙，而是马克思主义社会革命论指导下的思想启蒙。左翼文学描写农村革命的作品，通常会忽视宗法制度下封建文化思想对农民的消极影响，往往把农民斗争理想化而带有乌托邦性质。阳瀚笙坦陈《地泉》"三部曲"的缺陷："我本想去反映那时咆哮在农村里的斗争的，但我在写的时候，却把本来很落后的中国农民，写得那样的神圣，我只注意去描画他们的战斗热情，忘记了曝露他们在斗争过程中必然要显露出来的落后意识，这样的写法，不消说，我是在把现实的斗争理想化。"[2] 左翼文学这种新的启蒙姿态，在描写青年知识分子的作品中表现得尤为突出。

左翼文学特别关注社会革命过程中知识分子个体精神的新变，胡也频的《到莫斯科去》颇具代表性。女主人公张素裳虽然过着奢侈豪华的生活，却无法挣脱空虚无爱的精神牢笼。共产党人施洵白深邃的思想和高尚的人格像春风吹开她胸中难解的愁结，革命意识在她心中渐渐萌发生长起来。洵白被秘密杀害也没能使她动摇退缩，反而更加激励她"到莫斯科去"追求共产主义理想的意志。素裳从苦闷无知到自觉追求革命的心灵历程，体现出先进阶级的革命理想日益深入人心，具有强大的生命力。茅盾的长篇小说《虹》也以梅行素这个复杂性格，展现了"五四"到"五卅"期间最初觉醒的一代知识女性的心灵历程。梅女士性格和命运的发展经历了两个阶段：首先是"人的意识"苏醒，从封建礼教的束缚下挣脱出来。梅女士出生在成都一个守旧的中医家庭，专制的父亲把她许配给家财万贯却卑劣无耻的姑表兄柳遇春，她难以忍受那种平庸卑微的生活，终于像易卜生笔下的娜拉一样离家出走，她要"做一个独立的人"。后来她又挣脱军阀惠师长的魔爪，东出夔门，远走上海。这位接受过"五四"新思潮洗礼，勇于征服环境，只是"向前冲"的新女性，由于受到革命者梁刚夫的影响，"眼前展开了一个新宇宙"，尽管她未能得到梁刚夫的爱情，但她"准备把身体交给第三个恋人——主义"。在五四大游行的队列里，我们看到了梅行素的美丽身影。小说对梅女士从"人的意识"苏醒到"群的意识"觉醒的性格发展过程，未作概念化处理，而是将她放在错综复杂的社会思潮和人物关系中加以表现；她有过犹疑、动摇，陷入过苦闷、彷徨，但她终于在新的社会理想感召下踏上革命征途，实现了个人精神的新变。梅女士是一个血肉丰满、气韵生动的人物形象，在二三十年代的青年知识分子中，梅女士的精神觉醒过程颇具有典型性。

二、以批判的精神，思考和分析社会现实

上世纪二三十年代，一个很重要的时代特点就是马克思主义取代达尔文进化论，而成为重新解释中国和世界历史与现状的真理。马克思主义的社会革命论和唯物辩证法成为左翼作家进行文学创作的世界观和方法论，相当一部分左翼作家在文学创作中运用先进社会科学去分析社会现实，思考时代生活中发生的社会问题，人们通常称这类作家为"社会分析派"，他们的作品在题材选择、人物设置和人物描写上往往烙有浓重的社会学分析印记，茅盾的《子夜》和《春蚕》等堪称最具代表性的作品。

在艺术构思上，《子夜》以民族工业铁腕人物吴荪甫为中心，展开了一部中国民族资本家的命运悲剧。吴荪甫野心勃勃，果断而干练，但他生不逢时，在发展民族工业的道路上，不仅遭遇到工农革命的双重夹击，而且和以赵伯韬为代表的买办资本家狭路相逢。他狼奔豕突，拼命突围，总不能冲出帝国主义和封建军阀布下的铁壁包围，终至一败涂地。吴荪甫形象塑造的高明之处在于：作者没将他处理成一个平庸无能的或脸谱化的人物，而是把他放在错综复杂的社会矛盾中加以试练，愈是展示他的铁腕智慧，雄风逼人（他简直就是"二十世纪中国机械工业时代的英雄骑士和'王子'"），愈是令人信服地证明民族资本主义在殖民地半殖民地中国"此路不通！"《子夜》的成功得力于作者对1930年代中国社会政治经济形势的思考和分析，但它不是简单化的图解或演绎，而以宏伟的构思，全景式的结构，惊心动魄的描写，艺术地回答了"中国社会向何处去"的重大时代问题："中国并没有走向资本主义发展的道路，中国在帝国主义的压迫下，是更加殖民地化了。中国民族资产阶级中虽有些如法兰西资产阶级性格的人，但是因为1930年半殖民地的中国不同于18世纪的法国，因此中国资产阶级的前途是非常暗淡的"。[3]

　　茅盾原打算把"农村经济的情形，小镇居民的意识形态"，连锁到《子夜》的总体结构中去，后来由于对工农革命运动不够熟悉等原因，演绎一部"中国革命交响曲"的创作意图终未能实现。《农村三部曲》、《林家铺子》等可视为《子夜》的补充，作者把他对农村、市镇政治经济状况的思考融合到短篇创作中去了。《农村三部曲》（《春蚕》、《秋收》和《残冬》）以1932年"一·二八"上海战争为背景，讲述蚕茧和粮食丰收成灾的故事，表现江南农村破产，农民悲惨无告的命运和青年一代的初步觉醒。《春蚕》艺术构思的重点放在老通宝一家的蚕事活动上，蚕农内心的希望和失望，写得生动缜密，颇具地方色彩。《春蚕》在人物关系对比中刻画出父子两代人鲜明的性格，老通宝勤劳本分，顽固地要走"勤俭发家"道路；多多头不知苦辣，不抱幻想，否定了老一辈农民的传统观念，父子两代人保守与求变的冲突昭示着时代的前进。春蚕丰收成灾的人事叙述，不仅真实地描绘出江南农村破产的景况，而且艺术地分析了丰收成灾的社会原因。春蚕熟了，村民们脸上的笑意还没消散，就传来"茧厂关门"的坏消息，"收茧人"不见半个，"债主和催粮的差役"却替换着来了。联系到小说关于"上海不太平，丝厂都关门"，镇上洋货多起来，田里的东西一天一天不值钱，老通宝痛恨"洋鬼子"和"不喊打倒洋鬼子的新朝代"等等描写，不难看出：帝国主义的军事侵略和经济掠夺，国民党黑暗统治和乡村封建势力的剥削，以及商业资本家的唯利是图，正是丰收成灾的社会根源。在《农村三部曲》和《子夜》里，茅盾把文学思考和社会分析结合起来，我们不仅领略到文学审美的意趣，对于我们求解近代中国积弱不振、落后挨打的历史处境及其深层原因，也是开卷有益的。

　　叶紫的《丰收》也讲述丰收成灾的故事，不过它的剖析和描写角度与《春蚕》不同。《春蚕》侧重从政治经济上分析蚕农破产的原因，《丰收》则正面表现佃户和地主的阶级冲突，揭出乡村封建势力无所不用其极地盘剥农民，是谷贱伤农的根本原因。两篇小说都写到父子冲突，《春蚕》中的老通宝迷信保守，落后不觉悟，《丰收》中的云普叔起先不准儿子在外头"鬼混"，后来转变为支持立秋参加抗租斗争。叶紫亲历了其势如暴风骤雨的湖南农民运动，对阶级压迫和农民革命有独到而深切的体验，所以他热情表现新一代农民投身共产党领导的农民运动，较之《春蚕》里多多头的自发斗争，《丰收》前进了一步。不过，《丰收》在题材选择、人物设计和性格描写上多有模仿《春蚕》的痕迹，艺术上还是不成熟的。

　　这类文学思考结合着社会分析的作品还有丁玲的《水》和吴组缃的《一

千八百担》等。《水》以30年代初波及国内16省的大水灾为题材，粗线条地叙述灾民的眼泪与希望，觉醒与抗争："饥饿的灾民，男人走在前面，女人也跟着跑，咆哮着，比水还凶猛，朝镇上扑过去"，他们联合起来去镇上夺回自己生产的粮食。《水》的价值不在于艺术上怎样完美，而在于它的创新意识；正当左翼作家沉醉于时髦的"革命+恋爱"小说的时候，丁玲却将目光转向底层社会，表现出大众的力量。《水》以进步的阶级意识反映重大的现实题材，起到扭转创作风气的积极作用。吴组缃受到茅盾影响，善于运用先进社会科学观察现实，解剖社会。《一千八百担》聚焦于皖南农村的一次宗祠集会，宋氏宗族二千多户的老少代表们急不可待地要争夺那1800担租谷（族产），有的阴谋策划，有的互相倾轧，有的破口大骂，正当这伙丑类闹得不可开交时，佃户们喊着"打倒地主"，人人"平等"的口号，冲进祠堂抢粮来了。作品抓住最富于传统文化特征的"祠堂"作为喜剧舞台，并以"大速写"的形式生动地刻画出宋氏各房的十几个人物，淋漓尽致地反映出农村经济破产和封建宗法制度分崩离析。吴组缃小说选材严，开掘深，这篇三万字不到的小说，生动地描绘出30年代初期中国农村社会的众生相和社会变动的大趋势。

三、以血肉相连的感情，诉说底层社会的酸辛

以鲁迅为代表的文学革命先驱者，高举文学"为人生"的旗帜，要求"真诚的，大胆的，深入地看取人生并且写出它的血和肉来"（鲁迅语），从而开创了中国新文学直面人生，贴近现实的优良传统。左翼作家要求文学创作贴近社会生活，做"时代的歌者"，他们继承并发扬了"五四"时代"人的文学"和"平民文学"的伟大传统，特别关注底层社会劳动者的生存境况，他们的许多作品以血肉相连的感情诉说底层社会的酸辛，呼唤社会的公平和正义。在这方面，柔石的《二月》、《为奴隶的母亲》，以及沙汀、艾芜的小说，特别值得注意。

中篇小说《二月》，叙述革命低潮时期青年知识分子想要逃避现实而终于无路可走的悲剧。主人公肖涧秋厌倦了纷乱的都市生活，想在芙蓉镇找到心灵栖息的港湾，可这个江南小镇也不是想象中的"世外桃源"。他在这里邂逅了青年寡妇文嫂，资助她女儿采莲进学校读书，他还赢得了校长妹妹陶岚的一见倾心。在二位女性之间，尽管他保持着如山泉一样明净的情操，还是不可免地受到流言的攻击。面对"左手抱着小寡妇，右手还想折我梅"的无耻

诽谤，个性张扬的陶岚可以"我行我素"，可怜无助的文嫂却被逼上死路。肖涧秋感到像"杀人犯"一样，再也没有勇气接受陶女士的爱，仓惶逃出芙蓉镇，到上海女佛山去了。文嫂的悲剧是对无爱人间的血泪控诉，而肖涧秋无路可走的悲剧，则是对知识青年人生观和生存方式的思考。这个双重意义上的悲剧启示我们，在黑暗无涯的社会里，个人奋斗和人道主义理想并非济世良方。小说于缜密流畅的叙述中散发着一种"清澈而忧郁的音乐感"，它给上海文坛吹来一股清新的风，它好像一支"横吹的竹笛"，那音色"宛若云雀翩翩回翔于乍暖还寒的早春天际。"[4] 短篇小说《为奴隶的母亲》以令人颤栗的真实，讲述一个将人不当人的悲剧。小说叙述重心不是劳动者物质的极端贫困，而是心灵的极度痛苦。因为贫穷，春宝娘被丈夫典给小地主李秀才做三年租妻，李秀才不把她当人看，她只是生儿育女的工具；而她的结发丈夫忍心将她典当出去，同样是不把她当人看。这个不幸的女人不仅失去最宝贵的夫妻之爱，她那与生俱来的母爱也被残忍地剥夺无遗！典当三年期满，她不得不抛开秋宝回到原先的家里，而八岁的春宝却像"陌生"人那样怯怯地睡在母亲身边。这位既是母亲又是奴隶的农妇的命运比祥林嫂还要悲惨，祥林嫂害怕死后会被两个男人肢解，而春宝娘在无爱的人间早已被残忍的典妻陋习肢解了！

在左翼作家中，柔石是独领风骚的一位。他以严格的现实主义精神和"工妙"的艺术技巧，组织情节，创造典型（鲁迅赞语）；他以清新脱俗的笔触叙述底层社会的悲剧，他的"人道主义现实主义"在左翼文坛可谓独树一帜。柔石用他的青春和生命为左翼文学立下一座丰碑，鲁迅惋惜"中国失掉了很好的青年"，中华民族失去一位前程无量的儿子。

沙汀和艾芜在师范学校读书时曾致信鲁迅："怎样使自己的作品有时代意义？"鲁迅说："我想，两位是可以各就自己现在能写的题材动手来写的。不过，选材要严，开掘要深，不可将一点琐屑的没有意思的事故，便填成一篇，以创作丰富自乐。"[5] 在鲁迅、茅盾等文学前辈指导下，沙汀便以熟悉的川西北农村生活为题材，揭露军阀官僚、土豪劣绅罪恶，表现农民的苦难与抗争；艾芜则从青年时代的漂泊生活中汲取题材，描绘滇缅边界的风土人情和底层社会的人生百态，国民党地方政权的敲诈勒索和劳动者铤而走险的斗争，在艾芜笔下也有生动形象的表现。

沙汀30年代的作品把旧社会的腐朽黑暗和底层百姓的悲惨无告刻画得入木三分。例如《兽道》，在军阀战争背景下展开一对婆媳的悲剧。坐月子的媳妇被大兵轮奸后自杀，婆婆状告无门，反受到愚昧群众的讥笑、诽谤和一连串打击，终于成了疯人。小说在艺术构思、语言和结构上明显受到《祝福》影响，虽不及鲁迅小说文化底蕴深厚，人物命运和气氛渲染却十分惨烈。《在祠堂里》讲述一个骇人听闻的故事：连长太太（洗衣婆的女儿）因为看上一个学生，被丈夫深夜派人活活钉死在棺材里，而散居在祠堂里的麻木人群，不仅对连长的滔天罪行不置一辞，反而嘲笑她是有福不会享的"贱皮子"，指责那青年学生是这场惊天血案的祸首。在"五四"思想解放运动已经过去18年的中国内地，一个弱女子却因为反抗无爱婚姻，追求个人幸福，受到如此惨绝人寰的迫害，作者的悲愤是极其深重的；小说的深刻之处还在于，尖锐地揭出这桩暴行在社会上引起的病态反映。从沙汀早期的短篇小说，我们倾听到鲁迅式的"改造国民性"的呼声。

诗人气质的艾芜，创作风格与沙汀迥异，他通常运用诗和散文的笔法，抒写清新俊逸的地方风物人情。"沙汀小说宛若山间岩石，凝重而险峻；艾芜小说多似平野流水，委婉而从容。"[6] 短篇小说《山峡中》便是艾芜最具代表性的作品。小说中心事件是受伤的小黑牛被同伙半夜里扔进江流，作者以令人颤栗的真实，鞭挞了这伙窃贼不义、残忍、心狠手辣的行为及其内心的黑暗荒凉。不过作者的本意不只是爆料这伙人的精神创伤，而是沉痛地指出："小黑牛在这世界上已经凭借着一只残酷的巨手，完结了他的悲惨的命运了。"作品的主题分明带有强烈的社会抗议色彩。作者还以浪漫抒情的笔触，成功地塑造了"女贼"野猫子和漂泊文人"我"的形象。野猫子跟她父亲一样痛恨"懦弱的人"，把小黑牛扔进江中她毫不怜惜，苦难生活已将人心磨成铁石一样坚硬。野猫子身上既有原始强悍的蛮性遗留，又体现出底层民众坚韧顽强的求生意志和淳朴善良的人性光辉。她爱唱"江水呀慢慢流，流到东边大海头。那儿呀，没有忧，那儿呀，没有愁"，凄凉惆怅的歌声唱出"在刀尖上过日子"的少女对自由美好生活的向往，野猫子的悲剧是美好人性被扭曲、被毁灭的悲剧。漂泊文人"我"是那些"被世界抛却的人们"命运悲剧的见证人，也是执着地寻找光明和真理的探求者。小黑牛悲剧发生后，"我"对现存社会秩序提出质疑："难道穷苦人的生活本身，便原是悲痛而残酷的吗？也许地球上还有另外的光明留给我们吧？"可见《山峡中》不是悲观的作品，它是旧时代流浪农民的一曲悲歌，它热情地召唤人们去寻求社会的公平与正义。

30年代的左翼文学是中国现代文学史上一道雄强壮丽的文学风景，它的躁动与喧哗已经远去，我们活在21世纪的人，依然愿意倾听它渐行渐远的足音。我们当然不会首肯那些"飞行集会"，散传单，贴标语的"左"倾盲动行为，也不去欣赏初期作品中所表现出来的教条主义和标语口号式倾向，更不会去效仿早期左翼文学对于暴力的夸张性想象，和对暴动、仇杀场面血腥而恐怖的描写。我们珍爱这份遗产，因为它是用中国无产阶级和前驱者的鲜血写成的文字，即使怎样幼稚、粗糙，却"有别一种意义在"，诚如鲁迅所说："这是东方的微光，是林中的响箭，是冬末的萌芽，是进军的第一步，是对于前驱者的爱的大纛，也是对于摧残者的憎的丰碑。"[7] 我们珍爱这份文学资源，因为没有一位左翼作家将文学当作"游戏"、"消遣"或个人"欲望"的宣泄，左翼文学跳动着时代的脉搏，以崇高的声音记录了那个时代的重大事件和工农群众变革现实的斗争；它以启蒙的热情和批判精神，提出时代生活中出现的各种问题，进而拷问那个时代个体生存的境况如何；它关注青年知识分子"人的觉醒"和"群的觉醒"，引领他们走向光明前途；它以骨肉相连的感情表现底层社会的血泪人生，为社会的公平与正义奔走呼号。鲁迅曾抨击旧文学是"瞒和骗"的文学，批评旧式文人对人生"向来就多没有正视的勇气"，他希望作家"取下假面，真诚的，深入的，大胆的看取人生并且写出他的血和肉来。"[8] 正是在"取下假面"，直面人生，贴近现实这一点上，左翼文学遗产弥足珍贵。今日中国文坛并不缺少"个人化写作"和"欲望化叙事"的行家里手，我们这个改革创新的大时代，尤其应该多有几个敢说真话、敢于实写的作家，将我们这个时代的现实生活、文化结构和个体生存境况真实地、毫无遮蔽地表现出来。

注　释

[1] 蒋光慈：《短裤党·序言》，《蒋光慈文集》第1卷，上海文艺出版社1982年版，第213页。

[2] 华汉：《谈谈我的创作经验》，见鲁迅等著《创作经验谈》，上海书店1935年版，第146—147页。

[3] 茅盾：《〈子夜〉是怎样写成的》，《茅盾论创作》，上海文艺出版社1980年版，第52页。

[4] 杨义：《中国现代小说史》第2卷，人民文学出版社1988年版，第294页。

[5] 鲁迅：《关于小说题材的通讯》，《鲁迅全集》第4卷，人民文学出版社1981年版，第388页。

［6］杨义：《中国现代小说史》第2卷，人民文学出版社1988年版，第476页。

［7］鲁迅：《白莽作〈孩儿塔〉序》，《鲁迅全集》第6卷，人民文学出版社1981年版，第494页。

［8］鲁迅：《论睁了眼看》，《鲁迅全集》第1卷，人民文学出版社1981年版，第237—241页。

于2010年9月

20世纪30年代
左翼文学的叙述模式和颓废气息

　　左翼作家视文学为社会生活的反映，自觉地参与社会变革的历史进程，以他们"粗暴的叫喊"和雄强的怒吼，给处于黑暗中的人们以鼓舞和希望。革命的叙述是左翼文学的主旋律，但是由于时代风气、文化背景诸方面的复杂影响，左翼文学不只是红色的，而是多色调的调和。五四时代的人性解放思潮，鸳鸯蝴蝶派情爱故事叙述的遗风和海派（上海现代派）的绮丽文风，对30年代左翼文学产生了很大影响，使得左翼文学的叙述模式呈现出"革命+恋爱"的特点，在革命叙述中弥漫着浪漫情调和颓废气息。

一、革命与恋爱联姻

　　五四前后出现了两类情爱小说：一是郁达夫、郭沫若为代表的"唯美派"小说，二是鸳蝴派作家讲述"卅六鸳鸯同命鸟，一双蝴蝶可怜虫"的小说。30年代左翼文学情爱描写的显著特色是革命与恋爱联姻，这种革命的浪漫蒂克情调，从一定意义上说，"是创造社浪漫抒情流派向'左'发展的延续和飞跃，是在新的革命情绪的感染下向'左'的发展。"[1]和鸳蝴派纠缠于个人悲欢的情爱叙述相比较，左翼文学的情爱叙述有很大突破：它镕铸了丰富的时代内容，通常以革命话语叙述爱情故事。有趣的是，当20年代后期郭沫若和一班创造社成员不肯承认自己是浪漫派时，蒋光慈却声称："我自己便是浪漫派，凡是革命家都是浪漫派，不浪漫谁个来革命呢？"[2]

　　1927年11月，蒋光慈的中篇《野祭》开启了左翼文学"革命+恋爱"叙述模式的先河。革命文学家陈季侠受到房东女儿章淑君无微不至的关怀和体贴，可他总是以貌取人，拒绝了心地善良的淑君求爱。淑君带着内心伤痛发奋阅读革命书刊，不知疲倦地从事工人运动，最后在反革命大屠杀中英勇牺牲。陈季侠欣赏外貌俊美的小学教员郑玉弦，可是反革命枪声一响，这漂亮人儿却远远躲开了。革命文学家终于醒悟过来，手捧鲜花和玫瑰酒，到吴淞口为心灵如"皎洁的明月"似的女战士淑君举行野祭。小说从革命角度透视青年的恋爱观，首肯了进步青年爱情选择中的人格选择。它摒弃了三角、四角恋爱的叙述模式，在爱情描写中留下那个时代的印记。诚如作者所说："……这本小书虽不是什么伟大的著作，但在现在流行的恋爱小说中，可以说是别开生面。"[3] 此后蒋光慈还出版了《菊芬》、《冲出云围的月亮》等"革命+恋爱"小说，这类作品以刚柔相济的笔法既写革命又写爱情，表现青年们在革命中的激昂慷慨和狂热冒险，描写男女青年在恋爱中的缠绵悱恻或放浪形骸，作者以浓郁的浪漫蒂克情调对革命低潮时期知识青年的精神面貌进行了独特思考。

在《野祭》之后，左翼文坛出现了许多"革命+恋爱"小说，著名的有胡也频的《到莫斯科去》、《光明在我们前面》，洪灵菲的《流亡》，丁玲的《韦护》等。《到莫斯科去》叙述一位革命青年和贵妇人的悲情故事。张素裳的丈夫徐大齐是北平市政府高官，此人热衷于官场角逐，将妻子遗忘在寂寞、无聊的家里。女主人公张素裳过着贵族化的生活却感受不到温暖的爱情，她结识了南方来的共产党人施洵白，被施洵白崇高的思想、高尚的人格深深打动了。他们在中山公园论画，香山公园谈心，一起学日文，一起读革命书籍，他们相互倾慕，登上北海公园的白塔，倾诉爱情。和施洵白的交往，让这位被关在金丝笼中的贵妇人感到灵魂苏醒的惊喜，她在日记中称洵白是"引我走向光明的人"，"我的新的一切就从此开始了"。丈夫徐大齐偷窥日记后，批捕并秘密处死了施洵白。素裳愤然脱离家庭牢笼，决心继承洵白的遗志"到莫斯科去！"胡也频以悲壮、华美的文笔，书写了一部浪漫蒂克的革命传奇。作者善于捕捉柔美、明丽的自然景物，营造极具浪漫情调的恋爱氛围，表现青年男女洋溢着崇高理想的心灵交流。例如："……她感动地把脸颊放在他的头发上，他们俩的生命沉醉着而且溶成一块了。在他们的周围，太阳光灿烂的平展着，积雪炫耀着细小的闪光，一大群鸟儿在蔚蓝的天空飞翔，无数树枝和微风调和着响出隐隐的音波，一切都是和平的，美的。"其实这也是作者的一个梦境，为了追求这种"和平的，美的"理想境界，胡也频为此付出了生命的代价。

胡也频特别心仪与革命理想相一致的爱情。《光明在我们的前面》以"五卅"运动为背景，展示知识青年的思想激变和心灵历程。女主人公白华相信无政府主义，恋人刘希坚却是坚定的共产主义者。信仰不一致，情感就会受到压抑，他们每次相见都难免发生争执。"五卅"惨案发生后，白华的无政府主义信仰破灭，通过阅读进步书籍走向革命。从此"他们之间有了一种联系的欢乐，而这种欢乐好似新的，又仿佛是旧的，从这个眼里飞到那个眼里。他们的心在相印着。"胡也频小说的生活实感不是很强，字里行间奔涌着共产主义战胜无政府主义的热情，在他看来，只有信仰一致、志同道合的爱情更幸福，更完美。

洪灵菲成名作《流亡》中的革命者沈之菲在政变后被通缉，他东躲西藏，辛苦辗转于新加坡、暹罗，万里流亡让他"益加了解人生的意义和对革命的决心"。小说以浪漫抒情笔调叙述他和黄曼曼的恋爱，流亡途中他们相遇，由于沈之菲父亲的百般阻挠，又不得不分离。作者借主人公之口阐明革命对于爱情的重要性："因为恋爱和吃饭这两件大事，却被资本制度弄坏了，使得大家不能安心恋爱和安心吃饭，所以需要革命！"小说刻画出一对被压迫、被放逐的叛逆灵魂，主人公确信要恋爱就要革命，恋爱和革命须臾不可分离，其间分明融合了作者真切的情感和生命体验。小说语言华美而凄绝，率真而热烈，颇有郁达夫浪漫抒情小说的风味。例如沈之菲回到家乡后，对没有爱情的结发妻子有过忏悔："你这无罪的羔羊呀！这恶社会逼着我去做你的屠夫！"又如黄曼曼从北京来信说："家于我何有？国于我何有？社会于我何有？我们爱的惟有革命事业和我的哥哥！"跟郁达夫小说相比较，就感情浓烈、一泻无余而言，二者颇为相似；但结构芜杂，行文粗糙，则远逊于郁氏，作者在艺术上还未来得及走向成熟。

丁玲的《韦护》叙述青年革命者韦护与豪爽、漂亮而又天真的丽嘉的爱情，他们陶醉在缠绵悱恻的温柔之乡里，后来终于在理智命令下，克服烦恼和惰性，接受组织派遣，去广东投身革命。小说以较大篇幅表现男女主人公浪漫缠绵的情爱心理和甜蜜温柔的同居生活，情爱叙述颇有情致，革命叙述略显苍白。丁玲对革命和恋爱的处理方式与上述几位作家不同，她认为，当革命与爱情发生冲突时，革命者应当无条件地放弃爱情，投身革命；她借小说主人公形象传达出自己的信念：生命诚可贵，爱情价更高，若为革命故，二者皆可抛。

二、浓墨重彩的情爱描写

当革命处于低潮时，一部分知识青年容易产生虚无幻灭情绪，他们往往从男欢女爱中寻找心灵慰藉和避风港。左翼作家浓墨重彩地描写青年知识分子心灵深处对于爱情的呼唤和无政府主义的放浪行为，让我们看到乱世背景下知识青年的人生观和恋爱观。

蒋光慈的中篇《冲出云围的月亮》叙述女兵王曼英在大革命失败后的心灵历程。时局逆转之后，她堕入信仰危机："与其改造这世界，不如破毁这世界，与其振兴这人类，不如消灭这人类。"于是她凭借姿色，以无政府主义态度向社会复仇。她用自己的身体捉弄富家公子、傲慢政客、蹩脚诗人。她爱上了从事工人运动的革命者李尚志，却又怀疑自己染上梅毒，失去了爱的权利。于是回到从前，自我作践，想用梅毒毁灭罪恶的世界，甚至想去吴淞口投海自杀。郊外美丽的自然风光和清新空气重新唤醒她的生命意志，当她确信自己没有梅毒病，便和李尚志同心同德，携手工人运动，从此他们爱得更加甜蜜。小说结尾写二人在窗前赏月，曼英说："这月亮曾一度被阴云所遮掩住了，但它冲出了云围，仍是这般地皎洁，仍是这般地明亮！"作者以诗意的象征文字肯定了王曼英劫后重生的精神新变，只是作者对女主人公浪子回头的心理过程写得不够充分，人物的变态心理刻画却有可圈可点之处。

从1927年8月到1928年6月，茅盾创作了第一部长篇小说《蚀》（包括《幻灭》、《动摇》、《追求》等三个中篇），作者以"三部曲"的形式，大规模地描写知识青年在革命壮潮中各个阶段的精神历程，表现他们革命前夜的幻灭和亢奋，革命高潮中的动摇和妥协，革命失败后的迷惘和追求。由于作者是在一种矛盾、低沉的心境下进行创作，整个作品笼罩着"一层极厚的悲观色彩"，特别是《追求》中，狂乱地混合着"缠绵幽怨和激昂奋发"两种调子[4]。"三部曲"中令人瞩目地出现了一组时代女性形象，如静女士、慧女士、孙舞阳、章秋柳等。这些受到西方文化影响的东方女性，要求个性解放，精神自由，渴望挣脱旧道德束缚，她们有热烈的感情，颓废的冲动，却不知路在何方。章秋柳是其中最有代表性的一个。她曾打算组织一个什么社，反抗旧社会，却始终未能成功。她痛恨全世界、全宇宙，她拿起肥皂盒来，想道："这如果是一枚炸弹，够多么好呀！只要轻轻地抛出去，便可以把一切憎恨化为尘埃！"她明知前面有两条路，一条通向光明，但要吃苦；"一条路会引你到堕落"，但这条路"舒服"，"有物质的享受，有肉感的狂欢"。于是她选择了性的刺激，情欲的满足："我们正在青春，需要各种的刺激，可不是么？刺激对于我们是神圣的，道德的，合理的！"当然，她不甘心堕落，她奋不顾身地挣扎着，甚至要用自己健壮迷人的身体，去拯救那位沉湎于醇酒妇人，渴望自杀的怀疑主义者史循。小说中其他几个"时代女性"，也都有蔑视道德、反抗传统的共同特点，她们宣称："既定的道德标准是没有的，能够使自己愉快的便是道德的"。慧女士"从没想到爱"，所谓恋爱就是"玩玩"，"议论讥笑，她是不顾的；道德那是骗乡下姑娘的，她已经跳出这圈套了。"孙舞阳也追求本能的性冲动："我也是血肉做的人，我也有本能的冲动，有时我也不免——但是这些性欲的冲动，拘束不了我。所以，没有人被我爱过，只是被我玩过。"她们敢爱敢恨，率性而为，尽情追逐肉的刺激，爱的欢娱，无节制地释放情欲和青春。这些青年女性脆而不坚的革命狂热，疯狂恣肆的享乐主义和轻率放纵的生活方式，当然不足为训；但这种情欲放纵的发生也并非全是个人过错，它是一种时代病，诚如静女士所说："一方面是紧张的革命空气，一方面却又有普遍的疲倦和烦闷……'要恋爱'成为流行病，人们疯狂地寻觅肉的享乐，新奇的性欲的刺激。"事实上，性放纵和官能刺激已成为革命空气下青年知识分子的一种心灵麻醉剂。

左翼文学中强烈的爱欲气氛，还突出地表现在对女性身体大胆、热情的审美欣赏上。这些女性不仅有美貌的容颜，柔和的曲线，而且和传统东方女性反一调，她们性格热烈张扬、有主见，大抵是追求光明，勇于反抗的新女性。《到莫斯科去》中的张素裳，青春靓丽，"有一种使人看见她不想和她分离的力量，她给人的刺激是美感的。"《咆哮了的土地》中的何月素，有着"一张翕动着的小嘴，高高的鼻梁，圆圆的眼睛，清秀的面庞。"她以惊人的勇气和非凡的胆量参加农会，投身革命。《二月》中的陶岚，"脸色柔嫩、肥满、洁白；两眼大，有光彩；眉黑，鼻子正，唇红，口小；黑发长到耳根；一见就可知道她是有勇气而又非常美丽的。"《虹》中的梅女士，"一对乌光的鬈发弯弯地垂在鹅蛋形的脸颊旁，衬着黑而长的眉毛，直的鼻子，顾盼撩人的美目，小而圆的嘴唇，处处表示出是一个无可疵议的东方美人。"左翼作家对女性外貌的描写带有唯美的浪漫情调，在这里革命与性爱不再发生抵触，二者在精神上互相融合，情感上息息相通。这些健康的、充满生命活力的女性身体书写，无疑是青年作家心灵深处对于欲望与激情的呼喊，它宣泄出小资产阶级革命者在那个动乱时代的苦闷情绪，激发他们以昂扬的姿态踏上革命征途。

如果说左翼文学对女性身体的书写，胡也频式的叙述止于纯情，而在茅盾笔下则奔涌着赤裸裸的情欲波涛。他的"时代女性"，不再恪守妇道，不再顾影自怜，她们以现代的开放眼光审视自己丰腴而充满活力的身体，以生命狂欢的激情展现自己极具创造力和破坏力的身体。在《蚀》三部曲中，出现了一幅幅带有现代质感的人体素描。慧女士"穿了紫色绸的单旗袍，这软绸紧裹着她的身体，十二分合适，把全身的圆凸部分都暴露得淋漓尽致。"而"站在光线较暗处的孙舞阳，穿了一身浅色的衣裙，凝眸而立，飘然犹如梦中神女，令人起一种超肉感的陶醉，她的半袒露的颈胸，和微微震动的胸前的乳房，可以说是诱惑的。"章秋柳走在急雨中，"完全不觉得身上的薄绸纱衫已经半湿，粘在胸前，把一对乳峰高高的衬露出来。"茅盾笔下这些女体素描是离经叛道、充满世俗情调的，它不是传统的含蓄的写意画，也不是纯情的唯美的写生，而是一道弥漫着肉欲气息的美丽风景线。这些具有鲜活生命力的女体素描，是纷乱时世下生命的歌吟，是欲望世界里激情的呼喊。这些女体描写曾受到过批评和责难，其实平心而论，在那个黑暗动乱年代，它释放了作家自身的生命欲望，用爱与美，健康和活力去滋润青年人干涸的心灵，抚平不幸者的精神创伤，这样的描写又有什么不好呢。

三、云遮雾罩的颓废气息

健康、自然的女性美和情欲书写，无可厚非，可以欣赏；但是沉湎于色情、肉欲描写，追求新奇、糜烂的感官刺激，往往流入颓废。大革命失败后，人的精神普遍地受到压抑，从而导致一种虚无、偏急、浪漫和颓废的精神危机，这种"时代的颓废"必然影响到左翼作家的文学创作。都市的繁华和奢侈颓靡风气，海派文学的商业气息及唯美的颓废气息，也深深地影响着左翼文学，加以左翼作家不同程度地受到西方"世纪末思潮"的复杂影响，左翼文学在宣泄革命激情的同时，弥漫着颓废之气也不奇怪。

如前所述，左翼叙事文学的情爱描写大抵是纯情叙述，但也有露骨的色情、肉欲描写。《蚀》三部曲中"时代女性"的革命热情冷却后，便走上一条践踏秩序，放纵自由，为所欲为的虚无主义道路。她们反对灰色平庸、克己节欲的清教徒生活，沉沦于酒精与情欲之中，成为追逐一刹那快感的享乐主义者。慧女士、孙舞阳跟好几个男人有性关系，章秋柳"对于男性，只是玩弄，从没想到爱"，"高兴的时候就和他们鬼混；不高兴时，我简直不理。""我只能跟着我的热烈的冲动，跟着魔鬼跑。"纵欲气息和革命热情汇聚一身，在茅盾小说中形成奇特的景观，即使是好评如潮的长篇巨制《子夜》也染有颓废气息。小说开篇写吴老太爷丧仪，本来应是悲哀肃穆的气氛，可是在奢侈淫靡的背景下，我们不仅闻到脂粉香气，还能看到吊客们怎样不失时机地寻找"新奇的刺激"。政界、商界、军界人物纵谈轮盘赌、咸肉庄、跑狗场、必诺浴、舞女和电影明星，暴露出都市的腐败和"赤裸裸的肉感"。交际花徐曼丽"托开了两臂，提起一条腿——提得那么高；她用一个脚尖支持着全身的重量，在那平稳光软的弹子台的绿呢上飞快地旋转，她的衣服的下缘，平张开来，像一把伞，她的白嫩的大腿，她的紧裹着臀部的淡红印度绸的亵衣，全部露出来了。"台下是"拍手狂笑"，灵堂里传来哀乐声声，无穷的官能刺激冲淡了丧礼的悲哀，透视出人类欲望的无耻、贪婪。《子夜》还写了一个花花公子"及时行乐主义者"杜新箨，他什么都可以不要，只要"醇酒美人"，恣意享受两性交欢所带来的刺激和快感，即使女朋友林佩珊转身嫁给自己的叔父，也满不在乎。作者着意于表现都市的糜烂，时代的颓废，一定程度上反映了30年代都市男女对于新的两性关系的探求；透过这些无序的性放纵描绘，还可看出都市文化中日益滋长着一种享乐的、颓废的性开放思潮，这股超前的性开放思潮出现在上世纪30年代，正是长期受压抑的人们生命本能的自我宣泄和自我放逐。

蒋光慈的叙事性作品中，昂扬的革命叙述与颓废情绪宣泄通常融和在一起，《丽莎的哀怨》颇具代表性。主人公丽莎原是俄罗斯贵族中"一朵娇艳的白花"，正当她和英俊少年、白匪军官欢度蜜月时，十月革命的炮声破灭了她的好梦。她和丈夫流落到上海，却难忘伏尔加河的柔媚和高加索山的壮美，心中充满了对前途的恐惧。丈夫默许她去做裸体舞女，终至沦落为娼妓，染上梅毒。小说以第一人称叙述角度，从丽莎投江前的忏悔写起，浓重的没落情绪和颓废气息笼罩全篇，其中对都市淫靡风气和丽莎堕落生活的描绘更是散发出一种肉的气息和死亡悲音。例如，伯爵夫人不由分说地"代我解起衣来，我没有抵抗她。我眼睁睁地看着我的肉体，无论那一部分竟无遮掩地呈露出来了。所谓团长夫人，所谓纯洁媚艳的白花……一切，一切，从此便没落了，很羞辱地没落了。""从此我便成了一个以卖淫为业的娼妓了。英国人、法国人、美国人、中国人……算起来，我真是一个实际的国际主义者，差不多世界上的民族都被我尝试过遍了。"从这个白俄贵妇在上海的沦落，我们看到十月革命后俄国贵族没落的命运，并且一定程度上反映出殖民地大都市"现世的浮华"和都市的沉落。小说深入到人物内心深处，细致刻画了一个复杂的俄国贵妇堕落的灵魂；对于丽莎的沦落风尘和命运多舛，作者也流露出惋惜和同情。这部小说虽为作者所珍视，却受到左翼批评家的诸多指谪，蒋光慈很不服气，曾借俄国文学史的掌故为自己辩白："朵氏初出世（即陀斯妥耶夫斯基写了〈穷人〉）的时候，即得了别林斯基的知遇，这真是他大大的幸运！……中国也许有朵氏，然而别林斯基是谁呢?"[5]

《冲出云围的月亮》中，女主人公王曼英最后在革命者引导下"冲出云围"，人物思想转变如同"突变"，描写王曼英用她美丽的身体实行报复却非常细腻铺张。她"利用着自己的肉体所给予的权威，向敌人发泄自己的仇恨"，她用美丽的肉体"强奸了钱庄老板的儿子，嫖了资本家的小少爷"，当她享受这位小少爷"童男的肉体"时，竟"忘却了自己，只为着这位小少爷所给与的快乐沉醉了。"这种扭曲的复仇理念和极度放纵的颓废，对作品的革命叙事当然有损无益。

左翼文学的颓废色彩在胡也频的《僵骸》里，则表现为对于死亡的怪异描写和变态体验。一位医学博士在实验室里解剖尸骸，惊羡那女尸"大理石雕像一般赤裸裸的美"，女尸竟然启示他"认识了生命"，领悟到"生活的意义"，他甚至爱上这女尸了，恶心地"用舌尖去舔着尸体外溢的黄水"。胡也频早期文学观深受西方唯美主义文学思潮的影响，《僵骸》这样令人毛骨悚然的作品透露出作者的艺术危机，幸而后来接触到苏俄进步文学思潮，在实际革命运动和文学活动中他的思想和艺术有了突进。

左翼文学中的颓废描写，在表层意义上与欧美流行的"颓废主义"颇为相近，它表现为一种极度刺激的、肉欲的、不道德的生活状态和精神面貌。《僵骸》这样的作品，与王尔德讴歌性爱、美丽、欲望和死亡的诗剧《莎乐美》在精神上颇为相似，但是左翼作品以无限激情展现女性生命活力和纷乱不安的个人欲望，也不好一概斥为荒淫堕落，它强调感官（肉体）对物质世界的享受和追求，它是特定时代一种生命欲望的宣泄，一种精神上的自我疗救。《追求》中的章秋柳其实并不甘心堕落，她说："我是时时刻刻在追求这热烈的痛快的，到跳舞场，到影戏院，到旅馆，到酒楼，甚至于到地狱里，在血泊中！只有这样，我才感到一点生存的意义。"这是章秋柳一类"时代女性"的心灵呼声，左翼作家便以这种类似的偏激和颓废姿态，义无返顾地寻找灵魂栖居的家园，苦闷地寻求艺术创作新的突破。

注　释

[1] 杨义：《中国现代小说史》第1卷，人民文学出版社1988年版，第63页。

[2] 郭沫若：《创造十年》，《沫若文集》第7卷，人民文学出版社1953年版，第244页。

［3］蒋光慈：《野祭·书前》，《蒋光慈文集》第1卷，上海文艺出版社1982年版，第307页。

［4］茅盾：《从牯岭到东京》，《茅盾论创作》，上海文艺出版社1980年版，第36页。

［5］蒋光慈：《异邦与故国》，转引自杨义《中国现代小说史》第2卷，人民文学出版社1988年版，第75页。

于2010年12月

略论中国现代文学的"现代性"

新中国成立以来，关于中国现代文学性质的认识发生过两次大的转变。过去在怀疑一切、否定一切的"左"倾文学思潮影响下，人们把现代文学诠释为"无产阶级社会主义文学"；新时期以来，强调现代文学的新民主主义性质，提出以是否具有"反帝反封建倾向"作为衡量作家作品的尺度。这是指导思想上的一次突破，文学史上那些具有爱国民主主义思想的作家（如郁达夫、巴金、老舍、曹禺等）和一些资产阶级自由派作家（如周作人、沈从文、徐志摩等）受到重视。但是，"反帝反封建倾向"还只是从政治思想倾向这一面阐释现代文学的性质，其批评视野、思维方式仍有局限。

20世纪90年代，有人提出"中国文学现代转型"的问题，"现代性"的概念具有更大的包容性，既融合了反帝反封建的思想特质，又包含着以"人的解放"为核心内容的现代价值观和文学审美形式、艺术感受方式、思维方式的现代性。"现代性"观念的提出，是现代文学研究的又一次突破，研究工作的重点从文学和其他意识形态（如政治、经济等）的共性研究，转向了现代文学自身的个性研究，促进了研究领域的开拓与深化。

"现代性"问题提出后，关于中国文学何时转型的问题出现论争。一些研究者提出"上个世纪之交"说，即认为始于1898年（或20世纪初至1917年），他们认为这个时段的中国文学与古代文学发生了断裂，出现了与五四新文学相通的诸多因素。更多的学者还是认为中国文学在五四时期（特别是1918年）开始现代转型。我们赞同五四说，理由如次：

其一，五四时期，出现了具有现代意识的重要作家作品。

中国文学的现代性，当然不是五四时期突然发生的。1898年到五四前，中国社会确实出现了某些现代化的条件，出现了一些带有现代性特点的社会文化现象，出现了一批带有现代性因素的文学文本。例如，海禁既开，特别是戊戌变法维新后，近代中国出现了现代产业，现代商业的繁荣，形成了上海这样的大都会，一个深受西方文化熏陶却有别于传统士大夫型的知识分子群体初步形成，梁启超、王国维、鲁迅等人传播了若干西方现代哲学和文学观念，都市里出现了职业化的作家群和市民阶层读者群，报刊杂志及各种丛书的出版，也表明文学的传媒方式发生了革命性的变革。新的社会文化条件和新的思想传播方式的出现，确实为中国文学现代化作了必要的准备。

但我们考察文学转型，不能只是考察创作文本之外的种种现象，而不关注文学自身发生了哪些变化，尤其要把文学作品作为考察对象。五四前的中国文坛，苏曼殊的小说、徐枕亚的通俗小说《玉梨魂》以及唐俟（鲁迅）的《怀旧》等作品，被认为在情感和手法上异于传统文学而透露出现代色彩。但这种变化只是局部的、零星的、不彻底的，文学创作的主流并未在整体上呈现出现代性质。所以说五四前的中国文学只是出现了现代性的"萌芽"，中国文学在文学观念、内容和形式上并没有完全告别古典主义。有人把1918年作为中国文学发生现代转型的标志，此论颇有见地，因为此时周作人发表了著名论文《人的文学》，"人的文学"主张受到新文学作家的广泛赞同与拥护；鲁迅发表了划时代的作品《狂人日记》和许多杂文，而在此之前，中国文坛并未出现过一位具有现代意识的大作家。

其二，中国文学的"现代性"，不好和西方现代主义文学等同划一。

在"现代性"讨论中有人认为，中国现代文学只是完成了由古典形态向现代形态的过渡，它属于世界近代文学范围，只具有近代性，而不具备现代性。[1] 因为五四以来的文学并不具备现代意识（关注人的内在追求，即精神需要、人格实现、个性独立等），只是散发着近代人文气息（关注人的外在权利，即生存权、发展权、参政民主权等），而以现代主义为动力的西方现代文学，才是现代意识的折射和反映。

"现代性"是一个历史范畴，判断中国文学的现代性应有两个参照系：既要分析它什么时候受到世界范围的现代性文学的强大影响，又要看它什么时候真正与中国古代文学告别。世界范围的现代文学并非等同于欧洲19世纪末出现的现代主义文学。我们通常把世界历史划分为古代、中世纪和现代三个时期，"世界现代史"实际上肇始于文艺复兴，而与"中世纪史"有别。中国文学现代性的发生，除了中国社会产生了现代化条件及对于晚明以来若干文学上"现代"因素的传承之外，正是受到欧洲文艺复兴以来的现代性文学（含现代主义文学）的综合影响的结果，我们不好把这种影响狭隘地理解为仅仅是西方现代主义文学的影响。

事实正是这样。被陈独秀《文学革命论》奉为楷模的是"庄严灿烂之欧洲""文艺复兴以来"的"革命";周作人在《人的文学》、《平民文学》等文中指出,欧洲"宗教改革与文艺复兴两种结果"产生了"个人主义的人间本位主义"的人道主义;鲁迅在英译短篇小说集《〈草鞋脚〉小引》中回顾五四文学革命时也说:"最初,文学革命者的要求是人性的解放"。可见,五四文学作品中强烈的"个性解放"呼声和鲜明的个性解放主题,并非源自西方现代主义思潮,而是起源于文艺复兴时代的现代人道主义思想。

其三,中国文学的现代转型,还有其自身特点。

讨论中国文学是否实现了现代转型,必须考虑到中国自身内部的条件。王富仁在一篇论文中特别提到,西方现代主义文学的"现代性"与中国文学的现代转型有本质不同:"当中国文学在现代性旗帜下与中国古典主义告别的时候,西方文学正是在告别浪漫主义、现实主义的过程中获取自己的现代性的,它们的现代性是与浪漫主义和现实主义相区别的。但西方浪漫主义、现实主义和西方现代主义的影响在中国共同参与了中国文学家为现代化转变所作的努力,它们共同起到了促进中国文学由旧蜕新的现代化转变。"[2]五四前夕,气息奄奄的中国文学急于寻找一条生路,当它把目光投向西方,对席卷而来的浪漫主义、现实主义和现代主义文学潮流必然会采取兼收并蓄的态度。同时,我们说新文学受到西方文学影响,也不是完全割断传统,走向西方。中国文学的现代转型主要还是表现在总体机制、结构类型的变化上,而不是说现代文学与古代文学从此就绝无联系了。事实上,作为具体的文学因子和遗传的力量,中国古代文学传统依然在现代文学的血管中流淌着。诚然,中国社会的现代化是在西方全方位的冲击下被迫发生的,但从内因来说,中国的现代化又有强大的内在欲望,

特别是中国传统文化更有强大的"同化"、"归化"力量,所以中国现代文学是"现代"的,又是民族的,是西方化的,更是中国特色的,具有鲜明的民族特性。

确认中国文学在五四时期开始了现代转型,更为重要的依据是"五四"开始的中国文学在文学观念、价值取向、创作原则、审美形式和技巧等方面呈现出鲜明的"现代性"特征。

中国现代文学的"现代性"首先表现在文学观念的变化上。

中国古代文学以儒家诗教为中心,讲"文以载道"。这个"道",就是以礼教为核心内容的道德教化和以"三纲五常"维系统治秩序的封建等级制度。五四先驱者接受了欧洲文艺复兴以来以现代人道主义观念为核心内容的

文学思潮，文学的目的主要不是道德教化和政治功利，而是人性的解放和个人的发现。

周作人"人的文学"主张的出发点就是"人的发现"，强调以人为本位，尊重人的价值和尊严，呼唤个性意识觉醒，他要求作家"用人道主义为本，对于人生诸问题加以记录研究"。他的新诗《小河》典型地抒发了个性解放要求。诗云，一条小河"稳稳向前流动"，滋润了"红的花，碧绿的叶，黄的果实"，"乌黑的土"，表达了诗人对五四初期新文学运动胜利开展的欣喜之情。可这时，农夫在小河中拦腰筑起土坝、石坝，河水在坝前乱转，形成深潭。诗人对传统势力的强大，时代潮流被阻遏表示忧虑，于是借"田里的水稻"、"岸边的桑树"，"田里的草和蛤蟆"的恐惧，抒写出对新运动的渴望和强烈的个性解放要求。"人的文学"观念不仅影响到文学研究会诸作家"为人生"的艺术观，对后起的京派作家（如废名、沈从文等）也产生了重大影响。

新文学运动最初几年，出现了许多爱情题材的作品，著名的有胡适的"游戏的喜剧"《终身大事》、田汉的独幕话剧《获虎之夜》、郁达夫的《沉沦》、鲁迅的《伤逝》、丁玲的《莎菲女士的日记》等。这些作品共同地发出反抗家庭专制、社会压迫，争取个性解放、婚姻自由的呼声，它们最强烈地体现了五四青年个性意识的觉醒，这类作品是中国文学发生现代转型的鲜明表征。

郁达夫在《中国新文学大系·散文一集·导言》中说："五四运动的最大成功，第一要算'个人'的发现，从前的人，是为君而存在，为道而存在，为父母而存在的，现在的人才晓得为自我而存在了。"郁达夫这里所说的"个人的发见"和鲁迅所说的"文学革命者的要求是人性的解放"，不约而同地传达出新文学作家对个性解放、人性改善的密切关注。鲁迅的《狂人日记》为什么是划时代的作品？首先就在于它充分体现出人性解放的现代意识。吴虞在《吃人与礼教》中写出他的读后感："到了如今，我们应该觉悟！我们不是为君主而生的！不是为圣贤而生的！也不是为纲常礼教而生的！"他读出了这篇小说的反传统精神和自我意识觉醒。另一位评论者张定璜也在《鲁迅先生》一文中说，读过苏曼殊的小说"再读《狂人日记》时，我们就譬如从薄暗的古庙的灯明底下骤然间走到夏日的炎光里来，我们由中世纪跨进了现代。"在比较阅读中，他读出了两个文学世界，眼光锐利地看出鲁迅作品的现代性特征。

在价值取向上，中国现代文学表现出反叛传统，呼唤启蒙的"现代性"

特征。

　　反传统精神突出地表现为对封建宗法制度和封建文化思想的批判。五四先驱者提出"反对旧文学，提倡新文学"，"反对旧道德，提倡新道德"的口号，鲜明地表达了与旧传统彻底决裂的反叛意志。鲁迅的态度最有代表性。他希望思想革命战士也像卢梭、尼采、托尔斯泰、易卜生那样，做"轨道破坏者"，"他们不单是破坏，而且是扫除，是大呼猛进，将碍脚的旧轨道不论整条或碎片，一扫而空"[3]鲁迅希望大家对根深蒂固的旧文明施行袭击，无论古今人鬼，《三坟》、《五典》，百宋千元，全部踏倒它。在《狂人日记》里，他借狂人形象象征地揭出"仁义道德""吃人"的事实，对"从来如此"的吃人"老谱"提出质问。鲁迅以文学语言和艺术形象表达了他对旧文化、旧道德的反叛意志，要求对一切万古不变的信条实行彻底的反抗。郭沫若的《女神》一根红线似的贯穿着叛逆、反抗精神，他的《凤凰涅槃》、《天狗》、《匪徒颂》等诗篇，响彻着反抗挑战的时代强音。朱自清指出：这种"动的和反抗的精神，在静的忍耐的文明里，不用说，更是没有过的"。[4]朱自清在与古代文学对照中强调指出郭沫若早期诗歌的现代性。《女神》对后代作家的影响也是很大的，曹禺在郭沫若逝世后的回忆文章中就说："《凤凰涅槃》仿佛把我从迷梦中唤醒一般，我强烈地感觉到，活着要进步，要更新，要奋斗，打碎四周的黑暗。"[5]曹禺的戏剧作品与鲁迅、郭沫若的反传统精神是一脉相承的。对现实生存环境的否定和批判，也是新文学反传统精神的突出表现。以鲁迅为代表的五四新文学，对帝国主义和封建主义统治下的黑暗中国社会现状极为不满，并且严厉鞭挞社会群众的奴隶根性。鲁迅的《阿Q正传》、《故事新编》，叶绍钧的《潘先生在难中》，老舍的《离婚》、《骆驼祥子》、《茶馆》，钱锺书的《围城》，曹禺的《雷雨》、《北京人》，张爱玲的《金锁记》、《倾城之恋》等作品，不但对旧中国"将人不当人"的现实生存环境提出抗议，而且对人性的弱点、生命的意义、人类的存在这样一些本体性问题进行了深入的哲理思考。

　　五四文学是一种除旧布新的文学，反叛传统与思想启蒙，是其价值取向的两个密不可分的侧面。以鲁迅为代表的一代中国作家，自觉地承担历史责任，以文学参与历史发展，对民众实行思想启蒙。或许有人因为新文学带有某种启蒙的"工具性"而怀疑它的现代性，其实这是一种偏见。鲁迅的确说过，文艺"用于革命，作为工具的一种，自然也可以的"。1935年他在评论《新潮》作家作品时也说过："他们每作一篇，都是'有所为'而发，是在用改革社会的器械，——虽然也没有设定终极的目标。"[6] 鲁迅以及创造社、文学研究会的许多作家作品，都具有鲜明的启蒙色彩和参与社会改革的激情，巴、老、曹的作品，左翼文学和赵树理、丁玲的小说，也不缺乏这种启蒙特色。但是，以鲁迅为代表的启蒙主义文学是以表现民众的社会心理作为中介，自然而然地参与社会历史进程，是以"改变人的精神"作为出发点，而不以道德教化和政治功利为目的。五四文学的"工具性"和"人性解放"的大目标并不相悖，在反对封建主义扭曲人性，"使人不成其为人"的斗争中，要求"人性解放"的文学也必然具有社会改革功能。可以说，五四文学既有推动社会进步的功能，又坚守着"人性解放"的现代性品格。有论者指出，我们在评论新文学的"工具性"时，要对历史采取理解和尊重的态度，"20世纪文学在转型的初期，由于梁启超提倡政治改良，就带有明显的工具性。中国的民族危机和社会危机实在太深了，文学在参与社会历史发展的时候，几乎是按捺不住地加速和加深了自己的政治化，并且在民族存亡的关头，发出了烽火中的呐喊。文学为此付出了代价，理应获得尊重和理解，没有必要在环境变化之后再回过头来说风凉话。"[7] 论者所倡导的对历史、对先驱者采取尊重和理解的态度，应是当代学人最起码的学术品格和历史使命意识。

中国现代文学"反叛传统，呼唤启蒙"的价值取向，是古代文学所缺失的。正如鲁迅在早期论文《摩罗诗力说》中指出的那样，"思无邪"的传统诗教，既压抑人的性灵，又束缚人的自由意志，中国自古以来就少有"争天拒俗"的斗士和"反抗挑战"的文学家。屈原是中国历史上仅有的一位敢于追问存在，憎恨世俗的伟大诗人，但即使是屈子，他那诗中"亦多芳菲凄恻之音，而反抗挑战，则终其篇未见"。所以鲁迅早年要介绍欧洲浪漫派的摩罗诗人，要以他们"反抗挑战"的"美伟"之声唤醒国人的自觉。五四时期，我们有了鲁迅、周作人、胡适、郭沫若、郁达夫、闻一多这样一批鼓吹"反抗挑战"的诗人和作家，从五四开始的中国现代文学，真实而生动地表现出中国人民的科学理性和民族意识的觉醒，传达出一个伟大民族向现代化迈进的历史要求。

中国现代文学的"现代性"特征还体现在文学创作的若干基本原则上。

中国古代文学是"载道"的文学，以"道"为本；周作人"人的文学"的要旨则是"以'人'为本"，要中国人"睁开眼睛"认识自己，"从新要发见'人'"，并且希望中国人从文学上起首，"提倡一点人道主义思想"。"人的文学"是和"非人的文学"相对立的观念，"人道主义"文学是和"写人间兽欲的人"的文学相对立的观念。周作人所说的"人生",是"世间普通男女的悲欢成败",而不是"英雄豪杰的事业,才子佳人的幸福",他所说的"平民",也是特指平民知识分子和社会上大多数"普通"人。

五四后期鲁迅的两篇文章值得我们重视。一篇是《论"睁了眼看"》,文章声讨了"瞒和骗"的文艺,"公子落难,佳人相救,才子及第,佳人完婚"之类"大团圆"的作品当属此列。本文向20世纪中国文坛发出呼吁:"世界日日在变,我们的作家取下假面,真诚地,深入地,大胆地看取人生并且写出他的血和肉来的时候早到了;早就应该有一片崭新的文场,早就应该有几个凶猛的闯将!"鲁迅在这里更为明确地提出了"以'人'为本",关注普通人的真实生活,真诚地表达作家的人生感悟和生命体验的创作原则。另一篇是《〈穷人〉小引》,为韦丛芜的译作《穷人》而作,文章赞美陀思妥耶夫斯基是一位"残酷的天才","人的灵魂的伟大的审问者",他"以完全的写实主义在人中间发见人……将人的灵魂之深,显示于人",鲁迅称这类作家是"高的意义上的写实主义者"。他在这里事实上又提出一条"审问灵魂","在人中间发见人"的现实主义创作原则。

"以人为本",是五四作家共同遵奉的创作原则。不独鲁迅小说"要画出这样沉默的国民的魂灵来",并且将阿Q、祥林嫂、闰土、吕纬甫、魏连殳、子君和涓生这些普通男女的"全灵魂"显现在我们眼前,其他作家也取得了卓越的成就。叶绍钧要求文艺家不仅要从事"外面的观察",还要"从事于一切的内在的生命的观察",要"写出最真实的情感最真切的生命体验"。[8]他的《潘先生在难中》、《夜》就是成功的艺术实践。即使是相信"文学作品是作家的自叙传"的浪漫派作家郁达夫,也从穷苦知识分子的真实生活取材,表现他们灵魂深处"性的苦闷"和"生的苦闷",到五四后期,则越来越关注下层社会物质生活和精神生活的痛苦。他为中国文坛奉献的杰作《沉沦》、《春风沉醉的晚上》、《迟桂花》等等,也从一个侧面揭示出那个时代中国青年"内心的纷争"。他的"零余者"系列,让我们领悟到作者独特的生命体验和人生感悟。郁达夫对欧洲小说的发展有一宏观看法,他认为欧洲近现代小说不外乎两种:一种是"只叙述外面的事件的起伏",另一种"注重于描写内心的纷争苦闷",把"小说的动作从稠人广众的街巷间转移到了心理上去",则意味着"近代小说的真正的开始"[9]。这是郁氏对欧洲小说从古代走向现代的路线的简约描述,他的小说创作显然是自觉地实践着这样一条现代化的路线。

发现个人,张扬自我,是五四作家突出表现的文学主题。郭沫若的《天狗》将自我形象推向极致:"我是一条天狗呀!我把月来吞了,我把日来吞了,我把一切的星球来吞了,我便是我了!"诗中运用夸张、变意、变形、变理的手法,将传说中偷取光明的魔鬼,化成了驱除黑暗的英雄。天狗有最高的速度,最大的热量,最昂扬的激情,简直就是宇宙的化身,宇宙的主宰。这个新生的"自我",热烈地追求个性解放,充满了反抗、创造精神。表现自我的社会思潮在文学创作上的反映,就是"个性化"的追求,也就是主体性和独特性的追求。周作人要求"个人以人类之一的资格,用艺术的方法表现个人的感情"(《新文学的要求》),陈独秀倡导"目无古人,赤裸裸地抒情写世"(《文学革命论》),胡适在语言形式上主张"不模仿古人,语语须有个我在"(《寄陈独秀》),鲁迅则更为重视文学创作的个性化书写。当年有人劝他不要写杂感、短评,他回答说:"我以为如果艺术之宫里有这么麻烦的禁令,倒不如不进去;还是站在沙漠上,看看飞沙走石,乐则大笑,悲则大叫,愤则大骂,即使被沙粒打的遍身粗糙,头破血流,而时时抚摩自己的凝血,觉得若有花纹,也未必不及跟着中国的文士们去陪莎士比亚吃黄油面包之有趣。"[10] 他后来又在《华盖集·题记》中重申了率性而为的写作态度:"说得自夸一点,就如悲喜时节的歌哭一般,那时无非借此来释愤抒情。"显然,鲁迅特别强调文学创作的主体性和个性化。

"个性化"写作的积极效果,是五四后的中国文坛出现了"群雄并峙,百家纷起"的流派竞争局面。文学研究会、创造社、新月派、象征派四大社团流派,以及先后出现的诸多文学团体,形成中国文学史上罕见的百家争鸣,百花争妍的文学景观。就创作方法而言,鲁迅小说为现实主义奠定了基础,郭沫若的《女神》举起了浪漫主义旗帜。同为现实主义作家,鲁迅的冷峻、热烈与叶绍钧的客观、冷静有别,周作人散文的闲适和鲁迅的犀利迥异;都是女性作家,冰心的亲切自然和庐隐的孤寂悲凉有别;都是"缜密漂亮"的小品文作家,朱自清的平和质朴与冰心的婉约典雅不同;同为文研会小说家,王统照的真实描写、乡土气氛与许地山的异域情调、宗教幻想有别;冰心、庐隐、许地山的作品,又都有一种浓烈的主观性和浪漫色彩。五四一代作家,即使是现实主义作家的作品,大都染有浓浓的浪漫主义气息,鲁迅也不例外。对于现实生活的真切描写,狂飙突进的时代气氛和"人的解放"的理想追求,使得五四文坛涌现出许多现实主义和浪漫主义相融合的作品。

五四时期,除了鲁迅小说《狂人日记》、《阿Q正传》、《长明灯》表现出旧社会、旧传统崩溃过程中人的荒诞感,除了鲁迅《野草》和郭沫若《女神》中的少量诗篇有明显的表现主义和象征主义色彩之外，少有严格意义上的现代主义作品，也无现代主义的代表作家出现。此后现代主义文学潮流在20世纪中国文坛虽曾几度消长，终未能成为中国文学发展的主流，这和20世纪中国社会仍然需要科学理性，和中国社会特殊的文化传统、历史背景，以及文学接受大众的文化心理结构都有很大关系，我们当然不能因此而否定中国现代文学的现代性。

最后，在审美形式（文学语言、文学体裁和表现手法等）上，中国现代文学也呈现出鲜明的"现代性"特征。

中国文学的现代转型，是从语言现代化起步的。梁启超在晚清提倡"我手写我口"的"诗界革命"，要求白话入诗文，这是对传统文言文的第一次冲击，但它并未提出白话取代文言的要求，其改良主义性质很明显。五四时期胡适、陈独秀先后发出以白话取代文言的呐喊，给予两千年的文言文以致命打击。1918年5月《新青年》四卷五期全部改用白话文，1920年北洋政府宣布白话为正宗"国语"，事实上宣告了中国历史上第一次伟大的语言变革取得了胜利。文学语言变革是文学现代化的牢固基础。五四时期新思潮在古老的中华大地广泛传播，新的观念、新的思维方式迅速生成，而这些新思想、新思维归根到底是由现代性的语言和话语方式承载的。因此可以说，新思潮的传播推动了文学语言和文学形式的现代化，文学语言的革新则标志着人们在意识深层接受了现代性。如果没有五四初期废除文言提倡白话的白话文运动，中国文学的现代化还不知要推迟多少年。从这意义上说，"反对文言文，提倡白话文"的语言变革无疑具有革命性的意义。

在文学语言革新的基础上，五四先驱者以开放的姿态面向世界，以变革的精神审视本民族的文学传统，否定了各种复古的和拟古的文章格式，空前大胆地创造了现代的艺术形式和手法，新文学呈现出与古代文学界线分明的崭新面貌。五四文学冲破古代文学程式化和僵化的文体格式，创造出繁华似锦的各种新文体，像多角度叙事的短篇小说，不讲格律的自由体新诗，风格迥异的散文小品，诗与散文相融和的散文诗，兼具文艺与政论特点的杂文，别开生面的文明戏和中国话剧等等。新颖独创的文学体裁，充分体现了作家的艺术创造精神，表达出作家们自由抒写的要求。新的文学形式的出现，也适应了文学接受大众厌弃旧形式，渴望赏心悦目的新形式的社会心理。30年代关于文艺大众化的讨论以及延安时期对"党八股"的声讨，也都反映了文学形式和文学语言现代化变革的历史要求。

　　五四文学体裁和表现手法的创新，是一个说不尽的话题。中国古代小说的形式和手法比较单一，五四小说家打破文体界限，大力引进各种现代小说技法，如心理分析，意识流，时空交错，环境气氛描写，象征和暗示，寓言化，艺术夸张、变形，等等，创造出摇曳多姿的各种小说形态。既有鲁迅、叶绍钧创造典型形象的性格小说，也有郁达夫、郭沫若的心理（情绪）小说和自叙传抒情小说；既有日记体、手记体、书信体小说，也有诗体、散文体、戏剧体小说，还有情节淡化、意味深长的随笔式小说和哲理小说。可以说，在五四前后短短一二十年间，西方小说几个世纪以来出现的种种形式和手法，在中国文坛都匆匆地留下了深深的脚印。

　　现代诗歌的兴起和发展，也是中国文学现代转型的一个证明。现代文学三十年间，中国诗歌界涌现出数以千百计的新诗人，他们举着各种缤纷的旗帜，不断变换着诗的情调、韵味、形式和手法。五四诗人高举自由体的旗帜，对"温柔敦厚"的传统诗教和僵化的格律诗进行了大胆的反叛。初期白话诗的自由散漫，引发了20年代中期"新月派"诗人对新格律诗的探索和象征派诗人向西方的取法，诗坛的风气大变。30年代初期，因为对上述两派均不满意，现代诗派开始裁制适合自己的衣裳，而蒋光慈、殷夫等革命诗人依然用自由诗欢呼革命，抗击黑暗，但不免流于粗糙。30年代中期，以艾青为代表的新诗人承传、吸取了五四以来新诗健康的内容，并对诗美、诗艺进行了成功的探索，现实主义诗歌成为中国诗歌的主潮。抗日战争和解放战争时期，国统区崛起了七月诗派、九叶诗派和讽刺诗人。九叶诗人继承了五四以来中国新诗关注现实的优良传统，又注意化用西方诗艺，在新的起点上对现代诗歌进行了思想上和艺术上的整合（综合）。而在陕北的黄土高坡，解放区的诗人唱起了"信天游"，表面看来是向传统"国风"（民歌）的复归，实际上是诗人们在不同的背景、各自的道路上艰苦跋涉，不懈地寻找最适合表现自己的个性，抒写现代人的生活和情感的诗形和诗艺。

　　上文说过，中国现代文学的"现代性"是一个历史概念，它的总体特征是在和中国古代文学的比较中确立的。"现代性"又是一个发展的概念，其内涵丰富复杂，千姿百态，并且仍在继续生长、繁衍，我们可从文学发展迄今的历史中总结出某些特点，但这一切不能看成中国文学"现代性"固定不变的内涵。可以预期，21世纪中国文学的"现代性"还会有长足的发展，21世纪的中国文学固然仍须继承五四，更应走出五四，建设我们独具魅力的、具有大国风范的文学。

注　释

［1］杨春时、宋剑华：《论20世纪中国文学的近代性》，《学术月刊》1996年第12期。

［2］王富仁：《中国现代主义文学论》，《天津社会科学》1996年第4期。

［3］鲁迅：《再论雷峰塔的倒掉》，《鲁迅全集》第1卷，人民文学出版社1981年版，第192页。

［4］朱自清：《中国新文学大系·诗集·导言》，上海良友图书印刷公司1936版，第5页。

［5］曹禺：《郭老活在我们心里》，《光明日报》1978年6月20日。

［6］鲁迅：《中国新文学大系·小说二集·序》，《鲁迅全集》第6卷，人民文学出版社1981年版，第239页。

［7］杨义：《中国文学百年回首》，《海南师院学报》（社会科学版）1995年第1期。

［8］叶圣陶：《文艺谈》，《叶圣陶论创作》，上海文艺出版社1980年版，第3—4页。

［9］郁达夫：《现代小说所经过的路线》，《郁达夫文集》第14卷，浙江文艺出版社1992年版。

［10］鲁迅：《华盖集·题记》，《鲁迅全集》第3卷，人民文学出版社1981年版，第4页。

于2005年7月

原典品读

落魂名士的哀情之歌
——评徐枕亚的小说《玉梨魂》

　　徐枕亚的长篇言情小说《玉梨魂》1912年由民权出版部印成单行本后，在辛亥革命后的文坛曾风行一时，十年内销至32版数十万册，创近代小说畅销新纪录，香港、新加坡等地亦有翻版。五四文学革命运动兴起后，则受到新文学家的口诛笔伐，沈雁冰批评此类作品"只写了些佯啼假笑的不自然的恶札"[1]，刘半农指斥"《玉梨魂》犯了空泛、肉麻、无病呻吟的毛病"[2]，此后几十年间评论界对这部小说普遍采取严厉批判态度。近年来有的研究者在专著或论文中提及这部小说，但语焉未详。只有将原书翻检出来，加以认真地阅读分析，才能一识庐山真面目。

　　《玉梨魂》叙述一对痴男怨女的爱情故事。姑苏才子何梦霞于家道中落后到无锡蓉湖某校执教，寓居远亲崔家，邂逅了年轻寡妇白梨影，二人在诗词酬答、鸿雁往还中堕入情网。小说前半部多写艳情，后半部风浪迭起，二人私情被人发现后，陷于进退两难境地。白梨影欲以移花接木之计撮合梦霞和小姑筠倩定亲，梦霞勉强应承，后侦知筠倩追求自主婚姻，不肯李代桃僵，便写信指责梨影。梨影自叹"薄命孤花"，又悔"因情造孽"，遂焚稿自裁身亡。梦霞在筠倩相继病殁后，飞度扶桑，投笔从戎，于武昌起义中饮弹阵亡。

　　没有人会怀疑，这是一部才子佳人小说，但与旧式才子佳人小说略有不同。旧式才子佳人小说大抵是写一个才子壁上题诗，一个佳人便来和，由倾慕而至于私订终身，历尽千辛万苦之后，"才子及第，奉旨成婚"，终成佳偶。《玉梨魂》不写"大团圆"结局，而写"有情人不能成为眷属"的"终天之恨"，以大悲剧结局。如鲁迅所说，这是一种"新的才子+佳人小说"，"但佳人已是良家女子了，和才子相悦相恋，分拆不开，柳荫花下，象一对蝴蝶，一双鸳鸯一样，但有时因为严亲，或者因为薄命，也竟至于偶见悲剧的结局，不再都成神仙了——这实在不能不说是一个大进步"[3]。

　　随着旧民主革命运动的高涨，辛亥前夜的社会思想呈现出多元化的特点。资产阶级民主主义思想的传播，鼓舞了青年男女争取婚姻自由的勇气，封建伦理道德受到前所未有的冲击，但是旧文化旧道德依然顽固地盘踞着思想文化阵地，严重地毒化着人的灵魂。在这个背景上产生的新的才子佳人小说，无论在人物描写还是爱情表现上，都显现出新的特色。

这类小说的主人公大抵是受到封建文化思想熏陶，又接受了西方文化影响的知识者，他们不同程度地都有婚姻自主的要求。《玉梨魂》中的何梦霞一向鄙视功名，不习举子业，爱好诗古文辞、传奇野史，尤醉心于《石头记》，戊戌变法那年进新学堂，以优等生毕业。白梨影则是大家闺秀，虽未进新学堂，却娴熟诗文，才情兼具。他们"视爱情为第二生命"，一旦堕入情网就无以自拔，于旧礼法就不能不有所背离。他们山盟海誓："不得生为鸾凤，终当死作鸳鸯"，从而传出当时青年男女要求婚姻自由的呼声。

值得注意的是崔筠倩这个人物。她肄业于新学堂，受到新思想的影响，她大胆地抨击包办婚姻："待父母之命，凭媒妁之言，两方面均不能自主……配合偶乖，终身贻误。"她要求改良社会，革除家庭专制，提倡婚姻自由，勇敢地抗议父亲和嫂嫂撮合她与梦霞的婚姻。后来尽管屈从于包办婚姻，歌声中透出无限的哀怨："好花怎肯媚人开，明月何须对我圆。一身之事无主权，愿将幸福长弃捐！"她唱出六支哀歌，抒发出向往个性自由又悲观绝望的心情。她信仰"不自由，毋宁死"的新思想，终因抗拒包办婚姻而捐弃了自己的生命。筠倩形象折射出反抗家庭专制，要求婚姻自由的思想光润，可惜的是，她那个性自由的微弱呼声终被作者喋喋不休的道德说教淹没了。

在爱情描写上，作者有他心以为然的原则，声称："稗官野史，汗牛充栋，才子佳人，千篇一律，况梦霞以旅人而作寻芳之思，梨娘以孀妇而动怀春之意，若果等于旷夫怨女赠兰采芍之为，不几成笑柄？记者虽不文，决不敢写此秽亵之情，以污我宝贵之笔墨，而开罪于阅者诸君也。"他亟想脱离旧套，要以《石头记》中宝黛爱情作为审美观照和爱情表现的圭臬。他把男女主人公写成多愁多病之身，都具有缠绵悱恻、恨阔情长的品性，一个自叹穷途命蹇，一个自怜红颜命薄，"同是天涯沦落人"，遂由彼此同情而产生"两心相印"的爱情。作者一再强调"两人之相感，出于至情，而非根于肉欲"，大力赞美那种"发乎情止乎礼义，感以心不以形迹"的爱情。二人尽管见花落泪，对月伤情，爱得死去活来，心中却高筑起一道礼教堤防，小心翼翼地想把爱的波涛拦截住，不让它流向平川旷野。他们既不肯放弃自由幸福，又不敢亵渎礼教尊严，陷入十分惶悚、万难忍受的境地。所谓"誓须携手入黄泉，到死相从愿已坚"，此生既不能鸳鸯相随，只剩下殉情这条自我解脱的路了。

何、白二人的私情被侦破后，软弱自私的梨影经受不住舆论压力，亲手导演了一出包办婚姻的悲剧。她劝筠倩："姑念垂老之父，更一念已死之兄，当不惜牺牲一己之自由，而顾全此将危之大局矣！"她自己深受旧式婚姻之累，复以鄙俗之见诱小姑屈从，不惜以扼杀他人自由为代价，企图救出自己，保全名节，其用心可谓良苦矣。筠倩"不忍不从嫂言"，一步步向地狱走去。作者也意识到，"筠倩之遭际，赋较梨娘而尤酷"。在家庭专制黑狱中，白梨影以贤良的儿媳，慈爱的长嫂身份，披着温情脉脉的面纱，尽了封建卫道者的职能，连梦霞也忍不住责备她："岂欲脱自身之关系，而陷二人于不堪之境耶？"作者一味颂扬白梨影是"普天下第一薄命红颜之标本"，事实上她不只是深陷地狱的受害者，还是旧式婚姻悲剧的制造者，她参与了杀害小姑筠倩，这是作者始料不及的。

在作者笔下，两位主人公并非是沉湎于儿女私情的平庸之辈，而是蜷怀时局、壮怀激烈的爱国人士。何梦霞迷恋白梨影之日，正是资产阶级革命派海内外奔走呼号，聚集革命力量，准备武装起义之时。他常与友人石痴纵谈天下大势，劝友人"发奋自励"，"救此黄种"，"做一番轰轰烈烈的事业"，还口出大言："我有倚天孤剑在，赠君跨海斩长鲸。"石痴东渡后，他有失落之感，赠梨影诗中，一会儿自夸："斯人不出何轻重，自有忧时命世才"，一会儿悲叹："名士过江多若鲫，谁怜穷海有枯鳞？"此人徒作空言而实为懦夫，耽于情爱而颓丧志气，充其量不过是革命大潮中一个落伍名士，作者却将他美化成为国效死的"真英雄"。何梦霞是在"二花"殒后，走投无路的情况下，怀揣其妻筠倩的日记投笔从戎，慷慨赴死的，与其说是"殉国"，不如说是"殉情"。白梨影也非寻常女子，初遇梦霞即力劝东行，以图进取，还愿资助游学经费。在作者看来，唯有这样心地光明、识见高远的佳人才能和梦霞这样的才子相般配。作者早年是南社社员，在无锡西仓镇姓蔡的人家教书时，与蔡家一个寡妇有过私情[4]，何梦霞其人显然融合了作者一部分生活和思想经历，所以作者对他多有偏爱。所谓"死于战仍死于情也"，所谓"无儿女情，必非真英雄，有英雄气，斯为好儿女"，正是一种饱含着作者个人情感体验的逆德说教和不能自圆其说的辩解。

《玉梨魂》留下新旧时代交替的印记，它的思想相当庞杂。大体说来，政治上它鼓吹救国强种，反对清王朝，这在当时是顺应时代潮流的。但与早些时候出现的一批参与社会改革进程的社会谴责小说相比较，它对现实生活的描写相当淡薄。作者以游戏人生和游戏艺术的态度从事写作，他说：写"有情人终成眷属"的"终天之恨"，只是为了博多愁善感的读者"同声一哭"，小说"以一哭开局，又以一哭收场"。充斥全书的无病呻吟，大大削弱了它的社会意义。鸳鸯蝴蝶派的另一位作者朱鸳雏抱怨说："《玉梨魂》使人看了哭哭啼啼，我们应当叫它'眼泪鼻涕小说'。"[5]在伦理思想上，小说既提倡婚姻自由、革除家庭专制，又宣扬"发乎情止乎礼义"，作者对传统礼教虽有改良、修补的愿望，却没有彻底反封建的勇气，全书充斥着浓厚的说教气息。当然，小说所描写的青年男女在旧礼教桎梏下的婉转哀啼，对于我们认识旧礼教压迫的苛严和旧社会婚姻不自由的惨酷现实，还是有意义的。

在形式上，《玉梨魂》继承章回体小说的叙述和描写法，按时间顺序讲述有头有尾的故事，书中提到的每个人物最后都有交代。但旧章回体小说回目中的对子，人物初出场时"怎见得，有诗为证"的程式，以及每回末尾"欲知后事如何，且听下回分解"等等套话，统统废去。全书三十章，每章以"葬花"、"诗媒"、"赠兰"、"题影"等等为题，是一种"不分章回的旧式小说"（茅盾语）。有时也采用外国小说的人物描写法，或记自然之景以映衬人物心情，或以梦境昭示主人公命运，警诫情天恨海中"误用其情"的痴男怨女等等。文章体式是骈四俪六的骈体文，讲究对偶、藻饰和用典，大量使用颜色、金玉、花草之类的词汇，叠床架屋，堆砌如"七宝楼台"。这种起源于汉末，盛行于南北朝的浮艳文风，在韩愈、柳宗元提倡古文运动的时代，就受到严厉抨击而渐趋衰落。清代中期一度出现"骈文中兴"局面，到资产阶级改良派提倡"文界革命"、"小说界革命"之际，再度受到打击。《玉梨魂》采用骈体文，再加上"有词皆艳，无字不香"的感伤诗词，其格调和趣味大类于改良主义勃兴以前的狎邪小说，这当然是一种历史倒退现象，范烟桥在《民国旧派小说史略》中很不客气地批评作者是"借此'炫才'"。

《玉梨魂》在民国初年出现后，销路通畅，声名鹊起，于是便有几个志同道合的作者竞相写起"卅六鸳鸯同命鸟，一对蝴蝶可怜虫"之类长篇来，一刹时文坛上掀起"新的才子+佳人小说"的狂潮。令人难解的是，既然《玉梨魂》在思想和艺术上并无很大价值，为什么能在民初的文坛上风云一时呢？《小说丛报》（1914年5月创办）主要人物刘铁冷在一则笔记中透露："近人号余等为鸳鸯蝴蝶派，只因爱作对句故，须知尔时能为诗赋者伙。能为诗赋，即能作四六文，四六文之不适世用，不自民国始，不待他人之攻击。然在袁氏淫威之下，欲哭不得，欲笑不能，于万分烦闷中，借此以泄其愤，以遣其愁，当亦为世人所许，不敢侈言倡导也。"[6] 这段文字虽有自辩之嫌，却较为切实地阐明了以《玉梨魂》为代表的哀情小说兴起的社会背景和创作上的某些原因。辛亥革命失败后，一些热衷于追求资产阶级民主共和国理想的知识者，看到社会腐败黑暗，局势动荡不宁，逐渐对政治失去信心。他们不满现状又失去奋斗精神，于是一窝蜂地涌上文坛，争写言情小说以赚钱。这些作者多为名士派出身，虽受新学濡染，封建文化思想影响更深，其中很多人只能用诗古文辞和四六骈文写作；而这些婉转曲折、伤时怨世的哀情故事，又颇能投合当时一般读者特别是小市民读者的趣味和心理，因此能风靡全国，"为世人所许"。

五四文学革命新军以"提倡新文学，反对旧文学，提倡新道德，反对旧道德"为两大旗帜，对于这部袭用骈体文、保守旧礼教的《玉梨魂》理所当然地要大加讨伐。文学研究会提倡"为人生"的艺术，对鸳鸯蝴蝶派发起全面攻击，也是很有必要的。不批判游戏的消遣的文学观，文学就不能参与新民主主义的社会变革；不打倒改良的封建礼教，就不能彻底清除封建主义的地基；不扫荡无病呻吟、雕琢淫靡的文风，就无法打开文学现代化的通道。不过，新文学阵营在强调文学社会功能时，忽视了通俗文学本身所独具的消闲、娱乐功能，对《玉梨魂》为代表的鸳蝶派文学采取了全盘否定的偏激态度。当时有人不肯承认文学的消闲作用，曾发出这样的疑问："我们很奇怪：许许多多的青年的活活泼泼的男女学生，不知道为什么也非常喜欢去买这种'消闲'的杂志，难道他们也想'消闲'么？"[7] 其实人们奔波劳碌之余要求娱乐休闲，不足为怪；不独"行将就木的遗老遗少"要消闲，社会各界人士包括学生、工人、店员，也需要放松和休息。丁玲在《鲁迅先生与我》中回忆她走向文学道路之前，读过许多"有故事有情节有悲欢离合"的闲书，她说"那时读小说是消遣"，不光读《红楼梦》、《西游记》、《花月痕》，"还有读不太懂的骈文体鸳鸯蝴蝶派的《玉梨魂》，都比《阿Q正传》更能迷住我"。可见，即使像《玉梨魂》这样的"闲书"也自有它的价值，不应采取一棒打煞、放火烧荒的粗暴态度。

1919年2月，周作人在《中国小说里的男女问题》中写道："近时流行的《玉梨魂》，虽文章很是肉麻，为鸳鸯蝴蝶派的祖师，所记之事，却可算是一个问题。"《玉梨魂》在文学史上的意义，不在于它有多么高超的思想艺术价值，而在内容和形式、趣味和情调上开了新才子佳人小说的风气之先；它在叙述主人公的悲剧故事时，让我们看到并确切地感受到旧中国没有光明没有温暖的黑暗现实，留下一部分在专制黑狱中辗转哀鸣的青年男女的愁惨面影，唱出一曲落魄名士的哀情之歌。

注　释：

［1］沈雁冰：《自然主义与中国现代小说》，《小说月报》13卷7号，1922年7月。

［2］［5］平襟亚：《"鸳鸯蝴蝶派"命名的故事》，魏绍昌编《鸳鸯蝴蝶派研究资料》，上海文艺出版社1962年版。

［3］鲁迅：《二心集·上海文艺之一瞥》，《鲁迅全集》第4卷，人民文学出版社1981年版，第294页。

［4］范烟桥：《民国旧派小说史略》，魏绍昌编《鸳鸯蝴蝶派研究资料》，上海文艺出版社1962年版。

［6］邓逸梅：《民国旧派文艺期刊丛话》，魏绍昌编《鸳鸯蝴蝶派研究资料》，上海文艺出版社1962年版。

［7］西谛：《消闲》，魏绍昌编《鸳鸯蝴蝶派研究资料》，上海文艺出版社1962年版。

于1993年6月

略论阿Q精神胜利法的成因

阿Q性格中最突出的特点是自欺欺人的精神胜利法。为什么一个农民的头脑里会有那么多消极可耻的思想呢？几十年来，众说纷纭。比如有人把精神胜利法简单地归结为统治阶级的固有思想，认为阿Q受到统治阶级思想的影响；还有人撇开物质生活的关系，试图从人类精神病态的一般生理、心理机制寻找根源，结论往往不够全面，不能令人信服。只有当我们对阿Q所处的社会历史环境、思想文化背景及其自身状况进行综合考察，才有可能说清楚这个问题。

在未庄，阿Q处于被压迫的奴隶地位。他不能正视现实，依靠幻想而生存，物质上一贫如洗，独有精神上常奏凯旋。精神胜利法是他掩盖失败、维护自尊的一种战法。受到强者欺辱，就在弱者身上泄愤报复，阿Q式的自尊根本上是一种奴性自尊，是奴性在一个农民头脑里的曲折反映。这种奴性自尊的形成，有极其深刻的社会历史根源。

中国几千年的封建专制制度，是培育奴性的温床。封建社会里，"天有十日，人有十等。下所以事上，上所以共神也。"[1] 森严的等级制铸成了国民的奴隶性，人们不敢逆天犯上，或以妄自尊大掩盖失败，或以自轻自贱安于失败，或将失败的苦痛转嫁给更卑更弱的妇女儿童。自汉、唐以来，汉族屡受游牧民族的侵害与骚扰，也造成国民精神的巨大创伤。鲁迅特别指出元代、清代异族统治"策略的博大和恶辣"，倘若将其中关于驾御汉人，批评文化的文献辑成一书，就能明白"我们怎样受异族主子的驯扰，以及遗留至今的奴性的由来。"[2] 在异族征服者的淫威下，"古人曾以女人作苟安的城堡，美其名以自欺曰'和亲'，今人还以子女玉帛作为奴的挚敬，又美其名曰'同化'"[3]，这是奴性自尊古已有之的一个典型证据。

鸦片战争后，中国在帝国主义炮舰政策下屡遭挫折和失败，清朝统治者用各种"瞒和骗"的办法掩盖失败，以维护自尊，苟延残喘。明明臣伏于外国侵略者，却蔑视别国为"蕞尔小蛮夷"；战争中明明吃了败仗，却吹嘘什么

"焚击痛剿，大挫其锋"；明明是割地赔款，批准投降，却美其名曰"代还商欠"，"妥为招抚"。鲁迅讲过一个故事："相传前清时候，洋人到总理衙门去要求利益，一通威吓，吓得大官们满口答应，但临走时，却被从边门送出去。不给他走正门，就是他没有面子；他既然没有了面子，自然就是中国有了面子，也就是占了上风了。"[4] 这种奴性的自尊像毒菌一样在社会上恶性蔓延，严重地戕害了近代中国人的心灵。封建卫道者大肆鼓吹"国粹"，夸耀"中国道德天下第一"，"精神文明冠于全球"（梁启超语）甚至有人写诗曰："乐他们不过，同他们比苦，美他们不过，同他们比丑。"鲁迅曾在《热风·随感录三十八》里，扫荡那种以丑恶骄人的"合群的自大"、"爱国的自大"，活画出近代中国社会种种阿Q相。

阿Q生活在清末民初那个"圣道支配了全国"的时代，他的许多落后保守思想和中国传统思想都有相当密切的渊源关系。儒家的纲常名教、尊卑贵贱的、伦理道德观念，对阿Q思想的影响十分明显。在阿Q心目中，未庄的第一等人物是赵太爷、钱太爷，其次是赵秀才、假洋鬼子，"又癞又胡"的王胡和"不足齿数"的小D、小尼姑都在他之下。他习惯于按照等级秩序行事，所以被赵太爷父子打了后不敢还手，被捉上大堂见到"有些来历"的人物便膝关节自然宽松地跪下，而且无所顾忌地与小D打了一场"龙虎斗"，欺侮比他更卑更弱的小尼姑。阿Q对于"男女之大防"历来非常严，视女人为"害人的东西"，又"很有排斥异端的正气"，用鲁迅的话说，他的思想样样是"合于圣经贤传"的。阿Q最初"深恶而痛绝"革命党的观念，不消说是封建统治者的正统思想，便是后来在土谷祠的革命幻想，也羼杂了浓厚的儒家思想。鲁迅说过：中国的"一切大小丈夫"的"最高理想"，"便只是纯粹兽性方面的欲望的满足——威福，子女，玉帛——罢了"。[5] 除了对于革命的欢呼、神往，阿Q的一切幻想未能超越圣人和圣人之徒的"最高理想"。

封建传统思想是儒、释、道教的混合物，是统治阶级实行愚民政策的工具。阿Q精神胜利法既有儒教内容，又有释老思想（特别是老庄思想）的影响。老子提倡"知足常乐"，庄子追求淡泊无为、物我两忘（"坐忘"）的最高境界，引导人们逃避现实世界的矛盾和纷争，甚至忘却肉体的存在，一味追求精神的安乐自由。这种自欺自慰的精神麻醉术毒化了世世代代劳动者的灵魂。阿Q不敢正视压迫，常采用"求诸内"的方法自我麻醉。现实中他饱受苦难，精神上却知足常乐：爱口角，爱赌钱，爱看热闹，津津乐道于"杀革命党"，欺侮小尼姑后飘飘然"似乎要飞去了"，有一回赢钱却遭了打，洋钱也不见了，他自打两个嘴巴，"忘却"失败的苦痛，心满意足地得胜地躺下……。阿Q在大辟之前虽然着急，却也泰然，似乎觉得"人生天地之间大约本来有时也未免要杀头的"，这种自解自嘲的麻木状态和庄子所谓"知其不可奈何而安之若命"的消极宿命观，本质上是相同的。至于游街示众时于百忙中无师自通地喊出半句："过了二十年又是一个……"分明是佛教生死轮回思想的反映。鲁迅说过："我们虽然挂孔子门徒招牌，却是庄生的私淑弟子。"鲁迅对阿Q精神胜利法的描写，相当深刻地揭出儒、释、道三教合流对劳动者的复杂影响。

研究者普遍依据《伪自由书·保留》中的一段话，认为鲁迅创作《阿Q正传》的意图是"想暴露国民的弱点"，这意见固然不错，但不全面。鲁迅在《俄文译本〈阿Q正传〉序及著者自叙传略》中还说过："造化生人，已经非常巧妙，使一个人不会感到别人的肉体上的痛苦了，我们的圣人和圣人之徒却又补了造化之缺，并且使人们不再会感到别人的精神上的痛苦。"可见鲁迅描写阿Q精神胜利法，归根到底还是要声讨和挞伐"圣人和圣人之徒"的精神麻醉术。

如上所述，长期的封建压迫和精神奴役，是一部分劳动者产生精神胜利法的社会原因，阿Q精神胜利法之所以在阿Q式的农民头脑里发生，还有其自身的原因，这就有必要具体地分析一下阿Q的阶级地位和他个人的实际生活状况。

阿Q是辛亥革命前被剥夺了土地，辗转于城乡之间给人打短工的流浪雇农，在"古训所筑成的高墙"包围着的未庄，过着悲惨的奴隶生活。从阿Q身上我们可以看到被压迫农民的某些本质，质朴，勤劳，"舂米便舂米，割麦便割麦，撑船便撑船"，对大受未庄居民尊敬的两位太爷却"独不表格外的崇奉"。辛亥革命的消息传到未庄，从实际生活的体验出发，他神往革命，欢呼造反，要"投"革命党。由于长期束缚于落后的生产方式，受封建土地所有制的支配，阿Q和其他农民小生产者一样，经济地位极不稳定，容易接受封建统治者的思想侵蚀，也容易产生因循守旧、盲目服从、散漫自私等落后思想。

在未庄所有的居民中，阿Q又是最可悲的一个。谁也不知道他的姓名籍贯，未庄人只要他帮忙，只拿他玩笑"，从来没有人留心他的行状。他白天干活，晚上还要给赵太爷点灯舂米，赵太爷可以买小妾，他向女仆吴妈求爱也不许，酿成恋爱的悲剧后，发生"生计问题"，进城当偷儿，又哪能挣脱饥寒交迫的困境？在地主豪绅粗暴野蛮，摧残人性的压迫下，阿Q生活毫无保障，现状不堪忍受，未来更加可怕。出路在哪里呢？他虽然神往"白盔白甲"的革命党，但终竟未能参加"造反"的队伍。他也不能学文人雅士做高蹈的隐士，因为他没有钱，做了隐士免不了还是"肚子饿"。他唯一的出路只是依靠幻想苟活下去。恩格斯在《布鲁诺·鲍威尔和早期基督教》中谈到一部分人皈依宗教的原因时指出："在各阶级中必然有一些人，他们既然对物质上的解放感到绝望，就去追寻精神上的解放来代替，就会追寻思想上的安慰，以摆脱完全的绝望处境。……几乎用不着说明，在追求这种思想上的安慰，设法从外在世界遁入内在世界的人中，大多数必然是奴隶。"

在现实生活中，阿Q式的走投无路的农民，物质上的追求完全绝望，只有遁入内心，从幻想中求得满足，或者是宗教的幻想，或者是精神胜利的幻想。永远自以为是，自以为高人一等，无明确的是非观，有"游手之徒的狡猾"的阿Q，虽传染了释老的迷信思想，却不可能成为虔诚的宗教徒，最末一条逃路就是用精神胜利法抚慰他那受伤的灵魂。

阿Q精神胜利法虽然是一个农民的精神弱点，但它具有十分沉重的历史感和巨大的思想容量，它折射出旧社会的痼疾，国民性的病根，甚至映现出人类精神上的某些负面。鲁迅揭发这种精神弱点，不止于暴露，而是"意在复兴，在改善"[6]，意在扫荡各种封建主义的古老鬼魂，清除中华民族复兴的思想阻力。可以说，阿Q形象十分完美地实现了作者的创作意图。

注　释：

[1]《左传·昭公七年》。

[2] 鲁迅：《且介亭杂文·买〈小学大全记〉》，《鲁迅全集》第6卷，人民文学出版社1981年版，第58页。

[3] 鲁迅：《坟·灯下漫笔》，《鲁迅全集》第1卷，人民文学出版社1981年版，第216页。

[4] 鲁迅：《且介亭杂文·说"面子"》，《鲁迅全集》第6卷，人民文学出版社1981年版，第126页。

[5] 鲁迅：《热风·随感录五十九圣武》，《鲁迅全集》第1卷，人民文学出版社1981年版，第355页。

[6] 鲁迅：《360304致尤炳圻》，《鲁迅全集》第13卷，人民文学出版社1981年版，第683页。

于1991年8月

寻找地球上另外的光明

——《山峡中》的诗意美

对于苦难生活的描写是文艺创作一个独特的审美视角。一般来说，表现下层社会苦难生活的作品能够唤起人们的悲悯与崇高感情。优秀作家往往不满足于单纯地描写苦人的灾难，而以诗意笔触追问苦难的根源，启迪人们去探寻人生真谛。艾芜的短篇《山峡中》就是这样的作品。

艾芜青年时代受到"劳工神圣"口号的鼓舞，反抗家庭包办婚姻，孑然一身踏上穿越滇缅边境去南洋半工半读的漂泊之途。五年间，他含辛茹苦地在社会底层过着自食其力的生活，"坦然地接受着一个劳动者在旧社会里所能遭遇到的一切苦难"。最初的短篇小说集《南行记》中，有不少篇章是描写"化外"边陲风光世态的，带有浓郁的浪漫传奇色彩和诗意美，《山峡中》（1933年作）是具有代表性的佳篇。

小说以一个漂泊文士的眼光，讲述了一个浪漫传奇故事：滇缅边境雄奇壮美的群山中漂泊着一群"被世界抛却的人们"，他们白天在山中集贸市场干些偷盗的营生，夜晚栖息在江边桥头破败的神祠里。一个名叫小黑牛的青年行窃时被打成重伤，在难忍的疼痛中悔恨地呼喊："害了我了……我不干了"，他的同伙不能容忍"懦弱的人"活着，便趁着夜黑风高将他扔进湍急的江流里。小说亟富于传奇色彩，却不以惊险曲折的情节取悦读者，而是融抒情于叙事，在苍凉平静的叙述中，流动着一腔真挚、热烈的感情。

不过，小说的叙述重点并非是"末路英雄"打家劫舍的绿林生涯，而是借小黑牛的悲惨故事展示他们的精神创痛，它以令人颤栗的真实，剖析这伙人不义、残酷的行为和内心世界的黑暗荒凉。作者的本意似乎不在描写流浪汉的悲惨生活，揭发其精神缺陷；小黑牛被处死后，作者悲愤地写道："小黑牛已经在这世界上凭借着一只残酷的巨手，完结了他的悲惨的命运了"，作者确认小黑牛死于"一只残酷的巨手"，分明提出了对于旧社会的强烈抗议。

原来，这伙流浪汉都是失去土地的农民，天底下像"苍蝇一样多"的残酷的人，逼得他们离乡背井，铤而走险。小黑牛从前是一个善良安分的农民，有温暖的茅屋、白胖的女人，还有山地和小牛，他时常痴情地怀想那些被财主霸占去的一切："那多好呀！……那样的山地！……还有那小牛！"他躲过了财主张太爷的拳头，却逃脱不了江流的吞食。他们的头领魏大爷其实也不是生性残忍的人，一次次拳头棍棒的教训和耳根上留下的刀疤，才让他不相信"书上的废话"，固执地奉行"不怕和扯谎"的人生哲学。他说："天底下的人，谁可怜过我们？……一个个都对我们捏着拳头哪！要是心肠软一点，还活得到今天么？……懦弱的人是不配活的。"是天底下的不平、不公把人心磨成铁一样硬，冰一样冷，是旧社会那只"残酷的巨手"扭曲了他们的灵魂。他们谁都不想过这种悲惨的生活，谁都不情愿把伤残的弟兄扔进江心，他们心灵深处的善良本性也没有泯灭，那个叫夜白飞的就曾颤抖地哀求魏大爷"可怜可怜"小黑牛，不要对他采取"太残酷"的制裁手段；处死小黑牛回到神祠后，"大家都是默无一语地悄然睡下，显见得这件事的结局是不得已的，谁也不高兴做的"。作者就是这样将真挚的情感，热烈的是非，灌注在具体生动的情节叙述中，以其对生活充满诗意的描绘，唱出一曲"被世界抛却"的流浪农民的悲歌，正是这股流淌在作品中的情感暖流，强有力地扣动了读者的心弦。

　　《山峡中》所描绘的奇特男女，个个都有一部充满灾难和痛苦的历史。作者满蕴着对于下层劳动者的爱与同情，不去过分渲染他们的屈辱、眼泪和叹息，而是透视到人物灵魂深处，表现出劳动者在社会重轭下顽强的求生意志和质朴善良的心灵光辉。小说最能扣动人心的艺术形象，莫过于那个外号叫做野猫子的女贼了。漫长的流浪生涯，养成她强悍猛鸷的性格，她恨那些有钱人和官兵，杀过人，她和大伙儿在一起粗俗地调笑，撕吃大块的肥肉。集市上化妆行窃时，她用贼喊捉贼的狡猾伎俩分散卖布人的注意，让小黑牛被捉住遭到一顿毒打，而她的同伙却在纷乱中得手，偷到一匹布。为了怕小黑牛洗手不干泄露团伙的秘密，把小黑牛扔进江流也毫不动心。这是一个野性不驯的姑娘，天不怕地不怕，但她心地善良，一片天真。对小木头人"阿狗"的亲昵，向父亲魏大爷撒娇，透出她做妻子做母亲的潜在愿望和对自由幸福生活的热情向往。她爱唱一支甜美的歌："江水呀慢慢流，流到东边大海头。那儿呀，没有忧，那儿呀，没有愁！"优美惆怅的歌声传达出这位漂泊少女对光明与温暖的憧憬和追求。野猫子跟她父亲魏大爷一样讨厌"懦弱的人"，可她又有父亲那样的侠骨柔肠。她曾恶狠狠地警告漂泊文士"我"：不要企图脱离团伙向官兵告密。一旦事实证明"我"不是背信弃义的人，便爽快放行，还给"我"留下三块银元做盘缠。在作者笔下，野猫子是一个诗化的形象，她身上既有强悍残酷的野性遗留，又体现出顽强不屈的求生意志和追求光明温暖的人性光辉，野性与人性交织，结果还是人性高奏凯旋。这个形象强烈地体现出作者的审美理想。在暗淡的世界，非人的生活中，她好像从天而降的一线光明，只要这位油黑脸蛋的年轻姑娘一出场，"黑暗、沉闷和忧郁都悄悄地躲去"了。如此天真美丽的少女，本来应当拥有温馨的生活和幸福的将来，可是在那个残酷的社会里，她只能沦为女贼，"在刀上过日子"。野猫子形象令人折服地显现出美好性格被扭曲、被毁灭的悲剧，从而激起我们深深的悲悯与同情。

　　小说叙述人"我"是一个劳形励志、饱受苦难的知识青年，在被迫参与行窃活动的那些日子里，他深切体会到流浪农民悲惨无告的生活，倾听到地层深处发出的反抗旧社会的愤怒吼声。他谴责流浪汉们乖张暴戾的行为，细心体察并大力张扬他们真率善良的心灵光辉，他是那些"被世界抛却"的人们命运悲剧的见证人，也是坚韧地寻找真理和光明的探求者。小黑牛的悲剧发生后，"我"不禁由这件事想开去："难道穷苦的人生活本身，便原是悲痛和残酷的吗？也许地球上还有另外的光明留给我们的吧？"这位漂泊文士的形象显然融合并升华了作者的生活经历和人生体验，传达出作者对旧社会的强烈诅咒，和对美好生活发自内心的追求。看来，作者叙事写人的主旨不止于暴露现实社会的黑暗，还要唤醒人们对底层社会的关切和热爱，鼓舞人们"顽强地生活下去"的信心和勇气。《山峡中》通篇洋溢着一股追求光明与温暖的激情，这是小说诗意美的突出表征，也是它具有永不枯竭的艺术生命力的源泉。

　　艾芜是一位热爱生活、独具个性的作家，他对滇缅边境大自然的奇丽壮美有很强的感受力，他把自己的爱与恨、欢乐与痛苦融入"小说风景画"的描绘中去。小说一开头就展开一幅苍茫萧森、人迹罕至的山峡风光图：巨蟒似的铁索桥在夜色中现出顽强古怪的样子，凶恶的江水在幽谷中奔腾咆哮，两岸蛮野的山峰恐怖地躲入疏星寥落的空际，桥头孤零零地躺着被人遗忘的破败而荒凉的神祠……这幅风景画里没有写人，却烘托出一种阴冷可怖、黑暗无涯的社会氛围，为小说中各色人物的活动提供了辽阔的背景和广大的舞台。小黑牛悲剧发生前后，作者又多次描绘咆哮的山风和怒吼的江涛，这些自然景物描写就像古人评说的那样："句句是情，字字关情"（李渔语），宣泄出一种悲愤、激越的情绪，作者好像要借助大自然的力量，喊出被压迫者反抗旧世界的愤怒呼声，仿佛要撞开蛮野狰狞的峡壁，去战取"地球上另外的光明"。

自然景观和人物的感情时刻处于变化之中，《山峡中》景与情的描写也不是一成不变的。你看，小黑牛葬身激流的次日凌晨，"我"在江边散步时，眼前凸现出一幅令人心动神移的良辰美景："峰光浸着粉红的朝阳。山半腰，抹着一两条淡淡的白雾。崖头苍翠的树丛，如同洗后一样的鲜绿。峡里面，到处都流溢着清新的晨光。江水仍旧发着吼声，但却没有夜来那样怕人。清亮的波涛碰在嶙峋的石上，溅起万朵灿然的银花，宛若江在笑一样。"作者运用拟人入景、情景相生的笔法，别出心裁地描绘出大自然的瑰丽清新，生机益然，变幻多姿。山峡美景的描绘与全篇阴郁怕人的基调好像不协调，其实作者故意将自然美与人间丑尖锐对照，在色调的强烈反差中提出对旧世界的控诉。作者还准确地把握住自然景象和人物情感变化的"双向同构"节律，随着人物情绪变化，眼前景色也相应地发生变化，即古人所谓"景物无自生，惟情所化。情哀则景哀，情乐则景乐。"（吴乔：《围炉诗话》）这幅诗意浓郁的风景画出现在"我"决计脱离山贼团伙的黑暗生活之后，巧妙地折射出漂泊文士对光明与温暖的新生活的憧憬，暗示出作者对人生、对未来的积极乐观态度。

于1993年1月

由痛苦见出生命的庄严

——《丈夫》解读

读过《边城》的人或许以为沈从文只是一位桃花源的歌者，其实是一种误解。他的许多湘西题材小说，也曾对城市文明侵袭下的乡村社会人性的异化提出抗议。他提醒读者："你们能欣赏我故事的清新，照例那作品背后隐藏的热情却忽略了。你们能欣赏我文字的朴实，照例那作品背后隐伏的悲痛也忽略了。"20世纪30年作的短篇小说《丈夫》，就是一篇在冲淡平和的叙述中隐伏着热情和悲痛的艺术精品。

《丈夫》叙述30年代初发生在湘西某地的一种奇异习俗。市镇河边妓船上一群大臀肥身的年青女人，"用一个妇人的好处，服侍男子过夜"。她们并非受人诱拐，而是由年育而强健的丈夫堂而皇之地送上妓船做"生意"的。妻子把每月挣的钱送给诚实种田的丈夫，丈夫逢年过节捎上好吃的东西，像走访亲戚似的去探望妻子。女人离乡卖身，丈夫不失名分，这种类似典妻的卖淫制度成为旧中国湘西社会的一种特殊人生景观。

小说的情节主干写一位丈夫上船探望妻子。妻子本是诚实农民，进城后学会了城里人派头，城里人衣裳，城里奶奶说话的"大方自由"。她夺去丈夫的烟管，塞上一支"哈德门"香烟，这些变化让丈夫"感到极大的惊讶"。为了挣钱，她可以忍受嫖客的恣意凌辱，不过在任何情况下内心深处总还保留着乡下女人那份纯朴善良的品性，使丈夫依然可以"看出自己做主人的身份"。她问起家中喂养的小猪，夜半还抽空爬到后舱给丈夫口中塞一粒冰糖，赶庙会也没忘记给丈夫买一把二胡。前舱中"夫拉妇唱"的那个热闹场景，虽说透露出主人公精神上的麻木荒凉，到底还能见出这对新婚夫妇爱得很深。

丈夫疼爱他的妻子，不顾三十里路上有豺狗、野猫，还有查岗放哨的团丁，总要捎上她最爱吃的大板栗，进城探望妻子。半年前丢失一把小镰刀冤枉过妻子，现在小镰刀找到了，他带去一份真诚的忏悔。可是进城后，他只能怯生生地钻在后舱守候逛庙会的妻子回来，只能眼看绅士、商人、醉鬼、士兵蹂躏妻子却不能干涉。

　　这里，作者生动地描绘出主人公精神生活的常态和畸变，纯朴的乡风民情和自然人性在现代文明侵袭下逐渐蜕变，甚至连两性关系都商品化了。男女之间的关系本是人与人之间最自然的关系，这种最自然的关系却遭到破坏。作者从一个特殊视角，尖锐地揭露出现代文明冲击下湘西农村精神堕落的趋势。

　　细心的读者一定会注意到，小说开头两千多字不是讲述两位主人公的故事，而是讲述那个类似典妻的卖淫制度本身。作者以冲淡的笔触介绍了这些船妓的"来路"，揭示出这种违悖人性的奴隶制度形成的社会根源。非人道的政治经济制度助长了村长、乡绅"那些大人物的威风"，豢养了船主、水保、巡官等寄生虫，信天守命、贫苦无告的农民被迫走上这条绝望的道路。

　　这样看来，开头部分的叙事并非闲笔，既交代了背景，给主人公的活动布下一个广阔的时空舞台，又在现实关系的描写中强调了主人公命运的悲剧性和普遍意义。读过全篇，我们深切地感受到，作者对宗法制度和金钱势力侵蚀下自然人性的被扭曲、被压抑，发出了深长的叹息。

　　《丈夫》人物描写的显著特色是：运用细腻的心理剖析，有层次地展示主人公性格的发展。丈夫上船最初见到的不是妻子，而是号称"水上一霸"的水保。这位没见过世面的乡下人非常拘谨、自卑，小心翼翼，等到水保问起乡下农事，才恢复了一个农民的自然心态。想到"第一次同这样尊贵人物谈话"，那人还称他"朋友"，答应请他"喝酒"，年轻人"自然觉得愉快，感到要唱一个歌了"。这种安分平静的心态到午饭时刻开始摇动，原因是饥饿袭来，还有水保临走时撂下一句该死的话："告她晚上不要接客，我要来"，这话使他感到"羞辱"。不等人回船，他就想拔腿走路。妻子从庙会上新买的胡琴和那一片柔情，融化了他那受伤的心灵，在男子拉琴女唱歌的热闹中，他竟快乐得"心上开了花"。可是，刚刚平复了的羞辱感，又因两个醉兵上船胡闹而被再度唤起，丈夫沉默了，再不想拉琴。不过直到此刻，他还愿意讲和，希望下半夜同妻子在床上说点话。就连这样微不足道的愿望也不能实现，下半夜巡官对老七的"过细考察"彻底蹂躏了丈夫的自尊心。他再也无法忍受这种不把人当人的精神践踏，第二天他把不干净的票子撒了一地，带着妻子回乡下去了。

　　小说以丈夫上船一天一夜的见闻为叙述线索，细致地描绘出丈夫的三次心程起伏，层层迭进地表现丈夫身受的屈辱，显示出乡下人的灵魂如何在痛苦中觉醒。有人说这是夫权的觉醒，其实不然。在湘西特定的人文环境里，乡下人对妻子的禁锢并不严厉，新婚丈夫可以送妻子上妓船就是证明。应该说，这是人的尊严的觉醒，作者本意在讴歌生命的庄严和美。沈从文说过："不管是故事还是人生，一切都应当美一些！丑的东西虽不全是罪恶，总不能使人愉快，也无从令人由痛苦见出生命的庄严，产生那个高尚情操。"[1]丈夫形象的刻画，在一定程度上显出作者的独特审美视角和审美理想。

作者还运用视点转换和对比对照的手法刻画人物，社会生活的纷繁复杂及作品内涵的客观性，决定了这篇小说采用第三人称全知视点叙事写人。为了避免全知视点的单一和不足，作者写丈夫初见水保的那个场面，则换用有限视点。从丈夫的眼光打量水保，映现出"在职务上帮助官府，在感情上亲近船家"的水保的复杂性格；从水保的眼光审视丈夫，看出丈夫胆怯、纯朴的乡下人本性。在视点转换中，主要人物和次要人物（如水保）的衣饰、外貌及内心世界都展露无遗。全知视点和有限视点腾挪跳跃，起着调节、互补作用，增加了小说写人叙事的"现场感"，也丰富了作品的内在意蕴。显出人物性格的深度。

人物关系的对比描写。是作者刻画人物的重要手段。大娘、五多、老七和丈夫都是被欺辱的人物，可他们对船上发生的事情态度全然不同。兵痞骚扰离船后，丈夫感到人的尊严受到损害，沉默不语；三个女人却在前舱有说有笑。大娘忙着查看钞票的真伪，"不明白男子的脾气从什么地方发生"；五多缠着"姐夫"还要拉琴唱歌，上半夜发生的事情她习以为常，无动于衷；只有老七懂得丈夫心意，悄悄地爬到后舱劝慰几句。第二天一早，当几番受辱的丈夫决定离船走人。妻子还掏出七张票子让丈夫独自回家。在对比对照中，大娘爱钱，五多无知，老七麻木，都极其分明地刻画出来，共同地衬出现代文明侵蚀下人性的沦落。这位丈夫的人格尊严最终在灵魂震颤中得到苏醒，从而传达出作者对"民族品德重造"的希望，赞颂了生命的庄严和美丽。

在沈从文看来。"生活"和"生命"是有本质区别的两个概念。人的生物性，吃喝，繁殖，决定人具有谋求"生活"的兽性，但人毕竟不同于生物，应具有超越"生活"的"生命"神性，人应当追求高尚的理想和优美的情操。沈从文不是赞美"生活"，而是歌唱生命的"神性"。以《丈夫》这样的作品讴歌生命的庄严和美，说到底，还是为了解放人的情感和理性，"燃烧这个民族被权势萎缩了的情感，和财富压疲扭曲了的理性。"[2]

注　释：

[1] 沈从文：《看虹摘星录·后记》，《沈从文文集》第11卷，花城出版社1984年版，第48页。

[2] 沈从文：《从现实学习》，《沈从文文集》第10卷，花城出版社1984年版，第301页。

于2002年10月

渗透了整个黑夜的哀叫

——小议"鸣凤之死"

巴金的长篇小说《家》，以五四运动浪潮波及闭塞的内地——四川成都为背景，真实地叙述了诗礼传家、四世同堂的封建大家族的分崩离析，揭露了封建家族制度和旧礼教的罪恶，展现出"一股生活的激流在动荡，在创造它自己的道路，通过乱山碎石中间。"[1]

《家》塑造了众多个性鲜明的人物形象，除了大胆叛逆的觉慧和不满旧制度而又逆来顺受的觉新之外，令我们心灵震颤的人物形象，就是长房丫鬟鸣凤了。鸣凤虽然出身卑微，却有一颗善良纯洁的心，为了她所深爱的人，为了真挚的爱情和人格尊严，她情愿"把身子投在晶莹清澈的湖水里"。鸣凤之死，令人扼腕叹息，具有悲怆之美。

七年前，鸣凤被卖到高家。这个生活在社会最底层的弱女子，美丽、聪明、善良，不曾伤害过一个人，她顺从地接受一切灾难，并且毫无怨言，因为"她觉得世间的一切都是由一个万能的无所不知的神明安排好了的，自己到这个地步，也是命中注定的罢。"宿命，就是她简单而朴素的信仰。我们没有理由嘲笑鸣凤这样简单的信仰，在那个不公道的年代，鸣凤承受了太多的不幸。她从小死了母亲，九岁被卖为奴，"打骂、流眼泪、服侍别人"是她全部的生活。孤寂时"她面前横着一片黑暗"，无助时"黑暗依旧从四面八方袭来"。三少爷觉慧对她萌发了爱情后，她得到了安慰，"似乎找到了庇护她的力量"，"在纯洁的爱情里找到了忘我的快乐"，从此她似乎明白了人生的意义和价值，她眼前朦胧地展开了许多美妙的幻象。不过，根据她对人生素朴而直觉的认识，她明白自己和三少爷的手"是挨不到的"；觉慧在她面前不过是"天上的月亮"，幻梦中她也不敢想象能跟觉慧地位平等地生活。

既然如此明白，当她得知"明天"就要被迫嫁给孔教会头子，那个道貌岸然的老色鬼、60多岁的冯乐山时，又为什么要去找觉慧，为什么要投湖自尽，了结自己短暂的一生呢？在我看来，鸣凤去找觉慧，有以下几个原因：首先是出于对觉慧的信赖。觉慧向她表示过纯真而稚气的爱，并且立下迎娶鸣凤的"誓言"。鸣凤觉得她和觉慧在感情上是平等的，而这"平等"对于一个从小受尽欺凌的弱女子来说，是多么宝贵啊！觉慧的"爱"让她获得了很难得到的东西，于是感到觉慧特别值得信赖，并以同样热烈的心情奉献出自己真挚的爱情。"明天"就要落入虎口，再也见不到觉慧了，她怎能不去向自己所信赖、所爱的人诉说内心的苦痛和不幸呢？其次出于对美好生活的向往。过去，尽管她曾毫无怨言地接受了一切苦难，但她并没有丧失做人的尊严，也从未泯灭对于希望的追求；觉慧的爱，更加坚定了她对于美好未来的向往。如今偏有人强迫她去做自己不愿做的事，难道不应该去找自己的心上人，为摆脱厄运而进行最后的挣扎吗？再次，出于对冯乐山之流的憎恨。没有爱，也就无所谓憎；不懂得"平等"的价值，也就无法对"不平"表示抗争。苦难和不幸的生活，让她懂得了人世间的苦乐与爱憎。尽管她未必知道冯乐山的底细，但别人偏要她和自己心爱的人分离，"到那个可怕的老头子那里去"，这样的事她怎能心甘情愿地接受呢？

她急切地希望得到觉慧的救助，可粗心的觉慧对鸣凤的神色反常却毫无察觉，鸣凤为了不影响"三少爷"赶写文章而极不情愿地离去。她失去了最后一线希望，觉慧也因此而抱恨终天。这样的情节安排，是否太偶然了呢？高明的作家设计情节，看起来可以浮想联翩，随心所欲，但必须符合现实生活发展的逻辑，以揭示社会生活的本质。鸣凤在当时那样的情境中，清楚地意识到"他们两个人中间横着那一堵不能推倒的墙"，"身份的不同"使得她在"三少爷"面前显得那样自卑胆怯，许多话只能"欲说还休"。她和觉慧谈心，亲密接触，也只能在没有旁人在场的情况下才有可能；现在有二少爷觉民在场，她除了怅然离去，还能说什么呢？作者之所以这样写，正是为了刻画鸣凤的善良和觉慧的粗心，更有力地揭露封建等级制度和门第观念的罪恶。可见在偶然性的事件中，往往蕴藏着生活逻辑的必然性。

从觉慧这一面来看，他固然受到西方民主主义思潮和五四精神的影响，关心国家命运，积极投身于进步学生运动，敢于反抗封建礼教和封建等级制度，能够冲破世俗偏见，大胆地向自己的婢女表达纯真爱意；但他毕竟出身名门望族，从小过着优裕的生活，他不可能真切地了解鸣凤以及和鸣凤一样饱受苦难的人内心深处的伤痛。在反封建斗争中，他显得非常天真幼稚。他以为鸣凤晚间来找他，只是嗔怪他这几天不跟她说话，或是"受了什么委屈"来找他倾诉；他一门心思地赶写"明天早晨就要交出去的文章"，关心"周报社的斗争"，他希望鸣凤"忍耐一下"，过两天再"好好地商量"。和那些放浪不羁，终日沉湎于酒色财气的纨绔子弟不同，觉慧热心社会活动，积极追求进步，具有心忧天下、勇于承担的优秀品德，但他毕竟是大家庭的少爷，他不能设身处地的体贴鸣凤的处境，历久养成的居高临下的少爷脾气使他不能真正懂得婢女的内心之痛，他也不知道明天老太爷要把鸣凤当做礼物送给冯乐山。为了社会活动，他忽略了鸣凤。他所能给予鸣凤的，除了"一阵感情冲动"，"忽然捧住她的脸"，轻轻地"吻了一下"之外，就只是"对她笑了笑"；等她走了之后，再加上一句自言自语："女人的心理真古怪"。可见，这位正在觉醒的高公馆的"少爷"，对于封建势力盘根错节、无所不在的罪恶还缺少刻骨铭心的体验，他对旧社会所作的斗争也不可能是彻底的。即使这回他解救了鸣凤，也未必能让鸣凤摆脱痛苦和不幸，更不要说"白头偕老"了。鸣凤死后，他痛苦地对觉民说："我的确没有胆量……我们是一个父母生的，在一个家庭里长大的，我们都没有胆量。"作者真实地写出旧社会一个"大胆而幼稚的叛徒"，深刻地启示人们："要给自己把幸福争过来"，就必须和旧家庭彻底决裂，进行坚决彻底的反抗。

鸣凤为什么选择投湖自尽这条绝路呢？表面上看，是为了"殉情"，她爱觉慧，觉慧也爱她，"明天"她就要永远失去刻骨铭心的爱；善解人意的鸣凤不肯让觉慧放弃一切来救她，因为"他有他的前途，他有他的事业"。于是可怜无助的鸣凤只好选择"一了百了"的下策，"用极其温柔而凄楚的声音叫了两声'三少爷，觉慧'，便纵身往湖里一跳"……透过"殉情"的表象，我们分明看到鸣凤做人的尊严，看到她对封建势力的不屈反抗和对美好生活的执着追求。在反对邪恶势力的斗争中，鸣凤是孤立的。她不仅要面对冯乐山、高老太爷，"还有整个的礼教和高家全体家族"都是她的"敌人"，她在跟整个旧"社会"、旧传统进行最后一次抗争。鸣凤之死是必然的，是"性格、教养、环境逼着她，或者说引诱着她在湖水中找到归宿。"

鲁迅说："悲剧将人生的有价值的东西毁灭给人看。"[2] 鸣凤，这样一位既有美丽外貌又有美好心灵的16岁的弱女子，就在那样一个"一片一片接连着无穷的黑暗"的静夜里，绝望无助地"把身子投在晶莹清澈的湖水里"，怎能不引起读者的心灵震撼和对悲剧根源的沉思呢？

五四时代是一个反对封建礼教，张扬个性解放的狂飚突进的年代。《家》描写中国内地大家族的崩溃，觉慧、觉民、琴等一代青年，向往自由平等，争取个性解放，大胆反抗封建礼教和家长专制，就是这一时代特征的典型反映。在《家》中，鸣凤虽然只是一位不自觉的反抗者，却是《家》中第一个奋不顾身地和封建势力顽强抗争、惨烈而死的人。是的，在《家》中，没有人为鸣凤之死太过伤心，没有人追问鸣凤之死的意义，但鸣凤之死让作者巴金的心灵为之震撼了！他以情景相生的笔法和浓郁的抒情笔调，写出鸣凤投湖后高公馆后花园的环境气氛："平静的水面被扰乱了，湖里起了大的响声，荡漾在静夜的空气中许久不散。接着水面上又发出了两三声哀叫，这叫声虽然很低，但是它的凄惨的余音已经渗透了整个黑夜。不久，水面在经过剧烈的骚动之后，又恢复了平静。只是空气里弥漫着哀叫的余音，好像整个的花园都在低声哭了。"静夜里后花园空气的凝重，鲜活的生命在湖水中的骚动和哀叫，衬出黑暗无涯的旧社会的时代气氛，抒写出作者对无辜少女被欺辱、被吞噬的悲愤与同情。"好像整个的花园都在低声哭泣了"，让我们仿佛倾听到整个底层社会抗议的呼声，它猛烈地撞击读者的心灵，汇成一股要求变革、奔腾向前的时代激流。

　　鸣凤的悲剧在无声地影响着《家》中不幸的人们，让他们看清了大家庭和旧社会的罪恶，从而鼓舞起抗争的勇气，觉慧就第一个喊出："我是杀死她的凶手。不，不单是我，我们这个家庭，这个社会都是凶手！"鸣凤死后，觉慧忧愤成梦，梦中的鸣凤是住洋楼的有钱人家小姐，比琴还要神气，可是地位改变了，他们的恋爱还是不能成功。鸣凤父亲希望得到一笔巨额聘金和一官半职，一心要把女儿嫁给中年官吏。觉慧和鸣凤乘小船出逃，后面追来了汽艇，还开了洋枪，鸣凤最终被来人抢走，小船破碎了，觉慧捉住了一块船板。这个意味深长的梦境，准确地反映了时代特点，已经是汽艇和洋枪时代了，牧歌式的精神恋早已不复存在。在金钱主宰一切的情势下，爱情不可能摆脱它对金钱和权势的依赖，所以即使鸣凤地位改变了，有情人也未必能够成为眷属。觉慧的梦也预示着人物性格的发展，经历了鸣凤之死的事变后，觉慧从精神恋爱的好梦中醒悟过来，进一步看清了社会罪恶，从此踏上叛逆反抗的不归路。

　　鸣凤的悲剧喊出了五四时代可爱的青年女性"我要做一个人"的自由呼声，鸣凤的抗争是青年一代反抗旧社会，争取个性解放的生活"激流"中飞溅起的一朵浪花，鸣凤临终前那"渗透了整个黑夜"的哀叫，以及她那凄惨的余音，不仅响彻了五四时代黑云重叠的夜空，更拨动了一代又一代年轻人的心弦：历史的悲剧再也不能重演了！

注 释:

　　[1] 巴金:《〈激流〉总序》,《家》(单行本),人民文学出版社1958年版,第1页。

　　[2] 鲁迅:《再论雷峰塔的倒掉》,《鲁迅全集》第1卷,人民文学出版社1981年版,第192页。

于2004年8月

地狱究竟是什么样子

——《骆驼祥子》浅说

　　老舍在贫民窟里度过了他的童年，他非常熟悉旧社会城市贫民的生活，写过不少反映城市底层社会生活的作品，其中最著名的是1936年下半年创作的长篇小说《骆驼祥子》。这部小说写的是旧北平一个人力车夫的悲剧。五四新文学中描写人力车夫生活的作品并不鲜见，老舍选择了独特的角度。与同类题材作品相比较，《骆驼祥子》不是赞美车夫的优秀品质，也不只是表现车夫在旧社会悲惨无告的生活，而是要"由车夫的内心状态观察到地狱究竟是什么样子"。在老舍看来，表现车夫浮现在衣冠上、言语上或姿态上的一切，只是"小事情"，他旨在揭示出人力车夫悲剧的"根源"，"写出个劳苦社会"。[1]

　　小说主人公祥子是从农村流落到城市的破产农民，他想凭借骆驼一样高大健壮的体格挣钱买车，做一个"自由的车夫"，可是他的希望在无情的现实打击下一次次地破灭了。他买的第一辆新车被溃逃的军阀的大兵抢走，准备再买一辆车的积蓄又被国民党特务孙侦探敲诈殆尽。事情虽出于偶然，却是地位卑下的个体劳动者在旧社会的必然命运。和虎妞结合后，他用虎妞的钱再买一辆旧车，虎妞难产死去又不得不卖车还债。祥子"三起三落"的经历，让我们看到旧社会的大兵、特务、车厂老板及各种黑暗势力如何结成一张庞大的网，残酷地剥夺了劳动者最起码的生存权利。

　　从人与社会、人与人的冲突中写出祥子希望的破灭，只是祥子悲剧的第一个层面。描写人与自身的冲突，表现祥子人性美的毁灭，才是更为深刻的意旨。老舍在《〈红楼梦〉并不是梦》中，称赞古希腊悲剧之美不只是"结构的美"，而且是"心灵的美"。他是极注重人物内心世界探寻的。塑造祥子形象时，他就运用了犀利的心理分析，表现现实生活的危机是怎样牵动人的内心矛盾，从而细致地勾画出悲剧主人公心灵演变的轨迹。

　　祥子最初亮相时是很美的。不仅外貌"像一棵树，坚壮，沉默，而有生气"，拉车也漂亮，而且具有勤劳节俭、淳朴善良、忠厚要强的劳动者的美德。他把拼命干活挣钱看成"天底下最有骨气的事";在冬夜的小茶馆里,他给饥寒交迫的老马祖孙送上10只热腾腾的羊肉包子;有一次拉曹先生不小心翻了车,车损人伤,他引咎自责,不要工钱。作者遵循美的法则,努力写出悲剧人物具有比一般人更美的心灵,"他仿佛就是在地狱里也能作个好鬼似的。"

后来的事实表明,祥子的美好品质被残酷的旧社会吞噬殆尽,"三起三落"便是他精神堕落的整个过程。第一次丢车,祥子被抓进兵营,心中只有恨和抗议,恨大兵和"世上的一切","凭什么把人欺侮到这地步呢?"但在失望中仍有希望,决心"重打鼓另开张打头儿来",从此更加起劲地干活、挣钱。祥子在得到"骆驼"的外号之后,名声比他单是祥子的时候臭得多,他的性格渐渐向消极方面变化。他开始羡慕烟酒、逛窑子,不过强烈的买车欲望使他产生一种顽强的抵抗力。他拼命和别人抢生意,"像只饿疯了的野兽"。在曹宅看门被侦探抢了钱,所有的希望和抗议都没有了,只剩下委屈和叹息,不过此刻尚未失去"穷死,不偷"的诚实品格。在走投无路的情况下,回到人和车厂,把自己交给了刘四父女。从此死了心,认了命,变成一个"仿佛能干活的死人"。和老姑娘虎妞的婚姻,对祥子来说是一场更加难以忍受的灾难。虎妞要从祥子身上找回失去的青春,起先不让他拉车,她不愿"一辈子作车夫的老婆",禁不住祥子一再抗争,才让祥子拉车赚钱,却把钱攒在自己手里。祥子不肯听从虎妞的摆布做小买卖,也不想自己当车主去奴役别人,更不愿做笼中的鸟儿,吃人家粮米,给人家啼唱,然后给人卖掉。他只想做一个自食其力的车夫,不甘心"压在老婆的几块钱底下"讨饭吃,反映了劳动者要求改变被奴役地位的朴素愿望。但他终于不能挣脱虎妞的"绝户网",在虎妞支配下,只觉得"命是自己的,可是教别人攒着"。这种带有阶级对立性质的不自然的婚姻,严重地腐蚀、摧毁了祥子的生活意志和奋斗精神。卖车还债后,他不再想从拉车中得到光荣和称赞,从此走上了自暴自弃的道路。他不仅抽烟喝酒,而且失掉了劳动者赖以生存的本钱:健康和纯洁。从小说的最后一章,我们痛惜地看到,当初那个体面的、要强的、健壮的、爱幻想的、高大的祥子,最终变成了"堕落的、自私的、不幸的、社会病胎里的产儿,个人主义的末路鬼"。

祥子人性美的毁灭,是旧社会的罪恶,也是个人奋斗主义者的性格悲剧。从农民到车夫,祥子并没有改变小生产者的生活态度。他"不想别人,不管别人","只关心自己的车",买车是他的信仰和宗教。他对城外的战争、政局的变动漠不关心，在受到意外的打击后，困惑不解的只是"我招谁惹谁了"，"凭什么"欺侮人。他把必然的阶级压迫看成偶然的劫难，把不可避免的社会冲突看成个人之间的较量。他把全部希望寄托在一辆车上，以为"有了自己的车，他可以不再受拴车人的气"。沿着这条个人奋斗的幻想之路走下去，在现实面前只能是碰得头破血流。"三起三落"的折腾使他感觉到"独自一个是顶不住天的"，但他不能从失败中引出正确的教训，更不能认清敌人是谁，反而听天由命，任凭旧社会宰割，甚至像苍蝇在粪坑上取乐一样，跌进堕落的深渊。老舍非常深刻地揭示出祥子悲剧的根源："人把自己从野兽中提拔出，可是到现在人还是把自己的同类驱逐到兽里去。祥子还在那文化之城，可是变成了走兽。一点也不是他自己的过错。"祥子"人"变"兽"的悲剧凝结着老舍对社会历史和民族文化的反思，既揭露了旧社会的弊病，又否定了个人奋斗道路，提出了劳动者怎样摆脱不幸命运的问题。

　　在总体构思的时候，老舍有一个明确的设计："我的眼一时一刻也不离开祥子；写别的人正可以烘托他。"[2] 小说以祥子为中心人物，还写了其他各种车夫。老马小马有了自己的车，仍然不免啼饥号寒，祥子似乎从小马看到自己的过去，从老马看到自己的将来，老马祖孙简直就是祥子的影子，这对影子把祥子一心买车的梦想一下子击碎了。如果说老马祖孙二人具有从纵向坐标上映衬出祥子悲剧世代相传的意义，那么中年车夫二强子则从横向对比的关系中，让我们看到了千千万万车夫的命运。二强子死了老婆卖了车，祥子也死了老婆卖了车；二强子卖掉女儿小福子，祥子为赏钱卖了"革命者"阮明。在灵魂的堕落上二人形影相吊，小说不仅写三代车夫，还写到他们的家属；二强子的老婆被醉酒的丈夫踢死，女儿小福子被迫卖淫。老马的话字字血泪："我快六十岁了，见过的事多了去啦……咱们卖汗，咱们的女人卖肉。"这番伤心之至的话，说出地狱究竟是什么样子，令人毛骨悚然。

　　《骆驼祥子》具有很浓的北京味儿，最能代表老舍的语言风格。老舍用地道的北京口语，写北京人，叙北京事，绘北京的山光水色。他追求文字的平易、自然、简洁，他要正正经经地写祥子的故事，让笔尖滴出血和泪来，但又似乎"未能排除幽默"[3]。老舍作品的"北京味儿"，不应简单地诠释为语言技巧如何高明，他刻意追求的首先还是生活的质感。他曾设身处地的体验"刮风天，车夫怎样？下雨天，车夫怎样？"他的作品总是以生活细节和人物形象的"真确"打动人心。这种"北京味儿"根于老舍对于北京的爱，包含着对于历史和文化的深厚感情。因此我们读《骆驼祥子》，不仅要感受它那扑面而来的浓郁的地方色彩和乡土气息，还要深入体会老舍对于民族历史和文化的思考，他的作品别有一种清新、隽永的思想艺术魅力。

注 释：

[1] [2] [3] 老舍：《我怎样写〈骆驼祥子〉》，《收获》1979年第1期。

于1997年6月

《大堰河——我的保姆》的散文美

针对20世纪30年代中国诗坛上唯艺术诗派病弱的呻吟，朽腐的格调，艾青于1939年提出"诗的散文美"的创作主张。他不满韵文的"虚伪"、"雕琢"和"人工气"，而欣赏散文"不修饰的美，不需要涂抹脂粉的本色，充满了生活气息的健康。"[1] 这一主张虽然是在抗战爆发后两年提出，却是艾青长期艺术探索的成果。诗人早年曾受到十四行诗和现代诗的影响，写过《透明的夜》那样晦涩难懂的朦胧诗，但他的成名作《大堰河——我的保姆》（1933年作）却是"诗的散文美"主张的第一次成功实践。

从题材选择来看，这首诗走出了唯艺术派诗人表现自我的樊篱，诗人把目光转向劳动者，用沉郁的笔触表现乳娘兼女佣的痛苦生活。诗人是地主的儿子，从小吮吸一个农妇的乳汁长大，后来在巴黎度过三年流浪的学画生涯，回国后又因参加左翼美术家联盟举办的"春地画展"而蹲过国民党政府的监狱。经历过黑暗和寒冷的诗人，更加渴望温暖和光明。当雪压中原，寒凝大地的时候，哪里是温暖的国土呢？诗人以感激的心情想起自己的保姆，想起她在贫苦生活中对于自己的爱。诗人发现并表现了苦难的美，他认为："苦难比幸福更美。苦难的美是由于在这阶级的社会里，人类为摆脱苦难而斗争！"[2] 苦难的美是一种悲壮、崇高的美，具有令人生畏而又使人振奋的力量，能够唤起人不同寻常的生命力去应付各种不同寻常的事变。对于艾青这位曾经受过唯艺术派影响的诗人来说，他在这首自传性质的抒情诗中，发现并歌唱苦难的美，应该说是一个很大的进步。"诗的散文美"特别强调借助散文的自由灵活性，给诗歌形象以表现的便利，而题材空间的拓展，正是"诗的散文美"的一个重要标志。

这首诗在艺术构思上也具有散文美的特点。诗人善于从实际生活出发，选取典型生活细节或场景，将形象描绘和情感抒发结合起来，在叙事和抒情中完成大堰河的形象。诗人说过，他的保姆"长得不好看，诗里没有写她的相貌"[3]。诗人主要通过三幅形象画面刻画大堰河的美好心灵：她在勤苦生活中对乳儿的抚爱，她在凄苦的奴隶般劳动中对乳儿的深爱，以及她死后的寂寞悲凉。这些形象画面的有机组合，让我们看到一位东方被压迫劳动妇女的慈爱善良，勤劳坚忍。这位可敬的母亲以乳汁养育了诗人，又以自己的苦难生活和挚爱深情感动了诗人，让诗人自幼懂得爱与恨，后来终于看清了人世间的不平与不公。

艾青在《诗论》中提到"滚雪球"的构思法，这种构思法是以"动情的事象中觅取诗意"，抓住动情的那根线索，然后以线串珠，展开想象与联想。例如诗的第三节，以"大堰河，今天我看到雪使我想起了你"贯串首尾，表明诗人以"雪"为感兴契机，涌起对保姆的思念之情。中间选用四个"动情的事象"："你的被雪压着的草盖的坟墓"，"你的关闭了的故居檐头的枯死的瓦菲"，"你的被典押了的一丈平方的土地"，"你的门前的长了青苔的石椅"等。这幅故园荒废、人去屋空的悲凉图画，倾注着诗人对大堰河悲惨命运的不平之慨和对乳母的哀伤悼念之情。接下去，"你用你厚大的手掌把我抱在怀里，抚摸我"，这句成为第四节的情感线索，中间选用八个看起来没有多少联系的事象，如同滚动的雪核，在运动中逐步展示出大堰河在窘困劳苦的生活中对乳儿的爱，以及"我"对乳母绵绵不绝的思念之情。"滚雪球"的构思法通常由一点（情感中心）生发开去，一系列"动情的事象"（细节或场景）犹如串连的珍珠，于有规则的运动中使形象鲜明，情感得以升华。

在表现手法上，诗人成功地运用了对比对照的散文笔法。读第四节和第六节我们看到，大堰河的家境是那样贫寒，只有"乌黑的酱碗"，"乌黑的桌子"和平凡琐屑的家务劳动，然而这里却有人间真爱；生身父母的家里尽管拥有"红漆雕花的家俱"，"金色花纹的床"，"碾了三番的白米"和高悬的"天伦叙乐"的匾，这里却没有爱与欢乐。"我做了生我的父母家里的新客了"，倾诉出抒情主人公爱恨交织、万般无奈的复杂感情。诗人还匠心独运地抒写了大堰河的生与死。当她活着的时候，卑微得连名字也没有，吃尽奴隶的苦楚，还要"含着笑"屈辱地劳动；死后"乳儿不在她的旁侧"，得到的只有"四块钱的棺材和几束稻草"，"一手把的纸钱的灰"。"含泪"而逝与"含笑"劳动形成尖锐对比，突现出这位伟大母亲生的悲苦与死的凄凉，有力地衬托出旧社会的不平与不公。

"诗的散文美"在语言上的独特表现是口语美。艾青说："口语是美的，它存在于人们日常生活里。它富有人间味，它使我们感到无比亲切。"[4]他一向主张以"活的口语"写诗，以为这样的语言"比得上最好的诗篇里的最好的句子"。《大堰河——我的保姆》通篇采用经过提炼的自然口语，清丽明快，亲切自然，像说话一样明白，却能咀嚼出无穷的诗味。

口语美不只是表现在语汇运用上，还体现在韵律和句式上。艾青蔑视那种"以丑陋的韵文写成的所谓'诗的东西'"，把那些为了押韵而"矫揉造作的句子"，为了分行而"徒费苦心的排列"看成"诗的敌人"。他崇尚素朴自然、不加修饰的美，抛弃诗歌外在音乐性，而注重诗的内在节奏。《大堰河——我的保姆》以情绪上的起伏变化构成诗的内在节奏，而不刻意追求语言形式上的抑扬顿挫和外在声音的循环。诗的开头以一唱三叹的调子对乳母的地位和身世进行苍凉平静的叙述，从"今天看到雪使我想起你"开始，煽起情感的大波澜。结合着大堰河悲苦一生的回忆，"我"对乳母的感激和大堰河对乳儿的深爱这两条抒情线索齐头并进，形成一浪高过一浪的抒情节奏，最后迭进到高潮，由对大堰河的赞美升华为对普天下劳苦大众的歌唱。

在艾青看来，与情感紧密配合的韵律，才是"活的韵律"，它在语言形式上的外在表现就是大量采用散文式的长短句、排比句和复沓句，形成千变万化的节奏。这首诗的大部分章节是浓缩的长句，诗人将许多修饰语（如定语、状语等）分解成若干短诗行，偶尔加上标点，借助音顿的变化和声音的高低，于参差错落中形成和谐的节奏。排比和复沓的运用，也使诗的节奏有了外在形态和标帜。排比句是对"动情的事象"（细节或场景）酣畅淋漓的描摹，造成浓厚的抒情气氛和自由奔放的气势；"复沓是诗的节奏的主要成分"[5]，它使诗人感情的起伏找到一种外化的语言形态。这首诗开篇就用了复沓，使全诗笼罩在婉转回环的音乐气氛里，以下许多诗节交替使用排比与复沓，复沓句有一行、二行、三行不等，排比句五、六、八、九句排列，排比和复沓的交替使用构成一种"奔放与约束之间的调谐"，加强了诗的内在韵律美。

艾青提出"诗的散文美"常常引起误解，以为他是提倡诗要散文化。其实诗的散文美与散文化有本质不同。前者重视形象思维和口语美，后者在创作过程中排除形象思维而用记事的方法写诗。散文化的诗当然不能称为诗，因为它丧失了诗美品格和诗意魅力。艾青后来把诗的散文美界定为口语美，强调把诗的思想力和形象美寓于净化的口语之中。依这一观点考察，《大堰河——我的保姆》最大的成功，在于开创了以口语美为基础的无韵自由诗体，为我国自由体新诗的发展展现出广阔的前景。

注　释：

〔1〕〔4〕艾青：《诗的散文美》，《艾青选集》第3卷，四川文艺出版社1986年版，第44页。

〔2〕艾青：《诗论》，《艾青选集》第3卷，四川文艺出版社1986年版，第11页。

〔3〕艾青：《与青年诗人谈诗》，《艾青选集》第3卷，四川文艺出版社1986年版，第362页。

〔5〕朱自清：《诗的形式》，《新诗杂话》，生活·读书·新知三联书店1984年版，第102页。

于1996年10月

《在其香居茶馆里》的喜剧艺术

抗日战争进入相持阶段后，沙汀回到故乡川西北农村，希望写出民族革命战争中大后方的新气象，但他大失所望。他看到太多的"新的和旧的痼疾"，迅速地把艺术视点转向蒋管区社会生活中的黑暗与腐败，摄下一幅幅兼具讽刺和幽默特色的喜剧图像。作于1940年的《在其香居茶馆里》，就是一篇出色的喜剧性作品。

小说的构思奇巧而独特。故事背景是新县长扬言要"整顿役政"，回龙镇联保主任方治国以为新县长要动真格的，为掩盖其贪赃枉法的劣迹，投书告密，把粮绅邢么吵吵缓役四次的二儿子抓了壮丁。邢么吵吵死活要把儿子闹回来，他兵分两路；一面亲自上阵，在其香居茶馆摆下"讲茶"，请人调解他和方治国的纠纷，一面暗中托他的大哥邢大老爷（本县有名的绅耆）对新县长行贿疏通。结果是茶馆里调解失败，方、邢二人大打出手；还是邢大老爷有办法，新县长居然给面子放人了，小说按照生活本身的逻辑布下明暗两线，明写茶馆里体面人物的纷争，暗写邢大老爷的活动，国民党基层政权在兵役问题上的黑暗暴露无遗。

兵役问题是抗日战争时期蒋管区极为严重的政治问题，首当其冲的受害者是广大贫苦农民。作者却不正面描写乡保长如何乘抓壮丁之机坑害百姓，而是借地主的儿子被抓丁这个独特事件，揭露有面子人物的不体面行为。作者选择如此新颖而独特的描写角度，加强了小说的讽刺喜剧性。莫里哀极为强调讽刺艺术的作用，他在《〈达尔杜弗〉的序言》中写道："一本正经的教训，即使最尖锐，往往不及讽刺有力量；规劝大多数人，没有比描画他们的过失更见效的了。恶习变成人人的笑柄，对恶习就是重大的致命的打击。"地主儿子被抓丁虽说是特殊事件，由于它引起一场特别有趣的狗咬狗的争斗，砸碎了国民党政府整顿役政的金字牌匾，因而这事件成了讽刺反动兵役制最典型、最有力的"笑柄"。

小说成功地塑造了性格鲜明的两个喜剧典型。绰号"软硬人"的方治国，碰见老虎他是绵羊，如果对手是绵羊，他便成了老虎。此人对老百姓敲诈勒索时"硬"，向上司邀功请赏时"软"，在和邢么吵吵对阵中则变换着"软"、"硬"两种战法。他作恶太多，最怕人家揭老底。邢么吵吵后台硬实，骂他"两眼墨黑，见钱就拿"，揭他"去年蒋家寡母的儿子五百，你放了；陈二靴子两百，你也放了！你比土匪头子肖大个还厉害，钱也拿了，脑壳也保住了！"他心虚胆怯，一再让步，讨好，服"软"。他力图保全"面子"，怕"漏出风声不太光彩"。一旦对方说破他密告、捉人的隐情，觉得在全镇市民面前丢了面子，态度马上转"硬"，决心同他的敌人斗争到底。作者主要采用心理剖析法刻画其奸滑贪鄙、软中有硬的个性，这个形象相当典型地概括了国民党地方当权派的本质特征。邢么吵吵是"火炮"性格，他觉得儿子被抓丁，"这就等于说他已经失掉了面子"，为了挽回面子，他在这台戏中全部外在动作就是"吵吵"，想把儿子吵回来。作者突出他那张不忌生冷的嘴巴，什么脏话、丑话都骂得出来。一进茶馆就直着嗓子嚷叫："看阴沟里还把船翻了么！"对好好先生的劝架也没好声气："没有生过娃娃当然会说生娃娃很舒服！"本来他倒也不想武力解决问题，可是请有面子的陈新老爷出面调停，对方居然软硬不吃，于是他一把揪牢方治国的领口，扬起了拳头。邢么吵吵"是那种精力充足，对世界上任何事物都抱了一种毫不在意的态度的男性的典型"，是一个市侩流氓型的地方实力派形象。

方治国的丑行恶德和邢么吵吵粗野而无赖的言行本身没有多大的喜剧性，尽管可以惹人发笑。按照黑格尔的观点，"真正的喜剧性"不等于"可笑性"，"喜剧人物的特征在于他们在意志、思想以及在对自己的看法等方面，都自以为有一种独立自足性，但是通过他们自己和他们的内外两方面的依存性，这种独立自足性马上就被消灭了，这种假想的虚幻的独立自足性之所以消灭，是由于它碰上了外在的情境，与喜剧人物自己假想的身份不符合。"[1]方、邢二人都自认为是回龙镇有面子的人物，又漂漂亮亮地布置下一台"讲茶"，请本镇最有面子（当过十年团总，十年哥老会头目）的陈新老爷从中调停，其根本目的（动机）是保全面子或挽回面子，但是他们在稠人广众中的一场揭骂殴打，反而全都丢了面子。他们假想的虚幻的"独立自足性"在现实情境中被碰得粉碎，这样便产生了喜剧性。作者没有采取漫画式的夸张或脸谱化涂抹的方法刻画喜剧人物，他的高明之处在于：居高临下地审视人生，抓住被鲁迅称为"中国精神的纲领"的"面子问题"[2]，运用不露声色的客观描写法，透视旧社会的虚伪和丑恶，创造出喜剧感很强的讽刺形象，从而引起观众忍俊不禁的笑声。无价值的东西在笑声中被毁灭，作者暴露旧社会新、旧痼疾的创作意图也在笑声中得到完美的实现。

在喜剧冲突的时间空间处理上，小说情节具有浓缩的特色，戏剧性极强，主要表现在三方面：

（一）整个冲突在一个舞台平面上展开。作者以"吃讲茶"的方式把角色和观众都请到其香居茶馆来。这里是闲人雅会之所，三教九流汇聚之地，主要角色在那里相互揭丑、打斗，围观群众也兴高采烈，欢欣鼓舞。当陈新老爷出场调停时，一个立在阶沿下人堆里的看客大声回绝朋友的催促道："你走你的嘛，我还要玩一会！"提壶穿堂而过的堂倌也高声叫道："让开一点，看把脑壳烫肿！"茶馆里这场龙虎斗，不仅当众撕破了旧社会统治者的假面，而且生动地展现出四川乡镇的风俗画与世态画，地点集中，笔墨俭省，喜剧气氛浓得化不开。

（二）单刀直入地从情节中部写起。两个喜剧人物的冲突实际上在方治国告密、邢家二儿子被捉进县城时就开始了，作者却没有从冲突最初的起点写，而是从过程的中部下笔，专写邢家二儿子被捉三天后，邢么吵吵在茶馆里摆下一台"讲茶"。开头就写邢么吵吵从东头一路吵过来，方治国"立刻冷了半截"，一下子就把两个主角放在尖锐对立的地位，造成戏剧性的悬念，然后在逐步升级的吵骂中款款交代前情。笔墨含蓄而简练，选择了冲突开始的最佳时机。在有限的时间内，冲突的发展也是峰回路转，波澜横生。起先一方指桑骂槐，旁敲侧击，一方软软抵挡，不露狼牙；继而一方撒野骂街，指名揭丑，一方绵里藏针，勉强应对，其间穿插好好先生和陈新老爷的调停；终至恼羞成怒，大打出手，形成喜剧性的紧张，冲突迅速进入高潮。

（三）出人意料的突然收场。正当茶馆里人心沸腾，杀得难解难分的时候，蒋门神传来叫人"吃惊"的消息："人已经放出来啦！"邢大老爷请客行贿奏效，新县长"其实很好说话"，酒足饭饱之后，找一个可笑的理由，就把邢家二儿子"开革"了。回龙镇有面子的大小丈夫全在茶馆丢了面子，唯独邢大老爷"面子大"。蒋门神传递消息不过是一个外在的偶然事件，却促成戏剧情境出人意料的转变（即喜剧性紧张的突然解除），从而导致冲突的喜剧性解决，显示出作者组织戏剧性情节的深厚艺术功力。这个结局是不可逆料的，又是合情合理的，它是作品中出现过的全部事件的必然结果。方、邢二人的冲突本来就是新县长整顿役政的宣言引起的，只是双方都没有摸到新县长的脾气，才打了一场丢面子的龙虎斗。邢大老爷在县城的"面子"和对于新县长的疏通，作品中也曾多次点染，埋下伏笔；现在邢大老爷终于摸准了新县长的脾气，把人弄了出来，冲突也就自然得到解决。一明一暗两条线索互相映衬、配合，最后突然掉转方向，把重心落在暗线上，从而收到强烈的讽刺效果。新县长"开革"壮丁这幕丑剧，表明他和他的前任原是一丘之貉，所谓"整顿役政"，不过是欺世盗名的弥天大谎罢了。"这些新的东西是底面不符的。表面上是为了抗战，而在实质上，它们的作用却不过是一种新的手段，或者是一批批的供人们你争我夺的饭碗。所以人们自然也就依然按照各人原有的身份，是在狞笑着，呻吟着，制造着悲喜剧。"（沙汀语）

注　释：

[1]〔德〕黑格尔：《美学》第1卷，商务印书馆1986年版，第245页。

[2]鲁迅，《且介亭杂文·说"面子"》，《鲁迅全集》第6卷，人民文学出版社1981年版，第126页。

于1990年6月

《雷雨》的戏剧冲突和结构艺术

　　四幕剧《雷雨》①是曹禺写于1933年的优秀剧本，它在有限的时间和空间里，集中描写了周、鲁两家8个家庭成员之间前后30年的复杂纠葛和大悲剧，深刻地暴露了旧中国上层社会的罪恶。《雷雨》的出现，纠正了中国早期话剧一味摹仿西洋剧的欧化倾向，使话剧创作与现实生活更加贴近了。曹禺谈到写作意图时说："写《雷雨》是一种情感的迫切的需要"，"仿佛有一种情感的汹涌的流来推动我，我在发泄着被压抑的愤懑，毁谤着中国的家庭和社会。"[1] 又说：《雷雨》是"没有太阳的日子里的产物"，"那个时候，我是想反抗的，因陷于旧社会的昏暗、腐恶，我不甘模棱地活下去，所以我才拿起笔。《雷雨》是我的第一声呻吟，或许是一声呼喊。"[2] 尽管作者主要还是从性爱血缘关系的角度写出一部家庭悲剧，他当时还不能弄清楚剧中人物的本质属性，但在实际描写中已触及到现实关系的某些本质方面，周公馆这个冰冷、不义和邪恶的旧家庭正是整个旧社会旧制度的缩影。该剧在艺术上也达到很高水平，作者非常熟悉旧家庭生活，对他塑造的人物有着深切的了解，人物性格的把握非常准确，周朴园的专横伪善，繁漪的乖戾不驯，给我们留下挥之不去的印象。作者特别善于把性格各异的人物组织到统一的情节结构之中，营造出许多紧张、精彩的戏剧场面和强烈、集中的戏剧冲突。《雷雨》在思想艺术上取得的空前成就，标志着中国话剧在探索中已走向成熟。中国话剧运动诞生百年来上演过的话剧难以计数，但是如果只选一部戏作为代表，则非《雷雨》莫属；北京人艺至今标举"中国百年第一大戏"的旗帜，组织强大的演员阵容在全国公演《雷雨》，就是该剧艺术魅力百年不衰的证明。

　　《雷雨》的艺术生命力所以百年不衰，和剧本缜密严谨的艺术结构密不可

---

　　① 《雷雨》1934年初版本还有"序幕"和"尾声"，气氛上有调和、抒情意味，舒缓一下全剧给读者（观众）造成的紧张情绪；结构上则有悬念和交代人物命运的作用，本文暂不讨论。

分。《雷雨》是中国话剧史上第一部用"三一律"结构形式写成的多幕剧。"三一律"由文艺复兴时期意大利戏剧理论家最早提出，后成为欧洲古典主义戏剧结构的基本原则。"三一律"要求剧本创作必须遵守时间、地点和行动的一致，即要求单一的故事情节，戏剧行动发生在一天之内和一个地点。作为古典主义戏剧的一条既定法则，"三一律"对剧本创作是一种严重的束缚，曹禺却借用它的长处，以高度集中的情节谱写出一出震撼人心的悲剧。该剧以发生在周公馆的乱伦事件（兄妹乱伦、母子乱伦）作为戏剧情节的骨架，把周、鲁两个家庭前后30年的矛盾冲突集中在"一个初夏的上午"到"当夜两点钟光景"的一天之内展现，而且冲突基本上是在周家客厅里展开。曹禺运用"三一律"的结构方式，将具有普遍联系的社会生活现象，汇聚到在时间和空间上有一定限制的舞台画面里，并且在舞台上充分展开了矛盾冲突的发展过程，激情洋溢地"发泄着被压抑的愤懑"，从而有力地揭露了旧家庭旧社会的罪恶。曹禺是一位善于运用结构艺术精心组织戏剧冲突、刻画人物性格并充分表达主题的戏剧家，探析他的开山大作《雷雨》的结构艺术，对于当下戏剧创作和戏剧理论建设都有深刻的启示意义。

一、剧情从危机上开始

《雷雨》讲述旧中国一个大家庭的乱伦故事：周朴园30年前还是大少爷的时候，勾引过使女梅侍萍，后来为了娶门当户对的小姐，将侍萍赶出家门。18年前他又娶新妇繁漪，三年前繁漪不堪忍受牢狱似的家庭专制，爱上他的大儿子周萍。周萍移情别恋丫头四凤，想要甩掉繁漪；周萍和四凤原来是同母异父兄妹，这种乱伦关系不可避免地酿成大悲剧，曹禺正是借用这种乱伦原型抒发他生命中的痛苦和愤懑。

这个跨度30年的乱伦故事从哪里说起呢？小说可以"从头说起"，原原本本地交代故事的来龙去脉，戏剧却有严格的时空限制，必须"由主题的中心直入；仔细分辨剧情开始的时机"。[3] 什么是《雷雨》"剧情开始"的最佳"时机"呢？从30年前周朴园勾引和遗弃侍萍开始，还是从三年前繁漪和周萍发生不正常关系开始？作者采用从现在开始，在危机上开幕的结构方法，他不是流水式的渐次展开剧情，而是在矛盾冲突接近总爆发的危机时刻回溯和交代复杂的前因。

开场戏的时间是"一个夏天的上午"，地点是"周宅的客厅里"，主要事件是鲁贵连哄带骗地跟女儿四凤要钱还赌债。父女对话中，冲突如波浪起伏，鲜明地显现出父女二人的不同性格；而鲁贵的饶舌，则简捷而含蓄地介绍了错杂的人物关系和人物活动的特定环境，交代了大多数人物的"幕前动态"。周朴园三天前从矿上回来，正忙于会客，设法平息工人罢工；周萍为摆脱繁漪，想要离家到矿上去；繁漪要拆散周萍与四凤的恋爱，通知四凤的母亲来领走女儿；鲁妈在济南打工，不希望女儿走她的老路，现正乘火车赶来。父女对话这场戏写得较长，其中穿插了鲁大海和周冲的两个过场，使得父女冲突的场面富于变化且更加紧张。鲁大海代表矿工来找"董事长"谈判，透露出眼前这个"体面"的大家庭的阶级实质，周冲亲热而神秘地来找四凤，说明周家二少爷与四凤也不是一般的主仆关系。鲁贵这个恶俗卑鄙的奴才，把女儿当摇钱树，不管四凤会有什么感受，居然恬不知耻地抖开了她和周萍的私情，还威胁四凤说，太太要我找你妈来，"叫她带着你卷铺盖滚蛋"。鲁贵的唠叨让这个涉世不深的少女感受到沉重的心理压力，前面有狼，后面有虎，四凤的危机出现了。

由于别出心裁地设计了父女冲突这场戏，并且通过人物对话交待了幕前情节，剧中几条重要情节线索也被牵引起来。鲁贵说"太太跟老爷不好"，三年前"他（周萍）和他后娘在屋子里闹鬼"，这就明确端出全剧的主要冲突，即繁漪和周朴园、周萍的矛盾。作者的高明之处正在于，以繁漪、周萍的冲突加强繁漪和周朴园的冲突，周公馆母子乱伦事件是周朴园的家庭专制造成的，这个格局在开场戏中就初步形成。开场戏还直接表现了鲁大海（矿工）和周朴园（矿主）的冲突，让我们看到周公馆以外更为广阔的社会斗争画面。此外透过四凤的危机感，还曲折地牵出侍萍和周朴园的矛盾，这条情节线的面貌还不很清晰，30年前的故事有待进一步展开。

在这之后的几个场面里，矛盾冲突迅速发展，戏剧危机不断加深。尽管有周冲在场，繁漪与周萍的冲突还是含蓄地展开了。周萍说他"明天离开家到矿上去"，住两三年，繁漪明知周萍想甩开她，冷笑说："这屋子曾闹过鬼，你忘了？"这番对话虽然躲躲闪闪，皮里阳秋，实际上刀光剑影，冰寒彻骨。繁漪、周萍的正面冲突加深了戏剧危机，把矛盾冲突引导到戏剧冲突的中心。周朴园强迫繁漪喝药这场戏，把戏剧冲突推向一个小高潮，这场戏好就好在以"繁漪喝药"事件为焦点，牵动了好几条矛盾线索，在舞台上正面展示了两个以上人物的性格特征。周朴园冷峻地要求繁漪"替孩子做个服从的榜样"，他以自己的意志专横地压制他人的个性要求；繁漪不仅承受着周朴园强大的专制压力，周萍屈服于父亲的淫威更加可怕，她看到自己所依靠的男人竟然是一颗弱不禁风的小草！冲突的第一个回合，周朴园占了上风，但是加深了繁漪的叛逆、反抗性，整个舞台呈现出"山雨欲来风满楼"之势。

二、多重戏剧冲突的交织与发展

戏剧结构可以理解为戏剧冲突在时间和空间上的表现形式，戏剧冲突的发展过程构成了剧本的情节结构。顾仲彝在《戏剧理论与技巧》中指出："戏剧结构和戏剧冲突十分不开的，它们就像孪生的姐妹一样，孕育和成长在一起的。"[4]

《雷雨》中八个人物，各有独特的经历和很强的个人意志，人物之间的意志冲突形成众多的矛盾冲突线，不仅有周朴园和繁漪、周朴园和侍萍、周朴园和鲁大海的冲突，还有繁漪与周萍、周萍与四凤、周萍与鲁大海、侍萍与鲁贵的冲突。总之，每个人都带着强烈的愿望和企图，互相发生或大或小的冲突，形成错综复杂的戏剧冲突。但每个人的命运又都和周朴园相牵连，贯串全剧始终的主要冲突还是繁漪与周朴园、周萍的冲突。众多的矛盾冲突与主要冲突彼此交织，互相影响，使剧情紧张曲折地向前发展。

在第一幕里，周朴园逼繁漪喝药这场戏正面展开了戏剧的主要冲突。有论者说，戏剧"在第一幕里，应当能包含着戏剧的'雷管'，好比一根'导火线'通向后面的几幕戏。"[5]"繁漪喝药"这场戏让繁漪受到巨大的精神伤害，它好像是戏剧的"雷管"，在后面几幕里把繁漪郁结的愤怒与反抗，一步步推进到爆炸的边缘。

第二幕戏剧冲突向着纵、横两个方向迅速发展。繁漪再见到周萍的时候，请求周萍不要"把我丢在这个可以闷死人的家里"。周萍羞辱她说："如果你以为你不是父亲的妻子，我自己还承认我是父亲的儿子。"再次受到伤害的繁漪忍无可忍地揭开了周家几代人的罪恶："我做的事，我自己负责。不像你们的祖父，叔祖，同你们的好父亲，偷偷做出许多可怕的事情，外表还是一付道德面孔，慈善家，社会上的好人物。"这个濒临绝境的女人警告周萍："一个女子，你记着，不能受两代人的欺侮！"繁漪和周朴园的冲突在这一幕也进一步深化了，她当面反抗了周朴园叫她看病的命令："告诉你，我没有病！""你忘了你自己是怎样一个人啦！"她不再忍气吞声，而向周朴园的专制威权发起公开挑战。

　　侍萍的出场，掀开"过去的戏剧"的帷幕，揭穿了周朴园正人君子的假面。周朴园年轻时候引诱过良家女子梅侍萍，后来为了迎娶有钱人家小姐，大年三十风雪交加的夜晚赶走刚生下第二个孩子的侍萍。他以为侍萍母子早已死去，三十年前这桩伤天害理的罪恶一直鞭挞着他的灵魂，从此周家客厅里保留着古老的家具和侍萍关窗户的习惯，他要以"虔诚的纪念"来救赎自己的罪孽。他以为吃斋念佛、良心发现就能洗清罪恶，他甚至自欺欺人地认为自己是道德上的完人，"社会上的好人物"。他摆出一副道德家的面孔训诫周萍："我的家庭是我认为最圆满、最有秩序的家庭，我的儿子，我也认为都还是健全的子弟，我教育出来的孩子，我绝对不愿叫任何人说他们一点闲话的。"周朴园对侍萍的怀念既有虚伪作秀和做戏味道，也不缺乏他对侍萍负疚、忏悔的心情和"弥补罪过"的愿望。可当侍萍真的站到他面前，便一下子露出伪君子的原形："你来干什么？""痛痛快快地，你现在要多少钱吧！"他明白侍萍的出现威胁到他"体面"、"圆满"的社会形象，他想用五千元支票打发侍萍走人。侍萍不要支票要见"我的萍儿"，鲁大海一定要见董事长，于是作者巧妙地安排了母子和父子同时相会的场面。周朴园明知大海是他的二儿子，照样将他开除；大海揭露周朴园在矿上雇佣警察开枪打死30多个工人，从前在哈尔滨修江桥时故意叫江堤出险淹死2200个小工，骗取保险金大发横财。鲁大海和周朴园的冲突已超越了家庭伦理范畴，而具有更为深广的社会斗争内容。这幕结尾，周萍公开承认他爱四凤，繁漪警告说："小心！你不要把一个失望的女人逼得太狠了，她是什么事都做得出来的！"这时，舞台指示"室外风声、雷声渐起"，连周朴园也预感到"风暴就要起来了"。在第二幕里，作者多侧面地刻画了周朴园形象，这不是一个抽象的脸谱化人物，而是一个带有真实而虚伪的情感，兼具封建家长和资本家特质的复杂性格；在结构上，"过去的戏剧"和"现在的戏剧"相交织，众多的冲突与主要冲突相纠结，剧情迅速逼近总的高潮。

　　第三幕换了一景，戏剧冲突在杏花巷10号鲁贵家展开。除了周朴园，剧中其他七个人物都带着自己的情感和动作出场了。前几场侧重写鲁家人的内部矛盾，大海被开除，鲁贵、四凤被辞退，周、鲁两家的新仇旧恨已无转机；鲁妈发现周冲来找过四凤，越发起了疑心，她逼迫四凤指着天上的雷电起誓，永远"不见周家人"，这位相信命运的善良母亲宁可默默承受一切苦难，也要救女儿跳出火坑。周萍要摆脱繁漪便拼命捉住四凤不放，黑夜里他顶着风雨追到四凤窗前。"萍凤约会"这场戏，在场人物的动作都很强烈：四凤听到口哨声，迟疑良久还是把灯移到窗前；四凤终于开窗，满身泥泞的周萍跳窗而入；大风推开窗户，闪电照亮繁漪苍白的脸，繁漪伸手关窗，断了周萍的逃路；鲁妈没想到会在四凤屋里看见周萍，自己的一对儿女恋爱上了，她几乎晕倒；大海捉起菜刀奔向周萍被母亲拦住，只好暂时放跑仇人；四凤爱母亲也爱周萍，但她还是违背誓言，冲向大雷雨去追周萍。这场戏是第三幕的小高潮，"这后半幕的动作，可以归结为逃和追两个字。鲁妈决定要逃避她认为可能将落在她女儿身上的灾难，四凤先是逃避周冲的追求，周萍为逃避繁漪而追求四凤，这些人盲目地逃避着、追求着，但是都被笼罩在封建家长和资本家周朴园的罪恶所造成的灾难之中。当然其中受害最深、痛苦最大的人，是鲁妈和四凤两个。"[6]戏剧冲突在第三幕呈现出错综复杂、异常剧烈的状态，每场冲突都跟周朴园的罪恶有直接或间接的联系，都从某个侧面加强了戏剧主要冲突，繁漪一再受到周家两代人的欺辱，她清算周朴园的时刻已经不远了。

第四幕是戏剧的高潮。高潮是剧情发生突变的地方，是主题思想和人物性格揭示最深刻的地方。多幕剧的高潮仍然有一个戏剧冲突的发展过程，高潮"不应看成一个点，而看成一线"，"如果要让高潮在适当的时机出现，剧作者必须作精密的布置，极其技巧地控制它，充分的准备它，和安排有层次有抑制的悬念，水到渠成，达到顶点。"[7]作者在这一幕采用延宕和抑制的方法，把戏剧冲突推向高潮。头两场写繁漪和周朴园、周萍的交锋。经过一天的变故，周朴园显得有些虚弱、惊惶，尽管和繁漪还是唇枪舌战，已失却先前的凌厉坚定，他甚至感叹"做人太不容易"。周萍向繁漪摊牌说要娶四凤，带四凤走，繁漪不甘心在这个"可以闷死人"的家里慢慢地渴死、枯死，再次恳求周萍带她走，让她跟四凤一块儿过都可以，否则"你走之后，他们会像个怪物似的守着我，最后铁链子锁着我，那我就真的成了疯子了"。周萍恼羞成怒地侮辱她："你是一个疯子！""我要你死！"周萍是个"不定，犹疑，怯弱"的人，当初他渴望精神肉体自由，诅咒过自己的父亲，现在更向往像父亲那样恪守旧的道德规范，做"模范市民，模范家长"。繁漪要求个人自由的意志和周朴园父子维护专制秩序的意志冲突达到白热化程度，她在受到周萍再次伤害后，沉静地说："奇怪，我要干什么？"接下去，这个绝望的女人便以困兽犹斗的姿态进行报复和反抗，剧情渐次推向最紧张的高潮。

鲁家人先后来周家找四凤，繁漪向鲁大海透露周萍今夜就要溜到矿上去的信息，她想借鲁家人的力量扣住周萍。面对大海的枪口，周萍承认了和后母"不自然"的关系，表示要娶四凤的"诚心"，大海为成全妹妹不得不放行。四凤跟这个颓废自私的大少爷出走，当然不会有什么善果，但从眼下情形看，似乎也是唯一的路。鲁妈知道周萍、四凤都是她的儿女，当然坚决反对他们"一块儿"走，听说四凤已有身孕，于极度矛盾痛苦中又挥手让他们"一块儿走"。她祷告苍天不要惩罚"心地干净"的儿女，所有的罪孽"让我一个人担待吧"。作者在这里公开了四凤怀孕这个埋得很深的秘密，还埋藏着一个鲁妈和观众已知，剧中其他人还不知晓的秘密：周萍和四凤的兄妹关系。鲁家人终于同意放行，繁漪第一次报复归于失败，便指靠周冲来拆散周萍、四凤，可是这个心地纯洁的孩子却天真地说："只要四凤愿意，我没有什么"，"我好像并不真爱四凤。"二次报复不成，繁漪便一不做二不休，当众公开了她和周萍的关系，她存心不让周萍走，喊出周朴园来，让他看看他的好儿子娉上了老妈子的女儿。

"侍萍，你到底还是回来了！"周朴园上场，全剧达到最高潮，他亲自宣布了鲁妈就是侍萍的秘密，他要周萍跪认生母，最终解开了兄妹乱伦的扣子。紧随其后，大悲剧发生了：四凤、周萍自杀，周冲惨死，侍萍和繁漪疯癫。繁漪用爱与恨相交织的火焰烧毁了周公馆这个"体面"的大家庭，也毁了她自己；周朴园想要弥补30年前的过失，反而加速了悲剧的发生。剧本结尾，玉石俱焚，只有鲁大海打出大门，跑了。《雷雨》的结局留下一个问题，显示了作者的智慧和思想深度，具有对于生活的启示意义。

三、戏剧结构技巧的成功运用

1934年《雷雨》在《文学季刊》发表时，批评家对《雷雨》主题和结构多有微词，曹禺也好几次检讨《雷雨》"太像戏"，技巧上"用得过分"，后来写《日出》时，"决心舍弃《雷雨》中所用的结构，不再集中于几个人身上。"[8]曹禺这些否定性的自评，影响到研究者对《雷雨》结构的公允评价。作为一位创新的艺术家，曹禺并不满足于既往的作品，他对《雷雨》结构技巧否定性的自评，表明自我超越的愿望和探索、创新的勇气与激情。事实上，《雷雨》剧情集中紧凑，人物性格鲜明生动，和作者恰到好处地运用戏剧结构技巧密不可分。

《雷雨》灵活运用了古希腊悲剧中"发现"与"突转"的结构技巧。按照亚里士多德《诗学》中的解释，"发现"是指从不知到知的转变，通常是剧中人物的被"发现",有时是一个人物被另一人物"发现",有时是彼此互相"发现"。"突转"是指戏剧情势发生急剧变化,通常是180度的大转弯。大多数情况下,"发现"和"突转"是相依共存,同时进行的,往往由于"发现"而造成剧情的"突转"。[9]例如第二幕中"相认"这场戏,周朴园不是一下子"发现"30年前的侍萍,而是一步步拨开疑云,"发现"中又有矛盾纠葛。最初他煞有介事的要那件"旧雨衣",问"窗户谁叫打开的",似乎时刻追念旧情。鲁妈关窗户的背影触动他埋藏很深的记忆,问"你是谁?"(一次"发现")听出她的无锡口音(二次),发现她竟知道30年前无锡发生一起女子投河的惨剧(三次),在这过程中,周朴园又想追问往事,又怕揭开真相,他说那是"梅家一位小姐","很规矩的"。鲁妈却说那姓梅的姑娘"不是小姐","听说是不大规矩的",好像冥冥中有什么主宰,她不想旧事重提,却又偏偏不断地透露真情。周朴园追问"你姓什么?"(四次),鲁妈故意扯开:"我姓鲁,老爷。"好像鬼使神差,她又禁不住漏了底:"这个人现在还活着。"周朴园逼问:"你是谁?"(五次),鲁妈再扯开:"我是这儿四凤的妈。"周朴园让她喊四凤取箱子里的"旧衬衣",鲁妈又忍不住报了底:是不是那件袖襟上绣一朵梅花,旁边绣一萍字的绸衬衣?在极度矛盾的心理状态下,周朴园终于发现眼前这老妈子就是"侍萍!"(六次)"发现"之后,剧情"突转":"你来干什么?""谁指使你来的?"接着便拉下脸皮,想给几个钱了事。由于这场戏娴熟地运用了"发现"和"突转"手法,两个人物的情感跌宕和性格冲突表现得淋漓尽致,人物对话和戏剧行动也是波澜迭起,充满了峰回路转的戏剧性魅力。

第四幕在戏剧冲突不断向高潮迭进的过程中,也运用了"发现"和"突转"手法。四凤在第三幕已当着母亲的面发誓说"从此不见周家的人",可她为什么还要迎着暴风雨去追周萍?为什么不顾鲁大海和鲁妈的阻挠还要周萍带她走?直到四凤说她有了身孕,鲁家人才同意他们远走高飞。作者在这里安排了一个"发现"一个"突转",周萍、四凤便"由逆境转向顺境",眼看可以如愿以偿了;可当周朴园说破他们的兄妹关系,剧情又出现了江水倒流式的"突转",他们又"由顺境转向逆境",非但走不成,反而走向毁灭。黑格尔说:"人应该感到恐惧的并不是外界的威力及其压迫,而是伦理的力量,这是人自己的自由理性中的一种规定,同时也是永恒正义的颠扑不破的真理,如果人要违反它,那就无异于违反他自己。"[10]这种无法抗拒的"伦理的力量",使得所有在场人物都陷于对兄妹乱伦事件的警醒与恐惧之中,"突转"的结果导致死亡、疯癫和剧烈的痛苦，这是最富于戏剧性的"发现"与"突转"。

《雷雨》还成功地运用了"悬念"技巧。悬念是指一种急切期待的心理状态和"欲知后事如何"的急切好奇心。悬念可造成紧张的心理状态，而不断向前伸展的紧张则导致观众的兴趣一直向前冲。剧中的悬念大致有两种：一种是观众什么都不知道，好奇心驱使他们对舞台上的一切都想追根问底。例如第一幕，鲁贵吞吞吐吐地说出周公馆"闹鬼"的事，设下一个总的悬念；又说："我先提你个醒，老爷比太太大得多，大少爷不是这位太太生的。""我怕太太看见你才有点不痛快"。可见这悬念与大少爷、繁漪、四凤三人有关，一下子就牵出后母和长子、同母兄妹之间的乱伦事件，观众必然急切地想知道，这乱伦事件将会演变成怎样一出家庭悲剧？另一种悬念是观众知道一点或知之甚多，他们急于了解事件发展的趋势以及剧中人物的命运。例如第二幕，鲁妈上场的时候，我们对周家三十年来的复杂情况和剧中人物错杂的关系已一目了然，可剧中人却茫然无知；我们急切地想知道剧中人的意志冲突和各种不同的性格反映，于是作者特意安排了一个比一个紧张的连环式悬念。四凤要周萍带她一起走，被拒绝了，周萍答应晚上十一点到她家去约会，去还是不去？结果如何？这个悬念到第三幕才解开。周萍和繁漪的两场交锋，繁漪受到两次羞辱，她向周萍发出两次警告：一个女子"不能受两代人欺侮"！"你不要把一个失望的女人逼得太狠了，她是什么事都做得出来的！"这里采用戏剧重复的笔法，表现繁漪热烈而阴鸷的性格和拼死反抗的决心，两个紧张的悬念，预示"风暴就要起来了"。

悬念与戏剧冲突往往相伴而生，例如第四幕戏剧冲突愈演愈烈，悬念也一浪更比一浪高。四凤能否跟周萍一块儿走？是这幕最大的问题（悬念），作者用"拖延"和"抑制"手法制造一系列悬念，使高潮部分的剧情发展迂回曲折，反复进退，更加惊心动魄，紧张有力。先写繁漪受到周朴园、周萍欺辱后沉静地说："奇怪，我要干什么？"造成一个紧张的悬念；接下去写她一次比一次顽强的报复，剧情迅速冲向最高潮，这样一波三折地设悬、悬置、解悬，生动鲜明地刻画了人物性格，加强了戏剧的紧张性和爆发力。

《雷雨》的情节有许多巧合，充满了偶然性事件，过去一向受到批评家诟病，其实这正是《雷雨》结构的独特之处。曹禺早年受近代欧洲"巧凑剧"的影响，写剧本好用巧合。他坦言："老实说，一部《雷雨》全都是巧合。明明是巧合，是作者编的，又要让人看戏时觉不出是巧合，相信生活本来就是这样，应该是这样。这就要写出生活逻辑的依据以及人物性格、人与人之间关系的必然性来。"[11]《雷雨》中的巧合突破了斯布里克巧凑剧迎合观众，违反生活逻辑，一味制造"意外"的弊端，能够把生活逻辑的依据和人物性格、人与人关系的必然性寓于偶然性的巧合事件之中。例如第二幕"相认"这场戏，就充满了偶然性事件。侍萍时隔30年又到周家来，实在巧得出奇，但在此前作者已有充分交代。从开场戏鲁贵和四凤的谈话，我们已知繁漪要鲁贵通知她来带走四凤，侍萍一向不肯让女儿到大户人家做女佣，现在到周家来带走女儿实乃出于必然。鲁大海为什么偏偏也在周朴园矿上做工？听听鲁贵怎样数落大海吧："他哪一点对得起我？当大兵，拉包月车，干机器匠，念书上学，那一行他是好好地干过？好容易我推荐他到了周家的矿上去，他又跟工头闹起来，把人家打啦。"原来鲁大海进城找工做，是继父引荐他进周家矿上做工的，作者的交代可谓细致周密，无懈可击。第三幕"相认"这场戏，让周朴园、侍萍、周萍、鲁大海这些本来毫不相干的人在一霎时中突然汇聚到周公馆，真是"无巧不成书"！但作者早有交代：侍萍要"见见我的萍儿"，鲁大海作为矿工代表非要见董事长不可，这就合情合理地揭出偶然性事件的因果联系。在母子、父子相会过程中，这些人物的意志冲突非常强烈，周朴园执意开除他失散30年的儿子鲁大海，大海揭露周朴园现在和过去迫害工人的罪行，侍萍亲眼见到周萍殴打大海，由于大量运用偶然性巧合事件，营造出高度紧张的戏剧情境，富有说服力地展现出生活中必然性的社会冲突。

后母繁漪和长子周萍的乱伦关系也是偶然性的巧合事件，但偶然中包含着必然。曹禺说繁漪是受过一点新教育的旧式女人，那一点"新教育"培植了她的"野性"和"狂热的思想"。旧礼教迫使她嫁给一个比她大得多、她根本不爱的男人，在周公馆的牢笼里，18年来她受尽残酷的精神折磨，这个原来活泼泼的金丝雀渐渐变成"石头样的死人"了。她看透了周朴园的伪君子面孔，要做一个"真正活着的女人"，"要一个男人真爱她"，可她的身份地位和生活习性又使她没有勇气闯出周公馆去爱新的人，她只能抓住懦弱的周萍不放手，可见繁漪的悲剧是必不可免的。总之，《雷雨》中这些偶然性的巧合事件，"戏"味足，"情"味浓，出乎意料之外，合乎情理之中，对于刻画人物性格，加强戏剧的矛盾冲突，加速剧情的发展，完全是合理而必要的。

注　释

[1][2]曹禺:《〈雷雨〉序》,《曹禺论创作》,上海文艺出版社1986年版,第9页。

[3][法]狄德罗:《戏剧艺术》,《文艺理论译丛》1958年第1期,第66页。

[4][7]顾仲彝:《戏剧理论与技巧》,中国戏剧出版社1981年版,第145页,第226—232页。

[5][俄]霍罗道夫:《第一幕》,《剧本》月刊1956年第6期。

[6]陈瘦竹:《戏剧冲突和人物性格》,《现代剧作家散论》,江苏人民出版社1979年版,第256页。

[8]曹禺:《〈日出〉跋》,《曹禺论创作》,上海文艺出版社1986年版,第38—39页。

[9]参看[古希腊]亚里士多德:《诗学》,人民文学出版社1982年版。

[10][德]黑格尔:《美学》第3卷(下),商务印书馆1991年版,第288页。

[11]曹禺:《曹禺谈〈雷雨〉》,《曹禺论创作》,上海文艺出版社1986年版,第92页。

于2009年6月

历史剧《屈原》的浪漫诗剧特色

历史剧《屈原》(以下简称《屈》剧) 诞生在中国和世界反法西斯战争最艰苦的年代（1942年1月），这是一个洋溢着悲剧精神的大波大澜时代。当时希特勒悍然进攻苏联，日军发动了太平洋战争，国民党右派策动"皖南事变"后，变本加厉地对抗日军民实行军事围剿。"陪都"重庆如同一座"庞大的集中营"，大批爱国志士被逮捕被杀戮，中华民族处于生死存亡的危急关头。该剧的创作和演出，是郭沫若和一批进步文艺工作者在党的领导下进行的一场"坚持抗战，反对投降；坚持团结，反对分裂；坚持进步，反对倒退"的特殊斗争。正如屈原的扮演者金山所说："名著《屈原》的问世及其演出，是在一种特殊险恶的政治环境中打的一场政治进攻仗。我们这些出现在舞台上的人，都好比冲锋陷阵的兵士；布置这场进攻战的，是诗人郭沫若，而领导这一战役的，就是来自毛主席身边的中央军委副主席周恩来同志。"[1]

郭沫若是作为一位浪漫主义诗人而走向历史剧创作的，他的史剧作品注入了很强的诗的因素。早在20世纪40年代就有人说这些史剧是"历史诗剧"，他自己也说："广义的来说吧，我所写的好些剧本或小说或论述，倒有些确实是诗。"[2] "小说和戏剧中如果没有诗，等于是啤酒和荷兰水走掉了气，等于是没有灵魂的木乃伊。"[3] 本文从几个主要方面，论析《屈》剧的浪漫诗剧品格。

一、层层迭进的戏剧结构

戏剧根本上是动作的艺术，戏剧结构的基本任务，是在戏剧时间、空间的范围内组织动作。就总体结构而言，《屈》剧具有集中统一的特点，剧中主要人物的戏剧动作（特别是内心动作），呈现出逐步深化、层层迭进的发展轨迹。

屈原生活在战国时代特定的历史环境里，"忠而被谤，信而见疑"，他的一生是个大悲剧。楚怀王时代做左徒时他未满三十，到楚襄王时代郢都陷落沉江殉国，年已六十有二，要把屈原30多年的悲剧身世搬上舞台，作者在艺术构思上颇费功夫。从30多年的矛盾冲突着眼，把屈原一生的悲剧集中在楚怀王十六年暮春的一天中加以表现，地点集中在楚国郢都，布下桔园、楚宫内廷、城郊和东皇太乙庙四景，从而高度概括地写出这位伟大历史人物的悲剧精神，把抗日战争后期反侵略、反投降、反分裂、反独裁的"时代的愤怒复活在屈原时代里去了"。[4]

在屈原一生所面临的诸种矛盾中，作者选取联齐抗秦与绝齐亲秦两条路线斗争作为戏剧冲突的基本内容，这种冲突关系着屈原个人命运，也关系到楚国的前途和命运。冲突表现在人物动作上，则是南后、张仪集团对屈原施加迫害和以屈原为代表的人民力量反迫害的斗争。该剧主要戏剧冲突在第二幕爆发，而在戏的开头部分，作者对导致冲突的情境就作了必要的交代说明。第一幕"橘园诵诗"，我们看到屈原正同他的弟子宋玉一起解读新作《橘诵》。清晨橘园造成芬芳高洁的气氛，屈原赞美桔树，表现出诗人赋性坚贞的情操和独立不移的人格美，这正是他后来同南后、张仪集团作斗争的精神支柱。婵娟、子兰上场说的一番话，透露出该剧的主要冲突线索：原来秦国使臣张仪要回他的故乡魏国去了，因为楚怀王听信屈原的话，不愿和齐国绝交，张仪觉得没有面目再回到秦国去。他在辞别楚王时，故意当着南后的面说要到魏国选美人献给楚王。张仪的选美，有"一石三鸟"的作用：既取悦于楚王，引发南后的醋意，又能动摇楚王对屈原的信用。南后怕自己失宠，连夜派上官大夫靳尚向张仪行贿，以阻挡他到魏国去选美。屈原敏感到："这样说来，那些鬼家伙是在作怪啦！"第一幕布下危机四伏的情境，造成悬念，暗示冲突的发展方向，一场迫害与反迫害斗争不可避免。

第二幕场景移至楚宫内廷，南后正布置歌舞宴会之事，并与靳尚密谋如何"短期间内打破国王对于屈原的信用"，以推行亲秦路线。屈原应南后之约来内廷指点《九歌》排练，南后乘国王、张仪步入内廷之时，故意晕倒在屈原怀里，反诬屈原"淫乱宫廷"。楚怀王盛怒之下，不辨真伪，不容申辩，将屈原罢黜并逐出宫廷，同时宣布和齐国绝交，与秦国结盟。这一幕风云陡变，奇峰突起。明明暗暗的阴谋，面对面的交锋，屈原寡不敌众，受到一次深深的伤害，陷于极其困难的境地。在结构上，作者采用"突转"法，使主要冲突激化，形成全剧第一个高潮，还反复运用舞台布景提示，让女官在开筵后再把垂于"左右房与室之间及前侧二面"的帘幕揭开，目的是给楚怀王看"戏"提供足够时间，大大加强了冲突的戏剧性。

第三幕写靳尚、子椒在橘园导演一出替屈原招魂的闹剧，屈原不堪忍受侮辱，愤然出走。这一幕虚写屈原，实写宋玉和婵娟两个弟子。宋玉听信谣言，背叛屈原，投靠南后集团，婵娟确信屈原是"楚国的栋梁，顶天立地的柱石。"剧情发展到此，矛盾更加错综。在氛围和情调上，它是二、四两幕小高潮中的一个缓冲与调节，但在实际上它是大波大澜中一个貌似平静又极不平静的涡旋。作者以招魂闹剧和宋玉背叛，深化了屈原所受的侮辱，刻画出一个快要爆炸的灵魂。

第四幕屈原泽畔行吟，借诗歌的力量本来有可能陷入陶醉而得到解脱，却在郢都东门外与南后集团狭路相逢。屈原再度受到南后、张仪百般羞辱，屈原怒叱张仪，婵娟痛骂南后，中午在内廷担任舞师的一位钓者也挺身而出替屈原辩诬，三个小波澜，构成全剧第二个小高潮。阴险毒辣的南后百般戏弄屈原，张仪在一边捧腹绝倒，不堪忍受人格侮辱和精神摧残的屈原怒斥卖国求荣的张仪以泄其愤，结果非但不能使楚怀王迷途知返，反而遭到缧绁之灾，婵娟和钓者也先后被关押起来。这一幕再次深化了屈原所受的侮辱，他的愤懑远非骂了张仪就能平复，这就为"雷电独白"积蓄了力量。

眼看剧情迫近高潮，作者却采用"延宕"的结构手法，先写婵娟的一场戏。"一片天真"的婵娟反抗子兰、宋玉对她的威逼利诱，不愿苟且偷生，一心追随屈原，因而感动卫士甲将她救出牢笼，然后奔出城门去搭救屈原。婵娟的坚贞不屈，为屈原光风霁月的品格作了铺垫。剧情发展到此，生出无限希望，引起观众对屈原命运的关注。五幕二场的"雷电独白"是人物动作的顶点。表面看来，东皇太乙庙神殿上只有屈原孤零零一个人，他的敌人南后，张仪等都不在场，似乎失去了斗争对象，但他想到南后的诬陷，张仪的阴谋，自己蒙受的屈辱，想到国破家亡、人民涂炭的情景，他那一腔悲愤达到顶点。在"室外雷电交加，时有大风咆哮"的自然背景下，他把"土偶木梗"视为斗争对象，以"黑暗的宇宙"作为摧毁目标，借助风、雷、电的力量倾吐出对楚国反动统治集团的诅咒和控诉。

"雷电独白"是主人公崇高人格和广阔胸襟的强烈体现，是一首悲壮雄浑的交响诗，也是郭沫若的时代愤怒和屈原的愤怒汇成的一股巨流。劳逊在《戏剧与电影的创作理论与技巧》中指出，戏剧"高潮是考验结构中每一个元素的有用的试金石。""雷电独白"是人物动作发展的制高点，剧本的每一部分都和这最末一景有明显的因果联系。正如作者所说："第三第四两幕的作用，都为的是要结穴成这一景。在第二幕中一度高潮了的愤懑，借第三幕的盲目的同情——而其实等于侮辱，来加以深化。在第四幕中借诗歌的力量本已有可能陷入陶醉而得到解脱，又借着南后与张仪的侮辱而更加深化。"这深深的精神伤害，仅仅靠着骂了张仪是不能够平复的，而在骂了张仪之后，终竟遭了缧绁，我是存心使他所受的侮辱增加到最深度，彻底蹂躏诗人的自尊的灵魂，这样逐渐迭进到雷电独白。"[5]"雷电独白"最终完成了人物性格刻画和主题思想表达，从这意义上说，剧本实现了戏剧结构的统一性。

全剧中，众多的矛盾冲突交织成丰富的人物动作线。屈原与南后、张仪的冲突是主线，屈原三个弟子（婵娟，宋玉、子兰）的性格冲突是重要副线。全剧确定以屈原反迫害行动作为动作体系的中心，众多动作线始终围绕屈原悲剧交替着向前跃进。至第五幕高潮部分，主、副线迅速汇合（婵娟与宋玉、子兰分道扬镳，去东皇太乙庙搭救屈原），达到结构上完美统一的境界。别林斯基赞赏"莎士比亚的每一个剧本都是一个完整的，个别的世界，有它的中心，有它的太阳，许多行星和卫星环拱着这颗太阳旋转。"[6]《屈》剧的太阳就是屈原，其他人物尽管各具个性，全都是行星或卫星绕着太阳运行。例如，巧言令色、权谋诡诈的张仪是为了"祭祀屈原"而存在，而志行高洁、赋性坚贞的婵娟则是"屈原辞赋的象征"，"是使屈原得到安慰而继续奋斗到死的唯一力量。"[7]作者运用"对比"、"烘托"、"砌高"的结构方法，把错综的动作线围绕一个中心组织起来，层层迭进地向高潮突进，从而实现了剧本结构的集中统一性。

二、雄浑壮美的抒情形象

在《屈》剧中，作者以崇高的理想，悲壮的情怀熔铸理想化的人物形象。剧中的屈原和婵娟形象都带有浓厚的抒情特征，他们是中华民族优秀品质的卓越代表，他们是诗剧的魂灵。

郭沫若所理解的屈原，"是表示悲壮美的雄浑一品的代表。他的诗品雄浑，人品也雄浑，他的诗与人也是浑合而为一了的。"[8]对屈原诗品与人品的这种独特审美感受，正是郭沫若成功塑造屈原形象的一个秘密。剧中的屈原，具有"独立不倚"、"凛冽难犯"、"赋性坚贞"的高尚人格，他不仅以《橘诵》自勉，还要求宋玉在大节临头的时候"不苟且，不迁就"，"生要生得光明，死要死得磊落"。这种高尚的人格精神正是屈原的"诗魂"，也是他毕生坚持正确的政治主张的坚实思想基础。屈原优秀品质在政治上的表现就是热爱祖国，热爱人民。他具有远见卓识，始终不渝地贯彻合纵抗秦的路线，为实现祖国的大一统而努力。据《史记·屈原贾生列传》记载：楚怀王"以不知忠奸之分，故内惑于郑袖，外欺于张仪，疏屈平而信上官大夫，令尹子兰"。《屈》剧未将这场反迫害斗争视为个人反抗行为，而是紧密联系着爱国和卖国两大集团的斗争，在斗争中凸现出屈原的爱国主义精神。屈原被诬陷、被逐出宫廷时大声疾呼："大王，我可以不再到你宫里来，也可以不再和你见面……你要多替楚国的老百姓着想，老百姓都想过人的生活，老百姓都希望中国结束分裂的局面，形成大一统的山河，你听信了我的话，爱护老百姓，和关东诸国和亲……"（第二幕）这些闪耀着爱国主义光辉的台词，让我们联想到"长太息以掩涕兮，哀民生之多艰"，"亦余心之所善兮，虽九死其犹未悔"，"岂余身之惮殃兮，恐皇舆之败绩"这些脍炙人口的诗句。和中国老百姓骨肉相连的联系，正是屈原光风霁月的崇高品质的核心质素。屈原的高尚人格还突出地表现为不屈不挠地"为真理斗到尽头"的英雄主义精神。越是受到侮辱和迫害，他越是坚持合纵抗秦主张，为实现大一统的理想抗争不息。痛斥奸佞小人张仪，揭露南后行贿丑行，在东皇太乙庙的"雷电颂"，便是他那不屈精神的发扬与升华。最后跟随卫士甲到陕北去和农夫一块儿躬耕、抗秦，也是屈原精神合乎逻辑的发展（在作者看来，爱国者屈原的性格应该有这样的发展）。郭沫若认为，屈原精神实在是可以"惊天地，泣鬼神"，屈原悲剧"不仅是他个人的悲剧，不仅是楚国的悲剧，而是我们民族的悲剧。"他甚至认为，当时的中国假若"由楚人来统一"，"自由的空气更浓厚，艺术的风味也一定更浓厚。"[9]

屈原形象塑造，最鲜明地表现出诗人郭沫若的情感体验和创作特色，他以诗人的敏感和热忱表现屈原内在精神和情感运动的全过程，让他的情感"被恶势力逼到真狂界线上"，一步步地推进到"爆炸"的境地。开场戏"橘诵"便满蕴着一腔诗意，显现出诗人激情和道德人格的结合。屈原的人格诉求不是个人的小枝小节，而是大波大澜时代做人的大节。南后的诬陷使志行高远的诗人陷于极度痛苦和愤怒之中，剧本第二、第三幕，运用复沓的修辞手法，让屈原三次提出抗议："你陷害我，但你陷害了的不是我，是我们整个儿的楚国，是我们整个儿的赤县神州啊！"三段话文字组合不尽相同，却共同地抒发出屈原不顾个人安危荣辱，心系祖国统一和人民安宁的崇高志向，非常真切地表达出这位被恶势力迫害得快要癫狂的爱国者的心迹和情感走向。

惟其极度痛苦和愤怒，才有了第五幕第二场的"雷电独白"，屈原与雷电同化了，他借助大自然的力量怨天恨人，骂神咒鬼，他的感情凝结着"整个儿赤县神州"人民的愤怒。

就是这样，郭沫若以诗人和战士的激情和理想，表现出大波大澜时代的悲剧精神，雕塑出爱国诗人屈原高洁的灵魂。事实上，他把我们民族的道德美和情操美发扬光大起来了，屈原精神已成为中华民族精神品质的化身。可以说，历史剧《屈原》在文学史上的突出贡献，就是塑造了这样一个雄浑、壮美的中华民族的魂灵。

屈原的斗争不是孤立无援的，无论屈原的邻人、泽畔的渔父钓者，还是宫中卫士，都热爱屈原，和屈原站在一起。卫士甲说："先生，我们楚国需要你，我们中国也需要你！"众多群众形象共同地衬出屈原的崇高精神。平民出身的少女婵娟是屈原的侍女和学生，她始终如一地爱戴先生，捍卫屈原的事业。这位善恶分明、深明大义的少女，害怕南后"跟蛇的眼睛一样"的眼睛，而呆在屈原身边则"安详得像一只鸽子"；她爱屈原是因为"先生是楚国的栋梁，是顶天立地的柱石"，"先生是我们楚国的魂灵"。为了支持屈原，这位柔弱的姑娘敢于当众揭穿南后陷害屈原的阴谋，拒绝宋玉、子兰的威逼利诱，甚至误饮毒酒也不悔恨，她为自己能以"微弱的生命"代替屈原"这样可宝贵的存在"而感到"幸运"。在《屈》剧中，婵娟的情感运动和屈原的情感流程，像两股奔腾的流水，此起彼伏，一泻千里，屈原的愤怒逐步迭进到"雷电独白"，婵娟的感情也不断升华，达到高洁芬芳的境界，火光熊熊中，那《橘诵》的悼辞便成为婵娟精神的颂歌。诚如作者所说，婵娟是"屈原辞赋的象征"，是"道义美的形象化"[10]，志行坚定的婵娟以自己的生命献给祖国统一大业，从一个侧面非常有力地衬出屈原光风霁月的品格。在人物关系描写中，婵娟不仅有烘托（屈原）、对比（宋玉、子兰）的作用，还有增强悲剧美感的意义，以婵娟悲壮的献身代替屈原投江的结局，让屈原在祭奠婵娟后去汉北躬耕抗秦，大大加强了戏剧震撼人心的力量。

三、"失事求似"的创作原则

在历史题材处理上，郭沫若主张"失事求似"。他认为："写历史剧不是写历史，……剧作家的任务是在把握历史的精神而不必为历史的事实所束缚。"[11]"说得滑稽一点的话，历史研究是'实事求是'，史剧创作是'失事求似'。史学家是发掘历史的精神，史剧家是发展历史的精神。"[12] 也就是说，在重要史案的处理上，史剧不能违背历史事实，譬如时代的风俗、制度、精神，人物的性格、心理、习惯，总要无懈可击；但是在艺术创作中，又不必拘泥于史实，譬如某些情节的处理，人物的设置，场景的安排，等等，则可以虚构和想象。史剧家追求的目标不是小枝小节的形似，而是历史的神似及其蕴含的诗意。在《屈》剧中，作者运用"失事求似"的创作原则，创造出历史真实和艺术真实高度统一的艺术形象。

屈原形象塑造，大抵依据史实，写出人物性格在那个时代"应该有怎样合理的发展"。历史上的屈原以坚持"合纵"抗秦的爱国诗人著称，但从他留下来的诗章《离骚》、《九歌》、《九章》来看，多芳菲凄恻之音而少反抗挑战之声。史剧中的屈原，不再"忧愁幽思而作《离骚》"（司马迁语），而是呼唤暴风雨，高歌"雷电颂"；不再"指天以明证"地辩明"事君不贰"的心迹，而是和人民群众血肉相连，最后远走汉北，躬耕以抗秦。《屈》剧弱化了屈原的忠君思想，强化了他与奸党、国贼的抗争，强化了他反抗强秦的精神气节。在表现屈原爱国之心和愤怒之情上，屈原形象和历史上屈原的精神本质毫无二致，但是作者站在现实斗争的高度，把自己感觉到的时代内容熔铸到屈原悲剧中去，塑造出屈原的诗意魂灵，使屈原性格不拘泥于史实而有合理的发展。

按照"失事求似"原则，《屈》剧虚构了历史上所没有的一些人物和事件。郭沫若坦言："最忠于他而爱他的女弟子婵娟，最后就他出走的那位自愿做他的'仆夫'的卫士，都是我所虚构的人物，那可以说，是两种诗的感情或两种诗的人格的象征。"[13] 婵娟形象是根据屈原辞赋的提示创造出来的，"把《离骚》上的'女须之婵媛'解释为陪嫁的姑娘，名叫婵娟。就是《湘君》中的'女婵媛兮，为余叹息'，《哀郢》中的'心婵媛而伤怀兮，眇不知所蹠'，我都想把它解释成人名。"[14] 当然，如果没有屈原辞赋和屈原精神的暗示，作者也写不出这样追求自由与光明的诗化的天使形象，如同屈原辞赋是真实的存在，婵娟形象的艺术真实性我们也不会怀疑。剧中另外一些群众形象，如渔父、钓者等，也是作者从屈原辞赋得到启发，加以艺术想象虚构出来的。能够把伟大诗人的辞赋化为抒情形象，确实是郭沫若的艺术独创。

上官大夫靳尚和南后郑袖都是历史上实有的人物，屈原与南后的矛盾却是虚构的。据《史记》记载，上官大夫和屈原确有冲突，但并非亲秦和抗秦的矛盾，而是靳尚跟屈原"争宠，而心害其能"，竭力在楚王跟前诋毁屈原。现在，郭沫若有意将陷害屈原的主要责任转嫁到南后身上来了。虚构南后陷害屈原的情节，使戏剧冲突更加集中、尖锐，迅速推向高潮。这种改造加工并不违背屈原被诽谤、被罢黜、被放逐的基本史实，我们不会怀疑戏剧的艺术真实性。

为了"发掘"屈原时代的历史精神，郭沫若甚至有意变动历史事件和人物关系，张仪形象的改写就特别值得关注。把屈原悲剧放在张仪使楚这段时间来写，内有楚王昏庸腐朽，南后、靳尚诽谤陷害，外有张仪阴谋暗算，如此波谲云诡的冲突自然最能突出屈原爱国爱民，反对投降分裂的政治品质，最能充分展现他"为真理斗到尽头"的壮美情怀。不过据《史记》记载，张仪使楚离间齐楚关系，导致楚怀王"信张仪，遂绝齐"的事件，并不是发生在屈原受楚怀王宠幸任左徒期间，而是发生在屈原被黜离开宫廷之后。作者对张仪形象塑造曾做过如下解释："写张仪多半是根据《史记·张仪列传》和《战国策》，把它写得相当坏，这是没有办法的。在本剧中，他最吃亏。为了裡祀屈原，自不得不把他来做牺牲。假使是站在史学家的立场来说话的时候，张仪对中国的统一倒是有功劳的。"[15] 张仪形象的改写，显然包含着郭沫若对战国史的独特解读，在他看来，中国没有按照屈原的主张由楚国实现统一，实在是一个民族大悲剧。以这样的观点考察问题，扬屈原而贬张仪就不足为怪了。

又据作者说，指认公子子兰为南后的儿子，屈原的学生，"都是想当然的事体，并不是有什么充分的根据"。而宋玉也不是屈原的学生，并没有什么直接的师徒关系，不过将他写成"没有骨气的文人"，也有一点根据。司马迁曰："屈原既死之后楚有宋玉、唐勒、景差之徒者，皆好辞而以赋见称。然皆祖屈原之从容辞令，终莫敢直谏。"在郭沫若看来，宋玉的传世之作，如《神女赋》、《风赋》、《登徒子好色赋》、《大言赋》、《小言赋》等所表现的面貌，实在也只是个帮闲文人。此外，郑詹尹和郑袖的父女关系"也是杜撰的"。[16]

郭沫若倡导并实行的"失事求似"创作原则，为我国历史剧创作提供了有益的历史经验。这种古为今用、借古鉴今的艺术创作方法，曾得到周恩来同志肯定，他认为，一个马克思主义者对待历史"应该是历史唯物主义的"，"只要在大的方面符合历史事实，至于对某些次要人物，作者根据自己的看法来评价是允许的。"[17]

四、诗情画意的戏剧情境

作为浪漫主义诗人，郭沫若在历史剧创作中擅于驰骋艺术想象，将史剧的历史背景、乡土民情等等幻化成鲜明的艺术形象，以诗的意趣和氛围营构出特定的戏剧情境。例如，清晨的桔园造成芬芳高洁的环境气氛，烘托出屈原的崇高精神；豪华的宫廷宴乐、"招魂"的古代民俗、东皇太乙庙的"土偶木梗"，还有小河边渔父张网、钓者垂钓的景象，让我们如同亲历楚文化影响下的地方风物和古俗民情。作者还运用幕前说明和舞台指示，创造诗的意境。例如第五幕"夜，月光皎洁"，与婵娟拒绝宋玉、子兰诱降相映衬；"有顷，月光消失"，这样卫士甲才有可能在黑暗中放倒更夫取出钥匙；"室外雷电交加，时有大风咆哮"，主人公的内心激情与大自然剧变交相感应，才呼唤出一篇"雷电独白"；而"大风渐息，雷电亦止。月光复出，斜照殿上"，则造成一种空灵幽美的意境，准确地衬出屈原此时此刻的恬淡心境，为屈原和婵娟相会营造出诗意氛围。最后一场"刻意迸发了一片热烈的火花"（郭沫若语）：《礼魂》之歌升起，歌唱春兰秋菊，馨香百代，屈原在火光熊熊中以《橘诵》祭奠婵娟，象征婵娟"化为永远之光明，永远之月光"，主人公崇高壮美的人格精神得到诗意升华。即使一些小的道具，象楚宫大廷"垂于左右两房及室之间"的帘幕，屈原的高冠佩剑、颈上花环，也都是环境和人物的诗意表现。

剧中还穿插了许多抒情诗和民歌，借以表现人物，渲染气氛，使全剧贮满诗情。《屈》剧是诗人写诗人，每一幕都嵌有屈原辞赋或古代民歌，象《橘诵》、《惜诵》、《招魂》、《礼魂》，还有钓者的歌唱，不仅配合了剧情发展，也给戏剧染上了浓浓诗意。《橘诵》在剧中反复出现三次，既是屈原、婵娟精神的颂歌，也鞭挞了宋玉、子兰的变节和卑劣人品；在结构上还起到上下贯通、前后呼应的作用，造成全剧和谐统一的优美诗境。"雷电独白"则是郭沫若新制的长篇交响诗，它是主人公广阔胸襟和崇高精神的体现，也是作者的时代愤怒和屈原的愤怒汇成的一股巨流，它把屈原的反抗性格推向顶点，把戏剧冲突推向高潮。

此外，《屈》剧还采用散文式的抒情独白充分展现主人公的美好心灵，使得戏剧具有很强的抒情性和动人的诗美。像第二幕屈原被挟持出宫，抗议南后陷害的那段台词："唉，南后！我真没有想出你会这样地陷害我！皇天在上，后土在下，先王先公，列祖列宗，你陷害了的不是我，是我们整个儿的楚国啊！我是问心无愧，我是视死如归。曲直忠邪，自有千秋的判断。你陷害了的不是我，是你自己，是我们的国王，是我们的楚国，是我们整个儿的赤县神州啊！"这里有工整对仗的句式，又有长短句，散句中又插入排句；既有无韵的口语，又穿插有韵的语句；造成奔放中的约束，错落中的协调，读起来有节奏，有文采，有诗意，抑扬顿挫，朗朗上口，有力地传达出屈原的一腔悲愤和激情。而在第五幕"雷电独白"之后，屈原独对"大风渐息，雷电亦止，月光复出"的宇宙，心境渐渐恬淡起来，他思念河伯，牵挂婵娟，这里的抒情独白与"雷电独白"相比，好像是火山爆发后的一支抒情夜曲，款款地抒发出屈原热爱生命，和民众血肉相连的感情。接下去婵娟上场，师生相逢的一段抒情对话，尤其是婵娟误饮毒酒后那段感天动地的台词，更是一首用生命铸成的抒情绝唱。

综上所述，历史剧《屈原》是一部浪漫抒情诗剧杰作。谈到该剧的抒情个性，郭沫若说："《屈原》是抒情的，然而是壮美而非优美，但并不是怎样哲学的。"[18] 该剧的浪漫抒情特点是由爱国诗人屈原"发愤以抒情"的气质和诗品决定的，也是由抒情诗人郭沫若的艺术气质和创作理念所决定的。

注　释

[1] 金山：《痛失郭老》，《人民戏剧》1978年第7期。

[2] 郭沫若：《序我的诗》，《郭沫若论创作》，上海文艺出版社1983年版，第214页。

[3] 郭沫若：《诗歌国防》，《沫若文集》第2卷，人民文学出版社1957年版，第6页。

[4] [13] 郭沫若：《序俄文译本史剧〈屈原〉》，《郭沫若论创作》，上海文艺出版社1983年版，第403—404页。

[5] [18] 郭沫若：《〈屈原〉和〈釐雅王〉》，《沫若文集》第3卷，人民文学出版社1957年版，第317页。

[6] [俄] 别林斯基：《别林斯基选集》第1卷，时代出版社1954年版，第426页。

[7] [10] [14] [15] [16] 郭沫若：《我怎样写五幕历史剧〈屈原〉》，《沫若文集》第3卷，人民文学出版社1957年版。

[8] 郭沫若：《题画记》，《沫若文集》第12卷，人民文学出版社1957年版，第236页。

[9] 郭沫若：《今昔蒲剑·论古代文学》，《沫若文集》第12卷，人民文学出版社1957年版。

[11] 郭沫若:《我是怎样写〈棠棣之花〉》,《郭沫若论创作》,上海文艺出版社1983年版,第373页。

[12] 郭沫若:《历史·史剧·现实》,《郭沫若论创作》,上海文艺出版社1983年版,第501页。

[17] 转引自张颖:《雾重庆的文艺斗争》,《人民文学》1977年第1期。

于2010年10月

秋天傍晚飘落的一片树叶
——我看繁漪的悲剧

曹禺是一位悲剧感很强的剧作家，他对人生和人类命运有着异常强烈的敏感，他的作品真实地展现了人的苦难和不幸，满怀激情地唱出人们心中悲悯的诗情。他说过："我用一种悲悯的心情来写剧中人物的争执，我诚恳地祈望着看戏的人们也以一种悲悯的眼来俯视这群地上的人们。"[1]曹禺塑造了众多个性鲜明的悲剧艺术形象，其中描写最为成功、最具震撼力的形象首推繁漪。

繁漪是20世纪20年代"受过一点新的教育"的中国"旧式女人"。"新"与"旧"两种文化铸成了她的复杂性格。她有着旧式女人那样的文弱、明慧，她的内心却有着"更原始的一点野性"。五四时代的风雨对于"监狱似的周公馆"也有相当大的冲击力，反对家庭专制，争取个性自由，这"一点新的教育"培植并强化了繁漪那一点"野性"和"狂热的思想"。新与旧两种思想的交战，给这个不安定的灵魂，也给这个大家庭，埋下了不可避免的悲剧根苗。

自从被周家"第一个伪君子"周朴园骗到"周公馆"，繁漪就被投进一口"残酷的井"。旧礼教、旧道德迫使繁漪跟一个她根本不爱的男人结成夫妻。18年来，在周公馆的牢笼里，这个本来是活泼泼的金丝雀，受尽残酷的精神折磨，渐渐地磨成了"石头样的死人"。周朴园是一个专制暴君，"他的意见就是法律"，任何人不得违抗。他冠冕堂皇地说："我的家庭是我认为最圆满、最有秩序的家庭……我教育出来的孩子，我绝对不愿叫任何人说他们一句闲话。"在这个家庭里，任何人都必须绝对服从一种圆满的"秩序"，而带领所有家庭成员"服从"旧秩序的关键人物，自然就是做母亲的繁漪。所以周朴园煞有介事地告诫繁漪："当了母亲的人，处处应当替孩子着想，就是自己不保重身体，也应当替孩子做个服从的榜样。""繁漪喝药"这场戏，让我们看到封建家长极其冷酷专横的面孔，同时刻画了一个渴求自由却备受压抑的快要爆炸的灵魂。在这个大家庭里，繁漪并不缺少锦衣玉食的物质享受，但她无法忍受封建专制主义残酷的精神折磨，她与周朴园无爱的婚姻再也无法维持下去。18年来，她看透了周朴园的伪君子面孔，也深知"周家的空气满是罪恶"，她要做一个"真正活着的女人"，"要一个男人真爱她"。繁漪的宣言表达了一个受过一点新教育的女性反抗家庭专制、争取爱情自由的强烈要求。为了得到"真爱"，她情愿过着"妻子不像妻子，情妇不像情妇"的屈辱生活，把自己的一切都交给了周萍。这其实是对周朴园封建家长专制的一种反抗，这种反抗比"安安静静地等死"要积极得多。

或许有人会天真地提问：为什么这个女人"不在外面寻求安慰"，却要死死地拽住周萍，"活着像死去一样"？繁漪痛苦地自白："我逃不开"。周朴园的家庭专制秩序禁绝了一切正常思想和行为，扼杀了一切生命气息和正当要求。在周公馆这个牢笼的禁锢下，繁漪所感知的痛苦比其他家庭成员更为深切。她说："人家说一句我就要听一句，那是违背我的本性的。"她就像一颗被压在大石底下的种子，本来极有可能开放出鲜艳繁茂的花朵，现在却被窒息了自由呼吸。这个环境逼迫她变得乖戾、阴鸷和极端。因此，繁漪的悲剧实在是一个人性被禁锢、被压抑的悲剧，是追求个性自由的女性在家庭生活中受到封建专制主义摧残和压迫的悲剧。

周萍的出现给濒临死亡的繁漪带来了生命激情，炽热的爱情不仅使她无私地奉献出一个女人的贞操，而且使她变得异常果敢倔强。她在地狱里看到一线光亮，就奋不顾身地像一匹执拗的马，踏着艰难的老道勇敢地向前冲去。她抓住周萍不放手，想重拾起一堆破碎的梦救出自己。可是她灵魂的呼唤，并没有获得另一个灵魂的回声。繁漪为什么偏偏爱上周萍这样一棵弱不禁风的小草？作者说："这只好问她的命运，为什么她会落在周朴园那样的家庭中。"这是繁漪命运的不幸，环境没有给她提供一个机会，让她遇见一个和自己心灵相通的男人。深锁在令人窒息的周公馆，她不知道大墙外面还有什么新的天地新的生活，在那样一个毫无生气的密封罐头里，任何人都会把别人的一点同情和温暖当作赖以生存的阳光和空气。在她的生活圈子里，除了大少爷还有谁能成为"真爱"的对象呢？她别无选择，命中注定地接受了乱伦之爱，这种乱伦之爱更加深了繁漪的悲剧。

但是，乱伦的罪恶在周萍心中却投下恐惧和内疚的阴影，何况这种罪恶发生在周萍所敬畏的父亲的"体面"家庭里。诚然，周萍并不缺乏同龄人的锐敏和激情，三年前他从乡下回到周公馆就发现了繁漪的聪明和美丽。饱受苦难的美最容易唤起人们的同情与怜悯。繁漪在周朴园的精神重轭下婉转哀鸣，使得周萍萌生了对父亲的憎恨和对继母的爱怜。也正因为周萍灵魂里爆发出点点火花，才赢得繁漪的好感和热烈响应。周朴园的家庭专制同样窒息了周萍的意志，他也知道"这家庭可以闷死人"；他有过对于新生活的憧憬，也有过抗争，但他羸弱空虚，自私卑怯，无力承担母子之恋的责任，最后只能是移情别恋，始乱终弃，背叛繁漪。

繁漪把周萍看成生命的全部，除了周萍，她就一无所有了。周萍唤醒她沉睡的爱情，使她原本干枯的心灵变成一团扑不灭的火焰。周萍的背叛使她绝望，"最残酷的爱"转变为"最不忍的恨"。绝望中的反抗从来都是极端而疯狂的，一旦发现自己的所爱被人夺走，她迅即巧施手段，辞退四凤，并警告周萍："这屋子曾经闹过鬼，你忘了？""小心，小心，一个女人不能受两代人的欺侮！"威胁不成，她又雨夜跟踪到杏花巷10号，将周萍关在四凤的屋子里，让他险些在鲁大海的刀下丧生。她甚至企图挑动儿子周冲的嫉妒心，以阻挠周萍带走四凤。仇恨之火和爱情之火一样，一旦燃烧起来是难以扑灭的。一不做，一不休，她从楼上喊出周朴园，公开了自己和周萍的秘密，她要把周萍和四凤的爱掐死在"第一个伪君子"周朴园面前。这时她确实不像一个母亲和妻子，而是一个"在情感的火坑里打着昏迷的滚"的真正的女人；而在别人眼里，这位"太太"、"母亲"变成了"疯子"，就连她所挚爱的小儿子周冲也对她失望了。繁漪这种"予及汝偕亡"的绝望的反抗，终于导致大悲剧的发生。她像是一阵烦躁的风，在漆黑的屋子里冲来撞去，打碎了许多古旧陈设，却终于无法使自己冲出去。鲁迅说过："我以为绝望的反抗者难，比因希望而反抗者更勇猛，更悲壮。"[2] 绝望的反抗，或许正是繁漪性格更具有悲剧性和震撼力的一个深层原因。

繁漪的全部努力都为了达到一个目的：救出自己。她破坏周公馆"最圆满"的秩序，把周朴园的"体面"家庭闹得底儿朝天，但毁灭了别人却没能救出自己，她的反抗其实是不彻底的。她呼喊着"我的心，我这个人还是我的"，可她并未真正懂得什么是真正的人格独立和个性自觉。她拼命拖住周萍，指靠荒唐的乱伦之爱能够短暂地抚平精神创伤，但她终于未能得到"一个男人的真爱"。她一次次地向周家父子发起攻击，一次次归于失败，她终于不能跳出那个"残酷的井"和"黑暗的坑"。繁漪毕竟是一个中国"旧式女人"，她虽然接受过五四新思潮洗礼，却难以挣脱封建传统道德枷锁。她拽住周萍不放，与其说出于"真爱"，不如说是对自己被压抑的地位和牢狱似的环境的反抗。对于家庭的过分倚重和对男人过分依附，通常是中国旧式女性的致命弱点，这些弱点决定繁漪的反抗是极不彻底的。繁漪渴望挣脱周朴园无爱的婚姻和封建家长专制，但她并非以脱离旧家庭、和旧家庭决裂为旨归。为了跟周萍厮守在一起，她什么都不在乎。她不择手段地阻挠周萍和四凤远走高飞，哀求周萍"可怜可怜我"，"带我也离开这儿"，哪怕是把四凤这个"下等人"接来一块住"也可以"。繁漪可谓用心良苦矣，即使处于一妻一妾的屈辱境地她都可以接受。这些，充分显示出她作为一个"旧式女人"的妥协性，她确实不具有新女性那样独立自强的人格精神。

司马长风在《中国新文学史》中评述繁漪说："一个女人渴望性的满足，原不是什么罪恶，但也不是可歌颂的德行，她反抗年长二十岁的周朴园，可以欣赏，但是霸占比她年轻八岁的周萍，则未免太缺乏同情。周朴园霸占她是罪行，她霸占周萍同样是罪恶。"[3] 司马氏仅从年龄着眼分析繁漪和周氏父子的关系，显然没有抓住要害，对作者的创作意图也缺少正确理解，但他提示我们，繁漪不顾一切地拽住周萍，也是一种"缺乏同情"的利己主义"霸占"行为。为了救出自己，她拼死命作困兽之斗，幻想从周萍身上找回失去的青春，天真地以为借助周萍的力量就可以反抗周朴园的专制。可惜她找错了对象，她把个人精神复活的希望寄托在一棵弱不禁风的小草身上，从而为自己导演了一出悲剧，最终被周氏父子逼成了"神经病"。

毫无疑问，繁漪性格中包含着自私和可鄙的成份，她抛弃了母亲的神圣天职，不顾一切地做出"罪大恶极"的事情。可奇怪的是，《雷雨》问世以来，繁漪却成了读者最喜爱的女性角色，曹禺的一个朋友甚至说他迷上了繁漪，曹禺本人也说"繁漪自然是值得赞美的"。那么，繁漪形象征服作者和读者的魅力何在呢？

繁漪在《雷雨》中最初亮相时，作者就介绍了她的形貌：脸色苍白，嘴唇微红，有着明亮的前额，长长的睫毛，大而灰暗的眼睛和高高的鼻梁，还有一双雪白细长的手，这是一副怎样生动美丽的姿容啊！她外表沉静，忧烦，"她像秋天傍晚的树叶轻轻落在你的身旁，她的生命的夏天已经过去，生命的晚霞早暗淡下来了，她的内心却是一片浇不息的火。"因其遭受着长期的压抑和失望，她那美丽的面容上写着太多的忧郁、痛苦与怨愤。曹禺说："繁漪是个最动人怜悯的女人"，"这类的女人许多有着美丽的心灵，然而为着不正常的发展，和环境的窒息，她们变为乖戾，成为人所不能了解的。受着人的嫉恶，社会的压制，这样抑郁终生，呼吸不着一口自由空气的女人在我们这个现实社会里不知有多少吧。"[4] 繁漪这个形象所以能激发作者和读者的热情，不仅由于她有优美的形貌和"美丽的心灵"，更为重要的是，在这个典型人物身上凝聚着现实生活中无数人的影子。萧伯纳在论述易卜生戏剧的新技巧时，称赞易卜生"把观众本身当作剧中人物，把观众自己的事当作剧中情节"，"剧中人物的遭遇就是我们的遭遇。"易卜生戏剧成功的秘密就在于"不但把我们搬上舞台，并且把在我们处境中的我们搬上舞台"。繁漪的悲剧也是这样，它把现实生活中的"我们"搬上了舞台，越是家常平凡，越能扣动人心，"把我们的心刺得生疼。"[5]

　　繁漪性格有令人哀怜和悲悯的一面，也有令人尊敬和赞美的一面。曹禺在这个人物身上增添了许多理想的成份，她不仅具有"最残酷的爱"和"最不忍的恨"，而且形象娇弱，命运多舛，具有"优美"的质素，而那一点"野性"所爆发出来的狂风暴雨式的反抗激情，则是崇高的显现。曹禺说："繁漪吸引住人的地方是她的尖锐"，"她满蓄着被压抑的'力'"，"她有火炽的热情，一颗强悍的心，她敢冲破一切的桎梏，作一次困兽之斗，虽然依旧落在火炕里，情热烧疯了她的心，然而不是更值得人的怜悯与尊敬么？"[6]而且我们在欣赏繁漪的优美和"力"之美时，往往忽略了她性格中丑陋的一面，这或许正是繁漪性格魅力经久不衰的根本原因所在吧？

注　释

　　[1] [4] [6] 曹禺：《曹禺论创作》，上海文艺出版社1986年版，第9页，第11页，第12页。

　　[2] 鲁迅：《250411致赵其文》，《鲁迅全集》第11卷，人民文学出版社1981年版，第442页。

　　[3] 司马长风：《中国新文学史》，香港昭明出版社1978年版，第295页。

　　[5]《欧美古典作家论现实主义和浪漫主义》，中国社会科学出版社1980年版，第323—325页。

于2000年6月

对爱情有着甜蜜期待的天真女奴

——我看四凤的悲剧

曹禺说过，写戏主要是写人，用心思就是用在如何刻画人物这个问题上。前期创作中，他为中国现代人物画廊奉献了繁漪、周朴园、陈白露、仇虎、花金子、素芳、曾思懿等个性鲜明的人物形象。即使是次要角色，曹禺也一样用心用力，刻画得生动感人，《雷雨》中的四凤就是一例。

四凤出身于社会底层，地位卑微，在周公馆当使女已经八年了。父亲鲁贵是一个只讲"吃点、赌点、玩点"的市侩小人。他拿女儿当摇钱树，除了伸手要钱，不会给四凤一点真正的父爱。哥哥鲁大海有些瞧不起这个妹妹，认为她侍候作恶多端的周家人没志气。母亲鲁侍萍倒是真疼她，关心她，只是远在济南打工，两年才回来一趟。在这样一个少人关心的环境中，一颗年轻的心却不曾泯灭过对爱的渴望，18岁的少女和许多同龄人一样，对未来有许多美好的憧憬，对爱情偷偷地有着一份甜蜜的期待。第三幕中，周冲和四凤有这样的对话：

周冲：有时我就忘了现在，（梦幻的）忘了家，忘了你，忘了母亲，并且忘了我自己。我想，我像是在一个冬天的早晨，非常明亮的天空……在无边的海上……哦，有一条轻的像海燕似的小帆船，在海风吹得紧，海上的空气闻出有点腥，有点咸的时候，白色的帆张得满满的，像一只鹰的翅膀斜贴在海面上飞，飞，向着天边飞。那时天边上只淡淡地浮着两三片白云，我们坐在船头，望着前面，前面就是我们的世界。

鲁四凤：我们？

周冲：对了，我同你，我们可以飞，飞到一个真正干净、快乐的地方，那里没有争执，没有虚伪，没有不平等的，没有……你说好么？

鲁四凤：你想得真好。

曹禺说："周冲是这烦躁多事的夏天里的一个春梦"[1]，这个受到"五四"运动影响，读了些进步书刊的好幻想的青年，接受了一些西方民主主义思想，隐隐地觉得"现在的世界是不该存在的"，"我们的真世界不在这儿"。大家庭的出身使他不能看清现实世界冷酷残忍和不合理的根源，也不能明确指出"没有争执，没有虚伪，没有不平等"的"真世界"的方向，但这个美丽的"春梦"对于阅世不深的四凤来说还是有一定吸引力的。诚然，四凤对未来美好生活也有着甜蜜的憧憬，但她跟周冲毕竟不同。她生活在社会底层，从小在周公馆做使女，挨过许多打骂，受过许多委屈，她不敢有那么多不切实际的幻想，她感觉周冲描绘的"梦境"不仅遥远，还有些荒唐，她说周冲真"是个孩子"。她没有勇气像哥哥鲁大海那样去参加实际斗争，创造一个新世界，她只能像千百年来许多女性一样，通过嫁人来改变自己的命运。周冲兴高采烈地来到鲁家，表示愿意资助四凤走出家门去读书，四凤却叹息道："唉，女人究竟是女人！"旧社会的妇教礼法蒙住了她的双眼，她看不见大墙外面广阔自由的天空。

四凤单纯、幼稚中透着软弱的性格，在和周萍的恋爱冲突中最充分、最集中地表现出来。年轻英俊的周家大少爷周萍的出现，俘虏了这个情窦初开的少女的心。她把自己的一生托付给了周萍，她"心里第一个许了他"，"看得见的只有他"，她天真地相信"你以后永远不会骗我"，憧憬着和周萍相爱能够改变自己的命运，幻想着远走高飞就会有幸福的将来。例如第二幕：

　　鲁四凤：萍，……你带我走！我不连累你，要是外面因为我，说你的坏话，我立刻就走。你——你不要害怕。

　　周萍：（急躁地）凤，你以为我这么自私自利么？你不应该这么想我。——哼，我怕，我怕什么？（管不住自己）这些年，我做出这许多的……哼，我的心都死了，我恨极了我自己。现在我的心刚刚有点生气了，我能放开胆子喜欢一个女人，我反而怕人家骂？哼，让大家说吧，周家大少爷看上他家里面的女下人，怕什么我，我喜欢她。

　　鲁四凤：（安慰地）萍，不要难过。你做了什么我也不怨你的。

自私、颓废的周萍，和继母有着乱伦的过去，后来又在歌厅舞场鬼混。四凤并非蒙在鼓里，但卑贱的奴隶地位，旧社会的传统礼法，使她一味宽容周萍过去的不贞和现在的不自重，甚至"你做了什么我也不怨你"。她不敢奢望周萍给她许多，只要能带她走，就心满意足了。当然，四凤也不是一点后顾之忧都没有，她明白"外面"的世界容不得"大少爷"和"下人"的恋爱，她不想"连累"周萍，担心公众舆论伤害周萍，善良的四凤全然不顾自己的安危，反而替周萍担惊受怕。同样是有钱人家的使女，她显然没有《红楼梦》里袭人那样练达、世故，也没有晴雯那样刚烈、傲气，但她心地干净，一片天真，有一颗金子样的心。

天真的女奴想要品尝爱情甜蜜，注定四凤在那个社会里不会有美妙的前景；鲁侍萍又用无私而博大的母爱给她套上沉重的精神枷锁，让她在危机四伏中寻不到出路。这位善良的母亲有过被"富人"家少爷始乱终弃的悲惨经历，最害怕女儿重复自己的厄运，她从自己一步走错步步错的切肤之痛中，认定女儿只有远离周公馆，不见周家的人才有活路。所以当繁漪故意对她说周冲（不说周萍）"很喜欢四凤"时，她大吃一惊，表示"现在就带我的女儿走"。周冲送钱到鲁家，她更起了疑心，决计"明天就带四凤走"，"永远不回这儿来"。后来侍萍见四凤走的决心不大，又强逼她指着天上的雷电发誓，更加重了四凤的精神压力。残忍的誓言也无法阻挡有情人的约会，侍萍在四凤房里意外地撞见周萍，几乎晕倒。四凤爱母亲，也爱周萍，但已有了身孕，在两种"爱"的冲突中，她只能追随周萍。于是她违反誓言，走向暴风雨，悲剧不可避免地发生了。

四凤的悲剧当然不是她母亲悲剧的重演，在周公馆鬼气森森的环境和错综复杂的人物关系中，她所承受的精神压力比母亲还要沉重。最先给她精神折磨的是她父亲鲁贵，鲁贵把她当作摇钱树，客厅里"闹鬼"的故事增加了她的精神恐惧；周萍的影子死死纠缠着她，她不晓得在她的爱情憧憬中潜伏着危机，她唯一的希望就是跟随周萍出走，当牛做马也心甘情愿；周冲也在追求她，使她陷入惊慌困扰之中；她亲眼见到繁漪喝药的场景，周朴园这个专制家长给她巨大的精神威慑；繁漪嫉恨她，要把她撵出家门，恨不得"杀了她，烧了她"；母亲舐犊情深，因为担心而产生疑虑，在雷声隆隆中逼她发毒誓，加深了她的精神痛苦。四凤受到来自剧中其他七个出场人物的精神压力，这对于一个十八岁的少女，未免太过残酷了。而当"兄妹之恋"的最后一个扣子解开，她便带着巨大的精神恐惧毁灭了自己。匈牙利文艺评论家卢卡契说："在所有伟大的作品中，它的人物，必须在他们彼此之间，与他们的社会存在之间，与这存在的重大问题之间的多方面的相互依赖上被描写出来。这些关系理解得越深刻，这些相互的关联发展得越是多方面，则这作品越成为伟大的，因为，它是越接近生活的实际的丰富"。[2] 曹禺深刻理解并描写出人物彼此之间的"相互依赖"和"接近生活的实际的丰富"，他不仅精心构思了主要人物繁漪、周朴园的悲剧，而且出色地完成了四凤的悲剧。在这个无辜少女巨大的精神恐惧和惊心动魄的悲剧中，剧作者抒发了下层社会的不平和愤怒，严厉鞭挞了旧家庭旧社会的残酷和不合理。

优秀作品在人物设置上或有主次之分，但每个人物在作品中都有不可替代的地位和作用。在《雷雨》中，四凤形象是戏剧冲突和情节发展的动力。受到舞台空间和时间的限制，《雷雨》将30年间的人事纠葛浓缩在一天之内完成。作者没有从30年前周朴园勾引、遗弃侍萍写起，也没有从三年前周萍和繁漪的乱伦关系写起，而是从"现在的戏剧"开始，用鲁贵向女儿四凤敲诈钱财这个动作，逐步交代"过去的戏剧"，既刻画在场人物的心理性格，又从对话中一个一个地介绍剧中大多数人物的"幕前动态"。从鲁贵的饶舌，我们知道周朴园三天前从矿上回来，忙于会客，密谋镇压工人罢工，和太太琴瑟不调；繁漪一心拆散四凤、周萍的恋爱，通知四凤母亲到周公馆来；侍萍离家两年，正从济南往这儿赶，希望女儿不再走自己的老路；四凤与周萍有难以言说的暧昧关系，两年未见母亲，既高兴、又着急；鲁大海和他父亲鲁贵不是一路人，他恨周家人，现在作为工人代表，要见煤矿董事长周朴园。可见这场戏中，大多数人物的来龙去脉均有所交代，复杂的人物关系也初步呈现，父女对话为戏剧冲突的发展、情节的深化作了必要的铺垫。曹禺说："在第一幕，差不多所有的人都交了锋，见了面，种种矛盾冲突都聚拢一起，爆发开来"。[3] 剧作者设计鲁贵与四凤的对话，使得四凤陷于前面有狼（父亲）、后面有虎（老爷、太太）的困难局面，让我们从四凤所感受到的沉重心理压力，看出戏剧的"危机"。

第二幕的重头戏是周朴园与鲁侍萍30年后的"相认"，如何将这场戏安排得合乎情理，扣人心弦呢？作者先让四凤"亲热地偎在"侍萍身边走上舞台。这里只有母女二人，侍萍能够从容地环顾客厅，四凤也能不经意地解答母亲的疑问：为什么客厅里陈设了旧家具，大热天窗户还关上？四凤的每一句话，都能触动侍萍尘封的记忆，不堪回首的往事像鬼影一样浮现出来。侍萍恐惧地让四凤拉开柜子靠右的第三个抽屉，看有没有一双绣花虎头鞋？这细节让人紧张得喘不过气来。四凤还天真地说："这周家不但是活着的人心好，就是死了的人样子也挺厚道的。""周家"二字已如针芒刺痛了侍萍惊悸未定的心，痴迷的四凤又把周家第一个太太的相片拿给母亲看……四凤无意中揭开了30年前的故事，侍萍不得不直面母女二人都掉进周家这口井里的残酷现实。有了这番铺垫，下面的"相认"戏就更加精彩纷呈，波澜起伏。在这一幕，作者让四凤担任了"牵线人"的角色，将"现在的戏"与"过去的戏"牵连在一起，将矛盾冲突牵引到了一触即发的关口。

多幕剧《雷雨》交织着多重戏剧矛盾和冲突，四凤与周萍的恋爱纠葛牵引、推动、折射出周鲁两家、周萍和繁漪、繁漪和周朴园等更为重要的戏剧冲突。例如第三幕的前半幕，正面写鲁家内部矛盾，矛盾的焦点是四凤的去留问题，实际上联系着周、鲁两家的冲突。后半幕写萍、凤约会，周萍想甩掉繁漪就要把四凤捉得更牢，四凤要躲避周萍的追逐却不可能，被深深伤害了的繁漪也追到杏花巷10号，给他们堵死了逃路。冲突在这一幕呈现出错杂而剧烈的状态，众多的矛盾冲突围绕着主要冲突展开。而在戏的高潮部分，那个雷电交加、大雨滂沱的深夜里，"兄妹之恋"的秘密被最后揭破，四凤第一个冲进暴风雨，于电光石火中结束了自己年轻的生命，并最终引发了一场死的死、疯的疯的大悲剧。可见，四凤虽是《雷雨》中一个小角色，却能起到四两拨千斤的作用。

在人物性格塑造中，四凤形象起着"间色"作用。曹禺在《雷雨·序》中写道："人们会时常不由己地，更回归原始的野蛮的路，流着血，不是恨便是爱，不是爱便是恨；一切都走向极端，要如电如雷地轰轰地烧一场，中间不容易有一条折衷的路。代表这样的性格是周繁漪，是鲁大海，甚至是周萍，而相反的性格，遇事希望着妥协、缓冲、敷衍，便是周朴园，以至于鲁贵。但后者是前者的阴影，有了他们前者才显得明亮。鲁妈、四凤、周冲是这明暗的间色，他们做成两个极端的阶梯。"曹禺深谙人物性格塑造的艺术规律，他描写"间色"，根本上还是要表现人物性格的千差万别，诚如曹禺所言："我写的这个戏是拿繁漪、侍萍、四凤这三个妇女的命运作对比"。

在艺术表现上，采用"间色"可以衬出"亮色"，并使二者相得益彰。例如第一幕有一段四凤和繁漪的对话，此前二人均已明了彼此和周萍的关系，谁也怕说破，彼此提防着。繁漪先问四凤："老爷哪一天从矿上回来的？"接着频频追问："怎么这两天没见着大少爷？""听说他也要到矿上去，是么？""他现在还没起来么？""他昨天晚上什么时候回来的？"繁漪性格的特点是"爱起你来像一团火，恨起你来也像一团火"，爱的火焰使她失去控制，即使在下人面前也不掩饰她对周萍的过分关心。她以情敌的身份逼问四凤，可总还惦记着自己的主妇地位。她问得那样咄咄逼人，有试探，有狡诈，然而吞吞吐吐，有时说漏了嘴。四凤处于使女地位，心惊胆战，躲躲闪闪，唯恐露出破绽。四凤的怯弱衬出繁漪的热烈，四凤的柔顺衬出繁漪的阴鸷。

而四凤和侍萍，则是两个命运相似的人物。饱受苦难的侍萍，坚忍、倔强，具有顽强的生命意志和对"富人"的警惕和仇恨，但她背负着宿命论的重担，一心要救出女儿，却不知道母女俩的悲剧怎样才能避免。四凤和她母亲一样心地善良，但她单纯幼稚，天真无邪，她的生命像花儿绽开了蓓蕾，就给黑暗社会掐死了。就人物性格塑造而言，四凤和侍萍母女是对比、互补的关系，在对比中人物个性更加鲜明。在《雷雨》的整个人物谱系中，她们的悲剧是下层社会劳动妇女的悲剧，是青春美和人格美被摧残、被毁灭的悲剧。她们的悲剧和祥林嫂的悲剧一样，最具有普遍性，和"我们"这些普通人的关系最为密切。法国戏剧家博马舍说：悲剧中"苦难中的人越和我的身份地位相近似，我对他的同情心就越大。"[4] 四凤和侍萍的悲剧为什么这样震撼人心？因为它从历史和现实两个层面展现了旧中国劳动妇女的深重苦难，喊出了被压迫女奴的呼声，唤起我们的悲悯和同情心，激发起我们变革现实的力量和热情。

注　释

[1] 曹禺：《〈雷雨〉序》，见田本相《曹禺剧作论》，中国戏剧出版社1981年版，第14页。

[2] [匈]《卢卡契文学论文集》（一），中国社会科学出版社1980年版，第174页。

[3] 《曹禺谈〈雷雨〉》，见田本相《曹禺剧作论》，中国戏剧出版社1981年版，第89页。

[4] 转引自田本相：《曹禺剧作论》，中国戏剧出版社1981年版，第55页。

于2004年1月

重铸中华女儿魂
——赵薇版电影《花木兰》的人物形象塑造

2009年5月和6月，电影《花木兰》（赵薇版）曾先后赴法国参加戛纳国际电影节，并参加上海国际电影节，在海内外引起广泛关注。11月底在全国各大影院公映，引起观众褒贬不一的热议。千百年来讲述"木兰从军"的文艺作品和民间故事数不胜数，近代以来演绎花木兰故事的戏曲和影视作品也层出不穷。香港导演马楚成要把这个家喻户晓、久诵不衰的传奇故事重新打造，作为年度贺岁大片献映，光靠勇气和技艺是不够的，还要有创新的思路和独到的眼光。近年来我们不无遗憾地看到，一些所谓"大制作"无非是华丽的服饰，炫目的武打，一个时空宏阔却冗长乏味的故事，和一群光鲜漂亮却少有内涵的面孔，老实说我是带着疑问走进影院的。而在看过电影后，我要为它喝彩，电影《花木兰》打响了2009年贺岁片的第一炮。

一、"木兰从军"故事及相关版本概观

花木兰事迹最早见于南北朝的民歌《木兰诗》，长诗叙述花木兰女扮男装替父从军的故事。她多次参加兵伐柔然的战争，总是冲锋陷阵，屡建功勋；战事平定后，天子加封行赏，她却回到父母身边，脱下战袍换上女儿装，伙伴们谁也没想到并肩作战12年的战友竟是一位年轻女子。无名诗人所记木兰故事，充满了传奇色彩。

最初把木兰故事改编成戏剧的是明代著名戏剧家徐渭（文长），他的杂剧集《四声猿》中有一齣戏叫《雌木兰》，叙木兰女扮男装建功立业的故事，该剧有一定的反封建意义。近代演绎花木兰故事的重要影视作品有17种版本，特别值得一提的是京剧大师梅兰芳的《木兰从军》和豫剧大师常香玉的《花木兰》。梅兰芳据《木兰诗》改编的京剧忠实于原著，诗句和情节在戏中都有表现。该剧1917年在京首演，1926年搬上银幕。此前梅兰芳的新戏大抵囿于家庭琐事、儿女情长，《木兰从军》则歌颂为国杀敌、女扮男

装的巾帼英雄。在戏路上也有创新，用闺门旦的表演方法表现木兰从军的动机和决心，用武小生来表现木兰从军后的机智英勇，再用闺门旦来表现木兰辞官回家的心情，做到舞蹈与武艺并重，红装与甲胄交相辉映，给观众以新颖强烈的艺术感受。常香玉版也接近《木兰诗》原貌，木兰从军12年，协助贺元帅智擒敌酋。班师回朝后，不慕官爵，只求赐与千里马回乡探亲。朝廷册封木兰为尚书郎，元帅亲率众将前往花家报喜，见到女儿装的木兰，元帅惊叹不已，称赞木兰是巾帼英雄。豫剧《花木兰》着力表现木兰勤劳质朴、勇敢坚强的性格，突出男女平等、为国立功的主题，有著名唱段为证："刘大哥讲话理太偏，谁说女子享清闲？男子打仗到边关，女子纺织在家园。……许多女英雄，也把功劳建，为国杀敌，是代代出英贤，这女子们，哪一点不如儿男？"

　　1998年香港拍摄的48集电视连续剧《花木兰》，汇聚大陆、港、台三地红星（袁咏仪、赵文卓、孙兴、陈宝国、张铁林等），以爱情、武侠轻喜剧的样式，讲述花木兰转战大漠，邂逅大将军李亮，经历种种挫折，有情人终成眷属的故事。该剧有"戏说"意味，例如王母娘娘欣赏木兰志比天高，命灶神吉利下凡助木兰建功立业，玉皇大帝却暗中差使吉利从中破坏等，编造出许多令人啼笑皆非的情节来。同年，美国迪斯尼公司将木兰故事改编成喜剧性动画片搬上银屏，这是迪斯尼首次尝试的中国古装动画片制作。剧中，花木兰早已不是我们所熟悉的那个忍辱负重的女英雄，而被打扮成一个追求自我价值实现的充满现代意识的少女；花家祖宗为护佑木兰，派出一条心地善良的木须龙去陪伴她，这条说话像连珠炮又爱生气的顽皮小龙，给木兰带来许多欢笑和巨大的精神支持与鼓励。这是一个外包装是中国化的，内部结构却被完全美国化的故事，在中国文化元素的使用上充分体现了"中为西用"的特点。[1] "木兰从军"故事从此成为全人类共同的精神财富。美国新闻媒体赞曰："古有神州花木兰，替父从军英名响；今有卡通'洋木兰'，融中贯西四海扬。"

　　和以往各种版本相比较，赵薇版《花木兰》在故事情节，艺术结构，形象塑造，战争场面描写等方面都有所不同，显示出编导创新的思路和独到的眼光，本文着重解读这部电影人物形象塑造的突破与创新。

二、花木兰形象带有悲怆、感伤色彩

　　电影《花木兰》的历史背景是北魏王朝征伐柔然的战争，作为一部征战大戏，它并不缺少精彩的战争场面描写，例如骑兵冲击步兵方阵的恶战，短兵相接的马上厮杀，带血军牌的反复出现，壮烈军歌的反复吟咏，等等，所有这些战争场面无不交织着铁血悲情，其表现角度和方法在以往的影片中并不多见，给人以很强的视觉冲击力。但是和以往的战争大片不同，影片无意于在历史背景上做文章，而是从花木兰的性情蜕变与情感经历切入，用一个极具个人化的视角去构建整个故事；影片也并不刻意展现宏大的战争场面，而以中近景或特写镜头渲染烽火狼烟的环境，聚焦点在于呈现一个传奇女子在战争中的个体行为及其情感蜕变。

女扮男装、代父从军的花木兰原型集中体现了我们民族反抗侵略、保国安民的英雄主义精神，所以早期花木兰文本往往和抗敌御侮、救亡爱国的宏大主题相联系，着力突出花木兰形象的阳刚、豪放之美。例如豫剧《花木兰》就诞生在"抗美援朝，保家卫国"高潮中，该剧的演出轰动一时，对于激发群众的爱国热情，支援抗美援朝战争，产生积极的影响。90年代以来，随着改革开放深化和价值多元化，花木兰故事的传播出现了众声喧哗的局面。木兰形象不再像以前那样阳刚豪放，而以人性化的眼光，突显出女性的七情六欲和阴柔、温婉之美，无论香港电视剧还是美国动画版，都浓化了这个传奇故事的生活气息，还原并强化了花木兰作为活生生的人的本质属性。

新版《花木兰》走的是一条特异路线。整个影片基调悲怆而苍凉，画面以冷色调为主，花木兰造型也是灰头土脸、凄苦悲凉，灰黑的肤色，蓬乱的头发，干裂的嘴唇，看不出有多少女性美。花木兰一生际遇也十分坎坷，染有浓浓的感伤色彩。开场戏"木兰从军"还多少透出一丝欢笑，后来在戎马征战中因一时冲动吃了败仗，损兵折将丢失了粮草；又一回出征柔然，受到顶头上司陷害，兵困大峡谷，险些丢了性命；和文泰的恋情也是一波三折，好不容易衣锦还乡了，却眼巴巴地看着自己的恋人与柔然公主和亲……可以说，赵薇版《花木兰》完全颠覆了大众心目中那个意气风发、阳刚豪放的花木兰形象。

影片将花木兰形象染上悲怆而感伤的色彩，并非凭空臆造，我们从《木兰诗》就可以找到根据。木兰征战的战场在哪里？"旦辞黄河去，暮至黑山头。不闻爷娘唤女声，但闻燕山胡骑鸣啾啾。""黑山"（即杀虎山）和"燕山"（即燕然山）分别位于我国的内蒙古和蒙古国境内，古代大漠本来就是飞沙走石、杳无人烟之地，两军对阵之时，更是杀得"天昏地暗，日色无光"。

《木兰诗》用30个字概括了木兰征战十年的生活："万里赴戎机，关山度若飞。朔气传金柝，寒光照铁衣。将军百战死，壮士十年归。"如此悲壮、严酷的军旅生活环境，怎能养育出意气风发、阳刚豪放的花木兰来？马楚成说："花木兰是不可能美丽的，如果是个美女不早就露馅儿了？"应该说，导演的创作思路还是切合《木兰诗》意蕴的。

文学上的"感伤"是怎样一个概念？郁达夫把感伤视为文学作品不可或缺的元素，他说："我们要不流于浅薄，不使人感到肉麻，那么这感伤主义，就是文学的酵素了。""把古今的艺术总体积加起来，从中间删去了感伤主义，那么所余的还有一点什么？"[2]他认为莎士比亚的戏剧，英国18世纪的小说，浪漫主义诗人的作品，都不能脱离感伤之域。郁达夫和鲁迅的一些作品，也披上了一层感伤之雾。花木兰悲凉的身世，残酷的战争环境，使得影片《花木兰》染上挥之不去的感伤色彩，这种感伤和男女主人公相爱不能相守的悲剧结局相交汇，能够唤起观众悲悯、崇高、悲壮的审美感情，产生很强的艺术感染力。

三、花木兰在烽火狼烟中成长

人物形象塑造的另一特点是，影片令人信服地描绘出花木兰性格成长的轨迹。作品不止于表现主人公在烽火狼烟中历尽磨难、奋勇拼搏，而且深入到人物的内心世界，层次分明地揭出这个热情似火的女孩在成长中的困惑。

花木兰从一个看似孤单柔弱的女子成长为巾帼英雄，经历了一个"三部曲"式的性格发展历程。为了尽孝，代父从军，是花木兰性格成长的第一阶段。当初为什么女扮男装去从军呢？《木兰诗》云："昨夜见军帖，可汗大点兵。军书十二卷，卷卷有爷名，阿爷无大儿，木兰无长兄，愿为市鞍马，从此替爷征"。木兰出身在普通军户人家，从小跟随父亲耕织练武，熟读兵书。18岁时北方少数民族柔然犯境，朝廷连下12卷军书招募父亲去当兵。木兰没有哥哥，弟弟弱小，不忍年迈的父亲服役受苦，便女扮男装代父从军。木兰后来说她从军的动机"只为尽孝，从没想到建功立业"。进了兵营，木兰天天做噩梦，害怕女儿身被揭破，白天行军不敢掉队，夜晚宿营不能脱衣。木兰从小舞刀弄枪，赛过男儿，战场上勇敢顽强不怕牺牲，可是大规模的杀戮使她感到厌倦和恐惧。在一次激战中，她撂倒敌军一员大将，如果不是上司的

"命令"，她不忍杀死这个敌人，这个深受"仁义道德"传统教育的姑娘，身在战场，内心却要"逃避战争"。

木兰性格成长的第二阶段是邂逅文泰，坠入情网。在12年的军旅生活中，导演在花木兰身边特意安排了一个由陈坤饰演的副营主文泰，戏的重心很快便转移到木兰和文泰身上。一次偶然的温泉沐浴，文泰发现木兰原来是女儿身，却情愿替她保守秘密，尽管他们明白"战争不该有感情"，还是无法抗拒地产生了爱情。从此文泰成了木兰的精神支柱，有文泰在身边，木兰"才会有勇气把眼睛睁开"，他们并肩作战，屡建奇功，双双受封为将军。可是有一回木兰囿于私情远道驰援文泰，结果大本营遭遇敌军袭击，损失了万千弟兄万担粮草。经历了这次挫折，木兰"害怕"失去更多兄弟，"不想打仗"、"逃避战争"的消极情绪再度抬头。文泰看出木兰虽有将帅之才，却为情所累，于是佯装阵亡，布下生死之谜。文泰可谓用心良苦，他是希望木兰剪断情愫，"真正强大起来"。木兰接过文泰血染的军牌，痛不欲生；饮酒酣睡，不出辕门，久不练兵，纠缠于儿女情长，意志消沉不能自拔。

木兰最终走出情绪低谷，诚然经历了激烈的内心战争。她记得父亲说过从军打仗是"军户的责任！"她不能忘记"生命中最重要的朋友"文泰的嘱托："不再放弃！"生死兄弟费小虎一席激情燃烧的话语震撼着她的心灵："你好自私！""你为死了的人，还是活人活？""文泰哥希望你成为好的将军，如果见到你这个样子，他好失望！"这一切，正是花木兰在广袤荒漠的土地上茁壮成长的强大的精神力量。于是我们看到花木兰重披甲胄，沙场点兵，她终于明白："逃避，停止不了战争；害怕，只能让我们失去更多！""今后，我会更加强大！"

走出情绪低谷，真正坚强起来，是花木兰性格成长的第三阶段。大峡谷之战和刺杀单于这两场生死搏战，标志着木兰从一个尽孝投军的少女迅速成长为尽忠报国的铁血英雄。柔然大军压境，木兰献计，布阵迎敌。大将军背信弃义，木兰兵困大峡谷，在粮尽援绝，断水少药的危急关头，文泰"复活"，木兰誓师："大将军可背弃我，我花木兰绝不背叛国家！""纵然化作大漠尸骨，也要拼死守卫疆土！"这场军歌嘹亮、壮士捐躯的大战，把花木兰为国而战的大智大勇张扬到了极致。为解魏军之围，文泰以大魏七皇子拓跋宏的真实身份去柔然充当人质。木兰单身匹马乔装混入柔然大帐，说服柔然公主联手刺杀单于、勇救文泰这场戏，更加威猛壮烈，惊天动地。

　　有人说："在《花木兰》这部电影中，我们根本看不到主人公的成长。花木兰这个角色机械地按照导演的需求在原地踏步，从影片开始到影片结尾，我们看不到这个人物的内心，既没有生活的失衡，也没有内心的欲求，更没有为了追求改变而做出的挣扎。"此论有失公允。我们从花木兰为"孝"从军——为"情"而战——为"国"而战，可以清晰地看出花木兰性格成长的"三部曲"。事实上，影片触摸到主人公的内心深处，非常传神地演绎了一个在战争中成长起来的巾帼英雄。花木兰既有替父从军、万死不辞的大孝大德，又有海纳百川、报效国家的广阔襟怀，花木兰已成为一种文化符号，这个文化符号集中体现出中华民族"忠、孝、仁、义"的传统美德，她是我们民族的光荣和骄傲，不愧为"中华女儿之魂"。

四、爱情描写的突破与升华

　　对这部电影的批评主要集中在爱情描写上，有人指斥说："剧本本身就是一个欠揍的跑题剧。马楚成力图打造成'史诗'的《花木兰》，何以完全不参考《木兰诗》的叙事主题和寓意，而荒唐的将影片的主题归结到爱情？作为巾帼英雄的花木兰，在电影中代父从军的过程被一笔带过，排兵布阵、英勇杀敌也还是陪衬，与陈坤月下戏水、生离死别反倒成了全片的主干，而这些东西连野史都谈不上。"依我看，艺术作品的爱情描写是否适当，不能光看它写了多少爱情故事和场面，而要看作者的审美情趣，看他为什么描写爱情以及如何表现爱情。

　　众所周知，张爱玲的小说几乎清一色地描写爱情婚姻，因为她确信爱情婚姻是世俗人生"颇为普遍的现象"，她认为"人在恋爱的时候，是比在战争革命的时候更素朴，更放恣的。"[3] 就是说，人在恋爱的时候更能够充分自然地显示人的本性，真正的艺术作品描写爱情，根本上还是为了写人，表现人的本性。如上文所说，虽然影片不断地提出"战争不该有感情"这样的命题，而从实际情况看，花木兰成长、蜕变的动力恰恰与这场轰轰烈烈的生死恋密切相关。我们也不应忘记，这部电影固然带有艺术片的许多元素，其基本定位还是年度贺岁档的商业大片，历史性和传奇性不是它所追逐的目标。贺岁片的故事要吸引人，剧情要更好看，要吊足现代观众的胃口，还要提高上座率和票房价值，爱情描写或许就是必不可少的元素。以这样的观点来看电影《花木兰》，它不详叙木兰代父从军的整个过程，也不过度渲染木兰排兵布阵、英勇杀敌的战斗，而是浓墨重彩地表现木兰和文泰的生死恋情，倒是无可厚非的。

既往的影视剧有的也写到木兰的爱情婚姻，总不免在"儿女情长"的旧框架里兜圈子。例如香港电视剧《花木兰》（袁咏仪版）讲述花木兰在军中邂逅大将军李亮，经历种种波折，有情人终成眷属的故事；大陆电视剧《花木兰》（时爱红版）也叙木兰班师回朝恢复女儿身之后，奉旨完婚，与大元帅刘元度成就一段百年佳话。

电影《花木兰》的爱情描写好就好在突破了时尚商业片"儿女情长"或是"英雄美人"的框架，提升了爱情戏的品味和人生境界。毋庸讳言，影片自始至终都在花木兰的情感上做文章。代父从军，"孝"感天地，"义"重如山，说到底还是儿女之爱；和文泰相知相爱，以至被"儿女情长"所困，意志消沉跌进情绪低谷。"文泰之死"对木兰的考验尽管有点残酷，却成为木兰情感蜕变的转折点，它让木兰的爱情变得轰轰烈烈，与"保我国土，扬我国威"的家国情怀水乳交融在一起。辞官还乡后，皇上命太子娶柔然公主，拓跋宏试图抗旨逃婚，携木兰远走高飞，木兰婉拒并动情地说："宁用自己的生命换取国家安宁，不能让更多亲人留下带血的军牌！"影片完全摈弃了传统戏剧"大团圆"的结局，特意营造了木兰和拓跋宏相爱不能相守的悲剧，从"儿女情长"上升到"大爱无疆"，强化了木兰从军故事的爱国主义主题，加强了影片的艺术感染力。赵薇在《花木兰》中的表演也层次分明，女性的质朴柔情，将军的勇武威严，为国捐躯的英雄气概，演绎得淋漓尽致。有人说，电影《花木兰》成就了赵薇，翩翩起舞的小燕子成长为凌空翱翔的苍鹰，甚以为然。

影片设置了许多情感戏，父女情让人潸然泪下，兄弟情暖人心扉，爱情戏也楚楚动人，但是导演马楚成的"煽情"也受到网民的狂轰滥炸，其中被指谪最多的是所谓"鸳鸯浴"。当初在互联网上看见制片方发布的那些图片时，也曾动摇过我对这部影片的信心，看电影后才释然了。设身处地想一想，女儿身的花木兰于战斗间隙，趁着月光去山谷里偷偷洗个温泉浴，碰巧在那里遇见一两个男兵，也不是什么伤风败俗的事情；何况她和文泰那场所谓的"鸳鸯浴"只有十几秒钟而已，断不能成为全片的"主干"，也并不以"裸"刺激人的眼球，而是让文泰发现木兰的身份，为男女主人公的情感冲撞合乎情理地搭建了第一个平台，为剧情发展埋下了伏笔。这是一个颇具创意的艺术场景，实在不能构成马楚成导演"煽情到天崩地裂、煽情到鬼哭神嚎、煽情到五雷轰顶”的一大罪状。

电影《花木兰》还突破了庸俗无味的三角恋爱的旧套路，生动地刻画了花木兰背后两个男人文泰和费小虎的艺术形象。拓跋宏原本是史书上经常提到的北魏改革派帝王孝文帝，此人两岁被立为太子，五岁继承皇位，他的父亲献文帝因为信奉佛教要出家，便早早传位于他。他不是北魏的七皇子，而是北魏第七代君王。编导将花木兰从军与被贬为庶民、隐藏在军中的拓跋宏（文泰）牵连在一起，这一改编确实有助于加强影片的戏剧效果。文泰被赋予了前所未有的使命感，这个贵族出身的男人，目光坚定，智勇双全，他看准木兰具有将帅之才，宁可牺牲自己，也要把木兰从一个普通女子打造成军中领袖。在这过程中，他交替扮演着战友、导师、知己、爱人等等角色。木兰为情所累时，他假死隐退，震撼了木兰的心灵，从而激励她“真正强大起来”；木兰被困峡谷时，他毅然复出，深情救治受伤的木兰，又甘愿受辱去做柔然的人质，救出被困的魏军。在花木兰成长过程中，大义大勇的文泰是木兰成长最直接的力量源泉。过去的电影中，表现女性以伟大的付出支持男性获得成功的作品并不鲜见，而表现一个成功的女性背后站着一个伟大男性的作品却不多见，这是否也是电影《花木兰》爱情描写让人动容，特别让许多女性观众潸然泪下的一个重要元素？兵困峡谷，割腕喂血这场感情戏，观者众说纷纭，依我看那时军中缺粮断水，情急之下给伤员喂血解渴也情有可原，导演的本意或许是强化文泰对木兰的感情；不过，反反复复的割腕，而且是大特写镜头，委实是太过夸张了。饰演文泰的陈坤，表现很出彩，幽默自信，含蓄深沉，大义大勇，表演很有层次感，特别受到女观众的青睐，也是理所当然。

费小虎（房祖名饰）是花木兰儿时的小伙伴，在军中他始终是木兰相依为命的兄弟，并肩作战的战友。这个乐观开朗的小兄弟即使在严酷的战争环境里，也能给大家带来欢笑。看到木兰和文泰相恋却不能放手去爱，他情不自禁地柔声叹息：“你们俩太寂寞了！”魏军将士赞美木兰对友军有求必应有险必救时，他也眉飞色舞地来一句：“人缘，也非常好！”这类插科打诨的时尚台词让我们忍俊不禁。费小虎这个快乐的士兵，为这部带有沉重历史感的影片调节了气氛，影院里不时回荡着笑声。我们当然不会以为费小虎的搞笑只是低俗的插科打诨，他那憨厚的秉性里透出一股天真的力量；每当木兰有难的时候，小虎就出现在她的身边。木兰情绪极度低落时，他召集弟兄们“自己练”兵，他用兄弟的赤诚和士兵的“责任”唤醒了木兰，他好像是木兰的守护神。兵困大峡谷时，木兰目睹小虎被俘受辱，壮烈牺牲，却不能营救："因为他是我兄弟"，"不许你们去牺牲！"影片不仅成功地表现了费小虎从快乐的兄弟到自觉的士兵之角色转换，而且以小虎性格的发展烘托出木兰的成长，让我们看到花木兰在生死搏战中"真正的强大起来"。花木兰和费小虎，是两个从小被牵连在一起的人，他们不只是生死战友和兄弟，还是青梅竹马的"发小"，在花木兰心中费小虎也许要比文泰更亲近。一般追求浪漫时尚的编导绝不会放过这个演绎三角恋爱的好机会，赵薇版《花木兰》却讲述了一个文泰与木兰相爱不能相守，小虎与木兰相知并无私情的悲情故事，这正是导演马楚成棋高一着之处。

影片在许多方面获得成功，但也不是尽善尽美，白璧无瑕。俄罗斯神秘歌手"海豚音王子"Vitas（维塔斯）饰演老单于的侍者，整体造型潇洒飘逸，怪异如魔，从出场时演唱会似的长嚎，到结尾行刺大逆不道、弑父娶妹的单于王子，"为老单于报仇"，这条情节线显得生硬造作，飘忽游离，无论对于主题的表达还是戏剧冲突的组织，都毫无意义，完全可以剪除。影片在战争与和平、时间与空间的调度上，也有捉襟见肘之憾，情节的过度，文本的转换，还有不够自然之处。作为一部商业"大片"，战争场面的气势稍显不足，开场戏表现柔然大军压境，聚集各部落入侵中原，尤须加强，对于爱看好莱坞大片的观众来说，战争大场面更具吸引力。

最后我想强调一点：赵薇版电影《花木兰》不是一部爱情主题影片，它的成功却得益于爱情描写。它讲述的情感故事不是"儿女情长"，而是卫国战争背景下与"家国情怀"相融合的更丰富更动人的战地之恋。花木兰和将士们反复吟唱的悲壮的军歌，点明并加强了影片"大爱无疆"的叙事主题：

> 人生百年，如梦如幻；有生有死，壮士何憾。保我国土！扬我国威！
> 生有何欢？死有何憾？北地胡风，南国炊烟；思我妻儿，望我家园；
> 关山路阻，道长且远……

这种"保我国土！扬我国威！"的"大爱"情怀当然更能激起我们的共鸣。

注 释

[1] 参看马华:《动画创作中"中国风"的"变"与"不变"——〈花木兰〉与〈功夫熊猫〉给中国动画创作的启示》,《影视艺术》2009年第9期。

[2] 郁达夫:《序孙泽〈出家及其弟子〉》,《郁达夫文集》第5卷,浙江文艺出版社1992年版,第410页。

[3] 张爱玲:《自己的文章》,《张爱玲文集》第4卷,安徽文艺出版社1992年版,第178页。

于2009年12月

战争背景下的女性传奇

——我看电影《金陵十三钗》

　　电影《金陵十三钗》2010年12月15日在全国公演后，众说纷纭，褒贬不一。"拍手"的说，这部电影完成了张艺谋"华丽的回归"，甚至有人誉之为"十年来最好的一部影片"；"拍砖"的说，这是一部"情色大片"，谴责"张艺谋公式=情色+暴力+苦难题材+爱国主义"。我对张艺谋的电影了解不深，只知道他拍过《秋菊打官司》、《活着》等好片子，也炮制过《英雄》、《三枪拍案惊奇》这样的烂片，既不是他的粉丝，也不想无端贬抑他的作品，我的态度还是"好处说好，坏处说坏"（鲁迅语）。出于对南京大屠杀那场民族大悲剧的关注，带着好奇心和疑问，我想还是自己走进影院看看罢。

　　影片开头部分表现中国军人在屠城废墟上与日军的殊死较量，画面真实感很强，很给力。一个中国教官为了保护受伤的士兵，救助陷入险境的女学生战斗到与敌人同归于尽，他对士兵的体贴，他看到受难同胞的那份柔情，他的忠诚、镇定和牺牲精神，表现得层次分明。

　　但《金陵十三钗》不是一部战争片，而是一部战争背景下的女性传奇。影片以一位幸存者、教会学校女生书娟作为叙事主体，通过她的追忆式旁白，讲述她所亲历的在美国天主教堂里发生的故事。12月12日清晨，威尔逊教堂涌进十几名教会学校的小女生和一名美国殡葬化妆师，接着又涌入十几名秦淮河堂子间来的风尘女子，此外还有一名在教堂里看门打杂的小男孩陈乔治，他是已故神父的养子。这几拨人在日军包围下汇聚到教堂里，要不弄出点故事才怪呢！在时间、空间的设计和人物配置上，故事极具传奇性，剧本的艺术构思可谓匠心独运。

　　美国人约翰来教堂是给死去的神父殡葬的，尽管神父的遗体已被日军炮弹炸飞，他还是纠缠着陈乔治要钱。钱没要到，却遇上一群青春少女和一群风尘女子。这群女学生让他想起自己可爱的女儿，后来想要帮助她们逃出南京城也有一定的情感基础；这位好色的美国混混邂逅了漂亮、风骚、沉静而又矜持的翠禧楼大牌妓女玉墨，玉墨预先提出了交换条件，请求他利用美国人的特殊身份把这里的人送出城去，他自然是心花怒放，有求必应。约翰有他自己的故事，有他现实而又浪漫的性格。原先他爱喝酒，追女人，讨厌神父，醉了的时候才念得出祷告词，后来我们看到他举着红十字旗，大义凛然地制止那些追逐女学生的日本兵；他从一个贪财好色、懦弱怕死的殡葬师，蜕变为勇敢正直、充满慈父情怀的"神父"，这种转变显得突兀了些，也还是有迹可寻的。当然，如有重大事件的推动和典型细节的呈现，约翰性格的转变或许不会像现在这样生硬。

冲突不可避免地在教会女生和风月场妓女之间发生了，她们最初处于尖锐对立状态。在天真的书娟和小女生眼里，玉墨这些风尘女子是些"特殊女人"，嫌她们脏，不正经，以致发生了言语和肢体的冲撞。后来发生的几个偶然事件则推动了人物关系的变化。日军进教堂搜查时，一个女生慌张地跑上阁楼，有意无意地转移了日军视线，掩护了妓女的藏身之地；一个妓女在追猫时差点暴露了身份，被急中生智的小女生巧言应付（日军）将她救下。虽说这些女生接受过天主教"人人平等"的教化，但是由于传统文化的耳濡目染，她们将人分成差等，也不足为怪。后来玉墨和姊妹们（即所谓"金陵十三钗"）情愿替代女学生去日军庆功宴上唱歌，除了有上述事件的感动，自然也有玉墨幼时的悲惨遭遇作铺垫（玉墨13岁被继父强奸，在教会学校住校6年，后来沦落风尘），她们还确信自己比小女生更善于跟鬼子兵周旋。于是她们穿起学生装，抱着赴死的决心，一个个身藏暗器，在夜幕掩护下随日军而去。不论她们是否每个人都有杀敌、救人的意识，她们最后的生死抉择，分明是一种绝望的抵抗和灵魂的苏醒，她们代人受难和慷慨赴死闪耀着人道主义和人性之光。

有人不相信烟花女子也能明是非，晓大义，其实只要打开尘封的历史，单单秦淮河风月场就涌现出董小宛、李香君、陈圆圆、柳如是等千古流芳的名妓。影片表现妓女代替学生去赴难也有一点事实根据：时任金陵女子文理学院代理院长的美国传教士明妮·魏特琳身后留下的日记，就提到21名风尘女子代替女学生去做慰安妇。2005年，美籍华裔女作家严歌苓将《魏特林日记》里这几行文字，演绎成小说《金陵十三钗》，她说南京大屠杀期间有八万名妇女被强奸，西方人将那段历史称作"南京大强奸"，实际上"这是一个民族对另一个民族从肉体到精神的奸淫，它比身体的虐杀更残酷"。影片在此基础上改编的故事应该说并不违反历史真实性，相反地，叙述女生和妓女相互关系及情感变化这一段，恰恰是影片较为丰满、较为真实的艺术板块。

《金陵十三钗》交织着两条矛盾冲突线，即女生和妓女道德律的冲突，以及中日之间的民族冲突。影片充分地展开了两组女性人物之间的冲突，并且自然而顺畅地化解了这种内部矛盾，两股力量最终汇入了抗日杀敌的洪流。就影片表现的重点而言，它不是严格意义上的反思历史影片，而是以南京惨案作背景，讲述一则女性故事，表现战争中人性的苏醒。不独男女主角的性格蜕变和情感升华，朝着人性苏醒的方向走，即便是着墨不多的次要人物也朝着这个方向走。教堂里那个瘦小的男孩陈乔治，一个神父在路上捡来的孩子，在教堂打杂了六年，被那些女学生嘲笑了六年。他比那些女孩子大不了几岁，但他立志要履行神父（养父）临终前的嘱托，默默地尽着保护女生的职责。在紧要关头他化妆成女学生，顶替第13个女生，和12个化装成女学生的妓女一道去给日军唱歌。他只是为了一个承诺，坦然地走上不归之路，他要和自己的保护对象同生共死。这个男孩的情感是那样透明那样简单，没有标举江山社稷和家国情怀，却呈现出一个有血有肉的人性苏醒的故事。妓女豆蔻也是一个爱憎分明，视死如归的小人物，她把对自己弟弟的怜爱倾注在小伤兵浦生身上，她不幸落入敌兵的魔掌，受到非人的凌辱，她不甘受辱进行了最后的抗争。他没有多少壮烈的台词，我们只从影片一系列的特写画面，看到这位赢弱的姑娘受难时抽搐的嘴唇、狰狞的牙齿和声嘶力竭的怒吼："我操你祖宗八代！"我们分明见到了一个不甘受辱的宁死不屈的灵魂。至于书娟那般获救的女孩子，因为亲历了一幕幕人间惨剧，目睹"姐姐们"舍生忘死的英雄行为，她们含着泪一遍一遍地说"对不起！"残酷的战争环境催促她们迅速地成熟长大，玉墨那句"替姐姐们好好活下去！"的临别赠言，让这些代表着民族将来的孩子们更加懂得了生命的价值和大爱的意义。

既然是讲述一则女性故事，表现民族战争中人性的苏醒，应该说影片是有积极意义的。但《金陵十三钗》不是一部尽善尽美的电影，它确实没能唱出《辛德勒名单》那样悲壮的犹太人的哀歌，没能给我们带来强烈的心灵震撼和深刻的反思，没能完美地实现大悲剧应该达到的审美效果。有人吹嘘它是近十年以来的巅峰之作，未免言过其实。在我看，影片在两个方面存在着明显的缺陷：

其一，编造、设计的痕迹太重。如上所述，一群妓女、一群女生和一个美国人在同一天早晨一起涌进一座教堂，这种设计并不违背艺术真实，也有助于推动剧情发展，使影片节奏更紧凑，不失为一个合理的"巧合"；但是影片中的巧合用得多而滥，就成为一个问题了。美国人约翰为什么偏偏是个化妆师？原来是妓女们需要乔装改扮女学生，只有给出一个化妆师才能临场献技解决难题；而在紧要关头还缺一人扮演女学生时，恰巧又有教堂打杂的男孩挺身而出男扮女装，才凑齐了"十三钗"，没在日本人跟前露馅；令我匪夷所思的是，日本人送给约翰的"慰问品"为什么偏偏是一只玩具"招财猫"？后来妓女小蚊子大哭大嚷不肯上车，约翰把"招财猫"塞到她手里，我这才明白"招财猫"原来是专为安抚这位爱猫不要命的妓女精心设计的；豆蔻为了给死去的小伤兵浦生弹奏一曲，竟然冒死跟香兰跑回翠禧楼取琴弦，而香兰跟她同去的理由竟然只是为了取一副耳环！更加不可思议的是，两个弱女子怎么能够从戒备森严的日军眼皮底下逃出去？……"无巧不成书"这种传统的艺术方法，倘能合理运用到电影、戏剧创作中去，会有加强戏剧性，引导观众（读者）的兴趣向前冲的意义，但这种"巧合"，必须合情合理，不好违悖事理；刻意追求奇巧，反而弄巧成拙。

其二，太过夸张矫饰、不节制的情色表演。战火硝烟还没散去，日军步步逼近，穿着黑色学生装的女学生惊魂未定，一群衣衫不整，浓妆艳抹，风骚放浪的妓女风摆杨柳似地闯进了教堂。她们的出场完全是一副妓院大开张的架势，仿佛她们不是从废墟和死人堆里逃出来的。导演的本意或许想要运用浓腻的色彩，造成"参差对照"的艺术效果，既和女学生区别开来，又和她们后来的形貌区别开来；但是如此浓腻、夸张的渲染，和残酷的战争环境相去太远。后来，约翰给玉墨化装时，彼此的深情倾诉居然发展成为一场缠绵的床戏。约翰固然不是绅士，玉墨亦非淑女，但是导演好像忘记了此前约翰亲眼目睹玉墨的两个姊妹死得那样惨烈，忘记了玉墨也是命在旦夕，明天凌晨就要被日军带走，在这种生死未卜的险恶情势下，当事人双方怎么会有上床的心情？如此夸张、不节制的情色表演，透露出导演审美趣味的低下，潜意识里有一种媚俗的心态，他忘记了艺术家的真诚和责任。其实稍有常识的人对这种夸张而又虚假的表演都会嗤之以鼻，于是电影院观众席上时常爆发出"嗤嗤"的笑声。张艺谋电影的故事并不复杂，叙事无一定之规，剧情夸张而奇诡，通常是色彩浓腻，动作生猛，能够产生某种怪诞的视觉效果，《金陵十三钗》在艺术上也有这样的特点。但是在悲凉之雾笼罩下的屠城背景上展开一个女性故事，太过夸张的色彩对比，缺少节制的情色表演，只能是破坏作品整体上的和谐与美。

五四文学革命时期，周作人极为赞赏英国批评家蔼理斯提出的"自由与节制相结合"的观点。蔼理斯在《性心理学》中提出"欢乐与节制二者并存，且不相反而实相成"，在另一篇论文中又说："生活之艺术，其方法只在于微妙地混和取与舍二者而已。"蔼理斯本意在反对宗教禁欲主义，首肯性的欢乐自由，周作人以及后来的新月派诗人曾运用这个观点反对艺术创作中感情的泛滥——无论是个人感情的自我表现，还是对社会生活的现实描写，都要"理性节制感情"。这是一条重要的美学原则。在艺术创作中，如果坚持走一条夸张的、不节制的罗曼蒂克路线，那是一条歧路，对创作显然是有害无益的。

于2011年1月

《一九四二》：大灾难对人性的拷问

冯小刚导演接受媒体采访时多次谈到电影《一九四二》（根据刘震云小说《温故一九四二》改编）筹拍了将近20年，拍得很辛苦，他本人认为这部"史诗"性的电影是他最好的作品。此前看过他执导的灾难片《唐山大地震》，印象不错，觉着他不是只能拍贺岁片、商业片的电影玩家，而是一位有社会责任感的严肃地思考人生的导演，这回带着好奇心，走进了影院。

1942年，中国的抗日战争正处于持久胶着状态，这一年还发生了一系列鲜为人知的事件：河南闹起了饥荒，一千多万人流离失所，走上背井离乡的逃荒之路；"斯大林格勒战役打响，甘地绝食，宋美龄访美和丘吉尔感冒"。在这样一个广阔的背景上，电影《一九四二》展开了河南大饥荒的描写。影片以地主范大爷和佃户瞎鹿两个家庭为中心，表现了他们在灾难中的挣扎与不幸，希望和绝望。大旱灾使得四乡农民活不下去了，他们抢了东家的粮库，烧了东家的土围子，范大爷忍着丧子之痛，带着妻、女、儿媳和灾民一路去逃荒。范大爷以为灾难很快就会过去，只是带上家人去"躲灾"，一路上惦记着瞎鹿借去的半升小米要归还，没想到这一走竟然是前途渺渺，饿殍遍野，家破人亡，不但老妻抛尸荒野，儿媳产后饿死，女儿被骗进窑子，小孙子也冻饿而亡。影片以一个落难地主的眼光，从一个特殊视角反思我们民族曾经的大灾难。

大难临头时，"活下去"是硬道理。生存竞争使人们突破了文明的所有底线，为了活着，人们冷酷麻木，苟且偷安，卑微绝望。少东家枪杀抢粮的农民欺辱花枝，被愤怒的农民杀死；刚断气的儿媳身子还暖，婆婆抱起孙儿再吸一口奶，可他们祖孙二人最后也还是抛尸荒野；上过学堂的少女铃铛为了寻一条活路，被趁火打劫的流氓骗进了窑子；瞎鹿想要卖了闺女给母亲买药，老人没躲过日本兵的子弹，闺女也葬身于火车轮下；瞎鹿结伙去偷盗洋记者的驴，结果驴跑了，人被烫死在几个大兵的锅里，人也许被大兵吃掉了；瞎鹿死后，花枝为了孩子能有一口吃的，没了廉耻说"我跟你睡"，和栓柱一夜夫妻之后又将自己卖了出去……哀鸿遍地的大灾难中,个人极其渺小孤独,人们如同热锅上的蝼蚁,左冲右突,谁也无法救出自己。影片用一种存在主义的视角,让一切价值逼近于零点,揭出人性的卑微陋劣,引发我们对于人类命运的沉思。饥饿对于每一个人倒是"平等"的,无论穷得无路可走的佃农还是富甲一方的绅士。

大灾难拷问人性的丑陋,也遮蔽不住人性的光辉。在饥馑和逃难的日子里,人与人的关系变得冰冷无助、麻木不仁,可是埋藏在人们心底里的诚爱和善良一刹时中也会开花的。老东家和栓柱艰难地爬上去陕西逃生的列车时,突然发现花枝的两个孩子被挤下火车,栓柱毫不迟疑地跳下车去寻找孩子,这个淳朴的汉子一个跳车动作就让我们相信,生死攸关时刻也会有人不肯放弃心中那份坚守和承诺。栓柱没能找到孩子,沉浸在对花枝的愧疚里,一个日本军官要用白面馍馍换取他珍藏的风车玩具,饥饿的栓柱拼死命抵抗白面馍馍的诱惑,不肯把孩子的玩具交给鬼子,他用生命和热血捍卫了人间爱和人的尊严。我们还看到,原先不相容的范大爷和瞎鹿两家人,在逃荒途中居然学会了互通有无,患难相扶。当瞎鹿瞒着花枝卖闺女换粮食时,范大爷借半升小米救了瞎鹿燃眉之急;范家的粮食、大车给政府军抢去后,临产的儿媳再也挪不动脚步,瞎鹿大度地让范家儿媳坐上自家的车子。按照阶级斗争学说,地主与佃农是不能相容的敌对阶级,但在灾难中饥饿的人们消弭了阶级对立,学会了理解与同情。编导的旨趣并不在于展览人类在灾难中的生存危机和惨绝人寰的悲剧,而特别关注灾民内心世界的曲折隐微,剔抉出人类心灵世界的光辉。

影片结尾,范大爷没有去陕西,而是原路返回了。所有的亲人都离他而去,逃荒路上的惨像撕咬着这位孤独老人的心,夕阳的余晖拉长了他纤弱的身影,绝望中他遇见一个失去亲人的小女孩,他要小女孩叫他一声"爷",这声"爷"让两个末路相逢的陌生人成了从此相依为命的亲人……大灾难给人类开了个恶意的玩笑,一脉相承的血缘至亲到头来竟是阴阳相隔生死茫茫,萍水相逢的独行旅人反倒成了生死相依的亲人。拿什么来拯救大灾难中的人类呢?《一九四二》没有给出"救赎"的良方,而影片对于人性的拷问(尤其是感伤的诗意的结局),给我们提供了意味深长的思考。影片虽然也涉猎到人的信仰,比如逃荒路上有神父试图给灾民布道,饥民们谁也不肯抛下自家的祖先牌位,但在编导者看来,信仰并不能解决生存危机,而埋藏在人们灵府深处的诚信与爱意——或许,这种人性的力量才是人类自我救赎的诺亚方舟?

　　除了河南灾民千里逃荒这条中心线索，影片同时展开了另一条情节线，即国民政府赈灾的虚伪和不作为。时任河南省政府主席的李培基将河南灾情上报委员长，蒋氏不相信这个粮食丰收的大省竟然会有灾情，呵斥河南省虚报灾情。直到《时代周刊》记者白修德当面递上狗食人肉的血淋淋的照片，提问"为什么一场灾荒看不到任何官方的救济"？这位为抗战"殚精竭虑"的最高统帅还指责记者"夸大事实"，其实他心里明白，河南灾民在一天天地走向死亡。派大员去河南视察并开展赈灾工作，既不准减免军粮，受灾的河南还得支持抗战；又不准夸大灾情，以免影响士气，淆乱视听。蒋介石暗地里还指令驻军撤出河南，把重灾区的"大包袱"甩给日本人，让外界以为是日军侵略影响了政府救灾。蒋氏导演的这出悲喜剧使得河南的灾情雪上加霜，300多万人死于饥饿，死在逃荒路上，死在日军飞机的轮番轰炸中，死在政府军的枪口下。影片中的蒋介石是个虚张声势、全无担当的统帅，所以冯小刚说："因为他在1942年抛弃了人民，人民（就）在1949年抛弃了他。"

　　在艺术结构上，影片不同凡响的特点在于：以河南省主席李培基作为联结点，将灾民逃荒和政府赈灾两条线索巧妙地缝合起来，敌对的东家和佃户在千里逃亡中渐渐走向互助同情，而国民政府虚与委蛇、赈灾不力，二者恰成鲜明对照；进而追问大灾难酿成的天灾人祸（根源），拷问人性的美善与诈伪。正是在波澜壮阔的历史事件叙述，规模宏大的艺术构思，变幻多姿的生活场景和丰富多彩的人物描写这些方面，影片《一九四二》具有史诗的某些质素。《一九四二》在罗马首映后，著名影评人 DerekElley 在《亚洲电影资讯》发表文章给予肯定性的评价，认为编导将小说改编成剧本的尝试很成功，"将一个结合了灾民逃荒、政治事件以及真实战地记者白修德的故事从小说的碎片中提取并拼贴成形。"他还认为冯小刚"找到了环境、历史、人物性格和他最擅长的黑色幽默之间的平衡"，《一九四二》虽然讲述一个"冷酷的主题"，但它的"态度并没有过于悲观，或呈现'强咽痛苦'的风格，这部电影尖锐、诙谐，是一部真正以人为本的影片，而不是一本生硬的历史书"。

　　冯小刚是一位以拍摄贺岁片和喜剧电影著称的导演，他的写实影片也具有黑色幽默和讽刺的特点。在这个充斥着贪婪、伪善、冷漠和浮躁的物质社会里，我们这些饱受苦难而又善于忘却的国民，迫切需要的还不是戏说历史、演绎宫廷秘史的商业片，也不是茶余饭后能够博俗人和雅人开怀一笑的娱乐片，而是表现我们民族的光荣与苦难，唤醒我们历史记忆的艺术品。艺术家应当义不容辞地承担起提醒国民正视苦难历史，引导国民走出历史阴影的社会责任。影片《一九四二》尽管还有诸多缺憾（例如农民形象还不够丰满，某些事件和场景的穿插显得多余，几条线索的场景切换显得生硬等），但它提供了"美学与商业相结合"的新视野，赢得了国内外观众普遍的好评。事实再次表明，今日观众并不喜欢哗众取宠、忸怩作态的"瞒和骗"的制作，而热忱欢迎真诚的编导和真诚的艺术作品。

于2012年12月

草根英雄叙事与家国情怀书写

——52集电视连续剧《闯关东》的史诗性

　　52集电视连续剧《闯关东》2008年年初在中央电视台黄金剧场播出后，社会各界引起强烈反响，观众、媒体，好评如潮。这几年电视剧创作陷入一个怪圈，弘扬主旋律的作品往往受到冷落，媚俗的作品反而受到青睐。《闯关东》讲述山东人为了活命而闯荡东北大地谋生的历史故事，展示中华民族"自强不息，艰苦奋斗"的民族精神。同样是弘扬主旋律的作品，为什么《闯关东》既叫座又叫好，受到热烈欢迎？它在思想、艺术上给我们提供了怎样的启示？笔者试从"史诗性"这个审美视角，剖析《闯关东》给中国电视剧创作提供的艺术经验。

　　什么是"史诗"呢？"史诗"源自欧洲，希腊文"Éπos"，原意是"谈话"或"叙事"的意思，只是由于习惯相沿，这个词才与用诗体写的关于英雄冒险事迹的叙述联系起来。古希腊哲学家亚里士多德在《诗学》中最早使用这一术语，称赞荷马史诗是"最为高明"，"高人一等"的史诗。黑格尔使用过"史诗"和"正式史诗"两个概念，"正式史诗"指荷马史诗一类长篇叙事诗，"史诗"则主要指长篇小说或各类体裁的长篇叙事作品。《简明不列颠词典》给出"史诗"的定义是："史诗，它常指描绘英雄业绩的长篇叙事诗，也被用来指托尔斯泰《战争与和平》一类长篇小说和爱森斯坦《伊凡雷帝》这样的电影。"因此，所谓"史诗性"，则可超越长篇叙事诗的体裁限制，而渗透于诸如电影、戏剧、电视剧等其他文学艺术体裁中，"史诗性"是具有某种特定风格特征的作品的标识。按照瑞士学者沃尔夫冈·凯塞尔的观点，史诗"一般地似乎是指关于全面世界的叙述"，"人物"、"空间"和"发生的事件"三个元素"在不同的程度上参加了世界的创造"。[1] 正是在事件叙述，人物描写和空间设计这几个主要方面，《闯关东》突出地显现出史诗性品格。

一、发掘历史事件的民族精神

史诗通常以神话传说或重大历史事件为题材，讲述民族历史上"遥远的故事"（巴赫金语），再现民族精神。电视剧《闯关东》（以下简称《闯》剧——笔者）宏观地展现了近代中国山东人"闯关东"的移民历史，"闯关东"题材的发现和开掘，具有历史的眼光和史诗的大视野。

"闯关东"是世界移民史上最大的一次迁徙。明末清初，多尔衮率百万大军逐鹿中原，广袤的东北地区留下了巨大的人口空间，从清初到建国前的三百年间，先后有两千万山东人踏上"闯关东"之路。特别是到了清朝末年，山东地区连年旱灾，庄稼绝收，匪患横行，百姓苦不堪言。光绪年间，山东爆发了义和团运动，被八国联军和清政府残酷镇压。在这种特殊的历史背景下，成千上万山东儿女背井离乡，千里跋涉，逃往东北谋生，形成中国历史上一次移民高峰。

可是这样一场伟大的移民壮举，却鲜为人知。编剧高满堂是"闯关东"人的后裔，有感于档案馆里"没有一本关于'闯关东'的书，找不到一本关于这次人口迁徙的记载资料"，他觉得"有责任为他们树碑"。[2] 为了从总体上把握《闯》剧的创作，第一步工作是深入生活，从"史"上了解情况，了解它的编年史，人物志和风土人情。"我们跨越了辽、吉、黑三省，又去了鲁西南、胶东等地，行程七千多公里，采访了上百人，全景式地把'闯关东'这一历史进行了梳理。"[3] 这是一位非常尊重历史的编剧，在大量的采访和调研过程中，他被"闯关东"的山东人不屈不挠、百折不回，认准一个目标往前闯的精神深深打动了。在《闯》剧中，他把朱开山一家人闯关东的故事，巧妙地嵌在1900—1931年这个历史镜框里，开头讲朱开山有义和团背景，结尾是"九一八"事变日本侵华，突出了民族矛盾，提供了人物活动的广阔历史空间。《闯》剧艺术构思非常完整，它早已突破一般作品讲述恩怨情仇的情感故事的叙述层面，而将30年的历史大背景进行了纵向呈现，深入开掘了"闯关东"事件所体现的民族精神。

二、抒写草根人物的英雄情韵

荷马时代开创的"正式史诗"多为古代英雄史诗，叙事重点是描写英雄情韵，赞颂英雄人物的英雄业绩。主人公通常是历史事件（传说）中一个部落、一个种族或一个民族的领袖、将军或半人半神的英雄人物。《闯》剧和传统的英雄史诗既有精神联系，又有明显差异。跟时下热衷于表现帝王将相文治武力的历史巨片反一调，它把艺术视角转向草根人群，把底层社会的劳苦大众作为对象主体来表现，通过朱开山一家闯关东的经历和众多平民人物可歌可泣的故事，写出一个大时代。

《闯》剧成功地塑造了贯串全剧的中心人物朱开山形象，他的一生是波澜壮阔的一生。早年参加义和团运动，开香堂杀洋毛子，是山东地界出名的"朝廷钦犯"。他那口头禅"冻死迎风站，饿死不低头"，传达出顽强的个人自由意志和反抗命运的刚毅精神。凭借着勤劳、勇敢和智慧，他白手起家，在关东挣下两垧地和一个宅院，接一家人到元宝镇来住下。朱开山不是一个"小富即安，小进则逸"的人物，他不肯把自己拴在地里，总是向着一个新的目标寻求发展。先去大金钩淘金，差不多拼了自家性命运出几粒沙金，在放牛沟盖房置地，过一种殷实、安稳的农耕生活，把齐鲁一带的先进农耕技术和石墨、鲁菜等中原文化带到关外。大丰收的喜悦抗不过不公平的世道，为了躲避散兵骚扰，朱开山一家闯到到哈尔滨去经商。他们开了山东菜馆，以诚信为本做生意。小儿子朱传杰在跑马帮途中意外地发现了甲子沟煤矿，朱开山又聚集商界同仁集资成立"山河煤矿"，寻求发展民族工业。他是一个不断开拓新的生存空间的人，虽屡遭挫折，但越挫越勇，永不言败，他为了生存、发展而"与天斗，与地斗，与恶劣的生存环境抗争"的一生，颇具悲剧英雄意味。

这个来自孔孟之乡的铮铮铁汉，从来不肯向腐恶势力屈服低头，但他立身处世的基本原则却是"和"为贵，"义"当先，"情"为重。放牛沟农耕期间，因传武和秀儿的婚事、抗旱用水、防霜保苗，与当地大户韩老海多有摩擦，朱开山总是以邻为友，仁义待人，隐忍退让，低调处世。后来到哈尔滨经商，受到热河人潘五爷百般刁难、挤压，他以诚信为本，和睦为先，既不争强斗狠，也不"装小"服软，他以仁义的情怀，机智过人的手腕，折服了潘五爷。有一集讲述潘、朱两家的马帮被一伙土匪打劫，潘家独子命丧黄泉，朱开山当众撕毁两家立下的赌契，让自己的小儿子朱传杰认潘五爷做干爹。朱开山大仁大德的侠义胸怀，感化了潘五爷，从此山东帮热河帮捐弃前嫌，抱拳和解。朱开山说："和为贵啊！……天底下良善之人都该和啊！""你看这天上的星星们，一个挨一个，你亮你的，我亮我的，不争不抢，一千年这个样，一万年还是这个样，和和气气。"朱开山不屈不挠、大仁大义的精神品格以及"和为贵"的社会理想，是中华民族传统美德的升华。

朱开山还是一个兼具人性和神性的艺术形象。他不仅善良大度，坚忍顽强，集中了本色山东男人的优秀品质，而且具有非凡的气度和超人的神力。他是义和团时代出名的"大英雄"，民间编了鼓词儿唱他："朱开山手舞大刀冲在前，刀光闪处，洋鬼子呼啦啦倒一片""直杀得日月无光天地暗，直杀得天崩地裂大海起波澜"。淘金场上他代小金粒受过，被活埋在井里，他竟从井里奇迹般地拱出来，大伙儿惊呼："老天爷，这是人吗？简直是神！"他夜晚放马探路，吞金外逃，还用马蹄铁飞镖击毙金大拿，率众逃出吃人的老金沟，足见他是一个智慧过人，神勇过人，具有生命神性的传奇人物。朱开山身上的这种神性，可诠释为一种浩然正气，它驱动一个人去追求，驱动一个家族去发展，驱动一个民族走向复兴之路。在民族危机日益加深的时刻，朱开山集资兴办山河煤矿，与日本森田物产争夺甲子沟煤矿的矿权；"九一八"事变爆发，枪炮声逼近家门口，他亲率全家老小前线劳军，声援一双儿女抗战。传武为国捐躯，他说是"老朱家的光荣"；为了民族利益，大年夜炸了山河矿，"矿山不能留给日本人"。面对日本侵略者，他身上迸发出的民族精神和个性风采，一下子把全剧照亮了。

朱开山的性格复杂多元，颇具史诗情味，其妻文他娘的性格塑造，也很有特点。她贤惠宽容，深明大义，她爱家中的每一个儿女。秀儿痴情于传武却得不到响应，她看在眼里，疼在心里，为了给秀儿在妯娌中挣面子，她亲自导演一出秀儿假怀孕的喜剧。她不顾一切地收留患了疟疾的日本弃儿一郎，她说"不管是日本人还是中国人，只要他还喘一口气，咱都得把他留下，这是做人的基本道理！"她嘴对嘴地给一郎做人工呼吸，把一郎当作自己的小儿子抚养成人。后来一郎被胁迫帮森田物产夺去山河煤矿的矿权，她还是不舍不弃，动情地说："无论什么时候，你都是我的老儿子，这不怪你，怨娘没有看好你。"这番话让一郎又愧又悔，终于交出证据，帮山河矿打赢了官司。文他娘是受到中原传统文化熏陶的山东母亲写照，她那贤明仁厚的大爱情怀，作为朱开山性格的映衬补充，从一个侧面再现了民族精神。

《闯》剧还着力塑造了传武和鲜儿这两个光彩照人的平民英雄形象。朱开山有三个儿子，老大传文老实顾家，但懦弱自私，他管理农耕、经营山东菜馆非常尽心尽力；老三传杰学生意，跑单帮，创建山河矿，眼界开阔，聪慧过人，却少一点深谋远虑；最像朱开山的是老二传武，最让朱开山闹心的也是这"活兽"。他性格刚烈勇猛,敢闯敢拼,从小不安分,爱打抱不平。他身上缺少父亲朱开山的宽容大度,却不乏朱开山的执着坚毅。不安分的性格注定他跃马扬鞭,四海漂泊。山场子他差点没命,水场子几回生死,为了鲜儿他多少回离家出走。他是鲜儿的守护神。在放排的河道上,他对重病的鲜儿不离不弃;在千钧一发的断头台上,为了守护一生的诺言他勇劫法场。他从一个不知苦辣的毛头小伙成长为东北军的爱国将领,为捍卫民族尊严流尽最后一滴血;他没能和鲜儿做上一天夫妻,但是和自己心爱的女人浴血奋战在同一个战壕里,《闯》剧以崇高的声音叙述了传武悲壮的一生。

鲜儿是《闯》剧献给中国电视荧屏的一个独具个性的女性形象。她是旷野里生长的一棵小草,风霜雨雪不能摧毁她顽强的生命力。当初她宁可"蹲在冷灶下喝凉水",逃出家门和穷小子传文私奔。传文在"闯关东"路上病倒,她"卖身救兄",给人做童养媳。后来被好心的班主收留,学唱二人转。她闯过山场,趟过水场,做过王爷府格格的贴身侍女,当过二龙山劫富济贫的强盗,抢过日本人的洋行。闯关东途中她忍饥受冻,病得死去活来,也曾蒙羞受辱,甚至被送上刑场。在人生舞台上,她不断地变换角色,几乎承载着闯关东女性所遭遇的全部苦难。在山场子、水场子的苦命生涯中,她和传武他乡相逢,生死相依,传武是她地狱生活中的一线光明。她以顽强的生命意志战胜一切苦难,她在抗日的烽火中迅速成长。美丽刚强、饱经苦难的鲜儿无可争议地成为全剧中最让人牵挂、最让人尊敬的女性。玉书说得好:"我佩服鲜儿姐,活得顶天立地!要是咱都像她那样,谁敢欺负咱女人!"

在《闯》剧中亮相的草根人物不下百人,不仅主要人物丰满鲜活,次要角色即使戏份不多,也有血有肉。比如朱家三个儿媳,出身背景不同,性格各异:那文是王爷府的格格,知书识礼,足智多谋,有一点私心,但大节不亏;秀儿是乡绅之女,善良忠厚,忍让克制,一片痴情却得不到真情回报;玉书生于商贾之家,受到良好的教育,热情开朗,比较新潮。此外,像林场的把头老独臂,放牛沟的乡绅韩老海,元宝镇的富商夏元璋,跑马帮的张垛爷等,也都是活跃在特定历史场景中的个性鲜明的平民人物形象。

《闯》剧特别着重叙述草根人群的个人生命体验,并且把个人和家庭的命运放到风云变幻的历史大背景中加以阐述。它把个人叙事、家庭叙事和历史叙事水乳交融地结合起来,既充分展现平民人物千差万别的个人经历和独特而深刻的生命体验,又抒写出他们心灵深处温暖的家国情怀。你看:传武闯荡一生临终还是要回家,鲜儿漂泊天涯最后还是回到了家,传文浪子回头也要回家，老独臂弥留之际巴望死后"坟头朝向山东老家"……在抗日救亡的时代气氛里，传武发出"宁可战死，不当亡国奴！"的呼号，朱开山在法庭上警告森田："中国还是中国人的，你们终究得回去。到你们回去的时候，留下的将是一片尸体！"这股充盈于全剧的家国情怀，荡气回肠，撼动人心，加强了这部戏的历史沧桑感和纵深感，使《闯》剧更带有浓浓的悲剧意味和史诗性。

三、构建广阔壮美的史诗空间

史诗的本质是"以崇高的声音"叙述一个全面的世界，事件、人物、空间三个元素在不同程度上参加了世界的创造。"我们不应当把'空间'理解为纯粹的风景"[4]，它是事件发生、发展的历史天空，是演示人物命运的广阔舞台；规模宏大的结构，丰富生动的情节，变幻多姿的生活场景，人物和事件的传奇性，构成史诗性作品的空间形式。

《闯》剧的中心事件是朱开山一家"闯关东"的故事，它是"领导结构进展的事件"，这个事件"使作者能够生动地描写人物，并且依靠拖延和横贯的动机展开了广阔的世界。"[5] 按照历史年代的发展，全剧设计了四个色调迥异的生活场景，每个场景都有叙述的重点，指向性也强。"淘金"篇，朱开山历尽非人磨难，与金把头和官兵、响马巧妙周旋，死里逃生，为家族的发展淘得第一桶金，表现主人公不灭的希望和顽强求生的意志；"农耕"篇与当地人和睦相处，共建家园，这是一个相对安稳、弥漫着田园气息的生活场景；"经商"篇进城谋求发展，顶住邪恶势力的倾轧，宽容忍让，大仁大智，终于化敌为友，开拓出更大的生存空间；"山河煤矿"篇超越了家族纷争，与日本侵略者抗争，宁死不屈，捍卫国家民族尊严。在结构上，每个篇章大约10来集，相对独立完整，却不游离主线，编织成一个"全面的世界"。

这部戏的开头、结尾别具特色。戏的开端讲述上个世纪初山东朱家镇朱、谭两家的婚事纠葛。天灾匪患，颗粒无收，老朱家东挪西借筹到八升米，想给大儿子娶亲，可这点粮食也叫土匪抢去了；鲜儿进不了朱家门，文他娘又听信传言，以为朱开山被官家捉去砍了头，"山东没法活人了"。这个"背景中发生的事件"，从更为广阔的观点描绘了动乱社会的各种矛盾，初步介绍了剧中几个主要人物的性格，牵出朱开山亡命关东四年现在修书一封接全家"闯关东"、找活路的主要线索，合乎逻辑地交待了朱开山一家离乡背井闯关东的缘由。这个史诗式的开头，渲染了时代气氛，展开了一个各种社会力量竞相角逐的历史空间，此后朱开山一家人必须把这个空间作为他们的命运空间来一步一步地走下去。全剧的"大结局"，讲述传武、鲜儿和东北军将士在前线与日军浴血战斗，枪炮声和玉书临产的呻吟声交织在一起，传武中弹倒下，朱家的第二个孙子呱呱坠地。这一死一生，象征地再现了中华民族前仆后继、生生不息的民族精神。结尾处，朱开山一家人驾着雪橇，在茫茫风雪中向林海深处驰去，雪国里回响着朱开山"国家亡不了，咱们朱家也亡不了！"的呼声。大结局与开头遥相呼应，以义和团运动后"山东没法活人"开局，以"九一八"事变抗击日军终局，首尾照应，主旋律分明，诗意地强化了"闯关东"内蕴的爱国主义精神，从而实现了史诗结构的完全性和整一性。

　　一部长达52集的电视连续剧，怎样才能做到吸引观众眼球，让大家牵肠挂肚，一集不拉地看下去呢？关键是戏剧冲突的设计。《闯》剧的四个篇章都为朱开山一家设计了强有力的对立面："淘金"篇对立面是金大拿，"农耕"篇是韩老海，"经商"篇是潘老五，"山河煤矿"篇是森田物产和日本关东军。朱家每前进一步，都有危机四伏，都要顽强拼搏，付出代价，洋溢着"与天斗，与地斗，与恶劣的生存环境斗"的壮志豪情。全剧的矛盾冲突大致三种类型：一种是"奇峰突起，平地惊雷"，如传武与大熊的生死决斗，把山场子严酷的生存斗争法则渲染到极致；第二种是"层层推进，步步惊魂"。如朱开山在老金沟与恶势力的一连串冲突，环环相扣，步步砌高，把老金矿的黑暗翻了个底儿朝天；第三种是"一波三折，于最高潮处戛然而止"。如全剧最后，森田带兵到朱家扬威杀人，却被朱开山、鲜儿和悔过的传文合力杀死，朱开山一家带着新的希望向林海深处奔去。[6] 作者设计种种对立和冲突，既拓展了波澜壮阔的生活空间，又使剧情悬念丛生，高潮迭起，让观众自始至终带着"后事如何"的好奇心跟着剧情走下去。

　　电视剧要赢得观众收视的热情，当然不好写成历史纪录片，也不是一般地讲故事，而是"传奇式的"讲故事。编剧高满堂形象化地阐述历史与传奇的关系说："历史是一件浸透了雨雪的沉重的羊皮袄，穿上它会觉得沉重，脱了它又感到寒冷，最好的办法是换件轻裘，又轻松又保暖。"他把《闯》剧的风格定义为"把传奇的可看性搭在历史的肩膀上。"[7]

　　《闯》剧的传奇性突出体现在人物设计和人物描写上。那些活跃在特定历史场景中的人物大都不是寻常之辈，他们是义和团头领，捻军战士，金夫，戏子，强盗，马帮垛爷，木帮把头，王府的格格，东北军将士，关东军大佐，等等。千姿百态的面孔，精彩奇特的人生，给全剧染上挥之不去的传奇色彩。最具代表性的人物除了传奇英雄朱开山，还有鲜儿。鲜儿当初在山东龙口没赶上渡船，和传文一起徒步走山海关"闯关东"。她违心地做过七岁小少爷的童养媳，在王家戏班刚唱红又被恶霸凌辱逃到伐木场，千辛万苦找到元宝镇偏赶上传文娶亲，随传武私奔，水上放排又被土匪打散，后被震三江带到二龙山落草当了二当家的，抢日本洋行险些丧命，被传武和二龙山弟兄劫法场救下。"九一八"事变后，她走上抗日前线与传武并肩作战，传武牺牲她回到朱家，以娴熟的枪法击毙森田的几个卫兵，处死森田后和朱家人再闯林海雪原。鲜儿九死一生的传奇故事，把土匪、妓女、戏子、山场子和水场子的戏拉出来，极大地拓展了全剧的生活空间。鲜儿和传武的爱情故事，是贯串全剧的另一条重要线索，他们相知相爱能否终成眷属？成为全剧埋得很深的"扣子"，给观众造成强烈的心理期待。把这个"想爱却爱不成"的悲剧放在社会动乱和民族战争的大背景上表现，既有诗意的光辉，又有坚实的生活质感和深沉的历史感。

《闯》剧的传奇性还体现在典型事件的选择和叙述上。朱开山淘金的经历、老独臂打虎、那文大赌一回的故事，就极具传奇色彩。朱开山为了生死弟兄贺老四的一个约定，单身进山淘金，终于排除万难，找到杀害贺老四的歹徒报仇雪恨，其间死生三回：一次代人受过被活埋，从井下拱出；一次追逐黑衣蒙面人落入陷阱，被大黑丫头救出；最后吞金运金逃出老金沟。老独臂为给姐报仇加入捻军，他浑身伤疤，"一块疤就是一场恶战，就是几条官兵的人命。"他说自己的一只胳臂是捅进老虎嗓子眼儿里被虎咬掉的，还说他忍痛把另一只手里的木棒捅进老虎屁眼里，老虎就丧命了。那文向公爹借十块大洋，用自己的身子下赌注，大败各路"神仙"，竟神奇地招来百余名短工，解了朱家抗霜保苗缺人手的燃眉之急。这些"惊人的偶然事件"，是作者"把世界诗意化的努力"[8]，看似不近情理，却写出主人公特异的性格，引发观众的惊奇和愉悦。"对于每一个醉心于那些超越日常生活范围之外的事物的人，情节越带有鼓舞性就越能使他感到怜悯。同时，情节必须是动人的，因为一切的心灵都要求受到感动。"[9]

此外，地方风物、风情的描写，也浓化了《闯》剧的传奇色彩。关东地区的四时景物在荧屏上充分展现出来：冬去春来的北国，白山黑水，天高地阔，线条粗犷，开江了，松花江冰排拱起，惊天动地；夏日的关东，放排场面更为壮观, 鲜儿唱起忧惋的东北小调, 和放排人浑厚的歌声相应和; 秋季的东北, 色彩缤纷, 层林尽染, 点火抗霜的隆重仪式和朱开山一家人的欢笑融为一体; 严冬的景象更为独特, 皑皑雪山, 茫茫林海, 雪原上奔驰的雪橇, 皮靴踩在雪地上神秘的"喀吱"声, 让人不由得惊叹这片土地的神奇、壮美。观众很少见到的北国风情, 如淘金、采矿、伐木、放排、采人参、走马帮等等, 也精彩呈现, 绚丽多彩的生活场景加强了剧作的时代感、历史感, 画面的冲击力很大。穿插在剧中的东北秧歌、东北二人转和关东民谣、小调也丰富了作品的色调, 平添了浓浓的诗意。

四、一点启示

《闯关东》无疑是一部近年来我国荧屏涌现的最具震撼力的史诗性大戏, 但也并非全无可议之处。比如, 传武与鲜儿、秀儿的悲欢聚散太过巧合, 过多纠缠, 有时显得离奇、拖沓; 传文性格多变的逻辑性不够清晰; 劫法场救鲜儿和震三江越狱的戏过于简单, 让人质疑它的真实性; 等等。因此, 《闯》剧还不是真正意义上的巨大史诗。尽管如此, 《闯》剧还是以它辉煌的成就令人耳目一新, 它为我国文化艺术事业的大发展、大繁荣提供了宝贵启示:

文艺创作(影视)要有底层意识。当下一些作品过多地偏爱帝王将相, 才子佳人, 侠盗妓女, 醉心于达官贵人的权谋和腐朽淫靡的宫廷生活, 喋喋不休地讲述老爷太太、公子小姐的爱恨情仇。占据荧屏的多半是虚伪豪华却千篇一律的上层社会生活场面, 充斥着漂亮而少有内涵的面孔, 轻佻而缺少个性的调情。《闯》剧编导说要"赌一口气", "为草根阶层树碑立传", 通过草根人群传递民族精神火光, 构建平民史诗剧, 在这方面《闯》剧作了成功的尝试。

我们的作家(编导)要有独立人格。当代中国作家(编导)面临两方面的挑战: 一是西方价值观念的误导, 二是物质社会的诱惑。一部分西方人士习惯于用"妖魔化"眼光窥视中国, 总想抽空中国文艺的精神内涵和传统审美意识, 以满足他们的猎奇欲、丑化欲。市场经济大潮使得一部分作家(编导)在疯狂的物质利益催动下, 狂热地制作低俗化、贵族化、脂粉化的作品。在这两种价值观的夹击下, 当代文艺家有点缺"钙", "缺钙就会得软骨症", 张抗抗在一次文艺论坛上说:"在我们的文学作品中, 我希望能坚持一种独立的人格, 就是一种使人能够站起来的力量, 这也是我对自己的要求。"[10] 从这点来说，《闯》剧的编导是值得赞美的。他们拒绝"宾馆文学"，"会议文学"，"游戏文学"，"游戏人生"，深入生活，考察历史，点燃激情，要以自己的作品"振奋民族精神"，《闯》剧的成功当然就显得不同凡响。

我们的时代呼唤气象宏大的史诗性作品。一直以来，我们的文艺作品充满了"小事崇拜"，顺应庸常，把玩恶俗，缺少一种对民族正气和社会正义的承担，缺少一种对历史和现实作整体性发言的大气。这种"小家子气"跟我们这个创新求变，发展图强的大时代是不合拍的。铁凝说过：我们的创作"看不到心灵更深处的走向，看不到时代的命脉"，小说的"格局可以小，但气象应该大。"[11] 小说如此，长篇电视剧创作更应如此，《闯》剧正是这样一部顺应时代要求的气象宏大的史诗性作品。在这样一个缺少史诗的大时代，我们企盼更多一些史诗性作品面世！

注 释

[1]〔4〕〔5〕〔8〕〔瑞士〕沃尔夫冈·凯塞尔：《语言的艺术作品》，上海译文出版社1984年版，第465—471页，第469页，第470页，第474页。

〔2〕〔7〕车东轮：《书写百姓的精彩人生——专访电视剧〈闯关东〉编剧高满堂》，《中国电视》2008年第3期。

〔3〕傅思：《百年关东传奇事，生生不息中华魂——浅析52集电视连续剧〈闯关东〉》，《中国电视》2008年第3期。

〔6〕参看武文明：《〈闯关东〉辉映民族精神》，《人民日报》2008年2月22日⑤版。

〔9〕〔法〕伏尔泰：《论史诗》，《西方文论选》（上卷，伍蠡甫主编），上海译文出版社1979年版，第322页。

〔10〕〔11〕见《法制日报》，《关于首届中国作家节的报道》，2003年10月24日⑥版。

于2008年4月

我读鲁迅三十年

早年在南京读书时，就迷上了鲁迅作品，教现代文学课的朱彤先生讲解《阿Q正传》、《祝福》又特别生动，大大激发了我阅读鲁迅的兴趣。大二的时候，做过一堆幼稚的读书笔记，记录了我对鲁迅33篇小说最初的理解和分析，至今犹记得南京师大中大楼图书室里那温暖迷人的灯光⋯⋯毕业后在北京工作那几年，以及后来下放教育部"五七"干校的那些日子，"触及灵魂"的革命气氛，如火如荼的批判斗争，读书写作不过是一个奢侈的幻想。"文革"后期被军宣队派遣到安徽劳动大学，和几个爱好鲁迅的同事一起教"鲁迅专题"课，带学生"读点鲁迅"，写过几篇分析鲁迅小说的文章，出版过一本教材《鲁迅杂文选读》（安徽人民出版社，1978年版）。检讨起来，这些教材和文章都不可免地受到时代风气的影响，烙印了"大批判"的痕迹。

1980年，我的一篇论文《鲁迅对辛亥革命历史教训的思考和总结》被人大复印中心《鲁迅研究》全文转载，对于初学鲁迅的习作者来说，无疑是一种慰勉和激励。从1980年至今，我和鲁迅先生对话了整整三十年。这期间，我在安徽师大中文系除了讲授基础课"中国现代文学"，再教一门选修课"鲁迅研究"，并担任"鲁迅研究方向"的硕士生导师。我的解读鲁迅的文字大抵结集在《寻找精神家园——思想者鲁迅论》（学苑出版社，2000年版）和论文集《穿越时空的对话——鲁迅的当代意义》（安徽教育出版社，2004年版）里面，此后陆续发表的鲁研文章也只有《理论与方法：鲁迅小说批评的实践》、《鲁迅与沈从文：文学思想和审美取向比较论》等为数不多的几篇。

我对鲁迅文本的解读主要集中在鲁迅的"思想者"特点、鲁迅与西方文化（文学）的关系、鲁迅的当代意义和鲁迅著作的方法论意义等几个方面。我试图在中外文化交汇和中国现代社会改革的背景上，探讨鲁迅在上个世纪之交的精神探索和文化选择，描述鲁迅的思想特点和心路历程，思考鲁迅思想及其作品的当代意义。这些解读文字包含着多重对话关系，自然也有作者与鲁迅先生的心灵对话。这些文章和论著的理论视角和学术追求可以大致归纳为四点：

（一）依据"趋近性还原"的原则，在总体认知上，将鲁迅精神定位在"走"和"立人"上，将鲁迅本体界定为"为现代中国人的生存而奋斗者"，突出其"过客"式的生命哲学和直面人生、反抗绝望的悲剧意识。用"为人生"的态度阐释鲁迅，不赞成将他描述为非理性、超时代的个人精神反抗者。

（二）在广阔时空中研究鲁迅与中外文化的对话，发掘鲁迅与西方作家（如尼采、易卜生、阿尔志跋绥夫等）和西方文化思潮（如进化论、浪漫主义、人道主义、马克思主义等）的事实联系，在比较研究中探究异同点和接受原因，进而阐明突破与超越的意义。例如，以西方人道主义作参照系，论述鲁迅人道主义的独特品格；强调鲁迅接受马克思主义的主观条件而非被动地接受；等等。试图匡正上述研究中的某些理论偏差，加强薄弱环节，多有新的发现和创新见解。

（三）我不认为学术研究可以超越时空，远离尘嚣，可以闭塞眼睛不看现实。所以在专题研究中，既注重学术价值，也不忽视现实性，潜心于从鲁迅文本中发掘当下精神文化建设和文艺理论建设的思想资源，于深入的学理研究中阐明鲁迅文本之历史的和当代的双重价值。相信这样做对于弘扬民族精神和推动社会主义新文化建设，具有显在的社会效应。

（四）特别关注鲁迅"拿来主义"的文化态度和开放、创新的文化继承原则。《文化偏至论的方法论意义》、《〈摩罗诗力说〉与比较文学》、《理论与方法：鲁迅小说批评的实践》、《读张梦阳〈中国鲁迅学通史〉》等文，注重阐发鲁迅文本的方法论意义和科学研究的态度与方法问题。运用综合研究、实证研究和比较研究的方法进行专题研究，提倡科学精神和求实、正派学风，对于抵制学术研究中的急功近利、虚伪浮躁之风，推动鲁迅研究和学术事业的健康发展，也有建设性的意义。

这些论文和著作发表后，在国内学界产生了较大影响。多篇论文被人大复印报刊资料、《中国文学年鉴》及国内各种文集复印、转载或摘评。《中国文学年鉴》（1991—1992）发表毛小平的《鲁迅研究概述》、董必严的《纪念鲁迅110周年诞辰学术讨论会》两篇文章，摘评《鲁迅对阿尔志跋绥夫的接受与超越》一文，认为它是"鲁迅与域外作家比较"中"较见功力的文章"。王吉鹏、李春林在比较研究史专著《鲁迅世界性的探寻》中认为《鲁迅接受马克思主义的主观条件》、《鲁迅与西方人道主义》等六篇论文"角度新颖，颇有分量"，"在影响研究中亦略带平行研究的质素"。王吉鹏等在鲁迅小说研究史《驰骋伟大艺术的天地》第6章第3节《高旭东〈鲁迅与英国文学〉及程致中等的研究》中，认为包括《鲁迅对阿尔志跋绥夫的接受与超越》在内的论著标志着1990年代鲁迅小说领域内"比较文学研究的深入"。李春林在《比较文学解读鲁迅的回顾》（《鲁迅研究月刊》1999年第11期）一文中，将敝人忝列为"近十年活跃在鲁迅与外国文学比较研究界"的七八位中青年学者之一，我感到惶恐之至。陈方竞的《历史·现状·趋向：2002年中国现代文学述评》（《中国现代文学研究丛刊》2004年第1期）认为，《鲁迅国民性批判探源》一文"深化了对鲁迅早期以至前期思想的认识"，有助于"推动"鲁迅国民性思想的讨论。姜正昌等在《新世纪鲁迅研究综述》（《新华文摘》2003年第10期）中也摘评此文，认为包括此文在内的一组文章将"国民性问题的研究导入了十分广泛、深刻的领域"。王吉鹏等在《鲁迅民族性定位》第5章第4节中，以两千多字的篇幅摘评《鲁迅文艺思想与毛泽东文艺思想》，认为本文"显示"了"辩证思维方法和公正的学术立场"。《上海鲁迅研究》第14辑发表拙文《论〈摩罗诗力说〉的文艺美学思想》后，编者《后记》重点推介此文，以为加强鲁迅文艺思想的"源头"研究"很有意义"。

　　《寻找精神家园——思想者鲁迅论》和《穿越时空的对话——鲁迅的当代意义》出版后，也受到学界的欢迎，郑心伶、张梦阳、王吉鹏、李春林、潘颂德等知名学者在其序言、书评、论文或研究史著作中给予较高的评价。郑心伶为《寻找精神家园——思想者鲁迅论》热情作序，认为该书是"本世纪末国内鲁研界的可喜收获"（《寻梦者颂》）。潘颂德在书评《从精神层面上研究鲁迅的一部力作》中，从理论构架、创新意识、研究视角和方法等几个侧面给予肯定性的评价，认为"作者在本书中提出了许多个人的独到见解，从而在许多问题上将鲁迅研究推向了深入。"（《鲁迅世界》2002年第2期）张梦阳在《鲁迅研究通史·上卷》第11章第8节"鲁迅研究的新视野和新话语"中肯定本书论述鲁迅的"精神探索和文化选择"，发表了一些"独到的见解"。王吉鹏、荆亚平撰文《莫听穿林打叶声，何妨吟啸且徐行》，就此书的理论体系、创新思维、文体风格等发表评论，肯定此书"开放性的品格"，"开拓创新的文化思维"，认为全书"没有才气逼人的锐利，却有学养深厚的切实"（见王吉鹏等著《鲁迅及中国现代文学散论》，吉林人民出版社2001年版）。《北京日报·理论周刊》发表郭强的书评《对寻找者的寻找》，称"此书构思宏大，论述精密，常有独立见解。"（《北京日报》2000年8月7日）《大江晚报·读书周刊》发表刘大先的书评《思想者的心路历程》，认为"本书具有深刻的历史意义和现实意义"，指出"作者也通过对鲁迅的解读完成了他作为一个精神探索者的人生选择"。（《大江晚报》2000年12月1日）

王吉鹏等就《穿越时空的对话》发表书评《鲁迅文化精神的深层对话》，认为该书"极具创新性"特色：（一）在广阔时空中观照鲁迅与中外文化的对话，没有仅仅停留在外部差异的表层比较，而是深入探究鲁迅与外部文化的继承和超越关系；（二）着眼于鲁迅关于文艺问题著作的研读，挖掘其中蕴涵的丰富艺术思想价值，寻求鲁迅作品艺术魅力之所在，排除鲁迅研究中容易出现的诸多非学术性因素和边缘化倾向；（三）于学理探究中深入挖掘鲁迅作品所蕴涵的巨大思想穿透力，为鲁迅精神的民族指向和当代意义提供了穿越历史和时空的当代性启迪。书评还指出："著者学理化基础之坚实，专业知识之丰富，且不尚喧嚣，默默耕耘之态度为学术界所敬佩。本书的问世，也从学风的角度给我们以启迪。"（《上海鲁迅研究》2006年·秋）古大勇在书评《圣地亚哥的"大鱼"》中认为该书"体现了鲜明的当代意识和问题意识"，"严谨科学理性的学术立场"，"体现了严谨平实、质朴无华的风格"，"作为一个与他熟识并相知的晚辈，我真实地感受到他就是一个'在无边的荒原上永远向前走'的'过客'。"（《鲁迅世界》2006年第2期）

在学习和研究鲁迅的道路上，我曾经得到过许多师长、许多相识或不相识的朋友的帮助和支持，知我者从我的阐释文字中热情地发掘美点，爱我者指出我的缺失并且给予温暖的关怀。师长和朋友的鼓励与支持，也是我在"孤军独战"的环境下能够坚持鲁迅研究三十年的一个动力。所以每当念及知我爱我的师长和朋友，内心深处就会涌动起一股感激的暖流。

在纪念鲁迅诞生130周年的日子里，我鼓起勇气写下这篇《读解鲁迅三十年》，呈献在鲁迅先生灵前。我是一个生性愚钝又诚惶诚恐地总想把事情做好的人，教学工作耗费了我的大部分生命，有分量的研究成果并不多，我感到愧对鲁迅先生。往者已矣，来者可追，愿以有生之年为传承鲁迅遗产、弘扬鲁迅精神再献绵薄之力。

于2011年6月

给留学生竹野讲鲁迅

香港回归那年，对外汉语教学部约请我给一位日本留学生讲鲁迅。这位22岁的女生竹野美惠来自京都，是日本在校大学生，读到三年级，第四年来中国学汉语。她从《语丝》杂志上读到鲁迅的作品和传略，对鲁迅发生了浓厚兴趣，特邀我给她系统地讲授鲁迅生平和鲁迅小说。每周两节，授课将近三个月。

第一次授课，我说鲁迅是现代中国最具影响力的作家，是日本人民的朋友，你对鲁迅的选择很有眼光。她的汉语说得很流畅，个别生僻词语，写到笔记本上也能认得。我用谈话方式上课，彼此交流没有障碍。按照我的要求，她在上课前复印了一份鲁迅传略，买了一本《鲁迅小说全集》。她不断地向我发问，十分专注地倾听解答。她问：

老师为什么喜欢鲁迅？

鲁迅当初为什么弃医从文？那个"幻灯片"是真实的吗？鲁迅传略说，那个充当俄国间谍的中国人将"被斩"，而《藤野先生》中说他被"枪毙"；那个影片是否不存在？"幻灯片"是鲁迅弃医从文的唯一原因吗？

鲁迅杂文为什么说是最好？

鲁迅为什么对日本怀有深厚感情？

她提出了鲁迅阅读和阐释中带有关键性的许多问题，我一一作答。说到"为什么喜欢鲁迅？"我记起鲁迅1936年在《答托洛斯基派的信》里写的一句话："那足踏在地上，为着现在中国人的生存而流血奋斗者我得引为同志，是自以为光荣的。"这是鲁迅在抗日救亡高潮中对自己的立场、志向和人生观的直白表达，我说鲁迅正是这样一位脚踏实地"为着现在中国人的生存而奋斗"的爱国者，有良知的中国人对于本民族的爱国者，为什么不喜欢、不尊重呢？张学良将军在抗日战争时期也说："鲁迅是每一个不愿意做奴隶的中国人的鲁迅"。最后一个问题很敏感，看得出她在用心考察中国老师对日本的态度。我说鲁迅对日本军国主义者和日本人民的态度不同，鲁迅反对日本当局杀害进步作家小林多喜二，严厉谴责日本侵略中国东三省，"渡尽劫波兄弟在，相逢一笑泯恩仇"（《题三义塔》），许多事实表明鲁迅希望中日人民世世代代友好下去，鲁迅的立场其实也是绝大多数中国人对于日本的立场。

第一课，她似乎很满意，她不无感慨地说："这是来到中国后，和老师第一次长时间的交谈。"我鼓励她从阅读、了解鲁迅入手，进而了解中国文化，了解中国国情。她说将来要致力于日中文化交流，我赞许她的选择，希望她为中日友好做出贡献。

开头几节课，讲鲁迅生平，鲁迅在日本的留学经历和文学活动，鲁迅的思想特点，然后循序渐进，先读《故乡》、《一件小事》、《孔乙己》。这几篇她不陌生，但是对小说的创作背景和思想内容了解不多，于是抓住若干关键词语和人物形象重点解析。《狂人日记》、《阿Q正传》读得有点难，后来改变方法，先让她掌握文章大意，再重点解读某些章句；并以"知人论世"的方法，结合中国近现代史，联系鲁迅的相关作品解读（"以鲁释鲁"），建议她不囿于从学汉语这个视角去阅读，她似乎豁然开朗。她对《伤逝》颇感兴趣，觉得这篇小说对她思考人生很有意义，她说日本人的现实生活很严峻，多数人缺少理想和精神。在讲课和对话过程中，她好像明白这位中国老师很认真，有点感动地说："不知道将来怎样回报老师……"我说你回国后为日中友好做出成绩，偶尔报告我喜讯，我会很高兴。

有时，留学生教室的门打不开，她提议"到老师家里听课？"我的70平方居室装修粗糙，狭窄拥挤（三代人居住），除了两排书橱，别无长物。课前着意收拾一下屋子，准备一点水果清茶，不让日本孩子看得中国教授居然那样清苦寒酸。竹野美惠在华留学只有一年，但她的目标明确，我的课也是她学习汉语，了解中国社会、文化，接触普通中国人并了解中国人生存状况的一个机会。所以她总是准时来听讲，下课也不肯离去，要跟我说很久的话。当然，我也愿意她多了解一点中国历史文化，让她感受到中国民众和知识分子的道德良知。谈话有时会涉及社会问题，她也能明白，中国虽有一部分权势者和拜金主义者沉湎于荒淫奢侈的生活，还有更多的知识者谨记古代贤者"先天下之忧而忧，后天下之乐而乐"的遗训，清贫自守，鞠躬尽瘁。

竹野性格内向，很少说到自己的事，偶尔也会透露心声。她说自己缺乏自信，父母亲怕她远离，问我怎么办，我只能结合自己的经历和人生体验谈一些看法。她还说个人理想是在将来经营一个农场，她好像并不欣赏都市文明，而倾心大自然。快要毕业了，她送我一只京都烧制的小小茶盏，并以我的陋室做背景，拍几张照片留念。第二天，她送来合影的相片，照片背面写下几行字：

"程老师：您是我的人生道路上的导师

我决心回国以后重新做人

您给我讲的话

永远会留在我的心里"

竹野美惠听我十次讲课后的留言，让我感受到一位日本青年的友爱和真诚。由此我想到，消弭中日两个民族的仇恨和隔膜，需要一代一代人的努力，要从许多小事做起。今天某些日本政要不肯承认当年侵略亚洲、屠杀人民的罪行，坚持错误立场，妄图篡改历史，其所作所为，与中日两国人民和青年的意愿是完全背道而驰的。

于2012年1月

论《亨利四世》人物性格塑造

　　莎士比亚的历史剧《亨利四世》上、下篇（1596—1597，以下简称《亨》剧）是思想和艺术成就很高的作品。剧中出场人物多至五六十名，大都形神兼备，其人物形象塑造，为我们提供了丰富而独特的艺术创作经验。

　　《亨》剧描写1402—1413年亨利四世和太子哈尔平定旧贵族叛乱的两次战争。上篇写亨利父子铲平以霍茨波为首的叛乱集团；下篇写国王和兰开斯特王子挫败以约克大主教为首的叛乱集团。莎士比亚以国王和叛乱贵族的斗争作为主要戏剧冲突，肯定统一的中央集权，表达了对开明君主的向往。剧名"亨利四世"，只是标明它所表演的事件发生在某个时代，亨利四世并非全剧的中心人物，也不是作者理想的君主。该剧的中心人物哈尔太子，即后来继位的亨利五世，才是莎士比亚理想的君王。

　　哈尔性格有一个发展变化的过程。作为一个活生生的自然人和社会人，他最初曾混迹于福斯塔夫一伙平民阶层中，同他们一起拦路抢劫，饮酒行乐，"在七八十只酒桶之间，跟三四个蠢虫在一起"，过着荒唐放纵的花花公子生活。父王说他那放浪行为是"痛苦的祸根"，群臣看见他就"像看见敌人一般颦眉蹙额"。但他不像一般王公贵族那样高傲自大，甚至和酒保称兄道弟，与平民百姓保持着密切联系。莎士比亚没有把哈尔写成十全十美的君王，而是从现实生活出发，真实地写出哈尔性格的发展和转变。

　　哈尔后来发生了转变，这种转变不是一时心血来潮，而是按照性格自身运动的规律发生的。初出场时，就让他向观众旁白："我正在效法着太阳，它容忍污浊的浮云遮蔽它的庄严的宝相，然而当它一旦穿破丑恶的雾障，定会大放光明。"（上篇一幕二场）哈尔太子只是把放荡行为"作为一种手段"，他从福斯塔夫一伙身上的确学到一些东西，这些东西在他后来管理朝政和征讨异邦时也确实起过作用。当北方旧贵族反叛的铁骑驰骋，国家面临分裂，王权危在旦夕时，他感到自己责任重大，毅然接受父王教诲，"一定痛改前非"，要用鲜血洗去昔日的耻辱。他没有违背誓言。在两军相对的战场上，他坦白而真率地咎责自己的少年放荡，带伤战胜了不可一世的道格拉斯，从死神那里救父王脱险，最后击毙了彪悍狂妄的霍茨波。他以自己的英雄精神和卓著战功向着转变的目标发展。继位后，他捐弃前嫌，信任和重用执法如山、秉持公道的大法官，并宣判逮捕和放逐昔日的伙伴福斯塔夫等人，这些大得人心的政绩体现出新王对法律的尊重和高尚行为。莎士比亚按照性格自身的逻辑，最终完成了浪荡王子向理想君主转变的性格成长过程。

文艺复兴时期，新兴资产阶级渴望统一的中央集权君主制结束中世纪的动乱，以利于资本主义经济的发展。莎士比亚站在人文主义立场，从总体上肯定中央集权和开明君主，符合时代要求。但他是在16世纪末年王权衰落时期回顾历史的，因此王权的全部历史和冷酷现实使他在《亨》剧中躁动着怀疑和不安。他让亨利四世临终前承认全部武功只是串演一场"争杀"，即使功德圆满的亨利五世面对父王金灿灿的王冠，也不能不茫然失措，意乱神迷。（下篇四幕五场）这场戏着力渲染哈尔继位的合法权利、暂死保卫王权的决心，但也流露出作者对争夺王位的内乱、战争的忧虑和谴责。亨利五世加冕后抛弃了作恶多端的福斯塔夫，走上严峻的法律和治国道路，当然是值得赞美的；但福斯塔夫被放逐，却透露出王权和平民的尖锐对立。可见，莎士比亚并不一味礼赞王权，有时表露出对君主制度所抱理想的幻灭。

哈尔太子形象提供了人物性格塑造的一个重要原则，即必须以人物自身逻辑为基点，表现其性格发展的历程；人物行为的"动机不是从琐碎的个人欲望中，而是从他们所处的历史潮流中得来的"。[1]

恩格斯在《致斐·拉萨尔》的信中肯定莎士比亚描绘了"那时的五光十色的平民社会"，"给在前台表演的贵族的国民运动提供了一幅十分宝贵的背景"。在广阔的富于历史特点的背景上描绘人物，正是《亨》剧人物性格塑造的另一个成功经验。

在依斯特溪泊的野猪头酒店，聚集着一群不务正业的人们，这当中有店主、酒保、小偷、强盗、脚夫、妓女等等，福斯塔夫和各种人广泛接触，是这个平民社会的代表人物。恩格斯发现福斯塔夫性格与时代密切联系，称之为"福斯塔夫式背景"。

福斯塔夫是亨利四世统治时期从低等贵族跌落到平民社会的一个游民、流浪汉形象。他空有一个爵士头衔，却过着无衣无食的浪人和雇佣兵生活。

他出身贵族，却鄙薄贵族的"荣誉"，他怯懦空虚，缺少真正贵族那样刚勇威猛的品格。他没有固定职业，依靠王子的赏钱和平日借钱赊账、聚众抢劫打发岁月。他全部的生活目的是满足贪得无厌的口腹之欲，贪杯狎妓，恶习不改。他的生活方式是"一年之中，也不过逛三四百回窑子；借了人家的钱，十次中间有三四次是还清的。"下乡征兵，他目无法纪，把乡村法官当作"点金石"，贪财受贿，不择手段。他什么坏事都干，还振振有词："既然大鱼可以吞食小鱼，按照自然界的法则，我想不出为什么我不应该抽他几分油水。"在他身上既可以看到旧贵族残余势力的寄生性腐朽性，也透露出资产阶级在原始积累时期就暴露出来的弱肉强食、唯利是图本性。

除了贵族习性而外，福斯塔夫身上还有其他性格因素。他爱嬉闹，爱交友，巧舌如簧，妙语如珠，他用笑话培育他的思想，就像用酒和肉营养他的体质一样。这样一个腐败可鄙的废物却使得哈尔太子离不开他，靠的是机智和幽默本领。他不但自己聪明，还能把聪明借给别人，永远快活，永远使人发笑。不过，"福斯塔夫的聪敏并不是什么高级的聪敏，也不是用来达到什么野心的目的，而不过是为了能轻易地摆脱某种困境或开开玩笑而已。"[2]

福斯塔夫历来被誉为英国文学史上最迷人的喜剧性格，构成他那喜剧性格的基础是经过夸张的现实与幻想的矛盾。他将近60岁了，身上写满老年的字样，却要把名字登在青年人的名单里，还自命为"站在青春前列的人"。狂吃暴饮的结果，他肥胖得像一座"庞大的肉山"，肚子能扫地，眼睛看不见自己的膝盖，稍一走动，便浑身臭汗，"一路上浇肥那瘦瘠的土地"；他却得意洋洋地吹嘘："我的腰身还没有鹰爪粗；我可以钻进套在无论那一个县佐的大拇指上的指环里去。"（上篇一幕四场）明明穷得像圣徒约伯，却要到处炫耀他那"骑士约翰"的头衔，还吹嘘什么"全欧洲都知道这是我的名号"。索鲁斯伯雷战役中与道格拉斯作战，他装死躺下，还背着霍茨波的尸体冒领军功，事后却夸耀自己如何"智虑"、"勇敢"，幻想"这一回不是晋封伯爵，就是晋封公爵"。（上篇五幕四场）福斯塔夫性格充满了各种矛盾因素：他自负又自卑，聪明又愚蠢，说谎欺骗却直言不讳，胆小软弱又敢于冒险，丑化别人也受别人嘲弄，奴颜婢膝又欺凌弱者，颓废堕落却不悲观，不要"荣誉"又幻想"高步青云"……福斯塔夫形象尽管扑朔迷离，拥有那么多的矛盾，但这个人物不是无数性格沙粒杂乱无章的堆积，而是在丰富多彩的性格矛盾中凸现出恣情纵欲的贵族习性和无衣无食的浪人地位的冲突。而不肯改悔的贵族习性，正是福斯塔夫在历史转折时期沉落到社会底层的根本原因。正如马克思在《资本论》中指出的，在资本主义原始积累过程中，那些"突然被抛出惯常生活轨道的人，也不可能一下子就适应新状态的纪律。他们大批地变成了乞丐、盗贼、流浪者，其中一部分人是由于习性，但大多数是为环境所迫。"[3] 莎士比亚运用"夹杂着夸张的真实"（鲁迅语）的现实主义喜剧描写手法刻画这个旧习不改的流浪汉典型，在笑声中埋葬了旧世界。

从剧本开始到剧终，我们看到福斯塔夫一直是逢场作戏，打诨逗乐，但他不是一个单纯的喜剧角色，他那"永远快活"的性格里隐藏着几分悲剧因素。他没有任何营生本领，唯一的生存手段是"想出许多新鲜的把戏，让哈尔太子笑个不停"。（下篇五幕一场）不管怎样卖弄"骑士"、"绅士"身份，他都无法否认一个事实："鼠窃狗盗之流，是需要一个有地位的人作他们的护法的。"（上篇三幕三场）哈尔太子对他的"高贵"身份不屑一顾，骂他大肉瘤，老野猪，人形大酒桶，白须老撒旦，"跟我亲热得就象是我的狗儿一般。"（下篇二幕二场）如此刻骨铭心的人格羞辱，福斯塔夫竟能急中生智，于嬉笑调侃中找到逃路，不过他那笑声中分明隐藏着卑贱者的几分凄凉与辛酸。

"象约伯一样穷"的境遇使他变成流氓、窃贼、骗子手，但他似乎也不愿永远这样生活下去。他总是胡作非为，有时也表示忏悔。例如，刚出场的福斯塔夫对哈尔太子说："我受你的害才不浅呢，哈尔；愿上帝饶恕你！……现在呢，说句老实话，我简直比一个坏人好不了多少。我必须放弃这种生活，我一定要放弃这种生活；上帝在上，要是我再不悔改自新，我就是一个恶棍，一个基督教的罪人……"（上篇一幕二场）类似的忏悔差不多遍及全剧，但它分文不值，因为他在每一回赌咒发誓之后并未改变鼠窃狗偷的生活方式。不过，他的忏悔通常闪现出某种抗议色彩，有时还多少流露出一点忧郁情绪。平心而论，福斯塔夫对哈尔的指责并非无中生有，倘没有哈尔的支持、参加，他的胡闹定然有所顾忌。更多的情况下，他那忏悔、诡辩包含着对于社会政治、法律、道德的调侃和讽刺。例如，哈尔太子挖苦他衣袋里除了"酒店的账单，妓院的条子"没有别的东西，他委屈地分辩说："你知道在天真纯朴的太初，亚当也会犯罪堕落，那么在眼前这种人心不古的万恶的时代，可怜的杰克·福斯塔夫还有什么办法呢?"（上篇三幕三场）他还煞有介事地谴责"老朽的法律""百般刁难刚勇的好汉"，"在这市侩得志的时代，美德是到处受人冷眼的"。我们不必断章取义地将这些话语视为福斯塔夫的"反抗"要求，但其中所包含的对于恶劣世风的抗议也不可忽视。喜剧人物话语中的抗议色彩和忧郁成分，使卑劣丑陋的性格增加了悲剧意味。这样一个作恶多端的人物，却能够唤起人们一点同情，是否可从悲、喜剧相交融艺术手法的成功运用，找到一种解释呢？

莎士比亚创造福斯塔夫这一独特性格，反映了他对中世纪向近代转变时期的历史特点的深刻认识。16世纪末的英国，封建社会制度行将崩溃，封建残余势力在垂死挣扎中更加荒淫无耻，新兴资产阶级在原始积累过程中也越来越暴露出唯利是图的本性。连年不断的战争给人民带来沉重的军费负担，"圈地"运动中破产的农民成群地沦为乞丐、强盗和娼妓。宫廷的腐朽糜烂，官吏的贪赃枉法，加以黑死病蔓延，使得世风日下，民不聊生。我们从《亨》剧中描写的盖兹山行劫、野猪头酒店胡闹、福斯塔夫征兵等戏剧场面，看到了封建关系解体时期"五光十色的平民社会"。这幅"福斯塔夫式的背景"给"在前台表演的"国王和旧贵族的斗争提供了十分宝贵的背景，并"提供完全不同的材料使剧本生动起来"。[4] 它以"惊人的独特的形象"展现出当时英国社会的动荡不定，旧贵族的腐朽以及新兴势力在萌芽状态就显露出来的罪恶。

《亨》剧人物性格塑造另外一个艺术经验是：特别注重运用对比的方法，将人物的个性刻画得更加突出、鲜明。

按照威廉·燕卜孙在《田园诗的几种类型》中提出的观点，《亨》剧中"有三个世界，各有其主人公：叛军军营，酒店和宫廷"。剧本描写了叛乱分子、酒店伙伴和宫廷王储，而以霍茨波、福斯塔夫和亨利四世为代表。哈尔太子贯穿其间并与三方面交往或冲突，从而在现实关系对比中刻画出"骑士的理想主义，天生的兴致勃勃，谨慎的政治家风度"。[5]

哈尔太子和福斯塔夫的关系对比描写是剧中最主要的对比。两人始终处在相互影响、相互冲突的地位。最初一起厮混，合伙抢劫，前者是后者的"护法"，后者是前者放荡行为的"导师和向导"。两人荒唐胡闹相似，本质大不相同。福斯塔夫旧习不改，无恶不作；哈尔不过是把放荡行为作为一种"手段"，"观察观察"那些流浪汉的"性格行为"，将来"一定会摈弃他手下的那些人们"。（下篇四幕四场）福斯塔夫也心里明白："堂堂的王子逢场作戏"，只是"暂时做一回贼"。（上篇一幕二场）福斯塔夫的胡闹是狎妓追欢，迷恋酒色，"亨利的胡闹只是开开玩笑，一向不曾纠缠到哪个女人的丑闻中。"[6] 莎士比亚对亨利五世青年时代的放浪行为写得很谨慎，他不能让这位英格兰历史上的杰出国王受到诋毁。福斯塔夫和哈尔都上过战场，一个冒领军功，怯懦虚伪；一个战功卓著，英勇顽强。两个人物都有忏悔行为，一个食言而肥，不肯改悔；一个敢于自责，信守誓言。亨利五世继位后，福斯塔夫幻想从此"英国的法律都在我的支配之下。那些跟我要好的人有福了"。新王当众宣布放逐歹徒的决定时，福斯塔夫还宽慰同伙："您瞧，他必须故意装出一副样子，遮掩世人的耳目。"直到大法官命警吏将他送进监狱，他还对新王充满了幻想，"大人，大人"地喊个不停。亨利五世对昔日伙伴不留情面，表明他由浮浪少年走上了严峻的法律治国道路，但他给福斯塔夫留下一条后路："我可以供给你相当数量的生活费用，以免手头没钱驱使你们去为非作歹。要是我听见你果然悔过自新，我也可以按照你的能力和资格，把你特加拔擢。"（下篇五幕四场）《亨》剧对亨利五世的表现是很全面的，既赞美他勤政峻法的决心，又歌颂他宽宏大度的风范。莎士比亚运用对比方法不仅描绘出人物关系演变的全过程，真实可信地衬出理想人物性格的成长，而且在对比中将两个主人公的性格彼此区别得极其分明。

对比方法还被广泛运用于刻画剧中的其他人物。例如，以亨利四世和哈尔太子相对比，谴责前者用暴力手段阴谋篡位，从而肯定后者继承王位的光明磊落和合法性。以哈尔太子和兰开斯特王子作对比，前者不拘小节，后者不苟言笑，就连福斯塔夫都沮丧地说："这种不苟言笑的孩子"，"谁也不能逗他发笑"。（下篇四幕三场）前者以武力平定北方的叛乱，侧重表彰其勇敢；后者以计谋赢得平息南方叛乱的胜利，侧重赞扬其智慧。又如，在对待"荣誉"的态度上，霍茨波和福斯塔夫尖锐对立，前者要"独享"荣誉的"一切尊严"，发誓要从"月亮上"或从"海底"把荣誉夺回来。（上篇一幕三场）后者说荣誉是"一阵空气"，"一块铭旌"，发誓"不要什么荣誉"。在对比中显示两种不同的价值观。福斯塔夫和他身边的"车马随从"也构成非常有趣的对比、映衬关系。这里有沉默寡言却毫无用处的同伴波因斯，有会说大话却胆小如鼠的旗官毕斯托尔，有他的上酒人、酒糟鼻子巴道夫；这里还有开酒店的寡妇、快嘴桂嫂和轻狂淫乱的妓女桃儿·贴席。他诱奸了桂嫂，又骗去她的钱。他身边还有一个玛瑙坠子似的侍童，那是威尔士亲王（即哈尔）故意赐给他跟他对比的，他总是走在侍童前面，"就象一头胖大的老母猪，把她整窝的小猪一起压死了，只剩下一个在他的背后伸头探脑。"（下篇一幕二场）这些滑稽可笑的仆从，比衬出福斯塔夫的身份、地位、癖好、性情。

维克多·雨果把莎士比亚的天才归结为"从正反两方面去观察一切事物的那种至高无上的才能"，"一切全在对照，莎士比亚倾其全力于对偶之中"。[7]

雨果的观点尽管带有明显的主观色彩，它对我们分析《亨》剧人物性格塑造还是很有启发的。恩格斯在给拉萨尔的信中也肯定了莎士比亚对比的方法："我相信，各个人物用更加对立的方式彼此区别得更加鲜明些，剧本的思想内容是不会受到损害的。"[8] 对比（对立）的艺术手法对于刻画人物、表达主题具有积极的意义。

艺术创作的中心课题是真实地描写现实关系中的人，不是一般的抽象的描写，也不是自然主义的仿造，而是根据现实生活，创造出具有个性特点和真实生命的艺术典型。在人物性格塑造方面，《亨》剧提供了一个典范。研究莎士比亚的这份文学遗产，对于我们今天探索艺术创作规律，繁荣文艺创作，是大有裨益的。

注　释

[1][4][8]［德］恩格斯：《致斐·拉萨尔》（1859年5月18日），《马克思恩格斯选集》第2卷，人民出版社1972年版，第345页，第344页。

[2]［英］威尔逊：《一颗"破碎而腐烂的心"》（1943），《莎士比亚评论汇编》（下册），中国社会科学出版社1981年版，第190页。

[3]［德］马克思：《资本论》第1卷第24章，《马克思恩格斯选集》第2卷，人民出版社1972年版，第239页。

[5]参看赵澧：《论莎剧的情节结构》，《外国文学研究中的新发展》，南京大学出版社1986年版，第40页。

[6]转引自《莎士比亚评论汇编》（下册），中国社会科学出版社1981年版，第182页。

[7]［法］雨果：《莎士比亚的天才》，《莎士比亚评论汇编》（上册），第414—415页。

于1994年12月

后 记

我在年轻时候，做过许多文学写作的好梦。南京读书时，在一波一波政治运动的夹缝中，曾兴味盎然地抄录数十万字的中国现代文学研究资料，做过一堆幼稚的读书笔记。毕业后不久遭遇到"触及灵魂"的大革命，后来是中直机关"拆庙"，随教育部机关干部去"五七"干校"接受工农再教育"。那时知识界流行的口号是"兴无灭资"，"政治挂帅，思想先行"，"插红旗，拔白旗"，在这样一种如火如荼的时代气氛下，读书写作只能是奢侈的幻想。恢复高考后，才有机会讲授鲁、郭、茅、巴、老、曹，才有可能重拾旧梦，挤出一点阅读和阐释的文字。老朋友聚在一起时，总不免叹息："我们这些人的学术生命，是从40岁开始的……"四方漂泊，疲于奔命，是我们这一代人无法逃遁的宿命。如今，历史翻开了新的一页，但愿改革开放的大时代，会给新生代的少年才俊提供更为宽松、和谐的学术环境和更加自由、广阔的发展空间。

从根本上说，中国现代文学是一门阅读和阐释作家作品的课程，原汁原味地阅读大家名作，恍如徜徉于风光旖旎的山水园林之间，这里一座雄奇俊伟的山岳，那里一条云蒸霞蔚的江河，你不仅可以领略到多姿多彩的艺术美，还能倾听到历史的回声，感悟到人生的悲喜和生命的歌吟。几十年来，于教学之余挤出的文章并不多，解读鲁迅的文字已结集在2004年前出版的专著和论文集里面，这本《现代文学风景谭》收录的30多篇（包括"代序"和未收进文集《穿越时空的对话——鲁迅的当代意义》的几篇鲁迅研究论文）文章，大抵在国内期刊上发表过，选入本书时有的篇章做了文字上的补充修正。本书以"大文科"的阅读视野，运用综合研究、比较研究、宏观与微观相结合的方法，对文学史上的一些重要作家作品及文学现象进行阅读与阐释，旨在阐发真义，审美鉴赏，力求趋近文学本体，交流阅读理念与方法。第一辑"作家评谭"，依据史实和原著，针对作家研究中某些热点、难点和有争议的问题，讨论鲁迅、钱锺书、张爱玲、沈从文、茅盾、艾青等现代作家的思想和创作，有关左翼文学现象和文学"现代性"的论文一并录入。第二辑"原典品读"，大抵选取一个或多个角度，分析鉴赏现代文学经典作品，当下热播大戏《花木兰》、《金陵十三钗》、《一九四二》和《闯关东》等影视剧的剧评，也归入此辑。这些文字编辑成集，并非有多高的学术价值，只因"留下了我在这大地上行走的一串脚印"。其中，《张爱玲小说的通俗品味和现代色彩》系合撰之作，洪宏先生执笔（第一作者），由我补充修改。现征得洪先生的同意收进本书，留下一段师生友情的美好记忆。另有"附录"四篇，其中"附录一"《我读鲁迅三十年》，是鲁迅研究的个人小结，述及研究视角和学术追求，自然也记录了学界诸公的反馈与批评。

应我之约，本书录入李传璋女士的几篇文学论文。李老师是文学院副研究馆员，长期从事文献资料管理和研究工作。突如其来的一场大病损害了她的健康，却磨砺了意志，在生与死的搏击中，她坚强地站立起来，大病后依然坚守岗位，不辞劳苦地工作，满腔热情地帮助别人。作为芜湖市民盟妇委会委员，她特别关注女性的生活和命运，她思考繁漪、四凤和鸣凤悲剧的三篇文章，探讨旧时代女性悲剧及其根源，可提升我们文学阅读的旨趣。关于莎剧《亨利四世》的评论，也独具慧心，虽然溢出了中国现代文学范围，对我们阅读阐释文学作品或有启示，故作为"附录二"编于书后。

2004年，接到泰州市委、市政府一封公函："恳请您能回家乡高校任教……用您的才智和影响，为家乡的高教事业，为家乡的经济、社会发展贡献一份力量。"独在异乡数十年，早就千里梦回，想为家乡教育（师专升本）出点力，于是接受"特聘教授"的聘任，在政府办的泰州师专人文系担任一部分教学、科研工作。能够以花甲之年为家乡高教事业奉献绵薄之力，真的圆了我的一个梦。受聘期间除了对系科专业建设、教学改革提供一点个人意见，指导青年教师提高教学科研能力，也在人文系教一门选修课，在学校经常做些文学讲座。几年来，高兴地看到家乡各项事业突飞猛进地发展，感受到家乡高教事业欣欣向荣的新气象，见证了泰州师专教学水平和办学规模如日中天，所以即使遭遇到妻子大病和母亲过世两起突发事件，也不曾熄灭了回乡服务的热情。泰州师专坐落在城郊的春晖路上，这条连接两个校区的小路，年复一年地留下一个独在异乡的泰州人奔来奔去的身影。现在，这部文集定稿并即将付梓时，欣悉泰州师专已获教育部批准升格为本科院校（泰州学院），将泰州讲学的部分文稿（已发表）编入文集，给自己回乡服务的生命旅程留下一份珍贵的记忆罢。

　　本书的出版，得到安徽师范大学文学院 A 类重点学科基金的资助，暖意萦怀，谨致谢忱！在本书编辑出版过程中，安徽师范大学出版社给予热情支持，责任编辑胡志恒先生、吴琼女士付出辛勤劳动，特别致谢！编入本书的文章曾在《文艺理论与批评》、《高校理论战线》、《钱锺书研究》、《中国现代文学论丛》、《江海学刊》、《河北学刊》、《广西师范大学学报》、《安徽师范大学学报》、《安庆师范学院学报》、《湖州师范学院学报》、《上海鲁迅研究》、《绍兴鲁迅研究》和《中学语文教学》、《学语文》等期刊先后发表，特此说明。在本书即将付梓的时候，谨向在我读写旅程中给与无私帮助和支持的所有编辑［包括此前发表过笔者鲁迅研究论文的《文学评论》、《鲁迅研究月刊》、《东方丛刊》、《中国文学研究》、《人文杂志》、《学习与探索》、《求索》、《文化中国》（加拿大）等国内外社科期刊的编辑］，深致敬意！

　　不经意间我已跨过了"古稀"的门槛，"今朝一岁大家添，不是人间偏我老"（陆游），生命的老衰无法抗逆，不必叹息，也无须懊恼，70 岁不过是翻开了生命新的一页。回顾从教 50 年的风风雨雨，聊以自慰的是始终没有停止在这大地上行走的脚步。"老骥伏枥，志在千里"，不过是老人家的自勉，寻常人很难做到的；"有一分热，发一分光"，应该可以实行罢。

程致中

2013 年 7 月 23 日

于半壁斋